因为当你在水里的时候,你才是我的界限。

微笑的海豚先生

Smiling Mr. Dolphin

焦糖冬瓜 / 著

广东旅游出版社
中国·广州

图书在版编目（CIP）数据

微笑的海豚先生 / 焦糖冬瓜著. — 广州：广东旅游出版社，2023.6

ISBN 978-7-5570-3025-4

Ⅰ.①微… Ⅱ.①焦… Ⅲ.①长篇小说—中国—当代 Ⅳ.① I247.5

中国国家版本馆 CIP 数据核字 (2023) 第 059149 号

出 版 人：刘志松
责任编辑：何　方
责任技编：冼志良
责任校对：李瑞苑
封面设计：天然 xing
封面绘制：电磁花生

微笑的海豚先生
WEIXIAODEHAITUNXIANSHENG

广东旅游出版社出版发行
（广东省广州市荔湾区沙面北街 71 号首、二层 邮编：510130）
电话：020-87347732（总编室） 020-87348887（销售热线）
投稿邮箱：2026542779@qq.com
长沙鸿发印务实业有限公司
（地址：湖南省长沙市长沙县黄花工业园 3 号）
710 毫米 ×1000 毫米　16 开　22 印张　418 千字
2023 年 6 月第 1 版　2023 年 6 月第 1 次印刷
定价：54.80 元

【版权所有 盗版必究】
本书如有错页、倒装等质量问题，请直接与印刷厂联系换书。
联系电话：0731-85757101

目 录

楔子		001
第一章	相遇	003
第二章	偶像	030
第三章	家教	056
第四章	奖励	086
第五章	动力	114
第六章	温暖	141

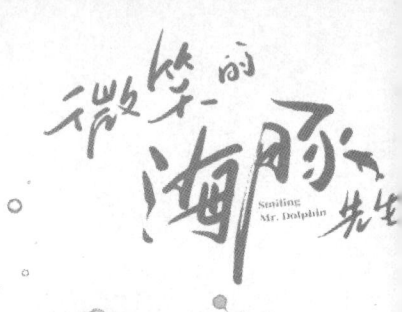

目录

第七章	生日	167
第八章	安心	199
第九章	脸红	226
第十章	加训	256
第十一章	集训	288
第十二章	联赛	311
番外	男神	341

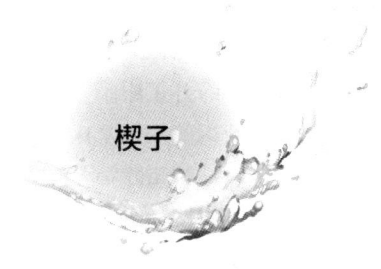

楔子

沙滩被太阳炙烤得发烫,穿着背心的男孩子满身是汗,他抱着一只搁浅了、被晒得发白的小海豚,冲进海里。

海浪涌来,男孩子喝了一大口咸涩的海水,但他还是用力地将小海豚送走。

小海豚的尾巴一甩,冲进了大海的怀抱。

这一年,男孩子的暑假是在船上度过的。他的阿姨是研究海洋生物的学者,男孩子经常会跟着阿姨在船舷边玩耍。

阿姨告诉男孩子:"夏致啊,你要小心。大海看起来很美,其实很凶狠。"

夏致不知道这句话是什么意思,直到他不小心掉下去了。

海浪将他越带越远,他拼了命地游,却怎么也游不回去。

他叫喊着阿姨的名字,但是船舱里没人听见。

他失去了挣扎的力气,孤独和恐惧要将他拽进海底。

忽然有什么顶了他一下,又顶了他一下,不断将他顶出海面。

他听见了"吱——"的叫声在回荡,是那只小海豚!

夏致抱住了小海豚的背鳍,小海豚带着他在海中穿行,海风和细碎的水沫飞过他的耳边,带着喜悦和畅快,他被它送回了船上。

那只小海豚总是会来找夏致,夏致的阿姨带着他坐上橡皮艇和小海豚玩耍。

小海豚喜欢轻轻咬着男孩子的手指,一开始小男孩怕疼,但他发现小海豚只是轻轻蹭,他就不怕了。

他坐在皮艇边缘,用脚尖时不时点着小海豚的脑袋,小海豚明明敏捷,却还是故意让着他,偶尔蹿起来,用吻部戳一戳他的脚心。

"夏致,小海豚轻轻咬你,就是表达它喜欢你的意思。"

"哈哈哈,那它要是长大了就不能咬我了,会疼的!"

夏致摸了摸小海豚滑溜溜的脑袋,然后贴着小海豚冰凉的脸,在海风中,轻轻对它说:"大海很凶狠,但你很温柔。"

小海豚想要用吻部碰一碰男孩子的脸颊，耳边却传来呼喊的声音。

"叶粼！叶粼！起来了！你是不是做噩梦了！"

一个十来岁的少年在呼喊声中睁开了眼睛。

"我没有做噩梦……"名叫叶粼的少年从床上坐起身来。

"真的？既没有被鲨鱼咬也没被鲸鱼吃掉？"

"这一次，我神游到了一只小海豚的身上，遇到了一个小男孩。"

叶粼摸了摸自己的脸颊，还留着那个男孩子的温度。

"什么样的小男孩？"

"一个觉得我很温柔的小王子。"

他对我说，大海很凶狠，但你很温柔。

第一章 相遇

楼道的灯光有些暗淡,偶尔还闪烁两下。

墙面太久没有整修过了,裂纹里嵌着灰尘,还贴着几张疏通下水道和紧急开锁的小广告。

还好是白天,走廊尽头的窗户开着,阳光照射进来了。不然,这场景真有点像在拍鬼片。

这是 T 市老城区的一栋写字楼,已经有些年头了,每一层楼都有五六个名字奇怪的小公司,什么"美到自恋 spa 会所",什么"爱你在心口自开红娘婚介公司",什么"城头大王旗装修设计工作室"……

但每一个都是大门,啊不对,是"小门紧闭",不知道是在营业呢,还是倒闭了。

在第七层的尽头也有一个小公司,门上用红色胶纸贴了一个名字——我们最靠谱广告公司。

红艳艳的,很醒目。

各种颜料飞溅在那几个字上,不知道是刻意的广告效果,还是被催债的泼了油漆。

公司门口靠着墙歪歪扭扭地放了七八把座椅,但只坐了两个人,都低着头无聊地玩手机。

夏致揣着运动外套的口袋,耳朵上挂着耳机,神色敛然。

他的五官立体,带着一丝少年的青涩,因为没有任何笑意,乍一眼看上去利落镇定。他肩宽腿长,坐在那里很有范儿,正听着歌。

耳机是学校门口地摊上九块九买的,有点儿漏音。

他旁边坐着的黑框眼镜男大概是忍不住了,说了声:"嘿,小哥,你这歌换一首吧。"

夏致也听腻了,手机取出来,摁了下一曲。

黑框眼镜男哽了一下:"这么帅气的小哥,怎么喜欢听这种'土嗨'的歌?"

夏致当作没见,实在是因为之前面试兼职的时候,他听的都是什么高端大气上档次的歌，结果都没成。于是有兄弟建议他，换点儿接地气的歌，别让自己显得太有格调无法下凡。于是，他换了风格。

来面试的人并不是特别多，这让夏致有点小惊讶。毕竟一小时一百八十块，每天只要工作一小时，这样薪水高、时间短的兼职可不好找，还不影响他游泳和抄作业。

"小哥，要不然你别听了，你再放下去，影响我的发挥。"黑框眼镜男说。

夏致其实也听不下去了，毕竟这不是他的真实审美。于是他摁了暂停，百无聊赖地看着脚下几张被踩躏过无数遍的宣传单。

上面印着某某广告，字体和颜色非常古怪，更加让人觉得诡异的是，这个品牌以海豚为标志，明明是憨态可掬的小家伙，在这宣传单上却眯着眼睛，笑容天真中带着邪恶——这让夏致以后都不敢正视那些可爱的海豚宝宝了。

夏致摸了摸下巴，从眼前的门缝里瞥见里面好像是个简易的录音棚。

黑框眼镜男似乎对夏致挺有兴趣的，问了句："小哥，你读书呢，还是出来工作了？"

"读书。"

"是大学还是高中呢？"

"刚高三。"夏致回答。

"哟！高三就有这么高了？"男人的视线顺着夏至的脖子滑向他随性交叠着的双腿，"啧啧啧，腿真长！你坐这儿半天，背也笔挺挺的，你是不是个模特啊？"

"练游泳练的。"夏致不是很习惯和陌生人攀谈，所以每一句话都回答得很短。

"练游泳能把身材练这么好呢？等我以后有了儿子，也得送他去学游泳！"

夏致没再说话了。他可是从生下来，就被亲爹摁在澡盆子里学游泳了。

但眼镜男却很有聊天的兴致："我说小哥，你知道里边儿是面试什么工作吗？"

"给广告配音。"

"这工作，可不是人人都能做的。"

夏致心想，有什么不是人人都能做的？招聘启事上明明说普通话标准就行了啊。

"除了普通话好之外，还得不要脸。"眼镜男意味深长地说。

"不要脸？"夏致侧过脸来。

"你见过哪条广告，是要脸的？"

就在这个时候，办公室的门开了，刚才进去面试的人脸红得跟番茄似的，大步流星地冲了出来，连电梯都懒得等，直接走楼梯下去了。

这怎么回事儿？

这时候，门里边传来了呼唤夏致名字的声音。

夏致狐疑地站起来，进去之前，脑袋里还回荡着那句"还得不要脸"。

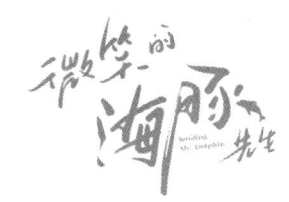

面试他的是两个油腻的中年大叔,一个地中海,一个大肚腩,还有另外一个负责操作录音设备。

夏致面前放着耳麦还有一张纸,纸上印着台词。这台词夏致完全看不明白。

夏致忽然有点不大妙的感觉。

"小伙子,别紧张。我们这儿工作很简单,也符合人的天性。"地中海大叔开口说。

"这广告,能播?"夏致的眉梢一挑。

"当然能播。在购物频道。"

"这产品通过质监局检验了吗?"夏致又问。

"我们有样品,如果你通过这次面试了,可以带回去试试。"

不回答通没通过检验,那就是没质量保障的野鸡产品咯?

"小伙子,不用害羞,放开一点。你的声音很好,很有……怎么说呢,很有质感。"

夏致将那张纸放下,指尖敲了一下,看起来很随意,声音却挺响的。

"那什么,大叔,你的声音也挺有质感的,属于那种让人想把你痛揍一顿寻求满足感的。"

说完,椅子向后一搓动,发出尖锐的声音,夏致站起身来,揣着口袋走出去了。

"小伙子!小伙子!你的声音真的不错,是吃这碗饭的!"

夏致"砰"的一声把门关上了,震得门上"我们最靠谱"的那个"靠"字掉了下来。

门外还在等面试的黑框眼镜男站了起来:"小哥儿,怎么了?"

夏致拍了拍对方的肩膀说:"你说得没错,要想面试成功就得不要脸,我看好你。"

说完夏致就走向电梯了,一边走一边换了歌。

要不是上学期期末考试他又在班上垫底,老妈不再给他零花钱,还把他的游泳卡给烧了,他也不用到处找兼职挣钱买游泳卡了。

这时候,夏致的手机响了,屏幕显示的名字是"作业本"。

夏致皱着眉咬着牙接通了电话:"岑卿浼,你不是去见网友了吗?"

岑卿浼,外号"曾经美",夏致的发小。

把这家广告公司的面试传单送给夏致的就是他!建议夏致听别的歌来面试的家伙也是他!明明长着白菜的样子,却总以为自己能拱猪的还是他!

"您所拨打的号码不在服务区,请稍后再拨。"夏致慢悠悠地摁了一下电梯按钮。

"别玩了!阴沟里翻船了!"

"你这艘纸船,无论在阴沟还是大海,都注定要翻。"

电梯到了,夏致走进去。

岑卿浼这人在游戏里也算有把刷子,小神级别吧。

他遇到一个女玩家，对方技能纯熟、反应敏捷，除了打游戏，几乎不和岑卿浼聊天。

岑卿浼十分欣赏对方的"冷淡"气质，和人家当了网友，没想到真让他把对方给约出来了。

在见面之前，夏致就打趣他："你有没有想过，万一来的不是御姐，而是小学生，你怎么办？"

"小学生好办啊，准备麦当劳儿童套餐不就得了？"

"那祝你平安，有事烧纸。"

只是夏致没想到，他的"祝你平安"没有用，岑卿浼在手机那端不但跑得快断气，鼻涕泡都跑破了。看来事情有些大条。

"你到底怎么回事儿？"夏致眯起眼睛，走出了电梯，准备去坐公交车。

"他不是御姐！他是男的！他是男的！他是男的！"

"他是男的，你也可以请他吃儿童套餐啊。"

夏致心想，难不成对方要揍岑卿浼？

"他要找我麻烦——"

"你在哪里？"

"星际网吧后面的巷子里！我、我躲到垃圾桶后面了，他们在找我。"岑卿浼的声音小小的。

"啊？他们？还不止一个？"夏致摁了一下自己的太阳穴。

"对……我们本来约在网吧对面的咖啡馆见面，我不肯跟他走，他就带人来堵我了。他们人多，我只能跑。"

事情比夏致想象得要严重。

"你发实时定位给我。还有，我赶过去要时间，但是打车钱我不够……"话才说一半，夏致就收到了岑卿浼发来的微信红包，备注写着"保护费"。

平时叫他请客撸串怎么没见他这么积极？

夏致赶紧拦下一辆出租车，赶去星际网吧。

周末老城区实在堵，出租车好不容易冲出重围，在快到达星际网吧的时候，又遇上了交通事故。

夏致扫码付了款，推开门长腿一迈就疯跑出去。他冲上路边人行道，一路飞奔，终于来到了岑卿浼所在的位置。他看着五六个人就站在巷子的尽头，岑卿浼被人拎起来，压在了墙上。

一个肤色白皙，眼睛挺大的年轻男人对着岑卿浼说了什么。

还好，赶上了！

但夏致转念一想，这戏多好看啊！他看了看那几个人的身形。嗯，自己应该对付得了，也就不再担心，可以安心看一会儿戏了。

"我、我学校还有作业，我们下次再约吧！"岑卿浼低下身，想要从对方的胳膊下面钻出来。

谁知道对方身手挺快，胳膊迅速向下移动，正好把岑卿浼给挡住了。

"作业嘛，我也可以帮你做啊。"

夏致远远地眯着眼睛看了看，那男人好像就是星际网吧的老板舒骏，听说是个游戏高手，还在电竞比赛里得过奖，粉丝都有不少。岑卿浼这一次是惹上厉害人物了啊。

岑卿浼的脸皱得像二维码，让人忍不住想要使用扫一扫功能。

舒骏笑了笑，轻而易举地就把他给压制住了。

这光天化日的，这么多人围着一棵小白菜，太过分了！

这戏，夏致是看不下去了，直接一脚踹飞了面前的可乐罐。"砰"的一声，可乐罐砸在了岑卿浼旁边的墙上，震得所有人都愣住了。

岑卿浼见到夏致，眼睛都要放光了："夏致——给……"

"给他们颜色，让他们灿烂。我知道。"夏致脸上冷冷的，活动了一下手腕。

"小子！劝你不要管闲事儿！"跟着舒骏的其中一个人走了过来。

夏致在心里盘算着要怎么做才能有威慑力，那当然是先发制人——快狠准！

那个人走到夏致面前，一副凶神恶煞的表情，他走近了才发觉，夏致个子挺高，更重要的是这小子一脸泰然，丝毫没有后退的意思。

舒骏的胳膊绕过岑卿浼的脖子，卡得他动弹不得。

"阿才，小心点儿。这个小朋友好像有点能耐。"

舒骏的话音刚落，夏致骤然出手，谁都没看清楚他是怎么做到的，阿才的脸就已经撞到墙上去了。夏致直接抬起一条腿，蹬在阿才的背上。

阿才的鼻子下面顿时两道红色流下来，耳朵里都在嗡嗡响。

他完全没想到，一个学生而已，出手速度这么快。

舒骏的表情从惊讶变得玩味："小朋友真的很厉害啊，你和他是什么关系啊？"舒骏一边说一边拍了拍岑卿浼的脸颊。

"没什么关系。"夏致回答。

岑卿浼却赶紧说："我们是兄弟！"

"什么兄弟！他是我作业本！"夏致凉凉地开口。

岑卿浼一点都不客气："对！你再找不到比我数理化正确率更高的作业本了！"

舒骏带着笑看着他们俩，然后说："那位学生哥，你的'作业本'招惹了我，我得收拾他。"

这是要手撕本子的节奏啊！

"不劳你动手，只要你立刻扔他过来，我当着你的面，立刻撕了他！"

舒骏只是摇了摇头，另外三个人走向夏致。

夏致恶狠狠地瞪了岑卿浼一眼，意思是，这笔账小爷给你记下了！

这三个人也不想把夏致怎样，上前一左一右想要压住他的手臂，另一个人负责给他正面一击。

没想到夏致一个肘击，顶得左边的家伙肺差点没喷出来。夏致的胳膊长，右边的家伙才刚要出拳就被夏致的拳背砸中了鼻子，疼得两眼冒金星。

中间那人冲上来，夏致一脚就把他踹趴下了。几个人"哎呀哎呀"地叫唤，都没爬起来。

舒骏看夏致的架势倒是一点都不紧张，勾着岑卿浼的肩膀笑着问："挺厉害的嘛，练过？"

"是啊，"夏致拽了拽自己的领口，颈项正好被拉扯出带着几分张力的线条，"每个高中生都练过的。"

"什么？"舒骏问。

"高中军训的军体拳。"夏致勾了勾手指，"能把那蠢货还我了吗？我们还有作业要做呢。"

舒骏还是笑："你看看后面。我从不轻敌，所以不会只带这几个人来。"

夏致一回头，就看着巷子口好几个跑过来的身影。

不管他们耐不耐打，总归是双拳难敌四手。

"路就在墙的那一头！"

意思是翻越崇山峻岭，路就在脚下。

夏致忽然一下冲了过来，一双眼睛恶狠狠地瞪着舒骏。

眼见着夏致一拳头挥了过来，舒骏竟然被对方的气势震得反应不过来。

这一拳生风啊！直接砸在舒骏的脸上，让脑袋都晃荡了起来。

夏致一把拽过岑卿浼，来到巷子尽头的墙根下面，直接把他给托了起来。

"给我爬上去！看清楚情况！"

岑卿浼猛地就被夏致顶到了墙头上坐着，开启道路实时播报："有垃圾桶可做落脚！还有一棵树，目测距离墙体五十到八十厘米，可做缓冲！"

"收到。"夏致回答。

舒骏抹了一把鼻子，满手心都是血，他咬牙切齿地上前："你小子行啊！"

谁知道夏致竟然一把将舒骏拽了过来，舒骏眼看着自己的脸就要砸在墙上，下意识伸出胳膊垫在眼前，背上冷不丁被人踩了一脚，竟然是夏致把他当人梯，在他身上借力一跃上了墙头！

舒骏恨到牙痒痒，仰着脑袋放狠话："看你们怎么下去！"

夏致高坐墙头，垂着眼冷哼了一声："不劳你费心，你叫来这么多人对付我们两个，是没能耐，还是不要脸？"

说完，夏致狠狠瞪了岑卿浼一眼，意思是：给我跳！

岑卿浼看了一眼下面的垃圾桶，吸气酝酿着跳下去的决心。

后面那堆人已经围了上来，一个个像是要把他俩给抽筋剥皮的模样。

舒骏仰着脑袋，应该不是为了看夏致，而是为了止鼻血。他抬起手来示意兄弟们暂时住手。

"我想了想，你说得也有道理。对付你们两个萝卜头，我还叫了这么多人来。揍你们一顿，是我仗势欺人；不揍你们一顿，你那个作业本在网上装小妹妹骗我，我怎么也不甘心。"

夏致难以置信地看向岑卿浼，恶狠狠地问："你胆儿肥了，竟敢装小妹妹？"

"我没有装小妹妹！我的游戏账号你又不是没见过！我玩的男号啊！怎么装小妹妹啊？"

舒骏冷哼了一声："你一天到晚管我要这个装备那个装备，没事儿就'姐姐救我''姐姐你怎么不管我，嘤嘤嘤嘤'。你哪儿像个男的！我还以为是个小妹妹玩男号呢！"

"我发了照片给你的啊！"

"你照片长这样？"舒骏拿出手机，把岑卿浼发的照片拿给他们看。

夏致没有近视眼，虽然离得远，但还是看得很清楚，那么大的眼睛，那么白的皮肤，还噘个嘴一副死样子。

夏致无话可说，一脚把岑卿浼给踹下去，让他整个趴进了垃圾桶里。

夏致纵身一跃，右脚踏在了对面那棵树的树干上，外套腾起，露出一小截紧实的腰腹线条。在那一瞬间，他瞥见了日光没有照射到的角落里站着一个人。

那个男人微笑地看着夏致，指尖夹着一根又细又长的烟，随性地弹了弹烟灰。

夏致稳稳地落了地。

男人唇齿开合，说了什么。

明明没有听见他的声音，但他的话语却仿佛落在了夏致的神经上，轻轻颤动起来。

"他们跳过去了——我们追——"

"非打断他们的腿不可！"

夏致醒过神来，转身一把将岑卿浼从垃圾桶里拽了出来，不管三七二十一，扯着他一阵狂奔跑出了巷子。
　　他下意识回头看了一眼那个阴暗的角落，男人仍旧噙着一抹笑看着他。
　　不知道是玩味，还是戏谑。

　　夏致好不容易带着岑卿浼甩掉了追着他们的人，岑卿浼低着头都快要口吐白沫了，而夏致却很快调整好了呼吸。
　　他扯了扯自己的领口散热，不自觉又想起了巷子里的那个男人。
　　那好像是个小酒吧的后巷，经常有酒保或者服务生在那里扔垃圾，偶尔抽根烟。
　　只是那个男人的笑容，他越想越觉得邪性。
　　"喂，我好像……看见叶鄰了。"夏致抬起头，踹了一下岑卿浼。
　　岑卿浼向前一个踉跄，回了句："谁？哪个叶鄰？"
　　"还有哪个叶鄰。"夏致向后靠着电线杆，不断地回忆着那个人并不清楚的五官。
　　眉眼温良，却暗藏锐气。
　　夏致曾无数次在电视上和电脑上看那个人比赛的场景，镜头经常给他特写，他戴着泳镜看不清眼睛，但是出发台上所有人的唇线都会绷紧，只有他叶鄰永远带着一丝若有若无的笑。
　　"不可能！叶鄰是Q大游泳队的！就算他以后都不再参加游泳比赛了，也应该在Q大读书，不会出现在……出现在这里。"
　　岑卿浼真的很想吐。
　　"也对，我看见他在抽烟……"夏致叹了一口气。
　　"是啊！叶鄰怎么可能会抽烟？哪个运动员不把自己的身体当一回事儿啊？"
　　"嗯，"夏致点了点头，"但是他可能以后都不再比赛了。"
　　"不是传闻他是因为心脏病还是什么肺炎才退赛的吗？如果真是因为那样，他就更不该抽烟了啊！所以不可能是叶鄰！你就是太想念你的偶像了，才会看错！"
　　岑卿浼不断向夏致证明，他在后巷里见到的那个人不可能是叶鄰。
　　"你说的一半是对的，也有一半不对。"
　　"哪里对的，哪里不对？"
　　夏致走向前去，回头看了岑卿浼一眼："巷子里抽烟的人应该不是叶鄰。以及，他不是我偶像。"说完，夏致就揣着口袋继续向前走了。

　　舒骏他们一行人，好不容易绕到了巷子的另一头，没堵到夏致和岑卿浼，只看见一个高挑的身影。那人仰着头眯着眼，懒洋洋地正抽着烟，火星忽明忽暗。

那人穿着纯白色的衬衫，腰上围着黑色的围裙，看起来很文雅，缓慢将烟圈吐出来的样子仿佛站在另一个世界里。

被夏致一拳捶到肺差点出来的阿才忍不住了，吼了声："喂，见到两个小崽子了吗？一个长得跟个小白脸似的，还有一个个子挺高，穿着运动衫！"

抽烟的男人缓慢地从阴影里走了出来，只剩下小半截香烟在他的手指间转着圈儿，好像随时都可能戳中他的掌心，可偏偏他又游刃有余地避开，散漫又危险。

清润的声音响起："是阿骏啊，你不在网吧看着生意，怎么跑这儿来了？"

当男人的五官越来越清晰，舒骏身后的兄弟们都微微愣了愣。

眼前的男人很好看，眼眸清亮，带着能将一切都包容的沉静和坦然。

他很高，衬衫的袖口正好折在手肘下面，仅仅只是一小截小臂，显露出紧硕而流畅的线条，但是整个人看起来并不壮硕，肩宽和腰身将温和的优雅和男性的力度融于一体。

"粼、粼哥，那个，我被人耍了一道，所以嘛……"舒骏摸了摸后脑勺，赔着笑。

"算了吧，你们这么多人围人家两个人，也不好看。"叶粼走到那堆因为岑卿浼的倒栽葱而散乱的垃圾前，动手收拾了起来。

舒骏赶紧上前帮忙："粼哥，你认识那两个家伙？"

"不认识，"叶粼侧着脸笑了笑，"就是其中一个小家伙，挺合我眼缘的。"

舒骏愣了两秒，这才说："哦……粼哥你说不追了，我们就不追了！来！兄弟们帮个手，把垃圾收拾一下。"

叶粼这才叼着烟，抱着胳膊向后退了一步，说了句："这才乖啊。"

等舒骏带着兄弟们离开这条巷子，其他人才开始问。

"骏哥，那人是谁啊？你怎么那么听他的话？"

"那是我大哥的大学同学，叶粼。"舒骏回答。

"哦，原来是大哥大的同学啊！那就是学霸啊！这哥们儿挺高啊！"

这伙人管舒骏叫"大哥"，舒骏家里那位大哥就自然是他们的"大哥大"。

"练游泳的，从前的泳坛名将，人家拿过全国冠军的。"舒骏回答。

"这么厉害？今年还有比赛吗？哥儿几个是不是也该给大哥大的同学捧场啊？"

"去年开始就没参加比赛了，身体出了些问题。"舒骏叹了口气。

"什么问题啊？"

"好像是心脏病，直接在比赛的时候昏厥过去了。"

"唉，那还真可惜啊！怪不得现在不游泳，到酒吧打工了。"

"别傻了，他到酒吧打工不过是调整状态罢了。"舒骏瞥了一眼自己的兄弟，压低了声音说，"没事儿别惹他，也别和他套近乎。"

"为什么啊?"

"你们大哥大给过忠告——社会我獬哥,人狠套路深。"

"这还……真没看出来。"

这时候的夏致已经带着岑卿浼回家了。

把书包往桌上随便一扔,抬脚将椅子勾到身边,夏致大刺刺地坐了下来,朝岑卿浼勾了勾手指。

岑卿浼立刻会意,将数理化的模拟卷和作业本全部上缴。

谁知道夏致还在继续勾手指。

岑卿浼睁大了眼睛看着他:"你还要什么啊?"

"英语和语文啊。"

"你有没有人性啊!抄我的英语和语文,你还不如自己瞎选呢!"

"懒得做。"

岑卿浼只好将埋藏在书包最深处的英语和语文也拿了出来,夏致动作飞快地开始抄写,必须要在母亲陈芳华女士回来之前,把所有作业都抄妥当了。

夏致的母亲和岑卿浼的母亲是同一家医院的医生,两人是大学时代的闺密,就连生儿子的时候都在同一个产房里。当时她们就说好了,如果生了一儿一女,就青梅竹马,两小无猜。

谁知道生下来两个都是男孩子,夏致比岑卿浼早出生了十几分钟。

从幼儿园开始,夏致就和岑卿浼在一起上学了。岑卿浼从小就体弱,夏致到现在都还记得岑卿浼脑门上的留置针,心里还觉得这家伙真酷炫。夏致从小没怎么病过,没机会那么拉风。

陈芳华从小就叮嘱夏致多照顾病弱的岑卿浼。

于是,岑卿浼在幼儿园里抢饭抢不过别的小朋友,是夏致摁住两人的饭碗,让方圆几米内所有的餐桌无人敢动。

小学时,岑卿浼在花坛前被女生追着调戏,躲到男洗手间里藏着,是夏致把他拎出来的。

初中时,岑卿浼被校霸逼着交出作业,是夏致一拳打三个,荣升新一任校霸,承包了岑卿浼的所有作业本。

在夏致的保护下,"弱鸡"岑卿浼长成了肤白眼大、脑子好使却不用在正途上的……青少年。

两人上网玩游戏,号称T大附中双煞——岑卿浼太阴险,夏致太利落,其他人

一看到他们联合出现,就要躲。

自从夏致游泳卡没了,岑卿浼就到处搜罗游泳券,不知道的还以为他是倒卖优惠券的。

大概是因为养惯了弱鸡,夏致在之后的日子里也继续着养鸡的生活。

而高中,夏致原本的目标是读旁边的体校,朝着游泳运动员的方向茁壮成长。可那一年夏致的父亲为了救落水的孕妇和孩子没能回来,这成了夏致妈妈的心病,一听见儿子要游泳就要发火。

夏致心里明白,直到岑卿浼打听到消息说"夏致,你进T大附中就和叶粼是校友啦",于是夏致就背着书包上T大附中了。

可那一年T大附中的高三部在市郊,还没挪回来,夏致连叶粼的背影都没看见过。

那是岑卿浼第一次信息搜集失误,甘愿承包了夏致的高中作业本。

高考放榜的时候,夏致在大红榜上看见叶粼排在第一,七百多的总分,据说是全省理科状元。

叶粼,本可以靠游泳保送Q大,可人家偏偏靠了智商。

T大附中是什么样的地方啊?重点大学的摇篮,人才济济,在这里夏致就是个吊车尾。他们班同学都十分感激岑卿浼将夏致拉入了T大附中,不然在这个吃午饭都要背单词的地方,没有夏致垫底,让其他人怎么活呢?

至于岑卿浼,是棵长得漂亮的白菜,数理化学得不错,不上课都能听懂。

只是他的语文和英语烂到人神共愤,英语老师经常说的一句话就是,看看岑卿浼选了什么,大家选另外三项,正确率就提高了。

但夏致知道,这家伙脑子好使,英语怎么会烂,只不过是不想出去留学罢了。

此时的岑卿浼正撑着下巴感叹:"你说,你说御姐怎么就变成了个男的?"

夏致将数学模拟卷盖上,拿出理综卷子打开:"唐僧九九八十一难才取得真经,你有唐僧的背景雄厚吗?人家是金蝉童子。你应该以失败九十九次为目标!"

"去你的,我又不是樱木花道!"

夏致顿了顿,抬起头来补了一句:"我是说,我期待你凑整。"

"你会后悔的!我从我爸那里摸来的游泳券,拿去请班花!"

岑卿浼那得意的小表情还没有摆两秒钟,就被夏致猛地扑倒了。

夏致先是去摸岑卿浼的衣服和裤子口袋,岑卿浼挣扎个不停。

"哥——哥你这是要干啥!"

夏致差点没把他的裤子给拽下来:"你活利索了!竟敢私藏泳券!"

"哎哟妈呀！你快放开我！你压得我快窒息了！"

"滚滚滚！"夏致把岑卿浼的书包给拽了过来，刨了半天，还真的刨到了两张新开的大酒店游泳馆的招待券。

岑卿浼一把就摁住了夏致："哥，不是我说，这泳券放你那里不安全啊！你麻利点，赶紧把你的泳裤和泳镜塞我书包里，咱们周末去爽一把。"

夏致怀疑地看着他："你不会把泳券骗过去了，周末请班花游泳吧？"

"我是那样的人吗？"岑卿浼觉得很委屈。

"你是啊。"夏致回答得理所当然。

"你好好想想，我要是骗了你，舒骏派人来堵我的时候，谁来救我？"

"警察叔叔。"夏致起来了，从一个非常隐蔽的角落里拿出了自己的泳裤和泳镜，塞进岑卿浼的书包里，"别给哥丢了，这是哥仅剩的了。"

"其他的都被阿姨扔了？"

"嗯。"

"谁叫你吊车尾吊了两年呢？你的成绩但凡争气点，阿姨也不至于那么反感你游泳。"岑卿浼无可奈何地摇了摇头，还故意把夏致的泳裤拎出来，"哎呀，哥，你的泳裤怎么这么小……"

下一秒，岑卿浼的脑袋就被拍了一下。

"蠢货！这是高弹的！带着你的作业和哥的泳裤滚吧！"

岑卿浼呵呵傻乐了两下，就背着书包回去了。

只是得罪了舒骏，他们恐怕很长一段时间都不能上网吧嗨了。

好不容易熬到了周末，夏致出门的时候还真的被母亲大人给拦住了。

"去干什么？"陈芳华冷着眼问。

夏致一八八的身高，在母亲仰视的视线之中，完全没有气势。

"卿浼说帮我吊一下物理，不然月考又得垫底。"

"是吗？"陈芳华瞥了一眼夏致的背包。

夏致很自觉地把包拿下来，打开来，里面果然是什么N年高考N年模拟，就连夹层都打开了，没有夹带游泳的东西。

"去吧，早去早回。"

"嗯。"

夏致很淡定地开了房门，进了电梯。在电梯门关上的那一刻，他差点没有跳起舞来。

终于成功逃出了"集中营"啊！

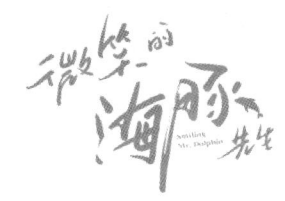

岑卿浼也背着书包,在街头等他。

两人连问好都省了,直接跨上自行车,冲向目标酒店。

"阿致,你说酒店游泳池的水会不会很冷啊?"

"不会,一般都是恒温的。"

"现在也不是夏天,游泳的人应该也不多,你可以游个尽兴了!"岑卿浼眨了眨眼睛。

"得了吧,就怕泳池长不到二十五米,游得没意思。"夏致回答。

岑卿浼感叹了一声:"唉,都说女人是水做的,你那么喜欢水,怎么每次有女生跟你示好,你都不明白呢?"

"你就够能折腾的了。"

"我又不是女的!"岑卿浼不满地说。

"你哭唧唧吹鼻涕泡的时候,还不如女生!"

说完,夏致长腿一发力,自行车流畅地遛过了弯儿,风吹起了他的运动外套,鼓动着某种蓬勃的力量。

岑卿浼叫喊着:"等等我——"

他的发小只留给了他一个帅气的背影。

"有种你别等我——你泳裤还在我这儿呢!"

夏致只好在街口停了下来,双手揣着口袋,单脚点地,回头看着气喘吁吁的发小。

偶尔有微风掠过夏致额前的发丝,他那有点小骄傲的表情和挺拔的背脊让人莫名安心。

好不容易,岑卿浼终于骑到了夏致的身边,还不忘调侃他:"哟!你还知道要等我啊?有本事啥也不穿就下水啊!"

下一秒,岑卿浼的脸就被对方狠狠掐了一下,泪花儿都快出来了。

惠华大酒店是上个月刚开始营业的五星级大酒店。

夏致每回上下课都会骑着自行车路过这儿,但他没怎么留意过,直到昨天岑卿浼告诉他这里边儿是有泳池的。夏致如今再看这酒店,顿然觉得它金碧辉煌,很有五星级酒店的范儿。

两人进了酒店前台,夏致看着锃亮的地砖,还真有些不适应。

岑卿浼问了两句,前台人员给他指了指健身中心的位置,两人就进了电梯。

"阿致,有没有很兴奋啊?说不定一进去空无一人,整个泳池都是你的天下!"

"你不是人吗?"

"嘿嘿,这个天游泳,再恒温我也受不起啊!我带了计时器!在岸边给你计时!"

"小样。"

游泳池的隔壁就是跑步机之类的健身设备,夏致没有立刻下水,而是带着岑卿浼去跑步热身。

整整二十分钟,岑卿浼都快趴在跑步机上了,夏致依旧目视前方,步伐节奏毫不凌乱。

岑卿浼索性关了跑步机,就坐在上面撑着下巴看夏致跑步。

"阿致,你的腿真好看,没有健美先生那么夸张,但就觉得线条特流畅!"

停了跑步机,夏致拎着岑卿浼的后衣领将他拽进了更衣室,两人把外套脱了。

当夏致捞起T恤,露出腰腹线条流畅的肌肉时,旁边的岑卿浼发出了羡慕的感叹。

夏致也瞥了一眼岑卿浼白斩鸡般的身材。

"就你这样,上次要不是我救你,估计连骨头都没了。"

岑卿浼歪了歪嘴:"能打架,会游泳,了不起啊?"

"要是不觉得了不起,别喊我救你啊!"夏致哐啷一下利落地关上了柜门。

岑卿浼跟了上去:"那有本事你别抄我作业!"

两人走到了泳池边,一片清澈的湛蓝,让夏致睁大了眼睛。

粼粼的波光,二十五米长的泳池,几条泳道被分割开来。

岑卿浼也笑了:"很标准的泳池啊!而且还……"

"而且还没人"这几个字还没说完,他就看见泳池对面的角落,有三四个人围着一个带着孩子的人,似乎在争吵什么。

孩子套着小黄鸭的泳圈,抱着大人的脖子,一副委屈得快要哭出来的表情。

夏致的眼睛眯了起来,看这几个人的身形,像是练游泳的,而且不是业余的那种。

当他看清楚被围着的人是谁时,不由得愣住了。

——是叶粼。

他微微笑着,好脾气地安慰着自己的小外甥。黑色的泳帽绷在头上,泳镜也在头上,额头的线条和高挺的鼻骨连成一气,流畅而优雅。

"叶粼!你到底想怎样?"

"你什么时候归队!嘉润哥受伤了,我们下周和B大的比赛都没办法以最佳阵容参赛!"

"你再不回来,B大那些人又要用鼻孔看我们了!"

叶粼摸了摸小孩儿的头,将他抱起来放到了岸边,回过头来对那几个围着自己的队友说:"是队长叫你们来堵我的?"

"不,是我们自己来的!"

"这样啊……"叶邾低下头看了看水面,忽然瞥见了站在泳池对岸的夏致,笑了。

"邾哥,你到底怎么想啊!"

叶邾指了指对岸说:"你们看那边的家伙,应该是练游泳的,根据我的经验,他的爆发力肯定强。要是有人能赢那个家伙,我立马收拾好归队。"

"什么——邾哥,你说的是真的吗?"

"我们赢了那家伙你就回来?"

"是真的啊,我什么时候说话不算数了?"叶邾不紧不慢地撑上了岸,水流沿着他肌肉的纹理滑落回水中。

小外甥抱住叶邾,委屈地说:"小舅舅我们什么时候回家啊!这些人好凶,好吓人!"

叶邾摸了摸小外甥的脑袋,凑到他耳边小声道:"等他们都钻水里了,咱们就能溜了。"

说完他手指放在唇上,做了一个"要保密"的动作。

对岸的夏致愣住了。他从没有想到,有朝一日能和青年泳坛大名鼎鼎的叶邾在同一个泳池里相遇。仅仅一个撑上岸的动作,夏致就能想象这家伙破水行进的力度。

虽然叶邾已经将近一年没有出现在任何赛事里了,但夏致就是莫名觉得他的身体状况很好。

别问夏致为什么知道,就是直觉。

旁边的岑卿浼也愣住了,两秒之后惊讶地拍了拍夏致:"是叶邾啊!你的男神叶邾啊!每次都只能在录像里见到的叶邾啊!他肩膀好宽!腹肌好看!腿好长!"

"你再嚷嚷,信不信我踹你下水?"夏致冷冷地说。

但是在他内心深处,早已经熄灭冷却的期待莫名地燃烧了起来,随着血液,让他的指尖,他的脚尖,他身体的每一寸肌肤都跟着热了起来。

那是叶邾,当他还在T市少年队的时候,夏致就追到现场看了他的每一场比赛。后来,叶邾离开了T市,夏致就在电视上看他的比赛,甚至录下来,放慢了研究他的每一次划水,每一次打水,每一次换气。

越是细细研究,夏致就越能感觉到叶邾的完美,那是身体所有的部分与水最为和谐的结合。

哪怕叶邾不再比赛之后,夏致研究其他所谓的冠军和天才,都没能寻找到叶邾带给自己的感觉。

这时候,那几个围着叶邾的家伙已经走过来了。夏致认出了他们其中一个,叫林小天,是Q大游泳队的。

林小天来到夏致的面前,从头到脚打量了夏致一下:"你应该练了一段时间游泳了吧?大学生还是高中生?没在比赛里见过你啊?"

　　"高三,没参加过比赛。"夏致一边回答,视线一边掠过林小天的肩膀,落在正在哄孩子的叶粼身上。叶粼笑着,将浴巾裹在孩子身上,眉眼如墨染,温和得毫无赛场上的锐利。

　　"哦,高三啊!那个什么,我们和你比一场,有兴趣吗?"

　　"兴趣是有的,要是我赢了,能得到什么?"夏致弹了弹自己的泳帽。

　　林小天顿了顿,笑了:"你是说赢了我们所有人?"

　　"是啊。"

　　"你知道我们是谁吗?"林小天一副"这小子不知天高地厚"的表情。

　　"Q大游泳队的。"

　　Q大游泳队是高校游泳队中的劲旅,去年包揽了全国高校游泳锦标赛男子蝶泳、蛙泳好几个项目的冠军。要不是叶粼临时退赛,自由泳短程项目全线垮掉,Q大的成绩会更耀眼。

　　"你知道我们是谁,还敢放这样的话?"林小天觉得眼前这小子真够有意思的。

　　夏致的表情却丝毫没变过:"不比一比,怎么知道谁是骡子谁是马?"

　　远处坐在长椅上的叶粼听见了夏致的话,抿着嘴笑了一下。

　　"好小子,你要是输了,也没什么;你要是真赢了,想怎样?"林小天问。

　　夏致指了指叶粼的方向,说了句:"我要是赢了你们,我要在这儿和他比。"

　　林小天愣了愣,笑开了花。他转过身,扯着嗓子说:"粼哥——听见没!人家要是赢了我们,就要和你比!"

　　"好呀。"叶粼还是笑着,把孩子的小黄鸭游泳圈的气给放了。

　　这明摆着就是他不认为夏致能赢,准备随时带着孩子离开泳池。

　　岑卿浼扯了扯夏致:"哥,人家是专业的,你是业余的,这要是输了就成骡子了!"

　　"别扯我的泳裤。"夏致不为所动。

　　"成,那大家各就各位,别浪费时间!"林小天看向叶粼,喊了句,"粼哥——你要我们比什么?"

　　"五十米自由泳吧。"叶粼撑着下巴,逗了逗外甥,视线却又掠过外甥的肩膀,看向了夏致。

　　这个高三的小崽子,体型很不错,特别是腰腹,是叶粼一贯欣赏的那种并不夸张、内敛紧绷、绝对很有爆发力的肌肉。

　　"哎,真好看,有点眼熟。"

　　能入得了叶粼审美的身形并不多,Q大游泳队的队长洛璃算一个,因负伤在寝

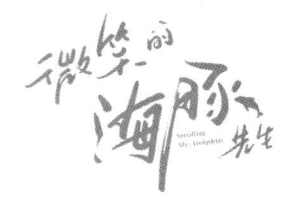

室里宅着玩游戏的陈嘉润也算一个，而眼前这个一脸臭屁的小家伙也算一个吧。

叶粼的直觉告诉自己，这个高中生可不好对付。只是这个高中生如果真的厉害，他们应该早就听过他的名字，不可能高中三年什么比赛都没参加过吧？

有意思啊。

叶粼静如死水的心竟然盼望着这小家伙能给点儿不一样的东西。

夏致还是没有什么表情，拿着岑卿浼带来的计时器，朝着叶粼的方向晃了晃。

"喂——既然是你挑起了这场较量，难道就在岸边这么看着？我怀疑你还没等我们游到对岸，就抱着孩子跑路了！"

小外甥仰着脑袋说了句："小舅舅！他怎么知道啊？"

童言无忌，虽然孩子声音不大，但泳池安静，大家都听见了。

林小天他们几个一脸黑线，没想到叶粼真是这么计划的。

叶粼看着夏致，他的样子就像一只骄傲得不知天高地厚的小兽，在向自己挑衅，又像是某种邀请。

叶粼起身走了过去，慢悠悠地来到了夏致面前。

叶粼比夏致要高一些，从夏致的手中接过了计时器，笑了笑说："好啊，我说一二三，你们下水。我哪儿都不去，看看你们谁是骡子谁是马。"

夏致和林小天他们几个踩上了出发台。

他们调整了一下姿势，夏致用的是蹲踞式，一脚在出发台前，一脚在后部，两腿分别用力。

此时夏致的心态和放话的时候完全不同。

当时的他，什么也不在乎，什么也无所谓，只是看不惯叶粼那种谁都能拽出来当垫背的态度。

夏致放完话，叶粼走过来，从他手中拿走计时器的时候，他忽然意识到——这一切都是真的。

那个自己研究了无数遍，就连晚上睡觉都想着和他一决高下的人，就在自己的面前！

夏致心跳如鼓，血液都快把心脏撑爆了，叫他如何不紧张？

适度的紧张，能刺激肾上腺素。

但过度的紧张却会扰乱反应力，也会破坏游泳时候的节奏。

夏致不动声色地做了几个深呼吸，冷静下来。

什么也不要想，只要赢就可以。

站在泳道一侧的叶粼一直挂着淡淡的笑容，他看出来面无表情的夏致在紧张。

果然啊，如果没什么比赛经验，被强敌环绕怎么可能不紧张？

可是三秒不到,从夏致绷起的背部就能看出来,他已经调整好了呼吸。

"一、二、三!"

话音刚落,夏致就跳了出去,他的起跳和其他人没什么时差,入水后的距离却好像比林小天还要远十几厘米。

入水的那一瞬间,身姿流畅如同飞鱼。那是一种独特的美感,充满了力量却没有飞蛾扑火的决绝,反而更像是回到了水的怀抱。

叶粼的视线随着那道身影而去,此刻夏致的脑海中已经放空了一切,只剩下本能。

他划臂出水,换气,紧紧地咬住旁边泳道的林小天。

五十米很短暂,但是在这短暂的时间里必须爆发出一切才能赢!

他双臂的划动带着一种无可抵抗的劲力,呼吸与划水的动作流畅结合,一个滚翻之后,他已经追平了旁边泳道的林小天!

岑卿浼激动不已,高喊着:"夏致加油!夏致加油!"

林小天万万没有想到,自己在Q大游泳队受了那么多专业训练,竟然被一个名不见经传的高中生死死咬着,憋足了一口气也要用力往前划!

此刻的夏致,骤然加速,划水的节奏一下子起来了,他在最后十米反超了林小天,此时让他坚持住不撒气的,就是脑海中幻想出来的叶粼。

叶粼就在他的前面,他好像听见了叶粼划水的声音,感受到了从叶粼那边涌来的水流。

哪怕肌肉在发酸,哪怕胸口发闷,夏致还是劲力十足地向前冲去。

蹲在岸边的叶粼看着那道水中身影,只觉得视线被拖拽着,整池的水不是为了阻碍那个少年,而是为了成就他而存在。

当夏致冲到了岸边,右手触壁的那一刹那,叶粼下意识摁下了计时器。他看着水中的少年起身,水流哗啦啦从他身上落下,仿佛披荆斩棘而来。

就这样汹涌地冲进了叶粼的眼睛里。

夏致正调整着呼吸,他抬起了泳镜,一把抹开脸上的水,抬头看向了单膝蹲在岸边的叶粼。

之前叶粼没有好好地看过他,那是一张帅气又带着少年朝气的脸。

当刚强与稚气碰撞在一起,就像一颗青涩的果实。

夏致抬起了眼睛,澄亮得让人分不清楚池水和他目光的界限。

不需要有人通知比赛结果,夏致就大剌剌地笑了,手指在岸上敲了一下:"嘿!下来比!"

叶粼一动不动,他只觉得内心深处那个阴暗潮湿、已经生锈的部分,忽然被狠

狠地打磨了，哪怕他再想要遮掩，也隐隐透露出锐气来。

"不是吧！我们还真输给那小子了？"

林小天扶着水线调整呼吸，刚才在水里他是真被震住了，差点把肺都游炸了，也没能赢过这小子——这不科学啊！

岑卿浼此刻也是激动得很啊！

刚才夏致一进入最后十五米，就跟装了马达一样，太帅了！

"怎么，不敢吗？"夏致仰着头，看着岸上的叶郴。

从这个角度仰视他，夏致还是能感受到叶郴周身流露出的气场，压迫着视线，碾压着神经，哪怕此刻的叶郴很安静，没有发力。

"好啊。不过你刚游完五十米，耗费了很多体力，输给我可不要哭鼻子。"

叶郴笑着说。

"我从来都不哭鼻子。"夏致笑了笑。

有点张扬，更多的是天真。

叶郴起身，活动了一下肩膀，他肩背的线条一旦绷紧了，真的很养眼。

那是一种优雅的比例，有线条又富有劲力。

"给你二十分钟恢复。"叶郴将计时器扔给了林小天，"这一轮，你来当裁判。"

林小天看了一眼计时器上的数字，瞳孔一颤："这……这水平在队里能进前三啊……"

岑卿浼在一旁激动得不得了。

在无数个夏致重复观看叶郴比赛录像的日子里，旁边还有一个端着手机打网游的岑卿浼。

叶郴五十米、一百米和一百米混合泳的最佳成绩，连岑卿浼这个并非粉丝的旁观者都烂熟于胸了。

此刻的他就像是个老妈子，一会儿给夏致披浴巾，一会儿给他擦泳镜。

"夏致！夏致！你就要和叶郴比赛了！好激动啊！"

"你激动什么？这又不是奥运会。"

夏致觉得蹿来蹿去的岑卿浼有点儿碍眼，直接一掌摁住了他的头顶，将他摁在了池边的躺椅上。

"你给我老实待着。"

这时候的叶郴已经做完了热身，他朝着夏致很温和地笑了笑："休息好了吗？"

"休息好了！来啊！"

夏致很紧张，特别是当叶郴站在他身边的出发台上的时候。

他轻轻晃了晃，好像根本没把夏致放在眼里，但是当他将泳镜摁下来，目视前方的那一瞬，轻松的气氛陡然消失。他的唇上仍旧带着一抹浅笑，但是整个身体都绷了起来，酝酿着一股力量，即将挣脱一切桎梏，打破他之前无数的想象。

夏致的心脏跳得很快。

这是他梦寐以求的较量，他越是想要在叶粼面前表现得完美，就越是紧张。

这时候，叶粼侧过身来，笑了一下："你行吗？"

夏致愣在了那里。

什么叫作"你行吗"？

"你才不行呢！"

夏致在脑海中回放着录像里叶粼入水的角度、抱水、空中移臂、强势的打水，记忆太清晰了，让他的心根本静不下来。

没想到叶粼直起了背脊，抬起了泳镜："喂，也许你曾经看过我的比赛，对我有过无数的想象。但是真实的我在这里，可以麻烦你清除一下大脑里的内存容量，让给现在的我吗？"

夏致愣住了，完全没想到叶粼竟然轻而易举就看穿了他。

这种看穿，就像一个强大的长者看着一个孩子，孩子自以为将心事掩藏得很好，然而长者早就洞悉了一切。

夏致的心脏毫无预兆地被戳了一下，可就是这么一下，好像自己之前所有的设想都被打碎了，心境骤然宽广，就连这片泳池忽然也有了天高海阔的味道。

叶粼站在一旁等待着，他一直擅长观察自己的对手，偶尔坏心眼地激怒他们，看他们狼狈或者恼羞成怒，可又偏偏不能把拳头砸在他脸上的样子。

但是夏致这个看起来很骄傲的男孩子却是意料之外的平静。

与其说平静，不如说状态好像更好了。

他的呼吸变得平稳，调整着前后脚站立的位置。夏致动了动脖子，说了声："叶粼，我准备很久了。你准备好了吗？"

是的，叶粼，你不明白我为这一刻准备了多久。

从小学第一次看到你的比赛开始，已经十年了。

夏致目视着前方，随时准备入水。

如果说刚才是叶粼让气氛变得紧张，那么此刻的形势仿佛逆转了一般。

叶粼低下头来，再次调整了自己的泳镜，他有点小兴奋。

以夏致的年纪，已经不算孩子了。

可夏致周身那股劲儿，冲动退去之后的镇定和专注，让叶粼觉得他有那么点可爱。

是个可爱的小男孩。算了,不欺负你了。

叶鲧低下身来,也做好了准备。

随着林小天的那声"开始",两人同时跃向水面。

水花溅起,平静的空间碎裂开来,两人的身影重合了一般,就像一个整体,一旁的几个队员们都看呆了眼。

他们进入水中,叶鲧略微领先,但入水之后两人都是荷尔蒙爆棚般地全速前进,看得人心脏都被高高拽起。

果然,和夏致想象之中的较量完全不同。

从旁边泳道涌来的水流上,夏致都能感受到叶鲧划水的雄劲力度。

明明不游泳的时候,他看起来低调又没有什么威胁性,可此刻却势不可挡,翻滚而起的水花回落的时候,都带着拍击水面的力度。

夏致的神经无比集中,他清楚叶鲧的爆发力,前二十五米绝不是他最快的时候!

不要去想任何事情,追上他,咬住他!

既然我追在你的身后,那就让我自不量力地狩猎你吧!

整个五十米的角逐也不过二十多秒,看起来惊心动魄,却很短暂。

所以每一秒被分割成无数的片段,每一个片段都不能出错!

出水,换气,抱水,夏致一气呵成,连绵不断。

转身之后,叶鲧仅仅领先夏致三分之一个身位!

叶鲧是敏锐的,水流细致入微的变化都能被他的神经所感知。

那个男孩子就追逐在自己的身后,他的执着与坚持死咬着叶鲧的神经。

从感知到四肢百骸,叶鲧的精神高度集中。已经许久了,他再一次有了这种瞬间都不得松懈的紧张感。

练习也好,比赛也好,无论叶鲧的队友或者对手游得有多快,他们始终是这片水域的入侵者,是被水排斥的异类。

但这个男孩子不一样,他好像天生属于这片水域,他的水感太强,和水流之间的共振带来的压迫感,让叶鲧心底那一股涣散的野性,要挣脱一切冲出来!

叶鲧享受着他的追逐,这个男孩每一次借助水的力量前进,每一厘米的靠近,都像是惊心动魄又充满期待的重逢,仿佛自己化作了流星,而男孩子就是那个大气层,给了自己疯狂燃烧的氧气!

当叶鲧的手触壁的那一刻,心脏狂跳,紧绷着的一切丝毫没有放松的意思,血液滞留在胸腔里,全力以赴之后他反而觉得如此空虚。

那种随时被对方狠狠咬住,被追随的感觉让人上瘾。

而夏致调整了好几轮呼吸,摘掉了自己的眼镜。短短的二十秒,他发了疯一样地追赶，肌肉快要裂开，胸腔闷到要炸了一般，他觉得自己一旦停下来搞不好就死了。可就算是这样，叶鹨也始终游在他的前面！

那一段距离，好似无法逾越的鸿沟，哪怕他把命都豁出去，也到达不了。

岸上传来林小天惊诧的声音。

"鹨哥！厉害啦！二十一秒四八！"

叶鹨愣在那里。整整一年，他都没能以这样的状态完成五十米自由泳了。

他摘下眼镜，想要看清楚旁边的男孩子。

夏致听到那个成绩的瞬间，心中是难以描述的惊喜。他本以为一年未曾出赛的叶鹨是不是颓掉了，那个在他的青春里如同标志般鲜明的叶鹨是不是要褪色了，可是叶鹨就这样游出了二十一秒四八的成绩！

可很快，莫名的不甘和怒气涌上了心头。

他不能对着叶鹨发脾气，只能扯下自己的泳镜，甩在了水面上。

"你搞什么？身体不是好得很嘛……"

这么好的体能状态，为什么一年没有比赛？为什么不回去游泳队！

夏致更憋气的是，自己既不是叶鹨的队友，也不是他的同学，连生气的立场都没有。

夏致又用力地抹了一把脸上的水渍，撑上了岸，转身就走了。

摸不着头脑的岑卿浼感觉到了自家发小周身压抑的气压，跟在他的身后不敢说话。

叶鹨还在水中，看着夏致离开池畔，去了男子更衣室。

他看见了这个男孩那一瞬间由喜悦转向愤怒的表情。他很清楚这个男孩丝毫没有因为输了而愤懑，甚至很高兴。但很快这种高兴被失望所代替了，叶鹨却不明白那种失望是什么。

"他叫什么名字？"叶鹨开口问。

"我们不知道啊！"林小天回答。

"你们不知道还跟他比？"叶鹨反问。

林小天和其他队员们抓了抓脑袋，过了许久其中一人才开口道："鹨哥，是你叫我们跟他比的，我们还以为你认识他呢。"

叶鹨侧过脸，看着水面上起伏的泳镜，是那个男孩的，已经坏掉了。他随手捡了起来，撑上了岸。小外甥颠颠儿地过来，一把抱住了他的腿，仰着小脸奶声奶气地说："小舅舅——你好厉害啊！比海豚还厉害！"

叶鹨笑了，就连周身的水汽都沾染上他笑容里的暖意。

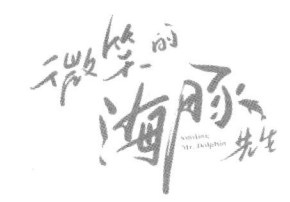

"你喜欢海豚吗?"

"喜欢,"小外甥点了点头,"海豚很可爱!"

叶鳞一把将小外甥抱了起来,走向更衣室,将孩子放在椅子上。他带着几分戏谑的笑意喊了出来:"小鬼,你的泳镜不要了吗?"

更衣室里没有任何回应。

小男孩刚才那表情,自己是不是该好好安慰一下,问问他为什么不高兴?

叶鳞的笑容更明显了,他走向更里面,一排一排的衣柜之间却没有任何人。

叶鳞加快了脚步,走进淋浴间,推开第一个隔间,里面没人。他又推开了第二个和第三个,还是没人。

当他走到淋浴室的尽头,推开最后一扇门的时候,他站在那里,连他自己都不明白为什么自己会失落。

叶鳞下意识捏紧了手里的泳镜,闭上眼睛,想起了那个男孩子的朋友在岸边为他加油的声音。

"夏致!加油!夏致!加油!"

所以……你的名字是夏智?或者夏至?

叶鳞微微吸了一口气,身后有脚步声。

叶鳞转过身来,以为会看见那个男孩,却是林小天他们。

"那个鳞哥,你这个状态也调整一年了,是不是该归队了?"林小天问。

叶鳞笑着回答:"世界这么大,我还没看够啊!"

"去他的……"林小天赶紧住嘴了。

世界那么大,死法儿也很多,其中有一种就是得罪了叶鳞。

林小天想起去年有个白痴混进了游泳队更衣室拍照,当时队长要那人交出相机,那人就是不肯,还说队长用暴力威胁他。

站在队长身边的叶鳞二话不说,一拳砸在那人脸上,笑容依旧温和地说:"对,我用暴力威胁你了,相机拿来。"

后来,那人到学校论坛上哭诉自己采访游泳队被叶鳞打了,结果,上到老师下至学生都说叶鳞不可能出手。因为平日里的叶鳞,是老师眼里的好学生,是同学眼里讲道理,连一句重话都不会说的好榜样。

这样的人,怎么会动拳头呢?

后来,据说那家伙一整年都很倒霉。

先是被人揭发,为了报复室友,用室友的牙刷刷马桶,被室友暴揍。

他的女友又莫名其妙知道了他买的项链是淘宝上一百块一条的假货,被女友在脸上留了个五指印。

期末，他上网买论文，没想到卖论文给他的竟然是系主任。他正好碰上了系里面在抓学术的不诚实行为，有人匿名举报了他要买论文，于是他就落入了系主任的陷阱。

这家伙倒霉了，整个泳队都特开心，当时就传言说是邺哥把他给整了。大家都想问是不是真的，邺哥到底用了什么法子。最后是陈嘉润开口问了。

叶邺揽着陈嘉润的肩膀万分认真地说："我有一种外挂能力，就是没事儿会分心神游，我神游到那家伙养在寝室的金鱼身上，他干了什么我都看见了。"

叶邺是带着笑意说的，所有人都觉得邺哥在一本正经编故事调侃大家，但队员们还是觉得，整得那白痴一年不幸福的人多半就是邺哥。

所以此时此刻，叶邺带着外甥离开更衣室，半点儿没提回泳队的事，但林小天他们都不敢追上去再问。

离开惠华大酒店的夏致闷着头骑着自行车，岑卿浼无奈地追在他的身后。

"夏致——你等等我！夏致你赶着投胎啊！"

夏致没有回家，而是去了岑卿浼家，因为头发没干一回家肯定就穿帮，会被老妈赏赐"爆炒腰花"。

"夏致，你怎么了啊？我还以为和你的偶像叶邺一起比赛，是你梦寐以求的事情，你会很兴奋很高兴啊！可我看你刚才……就像要提拳头去揍他似的。"

岑卿浼盘着腿，低下脸，想要看清楚夏致的表情。

夏致也盘腿坐在他对面，用毛巾擦着头发。

"没什么，只是觉得自己蠢爆了。"夏致撑着身子仰起脑袋来。

"你是说你没管叶邺要个签名吗？"

夏致好笑地揉了个纸团砸在岑卿浼的脑袋上："怎么可能。"

"那是因为什么？"

"因为……去年知道叶邺退赛，还有听到那些说叶邺有心脏病，以后都不游泳的传闻之后，我是真的难过了很久。"

"这我知道，我还请你吃了串串，喝了半箱……可乐。"

"我一直期盼他复赛，整整一年啊……一点他的消息都没有。你知道那种想起他就觉得很失落的心情吗？"

岑卿浼用力点了点头："知道！知道！我每一个女神交了男朋友，我都很失落！"

"可是你看今天，他的状态像是身体有什么问题吗？"夏致问。

岑卿浼摇了摇头："他这成绩都能再拿一次校际联赛五十米自由泳冠军了。"

"所以啊，我的遗憾和担心都是多余的，而且还很可笑。"夏致叹了口气。

"难得我的发小这么难过,来来来,安慰你一下。"岑卿浼说。

晚上,舒骏正在星际网吧里抱着手机玩手游,面前的桌子被轻轻敲了两下。

舒骏正在兴头上,只说了句:"拿身份证出来登记!要抽烟还是无烟区!"

面前的桌子又被敲了两下。

舒骏还是没抬头,而他对面的人异常有耐心,等着他把对手解决了才开口。

"阿骏。"清朗的声音和充满游戏嘈杂声的网吧形成鲜明的对比。

舒骏抬起头来,虎躯一震,呼啦一下扔了手机站起身来。

"粼、粼哥?你来上网吗?"

眼前的叶粼穿着宽松的卫衣和休闲裤,双手揣在口袋里,笑着看向网吧老板舒骏,清爽明朗。

"我不是来上网的,是来问问你,还记得上回在巷子里你要堵的那两个人吗?"

"怎么?那两个小崽子让粼哥不高兴了?上次我就该整治了他们!"

一提起他们两个,舒骏的心里就憋火。

人人都说退一步海阔天空,舒骏只觉得退一步越想越气。

叶粼笑出声来,摆了摆手:"不不不,他们没有得罪我。你也不知道他们的名字吗?"

"他们应该来我的网吧上过网,要查他们叫什么名字很容易,但具体上哪儿能找着他们,我就不知道了。穿着高中校服人都长一样,而且这两个小崽子最近没敢来上网。"

"那没事了。"叶粼转身离去了。

舒骏看着叶粼的背影出了神。

叶粼向来无事不登三宝殿,看来那两个小崽子是惹出大麻烦了。

才刚走出网吧大门,叶粼口袋里的手机就响了,屏幕上显示的名字是"太白金星"。

迎着夜风,他低下头来一笑,靠着路边的围栏,接通了电话:"喂,老白。"

"我是你教练,你到底有没有点礼貌啊!"电话那边传来成熟中带着一丝豪放的声音。

"白教练,今天晚上又在哪里多喝了两杯?"

他们Q大游泳队的教练白景文,曾经是国家队的队员,在那个年代也是拿过非常亮眼的成绩的。只是他性格潇洒,爱好喝酒,喝醉之后还会吟两首没头没尾的诗,什么"山随平野尽,江入大荒流""祥云列晓阵,杀气赫长虹",被誉为盗版李白,外号"太白金星"。

"你小子不归队,我就是喝酒也不开心啊!"白景文顿了顿,接着说,"我听说你五十米游了个挺拉风的成绩啊?"

看来,林小天他们已经迫不及待地向白教练汇报了。

"那我还是不归队了,这样您也少喝点酒。"叶粼垂下手,下意识从口袋里摸出了那副已经坏掉的泳镜。

手机里都是街道上各种路人和车子行过的嘈杂声音,白景文沉默了两秒,还是开口了。

"叶粼,你可以控制住自己,之前你一旦拼尽全力就会……怎么说呢,姑且叫'神游'吧!可这一次你没有。这也许说明,你已经度过这个阶段了,回来吧。"白景文原本豪放的声音放轻缓了。

叶粼抬起那副泳镜,从镜片里看着眼前的街景,一片模糊和暗沉。

看来这副泳镜已经被那个男孩用了很久了。

"我还没有度过这个阶段,这一次只是侥幸而已。老白,我忽然在想,从前我会神游不是因为我过分努力,而恰恰是因为我的精力没有集中。"

叶粼闭上眼睛,回忆起和那个男孩的较量。

"今天,我第一次体会到了水和平常不一样的感觉。它是怎样承托着那个男孩,怎样推动他,怎样包裹着他,怎样沿着他的身体流动而去……我就像偏执狂一样,我完全忘记了尽力游泳这回事,只是不想让他追上我而已。"

"叶粼,回来队里,你会遇到很多让你精神集中的对手。"

"那不一样。洛璃和嘉润已经很厉害了,但是和他们比赛我还是神游了,要不是洛璃发现我不对劲,我早就溺死在泳池里了。可是今天的比赛,我感受到那个男孩所有的一切。他很执着,他挑战我不仅仅是为了赢我,可我又不知道那到底是为了什么。"

"看来你口中的'男孩'很有意思。他多大?你叫他'男孩',难不成是初中生?"

"不是的,他是高中生,只是看他那么正经八百挑战我的样子,像个小孩,有点可爱罢了。"

"叶粼,看来你很不甘心。"白教练的声音里是明显的笑意。

"不甘心?我赢了他的。"

"你赢了他,但是在那短暂的二十二秒,他统治了你的大脑。"

叶粼的瞳孔轻轻一颤。

"最后送你一句话,"手机那端传来易拉罐打开的声音,估计是白景文又开了罐啤酒,"别人我不知道,但你的话,如果对一个人有执念,就一定会重逢。"

话音刚落,通话也利落地结束了。

叶鲧看了看手机,无奈地一笑,低声道:"重逢又怎样,说不定在那个小孩眼中,我就是个怪物呢。"

从小的时候开始,睡着之后叶鲧就经常会做梦,梦见自己变成了水中生物,有时候是一条小鱼,有时候是小虾米,畅游在无尽的水域里,倒霉的话会立刻被大鱼吃掉,他就吓醒了。

后来有一天,他梦见自己变成了鲨鱼,被捕猎者割掉了鱼翅,切肤挫骨之痛让他惊叫而醒,全身都是冷汗。

那天夜里,父亲冲进来抱紧了他,不断在他耳边说着"不怕了,不疼了",他才知道原来那些都不是梦。

叶鲧是特别的。他拥有和水以及水中生物共感的能力,这种能力一亿个人里面也许才会出现一个,而他的家族恰好携带了这种基因。

人类本就起源于海洋,也因此有很多说不清道不明的奇妙能力。

而少部分拥有这种能力的人,被称为"水族"。叶鲧就是东方水族中的一员。

这种能力是一柄双刃剑,一方面它带给了叶鲧超强的水感,任何水的浮力、压力、流动性,他都能在瞬间适应;而另一方面,从去年开始这种与水共鸣的能力就失控了——他比赛的时候,一旦太用力,就会出现神游的状况,他会忽然在水中睡着,思维附着到了不知道哪里的水中生物上。

上一次发生这种事,就是去年联赛的时候。

还好男队的队长洛璃发现他的异样,果断把他从水里捞起来,不然他可能已经死了。

联赛之后,叶鲧也试过和队长洛璃还有队友陈嘉润比试,可每每当他发力冲刺的时候,大脑就会在某个临界点忽然一片空白,神游的情况就这么发生了,这让他不得不放弃了游泳。

其实放弃也就放弃了,游泳对于叶鲧来说并没有比吃饭睡觉特别多少。但是今天碰到的那个男孩,让他坚持全速游完了五十米。

这是为什么?

他想找到那个男孩,也许是因为他好奇那个答案。

又也许,他还想要感受和男孩一起游泳,被男孩追逐的感觉。

第二章　偶像

大概是因为不敢去网吧玩游戏了，夏致在家里安分地待了挺多天，让陈芳华女士产生了一种"夏致最近都有在好好学习"的错觉。

夏致的面前摊着一张数学模拟卷，手机却放在键盘架上，他在研究之前叶邺的比赛录像。

没和叶邺比试之前，他有无尽的想象。

但和叶邺比试了之后，他什么想象的空间都没了，脑中只剩下两个字：强大。

他想起了前年看叶邺的赛后采访。叶邺的对手说，享受成为飞鱼，破水向前的感觉。

当记者问起叶邺，他的表情却平和而从容。他说，他喜欢水，水让他安静。

那个时候夏致就觉得，叶邺是一个没有胜负欲的人。只是一个人不在乎输赢，那又是什么让他在水中如此强大？

就在夏致出神的时候，微信上发来一条信息，来自"曾经美"。

曾经美：这周月考，哥你准备好了吗？

夏致抬起眼，看了看自己只做了几道选择题的试卷，飞快地回复：都考了那么多次，一向都是什么不会就考什么。

曾经美：得，你不怕你家太后拿出一块板砖，把你拍成个炸糕啊？

夏致：东风吹，战鼓擂，这个世界谁怕谁？

曾经美：厉害了我的哥！要霸气，不要尿哦！

夏致：有空跟我臭贫，不如挽救一下你自己的英语和语文吧！

曾经美忽然发来了一段语音，夏致下意识将它点开，是那个五音不全的家伙在鬼哭狼嚎。

"我拿什么拯救——英语覆水难收！作文见血封喉！谁能把谁保佑——让爱不朽！"

门外传来夏致妈妈路过的声音，惊得夏致把手机捂进被子里。

夏致忍无可忍，回了一句：你脑抽啊！赶紧跪安了，最好长眠不醒！

曾经美：早安晚安，不如我们一起入土为安。

夏致满头黑线，谁想和你入土为安！

他直接把那个有考前焦虑的脑残给拉黑了。

大概是发现自己怎么发微信消息，都是被拉黑的感叹号，岑卿浼又跑去祸害他们几个同学建的小群了。

曾经美：我被我的发小抛弃了。

翻版姚明：活该！阿致咋没拍死你呢？

仗贱天下：拍死了他，就真变成蚊子血了。

倒数第二：阿致，这次月考就靠你兜底了，别让弟弟失望。@夏致

整个小群，包揽了全班倒数前四，除了岑卿浼靠强悍的数学和理综实力填补了英语和语文的沟壑，比人民币还坚挺地留在全年级九十名内，不然这就是个真正的学渣群了。

夏致只瞥了他们一眼，就将手机扔到一边了。

周五下午两点，最后一门考试前，岑卿浼和夏致两个人靠着走廊，一个吃着烤肠，一个嗦着碎碎冰。

"阿致，教室黑板上高考倒计时都写起来了，你还不打算发一发力啊。"

"不打算。"

"信不信就算你没考上大学，你家太后也是逼你复读，不会让你去考体校的。"

"担心你自己吧。"

一不小心，岑卿浼吃了一半的烤肠从竹签上掉下去了。啪啦一下，正好落在他们年级组长的肩膀上，在对方那套穿了不知道多少年的西装上留下了一块油渍。

岑卿浼心中大惊，傻在那里。

年级组长魏书保，外号"劈头士"，对各种看漫画、玩游戏、谈恋爱等影响学习、玩物丧志的行为深恶痛绝，总是把学生拉成一排站在走廊上，劈头盖脸一顿批评，这就是"劈头士"这个外号的由来。

就在老魏抬头暴喝"谁扔的烤肠"时，夏致一把扣着岑卿浼的脖子，以雄狮扑下猫崽的气势，将他压了下来，两人都蹲在了墙根。

岑卿浼侧过头，看见的就是夏致沉静的侧脸。夏致是一点都不惧老魏，从身体到心灵。

"我要是女孩儿，一定爱你爱死了。"岑卿浼一脸"哥，你好帅"的表情。

"你要是女孩儿，我就麻溜地把你嫁给老魏。"

岑卿浼哽了哽："哥，你真伤人。"

"别叫我哥，我想揍你。"

这时候学校的广播响了，通知各考场的学生回座位。

岑卿浼和夏致分道扬镳，毕竟一个在第三考场，一个在第九考场，隔着两层楼的距离。

老魏怒火冲冲地上来，想要找到扔烤肠的那一个，夏致揣着口袋正大光明地从他身边走过，被老魏一把拽住："是你扔的烤肠吗？"

正要上楼去自己考场的岑卿浼站在拐角处高声道："如果是他，那扔的就不是什么烤肠，而是一整个没化掉的碎碎冰了！"

意思就是，会让老魏你头破血流。

"你——"老魏的怒火还没发出来，岑卿浼就高喊一句："考试咯——"

夏致从老魏身边走过去，进了考场。

考试结束的时候才四点半，垫底四人组中的其他三人邀夏致去打篮球，夏致没有太大的兴致。

岑卿浼却发了一条肉麻的微信消息过来。

曾经美：哥，要不要陪人家去水族馆呀？晚上八点才闭馆呢！

夏致：滚。

曾经美：不去就烦你哦！

夏致额角青筋凸起，自从岑卿浼在网上和一个妹子"眉来眼去"之后，他发来的微信消息就不大正常了。

但是想到一回家老妈就要问考得怎么样，是不是又垫底了之类，夏致就觉得有些烦躁，于是答应了岑卿浼的水族馆之约，算是缓刑了。

水族馆是今年新建的，看着岑卿浼在入馆之前还买了两杯奶茶，夏致基本上就知道是怎么回事了。

"你又在打游戏的时候勾搭上了谁？"夏致接过对方递来的奶茶，喝了一大口，甜到发腻。

"哎，你怎么知道？"

"你带我来水族馆，还买奶茶，这不明摆着是为了见面踩点吗？"夏致没好气地说。

岑卿浼笑得贱兮兮的："还是发小了解我！"

"滚一边去。"夏致的手指扣着奶茶的边缘，就这么拎着奶茶进了水族馆。

馆内光线比较暗，周围都是玻璃墙，墙的另一侧便是蓝色的水。各种水中生物

慢悠悠地游来游去,有颜色鲜艳的海鱼,有一小群晃悠着的小丑鱼,也有叫不出名字的生物。

这个水族馆号称全国前三,容纳了数千种海洋生物。

他们两个男生逛水族馆确实很怪,因为周围不是带着孩子来的父母,就是约会的小情侣,情侣们逆着光留下依偎在一起的剪影。

夏致觉得手里的奶茶是累赘,太甜了不想喝,可是又找不到扔的地方,只能拎在手里。

岑卿浼那家伙正在拍摄视频,发给他那个即将见面的对象。

夏致索性靠着墙,抬起头,看着那些漫无目的的游鱼。

忽然对面有个女生满怀爱心地叫了一句:"好可爱呀!"

她来到夏致的身边,拿着手机不知道在拍什么。

夏致转过身才发觉自己身边不知道什么时候停了一只小海豚。

它贴着玻璃墙,带着笑,眼睛眯着,一副滑不溜丢的样子,让人特别想要揉一揉。

夏致也笑了,隔着玻璃用奶茶磕了磕它的脸。谁知道它竟然也撞了撞夏致磕过的地方,摆了摆尾巴。

"小东西,"夏致看着它,这小东西的嘴用力地贴着玻璃,扑扇着它的两鳍,好像很兴奋的样子,"海中小猪仔。"

这只"海中小猪仔"好像特别喜欢夏致,夏致和岑卿浼懒洋洋地走了一段,它就一直跟着他,还靠得非常近。

夏致停下脚步,索性陪它玩一玩。

"你是孤独寂寞呢,还是吃饱了撑的?别跟着我,小心变成烤鱼排!"

夏致的手指在玻璃上弹了一下,小海豚立刻向后退开,还假装害怕地抖了抖,但很快又贴了上来。虽然知道这种海豚无论何时何地都是微笑的样子,那是它们的骨骼构造决定的,可不知道为什么,夏致就是觉得它是真的在微笑。

他伸出手指,点在了玻璃墙上,那个小东西的嘴立刻也点在了同样的位置,还以此为支点,转了个圈,扑扇的鳍好像在说"你为什么不开心啊,我有没有逗乐你啊"。

夏致原本酷酷的,不带一丝笑,这会儿目光也柔和了起来,手指换了个位置,那只海豚又立刻跟了上去。

就这样玩了一会儿,夏致确实觉得自己因为月考而有些烦闷的心情变得好多了。

他低下头,额头抵在玻璃上,海豚也靠在那个位置。

夏致的嘴角高高扬起,小声说:"你要是个姑娘,一定温柔可爱,很会哄人吧?"

小海豚微微向下挪了挪,似乎是对夏致的校服胸口位置上那几个字很感兴趣,一直目不转睛地盯着,虽然夏致并不认为以海豚的视力能看清楚那几个字。

但看它那么一本正经的样子,夏致非常配合地靠向玻璃墙,让胸前 T 大附中的字样贴了上去。

小海豚好像真的在看,还将自己的嘴抵在夏致胸口的位置上戳了戳。

岑卿浼走了过来,打趣说:"这海豚是成了精吧?"

"它要是能成精就好了,肯定比你讨人喜欢。"夏致将手掌贴上去,神情也变得柔和了起来。

他们又走了一小段,那只小海豚真的一直在他们周围没离开。

"转个圈儿。"夏致转了转手腕,本来也只是随性的一个举动,却没想到它竟然真的在夏致的面前转了个圈。

那模样就像小宝宝穿了件新衣服,认认真真地展示给大人看。

"它是不是被训练过啊!"岑卿浼也转了转手腕,说了句,"给爷转个圈儿!"

可惜,那只小海豚压根儿不理他,直接甩了甩尾巴游到一边去了。

"哎!凭什么!都是一样的动作,你怎么就不给我转圈?"

岑卿浼气得拍了拍玻璃墙,那只小海豚直接留给了他一个背影。

倒是夏致,朝着它招了招手,它竟然又巴巴地从远处游了过来,嘴巴抵在夏致的掌心。

夏致故意用手指在玻璃上抠了抠,小海豚也用嘴巴在那里蹭了蹭。

"这海豚什么时候也学会看人下菜了!"岑卿浼不爽地说。

"我怎么了?什么叫作看人下菜?"

"你、你凶悍呗!"

"我要是真凶悍,你还能活着?"

夏致和岑卿浼有一搭没一搭地扯皮。

那只小海豚好像很不满意夏致没有关注它,竟然用嘴在玻璃上敲了敲。

夏致转过头来,笑着做了个刮鼻子的动作:"你那么喜欢我呢?"

小海豚拍了拍自己的两鳍,就像在点头似的。

岑卿浼皱起眉头,拽过夏致小声说:"咱们走吧,总感觉这海豚笑得特别魔性。"

夏致看时间也不早了,晚上八点前得回家,不然家里的太后得拎他的耳朵了。

但是夏致一走动,小海豚就跟着。

"得,这小东西还挺舍不得你的,忽然觉得咱们离开了水族馆,就跟抛弃它一样。"

夏致叹了口气,像岑卿浼这样的鼻涕泡,夏致别提多想把他揍成豆腐渣,但是这个小东西,却让夏致全身上下,从心脏到目光都柔软起来了。

夏致朝小海豚招了招手,它果然紧紧地贴了过来。

"小东西,我得回家了。下次,这个家伙会替我来看你。记得,不要给他面子,使劲儿抽他。"夏致向后指了指岑卿浼。

大概是明白了夏致在向自己告别,小海豚原本精神抖擞的眼睛忽然晦暗了下去,就连笑着的表情都像是要哭出来一样。

鬼使神差地,夏致向前倾去,小海豚也靠了上来,抵在玻璃的那一侧,夏致和小海豚隔着玻璃靠在一起。

水光折射在他的脸上,少年英挺的眉眼变得柔和而明亮,就像是一场抓不住的梦。

夏致直起背脊,朝着小海豚挥了挥手:"我家有位咆哮太后,你也赶紧去找你家的太后吧。"

"还真是只迷人的小妖精。我都在想,我和网友见面的时候,是不是得让你假装游客在我们附近,这只海豚铁定来找你。"岑卿浼没脸没皮地说。

"滚吧。"

他们走出水族馆,"哐啷"一声,夏致将还剩下大半的奶茶扔进了垃圾桶里。

"阿致!阿致!你过来看看啊!"

"看什么?看你出丑还是看你脸大?"夏致揣着口袋慢悠悠地来到岑卿浼的身边。

那是一块招聘公示,上面写着:

招聘兼职海豚保育员。
你喜欢海豚吗?你愿意陪着海豚一起玩耍吗?
如果你符合以下条件,欢迎你加入我们的团队:
男性,水性好,精力旺盛有耐心,专业游泳运动员或者教练员优先。

岑卿浼用胳膊肘撞了撞夏致:"不是我说,这兼职就是为你量身定制的啊!"

"你是说给海豚当保姆吗?"夏致轻哼了一下,不由得想起了刚才碰见的那只小海豚。

"嘿,有什么不好?这里写的地点是海洋公园的海豚馆,那里的海豚应该是生活在泳池里的。你不就是扔个球,让海豚给你叼回来?"

"扔个球?你当是遛狗呢!"

"你还能跟海豚比游泳呢!那么大的泳池,除了你,就是海豚,随便游!再也不用担心游了一半速度还没起来,就摸到别人的脚跟了!"岑卿浼说得眼睛都快要冒星星了。

夏致仔细一想，岑卿浼虽然一直不怎么靠谱，但是按他说的，能练游泳又能挣兼职的钱，倒是一件好事。

"走吧，等月考成绩出来再说吧，说不定还得吃一顿爆炒腰花。"

"我大概可以想象你家太后左手菜刀、右手毛衣针追杀你的样子了。"

两人一前一后骑上自行车，驶入夜色之中。

而此时在非梦酒吧的后面，几个酒吧服务生正在休息。两个女生穿着统一的白衬衫和深棕色围裙，撑着下巴看对面那个侧脸靠着沙发熟睡的年轻男子。她们偷偷取出手机，拍了几张照片。因为灯光灰暗，又不敢开闪光灯，所以照片有些模糊。

沙发上的男人闭着眼睛，睫毛在眼帘上留下两小片阴影，他的五官线条俊挺中带着三分精致，细细品味，还隐藏着几分不易察觉的锐利。

蓦地，他睁开了眼睛，手撑着沙发坐了起来，用力吸了一口气。

"鄦、鄦哥！你没事吧？是不是做噩梦了？"其中一个女生赶紧给他倒了一杯水。

叶鄦抬起手来将额前的发丝向后捋了捋，只是在值夜班前睡了一觉，没想到竟然又神游了。他回忆着自己在神游时见到的画面，立刻拿过桌子上的便签，写上四个字：T大附中。

"原来还是小师弟啊。"

他轻笑了一下，对面的两个女生都看直了眼。

"鄦哥，你没事了吧？"

"我没事了，到轮班的时候了吧？"叶鄦抬起手腕，看了看表，已经七点四十了。

"嗯，很快就要忙起来了。"

"我去洗把脸。"

叶鄦站起身来，走进了洗手间。

他低下头来，刚打开水龙头，忽然想到了什么，他抬起头来看着镜子里的自己，脑海里莫名出现那个男孩子靠近玻璃的画面。

他捧起水，泼在了脸上。

经历了黑色的周五，周六早上夏致趁着太后去医院轮急诊的班，骑上自行车就去了水族馆。

他想了一整个晚上，还是觉得如果可以的话，能拿下那个兼职就最好。

停了车，夏致来到海豚馆，向工作人员表明来意之后，被领到一个小办公室。

在那里，他见到了一个穿着白大褂的中年女人。

那一刻，夏致还以为见到了自家太后，差一点没把对方给自己倒的柠檬茶撞翻。

"怎么了？你紧张？"中年女人笑了笑，"你放心，我不吃人。我姓楚，在海豚馆工作的人都称呼我为楚博士。我在这个海豚馆里负责养育五岁以下的海豚。"

夏致不由得想起自己昨天见到的那只小海豚，不知道它几岁了。

"你水性很好，擅长游泳？"楚博士的声音很温和。

"嗯。"夏致将自己初中时候参加游泳比赛的那些成绩证明拿了出来。

楚博士大概看了两眼，又说："你喜欢海豚吗？"

"还、还好，"夏致又想起了那只小海豚，下意识加了一句，"它们很可爱。"

"对，是很可爱，而且精力旺盛，对什么都很有好奇心，情感也很丰富。你以为它们只是调皮捣蛋，但它们经常有自己的目的。比如吸引你靠近，比如学习你的行为，比如亲近你。这份工作呢，就是陪小海豚玩耍。"楚博士说。

"雇人……就只是为了陪小海豚玩？"

夏致心想，之前只听过人不如狗，现在是人不如海豚了。在他小时候，太后娘娘可没想过雇什么人来陪他玩。

"别小看陪小海豚玩，很耗费心神的，一般人的体能还未必能跟上呢。你看起来年纪不大啊，成年了吗？"楚博士又问。

夏致心想还好自己上个月刚过完生日，拿出身份证给楚博士看。

楚博士看完之后点了点头。

"有几点注意事项，先跟你说一下，这个年纪的小海豚处于幼年向成年过渡的阶段。等它再长大一点……对某些方面会很有兴趣并很想尝试。海豚会有些恶劣的部分，但事实上它们情感丰富，需要陪伴。它们表达信任和亲密的方式就是邀请伙伴一起开心玩耍。但是我们这个小宝贝还没到作天作地的地步，换句话说，你就当哄一个酷爱上房揭瓦的小朋友就好。"

听到这里，夏致呼出一口气来。

还好是个海豚崽。在它长大之前，必须好好教育！

楚博士站起身来："走，我带你去看看那只需要陪伴的小宝贝。"

夏致赶紧起身跟了上去。

那是一片湛蓝的泳池，池水清澈干净，在泳池的中央，有一只小海豚一动不动地沉在水中，很安静，也很孤独。

"它的名字是痞痞，原本还有一只同龄的小海豚叫乐乐，和它一起生活在这里。上个月，乐乐被送去了其他地方，没有了同伴的痞痞就经常把自己沉在水里。"楚博士叹了一口气，"之前我们也请了教练来陪它玩耍，但它一直都没有什么兴致，还不断地撞教练，想要把教练赶跑。"

夏致看着那只小小的身影，估摸着它是在用这种方式向海豚馆抗议，想要他们把乐乐给送回来。
　　"海豚一直沉在水里，就没办法呼吸了吧？"
　　"是的。"楚博士点了点头，"你要不要下去试一试？说不定它会浮上来和你玩。"
　　"嗯，我试试看。"
　　夏致看到它那孤零零的样子，也很想抱抱它。
　　他换了一套黑色的全身泳衣，刚一走出来，楚博士就惊讶了。
　　"第一眼见到你，只觉得这个年轻人的身材应该挺好。现在再看，我是真的相信你游泳很好了。"
　　夏致虽然面上对楚博士的夸奖很平淡，耳朵却微微泛起了红。
　　他做了一下热身，就从梯子上下去，缓慢地潜入了水中，摆动了几下海豚腿，靠近那只小海豚。
　　小海豚像是感知到了夏致的接近，它绕过了夏致，游向另一个方向。
　　夏致上下起伏，划水再度靠近了它。
　　大概是因为夏致用的是海豚泳，小海豚有点好奇他是不是同类，于是转过身来凑向夏致。
　　当夏致要摸一摸它的脑袋时，它忽然就不屑地扭头游走了。
　　看来它知道夏致并不是海豚了，小家伙挺聪明的。
　　但是夏致一点都不生气，他觉得自己对待这只小海豚的耐心远胜于对岑卿浼那个鼻涕泡。
　　他加快了速度，游向它。
　　小海豚为了不被追上，一改之前的懒散，迅速地游到了泳池的另一端。夏致一边追，小海豚一边躲，就这样游了两三圈。
　　而且这只小海豚还真的有些坏心眼，会故意放慢些速度让夏致追上它，而每当夏致要伸胳膊摸一下它的尾巴时，它就立刻甩尾巴跑了。
　　大概是许久没这么畅快地游过泳了，夏致一点都没感觉到时间的流逝，直到楚博士在岸边叫他。
　　"夏致！你们玩了半个小时了，看来你应该能适应这份工作。我们来谈一下工作时间和待遇吧。"
　　夏致一听到这个就游向梯子，爬了上去。
　　一回头他就看见那只小海豚虽然远远地留在了泳池的另一边，一副"我不在乎你"的样子，但是脑袋却是朝向他的方向，当他越走越远的时候，小海豚还游到梯子附近，浮了起来。

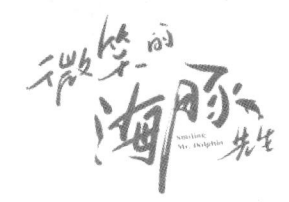

又是那种孤零零的样子。

夏致莫名地叹了一口气,简单整理一下,穿上了外套,

夏致坐在楚博士的办公室里,面前是一杯热腾腾的姜茶。

楚博士在得知夏致还是高三学生后,犹豫了。

她觉得高三是学生很重要的阶段,还是不要分心出来做兼职比较好。

夏致想了想,还是坦荡地告诉了楚博士自己真实的想法。

他喜欢游泳,喜欢水,他需要这份兼职。

楚博士想了想,对他说:"这样吧,你每周六早上来陪痞痞玩两个小时,每周就来这一次。你刚才告诉我你的月考成绩,如果下一次月考,你的成绩没有任何提升的话,我就不能雇佣你了。"

虽然夏致的月考成绩怎样,以后考得上或者考不上大学都和楚博士没有关系,但是楚博士不希望这份兼职影响到夏致学习的心意,夏致还是领情的。

"进步一名,也算提升吧?"

"当然。"

夏致想了想,自己可是全年级二百五十多名呢,进步空间还是很大的,于是答应了楚博士的条件。

因为拿下了这个兼职,夏致还是第一次觉得岑卿浼没有从前那么不靠谱了,正好中午太后也回不来,他约了岑卿浼出来吃午饭。

曾经美:哥,我没听错吧?穷到一毛不拔的你,竟然要请我吃饭?

夏致:嗯,我请你。你想吃什么?

曾经美:泡面食堂!小铁锅煮的泡面可入味了!

夏致:我去超市买了,回去随便煮。

曾经美:那能一样吗?

夏致:去吃东北刀削面。

曾经美:你也太直男了吧!我要吃泡面小食堂!

夏致:东北刀削面。

他们在"泡面小食堂"和"东北刀削面"之间重复了无数回,最后岑卿浼选择了妥协,坐在小木桌上,陪夏致吃东北刀削面。

"阿致,不是我说,你这样子是永远都找不到女朋友的。"岑卿浼感叹道,"吃饱就行,完全不讲究环境和美感。"

"你有让我讲究吃饭环境和美感的价值吗?"夏致抬了抬眼皮。

岑卿浼吸了吸鼻子没说话了。

他们吃完了刀削面，肚子有些饱胀，就在附近遛弯消食。

谁知道竟然碰上了舒骏那伙人。舒骏那个小白脸前呼后拥的，左边的人给他递烟，右边的人给他点火。他一抬眼，和岑卿浼的目光对上的那一刻，两人都愣了一下。

只听见岑卿浼拽过夏致说了声："完蛋！"

舒骏高喊一声："给我追！"

舒骏身边的那几个人立刻追了上来，那场面就跟上演了一场古惑仔一样，只是阵容不怎么彪悍。几个留着黄毛的小青年追在岑卿浼和夏致的身后，高喊着："给我站住！"

"傻子才站住——"岑卿浼的话刚撂下，夏致却忽然站住了。

"哥——你干什么！"

"你跑就算了，我为什么要跑？"夏致凉凉地反问。

"啊？"

岑卿浼还没反应过来，夏致忽然一个回身，一脚踹在打头阵的那个胳膊上有文身的家伙身上，对方一脸惊诧地向后栽倒，撞在另一个人的身上。

剩下的黄毛往旁边一躲，接着一拳头砸过来，可惜夏致腿长胳膊也长，拳头后发先至，差点没把黄毛的牙给打掉了。

岑卿浼睁大眼睛，摸了摸脑袋："是哦，我跑就算了，你真没跑的必要。"

舒骏正好跑了过来，看见这一幕傻了眼，接着把烟往地上一扔："都是些倒霉玩意儿！"

夏致忽然来到舒骏的面前，舒骏还没来得及出拳，夏致一条腿直接蹬在了舒骏的腰侧，将其压在了墙面上，舒骏的气势冷不丁被斩断了。

夏致的脚踝和半截小腿从宽大的运动裤里露了出来，紧硕修长的线条随着夏致揣着口袋微微前倾的动作而绷起，非常有力度。

"我说舒骏，要不是惦记着万一哪天还要上你那儿上网，我早就把你的鼻子给砸断了，你可别给脸不要脸啊。"夏致没有任何表情，舒骏只觉得背上冷飕飕的。

"不、不是我要找你。"舒骏的舌头都打结了。

"那是谁要找我？"夏致轻哼了一声。

"是、是邺哥，邺哥前几天来我网吧里，问我知不知道你。"

"啊？什么邺哥？"

"叶邺，Q大游泳队的叶邺，你听过没？"

夏致愣住了。那个名字几乎占据了他十年的少年时光，怎么可能没听过。

"他找我干什么？"

"不、不知道。"

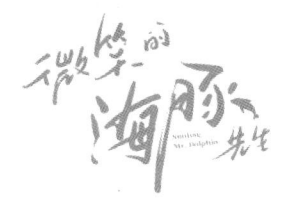

"不知道你还帮他来找我麻烦?"

"他和我大哥关系挺好,所以我就……"

舒骏想想,忽然觉得懊丧无比。自己好歹在T市网吧行业里算是个人物,什么牛鬼蛇神没见过,怎么就栽这小子手里了?

"以后有人找我,你就直接打电话跟我说一声,不用叫上这么多人来招呼我,怎么样?"夏致抬了抬下巴。

"这样当然最好啦!"舒骏尴尬地笑了笑,"但是我也没你的电话号码啊!"

"手机拿来,加个微信。"夏致勾了勾手。

舒骏赶紧把手机拿出来,扫码添加好友。他看着夏致扣着手机的手指,关节曲折,修长有力,生怕这位爷一个不高兴,就像上回一样给他脸上来一拳。反正都打不过了,认怂吧!

要是都认怂了,还因为认怂的态度不够端正被打了,那就真的不划算了!

两人就这样加上了微信好友。

夏致看了一眼岑卿浼:"之前舒骏游戏里给你的那些装备,你还给人家了吗?"

"啊?我这不是被骏哥拉黑了吗?我想还也还不上啊。"

岑卿浼笑得贱兮兮的,舒骏这个小霸王被夏致给当街"腿咚"了,而且毫无还击之力啊。

"回去就还!你一男的,想要什么装备,自己挣。"

"好啊,那什么骏哥,你把我从黑名单里放出来呗。"岑卿浼笑着说。

当时也就是以为舒骏是个小姐姐才故意撒娇要装备,其实岑卿浼压根儿也看不上那些装备。

舒骏立马点头:"回去就放!回去就放!都是兄弟,一起上阵的,装备还来还去的就没意思了。"

"那成。下回上你网吧打游戏,给我们留个好位置!不会少你的钱。"

夏致歪了歪脑袋,舒骏如蒙大赦,立刻带着他的兄弟有多远跑多远了。

夏致转身走了,但是满脑子想的都是刚才舒骏说,叶鄰去网吧找过他。他找我,干什么?

走在夏致身后的岑卿浼眉梢挑了起来,他知道以舒骏的尿性,肯定不会甘心就这么当着三个兄弟的面被夏致下了脸子,搞不好还要使什么幺蛾子呢。

岑卿浼叹了一口气:"唉……"

"你叹的什么气?"

"没什么。阿致,你以后是不是还想去舒骏那里上网啊?"

"那不是废话,难道在家里上网给太后看?"

"好哦,我知道了。"岑卿浼揣着口袋,跟在夏致的身边。

夏致走了两步,忽然想到了什么,转身看岑卿浼。

"你小子不许使坏欺负舒骏,有那个脑子不如拾掇拾掇你那破烂英语。"

"知道了。"岑卿浼应道。

小学五年级时,学校里几个孩子和夏致闹了矛盾,围着欺负夏致。

那场面媲美橄榄球比赛,进不了围殴圈的岑卿浼在旁急红了眼,一把沙子甩进他们头儿的眼睛里:"你打我兄弟,我打你!"

其他几个孩子都看傻了。

后来老师来了,岑卿浼被叫家长。

当晚他连饭都没得吃,在院子里罚站。夏致来找他,两人在院子里一起喂蚊子。

"咱以后分工还是得明确,拼力气的事我来,拼脑子的事你来。"

"嗯,明天全校念检讨,拼脑子的时候到了。"岑卿浼一本正经地说。

结果这封检讨,名震T市第一小学。

岑卿浼高声念:"哪里有暴力,哪里就有反抗!你打了我的左脸,我不会伸右脸。我会揭竿而起,和暴力抗争到底!"

这哪里是检讨,明明就是宣言。

岑卿浼把那几个孩子什么时候抢了别人的自行车,扔了谁的书包,原原本本地说了出来,跟全校庭审似的,愣是收获了一堆掌声,校长脸都绿了。

连那个孩子的家长听了都尴尬不已,从此以后,在T市一小里面没人敢欺负他和夏致。

"你真不搞事?"夏致揣着口袋一回头,就看见岑卿浼低着头,笑得够贱。

"不搞事。"

"想搞就搞吧。要真不让你搞,你可得上天。"夏致抬了抬下巴,"老规矩,捅破了天,就叫我。"

"嗯,动手的归你,动脑的归我。"

舒骏回去之后气愤极了,一直打电话,要约上其他兄弟找机会教训夏致和岑卿浼。

今天是周末,刚好舒骏的大哥舒扬也回来了,在网吧后面的小间里和大学同学聊天,喝啤酒。和弟弟全身上下那股混社会的气质不同,舒扬留着干净清爽的短发,戴着一副黑框眼镜,穿着咖色的线衫,下身的休闲牛仔裤将双腿衬得又直又长,一看就是正经的好学生。

只是舒扬单手打开啤酒罐，拎起来往嘴边送的样子，就不怎么纯良了。

"你弟弟这又要收拾谁呢？"舒扬的对面坐着个年轻男人，声音听起来温润有教养。

"鬼知道。好像下午带了人出去，结果吃了亏回来的。"舒扬无所谓地说。

"那你不帮一下他？"

"帮他什么？多吃几次亏就皮实了。一个开网吧的，装什么地头蛇啊。"舒扬的啤酒罐碰了碰对方的啤酒罐，"叶粼，你要找的那个男孩子找到了没？"

"找到了，他是T大附中的。"叶粼不紧不慢地喝了一口，想起夏致在水族馆里逗了起码半个小时海豚的样子，不自觉笑了。

"没想到还是母校的小师弟啊，说不定以后也能考上Q大。"

"谁知道呢。"叶粼笑了一下。

就在这个时候，网吧里传来一阵惊呼声。

"这怎么回事儿啊？没停电啊！屏幕怎么黑了！"

"搞什么啊！我们Boss才刚杀了一半啊！"

"哎！屏幕上有字！快来看啊！"

正在联系兄弟们的舒骏赶紧挂了电话，冲到了其中一台电脑前，看见屏幕上出现了一行字：

舒骏，今晚八点，我在如意公园的喷泉前等你。

每一台电脑上都是同样的信息，关机重启了都没用。

"星际网吧这是被黑了吧？"

"这是下战帖了？舒骏是谁啊？"

"你蠢啊！舒骏就是网吧老板啊！我们T市的电竞一哥！多少人为了得到骏哥的指点，特地到星际网吧来上网啊！"

"那我看未必是战帖！如果是战帖应该约了几点几分网上对决啊！这怎么会约公园喷泉前见面呢？"

"哎哟！说不定是哪个女玩家，为了吸引骏哥注意啊！"

"骏哥的桃花运来了！"

网吧里大家的起哄声此起彼伏，这边的舒骏却满头冷汗。

因为这个黑客太厉害了，他折腾了半天都没办法把对方植入的病毒程序给清除了。

前台的电话响了，小弟接了电话就凑到舒骏耳边说："骏哥，不得了了！咱们其他分店也被黑了！"

舒骏一咬牙，哗啦一下起身，大步流星走到里面的小间，敲了敲门："大哥，

"你在吗？"

"滚进来吧。"

舒骏推开门，就看见自家大哥舒扬和叶粼两个人在里面喝了七八罐啤酒。见他焦头烂额的样子，两人的唇上不约而同都起了一抹笑。

"哥，有人砸了我们的场子。你给看看，怎么解决，总不能连营业都不成了，给外人看笑话吧？"舒骏尴尬地抠了抠脸颊。

舒扬没有起身，只是淡淡地说："跟你说了多少遍了，和气生财。你不去惹是生非，别人也不会吃饱了撑的找你麻烦。"

"哥，粼哥也在呢。你要教育我，也别在粼哥面前啊。"

叶粼这才抬了抬下巴："去看看吧。我本来是想碰碰运气，说不定能看见那个小男孩来上网呢。你这网吧完蛋了，小男孩可就不来了。"

舒扬这才起身，掰了掰自己的手指，在电脑前坐下，手指飞快地在键盘上敲击。

"挺有意思的啊。"

一分多钟后，所有电脑的屏幕都恢复了原样。

"哥，你找着这家伙的 IP 地址了吗？"

"没有，他隐蔽得很好。而且人家不是都约你见面了吗？你就去吧。说不定真的是个漂亮女孩儿想吸引你注意。"舒扬眯着眼睛笑了一下。

"那万一、万一对方带了人，守株待兔要收拾我呢？"

"那你把大宝、二喜还有阿才都带去保护你啊，我的公主殿下。"

"哥，你不知道，大宝、二喜还有阿才，今天下午刚被人给砸了。"

"好吧好吧，我和粼哥陪你去。"舒扬看向小间里那个刚点了一支细长香烟的叶粼，"叶粼，今晚不用去酒吧了吧？"

"晚上十二点的班，时间足够。"

叶粼起身，从沙发上拎起那件长风衣，走了出来。

舒扬开车，停到了如意公园附近。

这是一个绿化挺不错的小公园，市民在夜间散步聊天的好地方。

"看来对方想事情挺细的。"叶粼说了句。

"挺细？"舒骏不明白叶粼怎么忽然得出这样的结论。

"你粼哥的意思就是，如意公园里人多，对方约了你在这里见面，就是不怕你带人来揍他。大叔大婶们会报警，还会积极做人证，送你进去喝茶。"舒扬回答。

"真狡猾！"

"是你脑残。"

三人下了车,走进了公园里。

他们走过那些正在跳交谊舞的大妈大叔,路过推着婴儿车围在一起交流育儿经的妈妈们,来到了喷泉前。

喷泉的长椅椅背上坐着一个人,逆着光,只能看出来对方是揣着口袋坐着的。

"对方是一个人来的,你也一个人过去吧,我和叶粼就在这里等你。你要是打不过对方,我们会来救你的。"

舒扬说完,就和叶粼两个人走到树下面去了。

"不是,哥你什么意思?瞧那小身板的,我还能打不过他?"

舒骏满脸不高兴地走向那张椅子。让小爷我看看,你是圆还是扁!

当舒骏走近了,对方抬起头来看他的时候,一把火从胸口蹿到了脑袋顶。

"竟然是你这个小兔崽子!"

舒骏冲上前去,抡起拳头就要揍他。

那个黑了星际网吧的人,不是别人,正是岑卿浼。

岑卿浼一脸死猪不怕开水烫的样子,笑得懒洋洋的:"你敢——"

"我为什么不敢!"说完,舒骏还用余光看了看夏致在不在。

"别看了,我兄弟不在,是我自己来找你的,算是做个了结。"

岑卿浼从椅子上跳了下来,冷冷地看着舒骏:"我知道你兄弟多,那又怎样?你要是以后还敢带着你哥们儿来找我们麻烦,找一次,我黑一次!黑到你开不下去!"

他的声音铿锵有力,一双漂亮的桃花眼里泛着寒光。

"你说什么?我告诉你,你的病毒已经被我清理了!"

舒骏自动省略了清理病毒的是自家大哥舒扬。

"那算你厉害咯,"岑卿浼无所谓地摊了摊手,"下次我再送个更厉害的给你呗!"

"你!"舒骏气极了。

"你确定拳头要抬那么高?我可是从此时此刻开始算起,有本事你就揍我!我黑到你网吧开不下去,连汉庭的厕所都睡不起!"

岑卿浼用手指隔空点了点舒骏,震得舒骏向后退了半步。

一直站在树下阴影里的叶粼,忍不住笑了出来。

"谁啊——听墙脚无不无聊!"岑卿浼扯着嗓子喊了一声。

叶粼慢悠悠地从树下走了出来。

岑卿浼顿住了:"叶、叶粼,你怎么会在这里?"

啊呀我的亲娘,刚才他说的那些话可别被叶粼给听了去!要是让叶粼对夏致也有了不好的印象可怎么办!

"这里是公园,人人都可以来。"

叶粼侧过脸，对留在树下的舒扬说："这是经常跟小男孩混在一起的那个小鬼，也算是我们的……师弟吧。"

"那你怎么个意思？他黑我家的网吧，就这么算了？"舒扬的声音很平静，一听就是心里面已经"算了"。

"你们做的不就是小孩子的生意，和小孩子计较，那还怎么挣钱？"叶粼抬起手来，摁了一下岑卿浼的脑袋。

岑卿浼缩了缩脖子，当下就决定别让自己看起来太有能耐，继续小白猪的角色表演，这样无论自己干了什么"坏事"，都跟夏致无关，是自己自不量力，太愚蠢。

"好吧。"舒扬夹着烟，星火忽明忽暗，站在树下看不清脸。

但岑卿浼却对上了舒扬的眼睛，深如黑墨，眼底带着一丝调侃的笑意。

"下次再到我家网吧捣蛋，绝对拆了你的小骨头。"舒扬笑了笑，朝着自家已经傻眼的弟弟招了招手。

叶粼开口道："你看你，什么拆骨头，把小朋友都吓到了。这下我还得请人家吃夜宵压惊了。"

舒扬拎着舒骏的后领："走了。"

舒骏一边走一边不爽地说："哥！就这么结了？"

"不仅仅是就这么结了，以后你还得跟他们化敌为友，每次人家来上网，你得好好招待。"

"凭什么啊！"

"凭你粼哥。"

舒骏就这样被舒扬摁回了车里。

"还要我招待他们，做梦！"

"你玩儿不过那个小崽子，跟聪明人做朋友的好处远多过做敌人。"

车子开走了，就剩下岑卿浼站在叶粼的身边，恰到好处的一脸"局促"。

叶粼抬起手来看了看表："还有三个多小时才到我打工。走，我请你吃点东西。喜欢什么？"

叶粼笑了，他的笑容很有包容力，让人莫名地安心。

跟在叶粼身后的岑卿浼，目光沉了下来。这是叶粼，一直被夏致崇拜的叶粼。岑卿浼很想知道叶粼到底有什么魔力，让夏致执着了那么多年。

叶粼在T大附中也是传奇一般的人物，蝉联三年校草不说，游泳还拿了很多荣誉，高考更是全省的理科状元，完美到让人连嫉妒他都无力。

本以为高高在上的叶粼，去吃夜宵也会选很有格调的地方，没想到他却带着岑

卿浼去吃小吃摊了。

看着叶粼替自己把筷子掰开，岑卿浼一副受宠若惊的表情。

"我看每天都有很多学生在这里吃东西，所以带你来。你是不喜欢吗？"

"不是不是，在我的心里你是不食人间烟火的学神啊！没想到竟然会吃这种小吃。"

"我以前在T大附中读书的时候，也会来这里吃东西。你们呢？"

"我们吗？当然会，这里的蛋炒饭，还有白菜炒年糕很好吃！"岑卿浼继续一脸粉丝样。

"我说——"叶粼拉长了声音，一边吊着岑卿浼的心神，一边拿过开水，给他烫了烫筷子和碗。

"什么？"岑卿浼脸上摆着见到男神的兴奋样子，心里却有种狭路相逢的不好预感。

"在我面前装下去，可就没意思了。"叶粼的声音仿佛沁了冰，在他抬眼的那一刹那，压上了岑卿浼的心头。

"啊？我装什么了？你是指我黑网吧？"

叶粼笑着抱着胳膊，眉梢一扬："黑网吧算什么。你是少数几个挑战了白帽子黑客'流白'，并且得到他后续提示的人之一。"

岑卿浼心头颤了一下，表情却依旧镇定。

"你是'流白'？"

"我不是'流白'。但如果我问你的问题，你不好好回答我，也许以后你都没机会和'流白'较量了。"

岑卿浼的眼睛眯了起来。

"我还会告诉那位为你出头的小伙伴，你动动键盘就能解决的事情，总要劳烦他的拳头。"

"我和夏致之间的默契你不需要懂。"

"哦，还有上周末晚上，你在酒吧后巷里和一个金发碧眼的小洋妞聊得天花乱坠，英语很厉害嘛。小洋妞的男朋友还在等着找你算账呢。"

"你怎么……"

"我的记性特别好。"叶粼点了点自己的太阳穴。

"你想怎样？"

"我想问问你关于夏致的事情。"

岑卿浼站起身来，淡淡地说："没机会和'流白'继续较量就算了，高手何止'流白'一个？我兄弟一直就知道我在网上倒腾的那些事儿，你想说就说。至于洋妞的男朋友，我有的是办法黑到他哭爹喊娘。但是夏致的事，不是你叫我说，我就会跟你说。"

叶鲡的声音从岑卿浼的背后传来。

"他喜欢游泳吧？我可以帮他，Q大的自由泳项目需要后备力量，而且我也非常需要他做我的对手。"叶鲡的声音不紧不慢，却很清晰。

没有"流白"，岑卿浼会觉得生活无趣甚至有些孤独，所以那一刻他能理解叶鲡的想法。

一个人的泳池也很孤独，所以叶鲡才会对夏致感兴趣。

叶鲡拥有高校泳坛里非常好的教练和资源，而现阶段的夏致，除了技术和黄金年纪的体力之外，没有进入这个领域的可能性。

如果叶鲡能够拉夏致一把，夏致也许真的能发光发亮。

"我不了解他的情况，就没办法向教练介绍他。"

岑卿浼皱了皱眉，这才缓慢开口："夏致八岁那年去看了你的比赛之后，你在T市的每一场比赛，他都有去。"

叶鲡微微愣了愣："他八岁的时候，我也就十岁吧。"

"对，你是他全部的青春。"

"我明白了，你告诉我他对我的崇拜，是希望我能认真对待他。"

"是的。"

"他的名字怎么写？"叶鲡问。

"夏天的夏，极致的致。"

叶鲡微微垂下眼，暗黄色的灯光让他看起来很温和，却又让人猜不透他心里在想什么。

"竟然是极致的致啊……"

"什么？"岑卿浼凑着脑袋，没听清刚才叶鲡说了什么。

"没什么，蛋炒饭来了。"

岑卿浼坐下吃了两口，忽然抬头问："你怎么知道我们是T大附中的学生？"

"在那个网吧附近的重点高中，就只有T大附中一个。你那么聪明，我不相信你是别的高中的。"

岑卿浼轻笑了一下，继续吃蛋炒饭。

"其实我是看到的。"叶鲡笑了，给岑卿浼倒了一杯可乐。

"看到的？什么时候？"

"你和夏致周五下午穿着校服去了水族馆。"

"什么？为什么我们没看到你？"

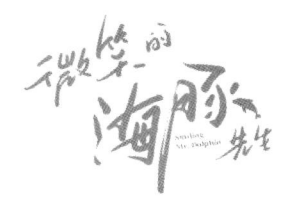

"我……在玻璃的另一面。"叶邲用半开玩笑的语气说。

"玻璃的另一面……"

岑卿浼心想,叶邲怎么可能在玻璃的另一面?另一面是水族馆里的鱼啊!总不可能叶邲是那只海豚吧!

叶邲笑而不答,接着又问:"夏致游泳那么好,如果他有参加过比赛或者集训,以他的能力拿个国家一级运动员都有可能,可我怎么完全没有听说过他?"

"他初中参加过很多比赛,但是初三那年,他父亲去世了,妈妈不愿意让他继续练游泳,就再没参加过比赛了。"岑卿浼低下头来,想起夏致的父亲,顿然伤感。

"父亲去世,为什么他妈妈就不再让他练游泳了?"

"夏致的父亲,是夏云,他拿过世界锦标赛男子自由泳一百米的铜牌。"

叶邲怔住了:"我……看过那则新闻,当年有一辆家用车掉下了跨江大桥,夏云救了车里的孩子和孕妇,但是他却没能回来。"

"水夺走了他的性命,这对于夏致的妈妈来说就像禁忌一样吧。我猜夏致如果继续游泳,就会让他妈妈想起当年他爸爸的事情。"岑卿浼咬着塑料勺子,不知道该不该继续往下说了。

可是这些话,夏致永远不会告诉叶邲,因为他绝不会在叶邲面前示弱。但夏致的心底一定会希望叶邲了解他。

既然是夏致向往崇拜的人,那么岑卿浼相信叶邲不会伤害夏致,而且叶邲对夏致不关心的话,也就不会耐着性子问自己那么多问题。

"那夏致呢?那天和他比赛,我能感觉到他的体能和技术绝对不像是有三年空窗期的样子。"

"他经常午休时还有下课之后去游泳。每天早上他都会跑步、做俯卧撑,还有各种体能锻炼。他起挺早的,所以上课总睡觉。"

叶邲的手指还在捏可乐罐,只听见"啪啦"一声,可乐罐被捏扁了。

岑卿浼抬起头来:"怎么了?"

"没什么,夏云是我非常敬佩的运动员。提起他的事情,我也有点难过。"

"哦。"

"那天,夏致和我比完之后马上离开游泳馆了,是怎么了?"叶邲的声音很温和,没有任何敌意,甚至很包容。

"夏致一直很崇拜你。小时候他和他爸爸去看了你的比赛,他爸爸问他以后是不是想成为菲尔普斯。他说,他想成为你。他搜集了很多你的比赛录像。前几年网盘还不流行的时候,他会把你的比赛录像下载下来,刻录到光盘里,一遍一遍地看。"

叶邲轻笑了一声:"他看不腻吗?"

"看不腻。"岑卿浼无奈地耸了耸肩膀,"我在旁边看得快睡着了,他还好兴奋地拉着我说你的划水多厉害,你的换气多自然,你的重心怎么样怎么样的……他说你天生属于水。"

叶粼低着头,指尖莫名颤了一下。

"后来你因为身体不适退赛了,夏致很难过。他每天都有搜索你的消息,什么你得了心脏病,你得了肺炎,你吃了不该吃的药终于有了后遗症之类的小道消息让他每天都黑着脸。叶粼,也许你有很多粉丝,但不会有任何一个人像夏致一样,放不下莫名其妙离开泳坛的你。"

"所以,当他和我比赛之后发现我的身体很好的时候,才会那么生气。"

"因为他把你当作自己的目标。"

叶粼垂下眼帘,不知在想什么:"对了,他在T大附中的成绩怎么样?既然没有游泳比赛的成绩做不了体育特长生,那做文化生呢?"

岑卿浼露出了为难的表情:"他上课经常睡觉,成绩哪里能好,永远在全年级二百五十名晃悠。他要是能稍微用点心,考个本市普通的大学应该还行吧。"

"哦,你们刚月考完吧。"叶粼问。

"是啊,他的成绩我都能估算出来。我没考好,回家是'混合双打',他回家就得承受老妈的'爆炒腰花'。"

"嗯,我知道了。你回去之后别告诉他我们今天聊天的事情。"

"当然,我还不想被他揍呢。"

吃完饭,叶粼陪着岑卿浼走出了小巷子,正好路过了体育用品一条街。叶粼见时间还早,就带着岑卿浼进去逛了逛。

叶粼买了一副泳镜,出门的时候递给了岑卿浼。

"给夏致的?你怎么知道他的泳镜丢了?"

"就当作是安慰他这次月考的成绩吧,以后不会再过得这么轻松了。"

那个时候,岑卿浼并没有理解叶粼口中"以后不会再过得这么轻松"的意思,只觉得这个泳镜实在太适合夏致了,高清防水防雾,外形还很拉风。

"真的不告诉他是你送的?"

"不用了。"叶粼很认真地看着岑卿浼,"哦,对了,其实我根本没在酒吧后巷里看见你,那里光线太暗了。"

"什么?"

"那个洋妞也是'流白'的粉丝,很喜欢在酒吧后巷里和其他黑客勾搭。我只是试一试你,没想到你就承认了。"

"所以洋妞的男朋友什么的，根本不存在？"岑卿浼都已经想好了一人做事一人当，叶鄹要是真跟洋妞的男友说了，自己就硬抗一顿揍。

搞了半天，心理建设白费了？

"但是，酒吧后巷也是有监控的，被妈妈知道了可不好。"叶鄹笑了，还是那么斯文，看得岑卿浼想打他。

"就此别过。"岑卿浼只想远离这家伙。

"小岑，你知道聪明人永远装不成傻子吗？"

"嗯？"

"因为我们总是用最有效率的方式达到目的。"叶鄹笑了一下，转身离去了。

岑卿浼也笑了，他拎着泳镜晃了晃。

"不得了啊，我还是吃瓜看戏吧。"

午夜的非梦酒吧里，叶鄹穿着白衬衫站在吧台上。

下面坐了许多年轻的女孩儿，十分欣赏地看着叶鄹很随意地调出一杯又一杯酒。

到了三四点，酒吧里的人才渐渐少了。

叶鄹低着头，手指上正好沾了点酒水，他没有立刻擦掉，而是在桌面上写了一个"致"字。

"哎哟，鄹哥在干什么呢！有心事吗？"

一个年轻的男生从他身后经过，叶鄹这才发觉自己似乎发呆了。

"没什么。"

几个年轻人都围了上来，要看叶鄹在桌面上写了什么字。

叶鄹感叹了一句："以前觉得春天挺好，今天就忽然觉得还是夏天最可爱。"

周末就这样过去了，万恶的周一到来。

夏致骑着自行车来到巷子口，和岑卿浼碰面了。

"啊啊啊啊！就是因为周一这贱人，让我就这么和周末分手了！"岑卿浼号着。

夏致歪着脸看了看岑卿浼："怎么觉得一个周末过去，你油光水滑的？"

"那是当然,我见到了男神……"岑卿浼一想到答应了叶鄹的事情,立刻闭嘴了。

"我看你是见到了个男神经吧！"

夏致用力踩下自行车，瞬间甩了岑卿浼老远。

老师们总是非常敬业，一个周末而已，所有卷子都改完了。

课间岑卿浼看了一眼夏致的数学和理综试卷，咽下口水说："你这可真是，山丹丹花开红艳艳啊！毫无悬疑地垫底啊！"

夏致一点反应都没有，倒数第二李硕来到他身边，给了他一个大大的拥抱。

"阿致！谢谢你又救我一命！虽然我这一次名次没有进步，但至少也没退步！"

夏致摊了摊手："感谢金呢？"

李硕一副难以置信的样子："我们这么多年的感情，你竟然和我提钱？"

"不给钱，那就伤感情了。"

李硕装模作样地拿了一块钱纸币拍进夏致的手心："就这些了，地主家也没有余粮了！"

这时候班长站在不远处喊了一声："夏致！老魏找你！例行谈话啊！"

岑卿浼和李硕捂着嘴巴笑了笑。

高中这几年，大大小小的考试之后，夏致都会被老魏叫去谈话。老魏能把每个学习不好或者不够安分的学生喷得不敢抬头，唯独夏致，总是能全身而退。

"哥，我等着欣赏你的表演。"岑卿浼举起大拇指。

"我看好你哦！"李硕跟着起哄。

夏致用脚推开了座椅走出来，扔下一句话："人生就像愤怒的小鸟，你失败的时候总有几只猪在笑。"

来到了老魏的年级办公室，夏致看见他戴着眼镜正在看自己的月考成绩单。

也不知道从什么时候开始，学生考试的成绩单也搞得跟工资单似的了。

只不过工资单上一般写的都是什么岗位工资、职位工资、五险一金、绩效工资之类，而夏致的成绩单上写的是语数外、理综、年级排名，还有最可恨的家长签字栏。

"魏老师。"夏致来到老魏的面前，低着头。

"夏致啊，你看看你这成绩，你之前可是答应过我，会好好把数学和理综吊起来的啊，你这……"

"魏老师对不起，可是我真的尽力了。上课的知识点，我真的觉得自己懂了，做题目的时候我也觉得自己能做，可还是这样。大概我真的不适合学习吧……"

夏致的每一句话都充满了无奈和自我否定，一直表示自己辜负了魏老师的期待。

老魏看着夏致，长长地叹了一口气，想要像骂其他学生一样骂夏致，可是夏致已经非常诚恳地自省，已经很不自信了。老魏只能不断安慰他，鼓励他，劝他不要放弃。

"夏致啊，你相信我，你只要再努力一下，再坚持一下！考上本地一个一般般的大学是可以的啊！"

夏致抬起眼来，抿着嘴说："魏老师，除了你，没有人觉得我考得上了……"

老魏又是一通安慰，然后放夏致回教室去了。

一走出年级办公室，夏致的背就挺起来了，脸上的忧郁一扫而光，走回了教室。

岑卿浼凑了过来："我说，你对付老魏的办法到底是什么啊？"

"认错。"

"啥?老魏能吃这套?"

"一次认错没有用,要不断认错并且不抗争不委屈,老魏才会觉得虽然你脑袋不好使,但态度没问题。"夏致回答。

"我的天,这多厌啊!"

"成熟的稻子总弯腰。我弯腰认错,是因为我比老魏成熟。"

"你的境界高,我谁也不服只服你。"岑卿浼趁着上课大铃,赶紧回到自己的位置上。

这时候的老魏,苦大仇深地看着夏致的成绩单,还在长吁短叹。

办公室外传来了敲门的声音。

"魏老师这是又为了谁愁白了头呢?"

温润清朗的男声响起,老魏的心莫名舒坦了三分,一转头,就看见穿着卫衣和休闲裤的叶粼站在门口。

魏老师抬了抬眼镜,又眨了眨眼睛:"哎呀!这是叶粼吗?你不是应该在Q大读书吗?怎么……怎么会在这儿?来,你坐,你坐!"

于是叶粼就在魏老师的对面坐下了,一低头,就瞥见了夏致的成绩单。

"魏老师果然是在为学生头疼啊!"

"唉,这个孩子哦……"

魏书保把夏致的事情跟叶粼诉说了一遍,就快老泪纵横了,说完还抹了抹眼角。

"他是个好孩子啊,就是念不进书,可惜了啊。"

"月考的卷子是不是已经下发了啊?我还说给他看看到底是哪里没通。"

"哦!月考的卷子是没了,但是上学期期末考的卷子,年级里倒是留了电子稿的。你给看看,像你这样擅长学习的学生,也许能提点建议!"

"我赶车可能会来不及,不如打印出来让我在动车上看看,这周末的时候我再跟魏老师你探讨。"

"好!你愿意帮忙是最好的了!"

这天中午,当叶粼回到大学寝室,就看见室友兼游泳队的队友陈嘉润正端坐在小书桌前,万分认真地……打游戏。

"你脚踝还没好吗?"叶粼一边放衣服一边问。

"没有!好了就要被太白金星抓去训练了!让我再舒坦几天!"陈嘉润一双眼睛盯着屏幕,目不转睛。

陈嘉润生得白净,一双眼睛微微向上挑,笑起来眯成一道缝,说话幽默,很有女生缘。在学校里,女生们给他起的绰号是"小白狐",据说女生看到他心里就觉得很可爱。

等到团战结束,陈嘉润才转过身来,歪了歪脑袋:"䴙哥,你最近好像经常回家啊?"

"是吗?反正就一个小时的动车,回去挺方便的。"叶䴙从背包里拿出几张卷子,"你帮我看看,你觉得还有救吗?"

陈嘉润把卷子拿了过来,随手剥了颗水果糖塞进嘴里,一边嗑着一边翻到理综卷子后面的大题部分。

"嗯……嗯……我觉得吧,这娃的脑子应该很好使,就是心思一点儿都没放在学习上,就这么几个步骤吧,能看出来他答题思路是对的,只是这些公式用得……太残缺了。"

叶䴙靠着上铺的梯子,随手开了一瓶矿泉水:"如果说让他在剩下的一年里,考上 Q 大呢?"

陈嘉润歪了歪脑袋,眯起眼睛,估计如果有女生看见了,又要说他萌死个人了。

"嗯……要么做梦,要么拼命。"

"那就拼命吧。"叶䴙把书包整理了一下,准备去上下午的课。

"拼谁的命?"

陈嘉润一瘸一拐地跟着叶䴙走到寝室门口,他的内心非常好奇,这份卷子的主人是谁,和叶䴙有什么关系,以及在心里为这个娃默哀三秒钟。

因为叶䴙肯定是要折腾人了。

"拼我的命。他要是考到别的学校去了,我会糟心死。"

"我的天,你要他考 Q 大,他还能活得下去?"

"人生在世,谁不是在夹缝中生存?"

"呵呵,通常你就是制造夹缝的那一个。"

放学之后,夏致带着卷子和成绩单回了家。

和岑卿浼骑车骑到了分别的路口,夏致刚扬了扬手打算告别,岑卿浼却叫住了他。

"阿致!"

"嗯?怎么了?"

"这个送给你。"岑卿浼从书包里拿了一个小盒子出来给夏致。

夏致没有接住,而是双手揣着口袋,单脚点地看着对方:"说吧,无事献殷勤,

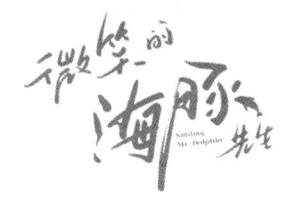

非奸即盗。"

"喂！我老爸买回来的。我看这质量挺好的，我对游泳又没什么兴趣，给我用那就浪费了。你不要拉倒！"

夏致这才伸出手接了过来："也是，你用个八块钱的塑料儿童泳镜就可以了。"

岑卿浼白眼一翻，这要不是答应了叶鳓，他才不受这个气呢。

"那个，你好好珍惜着用啊！至少是别人的心意。"

"你是说你老爸的心意啊？"夏致笑了笑，"拿人手短，你和网友见面的时候可以跟我说一声，要是又遇到一个舒骏，哥罩着你。"

岑卿浼无语了："你能不诅咒我吗？"

说完，两人分道扬镳。

回了家，果然陈芳华女士坐在沙发前恭候多时了。

夏致也没说什么废话，把试卷和成绩单拿给她一看。

陈芳华叹了一口气："你可真是一点惊喜都不肯给我啊。"

夏致不说话，也不提考体校的事情，就在旁边安静地坐着。

"这都高三了，离高考很近了。正好周五早上我轮休，我去找你们老师聊一聊，看看还有什么提升的办法吧。"

"哦。"夏致应了一句，就低着头吃饭了。

母子二人都知道对方听不进自己的想法，索性谁也不招惹谁。

回到房间里，夏致想起了岑卿浼送的泳镜，还真的很好奇那家伙口中质量很好的泳镜长什么样子。

等到陈芳华去洗澡了，夏致才敢把那个盒子给拿出来。

"包装得还挺像那么回事。"

夏致把盒子打开，不由得愣住了。

这个……好像和叶鳓是同款的啊！防水防雾，而且戴在脸上还特别舒服。

夏致心想，这周六去陪那只小海豚的时候可以用上了啊！

"真难得，岑卿浼还能送我点靠谱的东西。"

夏致不敢把它藏在家里，万一哪天太后打扫卫生的时候被翻出来了，那就完蛋了。他只能把它压在书包的最底下，用层层资料覆盖住。

大概是被这泳镜给勾的，夏致又想起叶鳓来了。

那次他连个招呼都没打就走了，就算再见到叶鳓也很尴尬吧。

但是，他真的很想再和叶鳓比一次。不对，一次不够，他想一直在叶鳓的身边游泳，因为那样的自己，仿佛能在泳池里飞翔一样。

但现在也只有遗憾了。

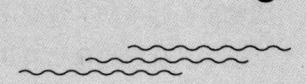

第三章　家教

高三的每一天都是度日如年，好不容易熬到了周五，夏致一回到家，陈芳华女士就给了他会心一击。

"夏致，我早上和魏老师聊了一下，他说你并不是无药可救的。"

夏致叹了口气："魏老师是个好人，在他心里没有任何一个学生是无药可救的。"

"他介绍了一个家教，也是T大附中毕业的。从今天晚上开始，就会有家教来教你。"

夏致顿住了："什……什么？妈，你别浪费钱了好不好？哪个家教能教会我啊？"

烂泥是扶不上墙的，况且烂泥就想在地上躺着，说不定还能开出什么小花小草的呢！

"这个人，你肯定不会讨厌他的。"陈芳华给儿子夹了菜，让他多吃点。

有哪个学生会不讨厌家教吗？

当然，夏致是不会当着老妈的面顶撞她的。

"他每天都要来盯着我吗？"夏致没好气地问。

"你当人家闲啊！他周五晚上八点到十点来看你做作业，还有周六下午三点到晚上八点，周日早上九点到下午五点。其他时间人家也有课。"

夏致一听，周六早上对方不来，那就还好，他还能趁着老妈值班，去海豚馆。

但是不管怎样，他被家教看着，日子不好糊弄了。

夏致盘算着，自己就一直冷着脸，让对方知难而退吧！

据岑卿浼说，夏致不笑的时候特别有煞气。

虽然这句话让夏致痛揍了岑卿浼一顿，但夏致决定要凝练一番自己的煞气。

回到卧室，夏致把模拟卷胡乱地摊在桌子上，又把手机放在键盘架上，继续研究叶㵥前年的比赛录像。

没过多久，他就听见门铃声响起，陈芳华小跑着去开了门，很热络地请了那位家教进来。

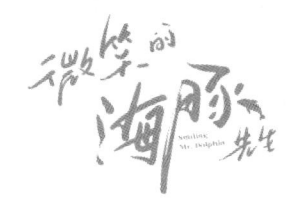

"夏致的情况你是了解的！我听魏老师说你很厉害，就是我儿子被我宠坏了，脾气有些不好，你多包涵！"

"阿姨，没事的。高三的男孩子都有些小性子，他们这个年纪其实很可爱的。"

一听就是那种正经有礼貌的好学生声音。

夏致原本对这位家教没有任何恶意，毕竟人家成绩好是人家的本事。

可是这家伙竟然说什么"他们这个年纪其实很可爱"，听起来是又礼貌又包容，但其实是在说"我知道他们这个年纪有点幼稚"。

不过，夏致本来就没打算摆出成熟懂事的样子给对方看。

因为在夏致看来，成熟意味着对自己反感的事儿的克制，懂事则是为不相干的人憋屈，与其成熟懂事得那么虚伪，不如该怎样就怎样。

所以，彼此坦诚点好了。

没过多久，陈芳华就敲了敲夏致的房门，让家教进来了。

"夏致啊，妈妈给你请的老师来了。他就大你两岁，你们应该处得来。"

"哦。"夏致头也没抬，打算先摆出自己的态度来，给对方一点心理准备——他这个学生可不好相处。

身边的椅子被拉开，家教坐了下来。

个子好像还挺高，腿都靠到夏致的腿附近了。

"在做模拟卷吗？"

很温润的声音，没有一点老师的架子，给人的感觉就像是天冷的时候喝了一口热开水。

但是夏致却不打算给人面子，继续低着头，心想：你眼瞎啊，看不见我在玩手机吗？做个毛线卷子！

"都不会做！不过，今天解不出来的题，不必着急。"

"为什么？"

"因为明天还是解不出来。"夏致没好气地说。

对方发出了轻轻的笑声："有我在，以后这些题你都会的。"

夏致心想，你到底是对自己太自信了，还是对我盲目相信啊？

"不过，我没想到你这么崇拜我啊……"对方轻声道。

夏致立刻侧过脸去："你到底怎么得出的……"

怎么得出的结论？

那一刻，他对上了一双轮廓很好看的眼睛。

夏致曾经在电视的特写镜头下看过这双眼睛无数遍，却只有这一次，近到连眼角微微上扬的弧度和睫毛都清晰无比。

是叶粼！

夏致傻在那里，动都动不了。

如果这是在泳池里，夏致还能泰然地面无表情。可在这个小小的卧室里，没有泳池，没有水线，没有任何可以将夏致的注意力转向其他地方的事物。

大脑不听使唤了，双手双脚都不知道该往哪里搁。

"你不崇拜我，还一遍又一遍地看我的比赛录像？"

叶粼抬了抬下巴，目光落在夏致放在键盘架上的手机上。

他的目光带着一丝调侃，穿着很宽松的线衫，掩饰了他强悍的身形线条，多了几分书卷气。他看起来就像个大学助教，一点都让人联想不到泳坛健将。

"你、你怎么会在这里……"夏致的舌头好像都短了一截，可表情却有点凶，就像一只小刺猬，全身的刺都竖起来了，可他的对手看见的却是这只刺猬柔软的肚皮。

"我就是你的家教啊。"叶粼笑了一下，手伸了过去。

夏致以为对方是要拿自己的手机，下意识将键盘顶了进去，手机"啪嗒"落下去的声音非常响亮，一阵兵荒马乱。

叶粼却把夏致的练习卷拿了过来。

"那天我见到了你的魏老师，看到了你上学期的期末卷子。"

叶粼侧过脸低下头，正好看见夏致弯腰到桌子下面捡手机。

夏致伸长胳膊够到了手机，单手扣着书桌，起身。他的头发随着刚才的动作翘了起来，让人忍不住想要摸一摸，看是不是和他的人一样，表面上看起来又倔强又硬气，等到了指缝间，才知道原来那么柔软温热。

"哦，难不成上上届的理科状元有把握让我逆天飞翔？"

夏致本想好好和叶粼说话，但一想到这家伙莫名其妙变成自己的家教，也就是说自己那破烂的成绩他都看到了，觉得有点丢脸，下意识就想抬杠了。

"你啊，补课不是最重要的，红花油才是。"叶粼向后靠着椅背，笑了。

"红花油嘛，我知道——专治'爹打损伤'，可惜我爹不会爬起来揍我。"夏致侧过脸去。

橘色的台灯灯光照出了他侧脸上那一小片小绒毛，明明很柔软，却要露出倔强的样子。

"我会揍你。"叶粼说。

"啊？"夏致愣愣地回过头来。

"很多题，你不是不会，而是你写出来的公式让我怀疑你是不是想故意考砸。"

夏致没回答对方。那些公式定理，他也就是偶尔抬头瞥一眼黑板的时候有个印象。

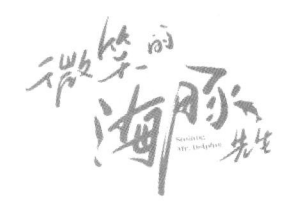

"你对出题者的意图,其实很了解。"

"是啊,出题者的意图还不好懂吗?"夏致凉凉地回答。

"哦?"

"要我死呗。"

叶粼就坐在离夏致那么近的地方,他身上还带着咖啡的醇香,声音也很好听,没有一点架子,可夏致心里就是有那么点不舒服。

在泳池里,哪怕叶粼能够一直领先自己,夏致都并不觉得难受。

可考试什么的,叶粼是有名的学神,游泳和高考两手抓,两手都很硬。

那道巨大的鸿沟,天才与凡夫俗子之间的差距,夏致觉得自己肝脑涂地也飞不过去。

他更希望和叶粼在泳池里,以男人的方式一决胜负,哪怕是一直追赶叶粼的脚跟,也有着酣畅淋漓的爽快。

不像所谓的学习,不得劲儿。

"嗯哼。"叶粼还是笑了一下,那双眼睛似乎在说"你心里有话就都说出来吧"。

"你别想着挽救我的成绩了。你考试靠的是实力,我发小岑卿浼考试靠视力,至于我,靠的是想象力。"

"有想象力很好啊,比如说空间几何,靠的不就是想象力吗?"

叶粼抬起手来,想去揉一揉夏致的脑袋。

夏致立刻闪避开了,他想起叶粼和陈芳华进门聊天的时候,称呼自己是"高三的男孩子"。

在他的心里,估计他夏致连毛都没长全吧!

但是叶粼一点都没有生气,手伸得更长了,轻轻摁着夏致的脑袋,将他的脸转向自己。

夏致这才发觉,叶粼另一只手撑着下巴,完全是悠闲懒散的样子,眼底很温暖。

可这并不足以软化夏致,改变他的想法。

"叶粼,每个人都有自己擅长的东西。比如说你,你擅长的是游泳,而不是教我做题。我知道你会对我说有志者事竟成,只要努力没有什么不可以,可如果努力有用的话,Q大早就被挤爆炸了。"

夏致没有表情,声音也显得疏离,但叶粼却一直微笑地听着,没有开口反驳他。

"所以你有没有想过,努力之后仍然失败,你又要用什么借口来粉饰呢?我知道自己不是考大学的料,游泳比学习更让我愉悦,也更让我有成就感。你与其当我的家教,不如去做一下陈芳华女士的思想工作,让我考体校。"

叶粼还是微笑着,仿佛夏致这样直白的言辞一点都没有伤害到他,也没能动摇他。

"嗯，我明白了。"叶粼终于起身了。

夏致没有抬头看对方，那一刻他有一点失望——叶粼的态度太随意了。

可就在他以为叶粼要走的时候，叶粼却忽然勾了一下夏致的衣领。

"干什么？"

"你跟我出去做一件事，你做到的话，我就放弃做你的家教，并且帮你说服你妈妈，让你考体校。"

夏致看着叶粼的眼睛，忽然一点都不知道这家伙在想什么了。

"你要我？"夏致的眉头皱了起来。

"我不要你。"叶粼揣着口袋，倒退着走，看着夏致的眼睛，"我只想验证一下，我是不是真的不适合做你的家教。"

"成！"夏致随手拎过椅背上的外套，走了出去。

与其听一些让人耳朵生茧的大道理，还不如直截了当地解决。

还好陈芳华女士回医院值夜班了，不然夏致还得和太后娘娘解释半天。

到了小区门口，叶粼抬起手来拦了一辆出租车。

"你要带我去哪儿？"夏致跟着叶粼坐进去问。

"到了不就知道了？"

路上的灯光一片一片掠过叶粼的脸庞，随着忽明忽暗的光线，叶粼的侧脸在俊挺与神秘间变幻莫测。

出租车在展览路的路口将他们放了下来。

"为什么是这里？"

"这里距离刚好。你妈妈做的饭菜味道应该不错，吃了那么多难道不该运动消化一下？"

叶粼的手背在夏致的小腹上拍了一下，然后就迈开长腿，奔跑起来。

"你到底想干什么！"夏致跟了上去，追上叶粼。

叶粼继续向前跑，反问了一句："你觉得我们像是在干什么？"

夜风迎来，撩起了叶粼额前的发丝。他的额头弧度很漂亮，柔和了眉眼间那一丝凌厉，这大概就是明明叶粼的五官英挺甚至有一分雄性的张扬，却看起来斯文让人难有防备的原因。

他的眼底似笑非笑，上扬的嘴角带着一丝不该属于他的痞气。

"热身？"夏致不是很确定地说。

"既然知道是热身，你还不认真点？"叶粼话音落下，又甩了夏致几米远。

"你该不会打个出租车就是为了开远了，再跑回去吧？"

"对啊——"叶粼理所当然地回答。

"对啊"个屁，你是钱多，不烧就难过吗？

当叶粼的手臂前后挥动，肩背的线条在柔和的线衫下隐隐显露出劲力感来，夏致确定他是认真的。

路灯的灯光，车流的熙攘，行人的声音，仿佛水一般将他淹没，他即将在这个世界里舒展开身体，畅游到夏致的视线追不到的地方。

夏致迈开腿，追了上去，他隐隐兴奋了起来。

"你该不会要和我比游泳吧？我们什么都没带，难道光着游？"

叶粼眯着眼睛，好像真的在想这个问题似的："啧……好主意啊！"

夏致顿时觉得自己傻气了，叶粼肯定有所准备。

他们跑了二十分钟，身上出了一丝薄汗，来到了省游泳馆。

"这里？这里晚上八点就关门了！"

叶粼将发丝向后捋了一下，笑道："就是要关门以后再进来，才没人打扰我们啊。"

当叶粼的手放下来，他的发丝乱了，看向夏致的目光里泛起一丝野性，夏致开始期待起这场较量。

"你怎么进去？"夏致揣着口袋，扬了扬下巴。

"你不是很擅长翻墙的吗？"

"翻墙？"

这是叶粼吗？传说中好学生的模板，老师眼里完美的范本……他竟然要翻墙带自己去游泳？

就在这个时候，省游泳馆的铁门开了，一个穿着运动衣的年轻人站在那里，喊了一句："粼哥，我等你老久了，还以为你不来了呢！"

叶粼的手指向夏致："这个小家伙如果乖乖的，我也就不用来了。"

原来这里有叶粼的熟人，早给他们留了门。

什么翻墙，果然是忽悠人的。

"我们没带泳裤和泳镜，你那儿有吗？"

"有啊，要便宜的还是贵的？"

"便宜的，反正就对付这一次。"

"那行。你们别游得太用力了，万一裂开了呢？"

夏致和叶粼一起进了更衣室，叶粼背对着夏致，解开了衬衫上面的两颗扣子，很利落地将线衫和衬衫一起脱了下来。

看着他力量感爆棚的肩背，哪怕从视觉上都给予了夏致威胁感。

叶粼的身形绝对不像健美先生那样夸张，他的肌肉紧紧包裹着骨骼，是藏在刀鞘中的利刃，暗含射石饮羽的劲力。

"好看吗？"叶粼侧过脸来问。

"好不好看你自己不知道？"

当然好看，那是游泳运动员最完美的体型。

夏致低下身，单脚踩在长椅上解鞋带。

"你有没有想过在更衣室里做坏事？"叶粼坐了下来，从这个角度看夏致，他的睫毛微微垂着，有那么点乖巧的感觉。

"比如，把别人没锁进柜子里的衣服藏起来之类的？"夏致抬起头来想了想，小时候他有藏过老爸的鞋和外套，长大一点才明白，那是老爸故意留在外面让他藏的。

"比那还要恶劣。"

"抱歉，贫穷限制了我的想象力。"夏致还是有些好奇，像叶粼这样的人，会在更衣室里干什么坏事？

"大学游泳队的储物柜比这里宽，正好可以把人摁进去。"叶粼笑了，眼尾微微上扬。

"难不成谁得罪你了，你还把人锁进柜子里？"

"让他背对着我，当他不知道会发生什么的时候一定会特别想回头看我，那个时候后颈和肩胛的线条就会绷起来，你不觉得很有成就感吗？"叶粼半仰着下巴，似乎真的在想象那个画面，但眼底那一丝戏谑，摆明了他就是在胡说八道。

"你这是谋杀加藏尸吗？而且我相信，大学游泳队的储物柜不会比这里宽多少的！"夏致一副"你当我傻"的表情。

"谋杀藏尸……我记住了。"叶粼用自己的外套弹了一下夏致，但是被夏致避开了。

那一刻夏致莫名有点兴奋，他在和叶粼闲聊，像朋友一样漫无目的地插科打诨。

夏致转过身来，手中捏着那条皱巴巴的、封在塑料袋里的五块钱泳裤，忍不住开口说："这个不会真的裂开吧？"

简直难以想象它爆开的瞬间，画面太美，夏致宁愿淹死自己。

"当你参加比赛的时候，你的泳裤裂开了，你是拼了命游到最后，还是等着人给你扔下来一条新泳裤？"

是的，这就是叶粼，拥有丰富的比赛经验和无视任何事的强大内心。

就是这样一个人，状态好得很，但就是不回泳队，要跑来做他的家教，多浪费！

不管叶粼要比的是什么，夏致都会全力以赴。

他迅速换好衣服，跟了上去。

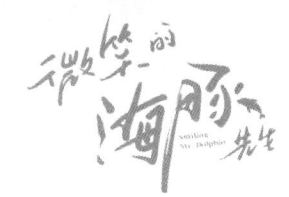

整个游泳馆空旷得好像比平时大了一倍。

标准的五十米泳道,在明亮的灯光下,正等待着被打破平静。

叶粼弹了一下头上的廉价泳帽,将那副只要八块钱的泳镜戴在了眼睛上。这套装备如果在正常大赛里会显得可笑,但叶粼周身的气场让夏致想到了狠狠扎入海底的船锚。

"上次五十米,你输给我了。那么今天我跟你比三场,你赢我两场,我就放弃做你的家教,还会帮你说服你妈妈。但如果你赢不了我,那就老实一点。"

"好!"

这本来也是夏致期待的。和叶粼在赛场上狭路相逢是荣幸,而他们是永远不可能在考场上对阵的。

虽然夏致很想说"如果我赢了,请你滚回游泳队去"。可要不要继续游泳,以什么样的心态去游泳,那是叶粼的选择,夏致知道自己左右不了。那么,提那样的要求,也只会让叶粼再次露出夏致并不喜欢的表情——大人看孩子的微笑。

"今天第一场——一百米,准备好了吗?"叶粼问。

叶粼的手机就放在他们身后,已经设置好了十秒计时。

夏致没有回答叶粼,只是做好了出发的姿势。

所有起伏不定的念头在那一刻放空,夏致的眼前只有这一片水域。

叶粼却侧过脸看了夏致一眼。虽然他总是"男孩子、男孩子"地叫夏致,可此时夏致专注的侧脸和全身凝结而成的气场,已不再是少年的桀骜出挑,而是一道锋利的弦,随时弹起星子一般的冷光。

"叶粼,专心。"夏致淡然开口。

在这空旷的游泳馆里,夏致的声音带着冰凉的质感。

手机铃声响起的瞬间,夏致一跃而出,叶粼下意识地追随着他,两人跃入水中。

前十米,夏致略微领先。

眼前是蓝色的水光和无数碎末四散开来,夏致的身体滑入水中,当他前行之时,水流勾画出他每一次发力时的身形线条。

叶粼显然没有保存太多体力的想法,第一个五十米就劲力十足。

在水中,叶粼的感官无限延伸,全部都被旁边泳道的夏致拖拽而去。

又来了啊,只要那个男孩子开始游泳,自己的所有感觉就会被他强行带走。

叶粼一边奋力挣扎着要脱离这种精神被牵引的感觉,而另一边他却像是成瘾了一般,忍不住去感受。

夏致的每一次挥臂和用力,都像是划在叶粼的血液之中。夏致越是不甘心气势汹汹地追逐，仿佛不咬住叶郯的脖子就不罢休，叶郯就越是觉得夏致的存在像是一种在血液中蓬勃而起的力量。

从刚入水时的悄然潜入，到此时他们完成第一个转身，这股力量越发嚣张起来，随时要在叶郯的身体里开启一场爆炸式的狂欢。

夏致完全没有想到，前半段叶郯自杀一般的速度，到了后半段他竟然还能这么强劲，更可怕的是，这家伙竟然又加速了！

如果是普通的运动员，恐怕已经被叶郯在水中的强悍所碾压，但是夏致哪怕跟随在他的身后也觉得太爽了！

拼尽全力得连肺都跟着要炸开的感觉是爽！

旁边泳道那与水共振一般的节奏也爽！

最后那一秒气势如虹的冲刺，如同冲向另一个空间般的疯狂，太得劲了！

完成了一百米的两人都在用力地呼吸，仿佛空气就快不够用了似的。

夏致侧过脸，看见叶郯单手压在池壁上，微微仰着头。

灯光下的叶郯，脸上的水渍折射出不一样的光彩。

夏致没来由地想象，在高手如林的大赛里，赢到最后的叶郯是不是也是这样的表情。

当呼吸逐渐平稳，叶郯却听见了自己胸膛里有什么声音轰鸣不休。

这次不是五十米，而是一百米。

他完整地游完了一百米，而且他确定，这一百米的成绩很可能比之前的每一次都要好。但是，他没有神游，他的精神没有跑去什么乱七八糟的、不可控制的地方。

不，他不是没有神游，而是从夏致入水开始，他的大脑哪怕一秒都不曾属于自己。

夏致占据了他全部的大脑。

"我输了，算你厉害。"对面男孩子的表情臭臭的。

叶郯忽然很想把他的泳镜扯下来，那劣质的塑料泳镜下面，那双眼睛到底是怎样的？

"什么破烂玩意儿，漏水了。"夏致哗啦一下把泳镜摘了下来，把里面的水倒出来。

他的泳帽因为这个动作掉了下来，漂浮在水面上。他的几绺头发傻兮兮地立起来，明明是孩子气的、有些天真的额头，却又有着帅气的鼻梁，那是介于少年与男人之间的气质。

叶郯捞起夏致的泳帽，抬起水线，走到了他的身边。

感觉到叶郯的靠近，夏致下意识地抬起眼来，叶郯的手伸了过来。

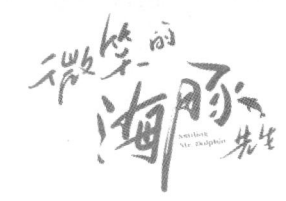

叶粼的脸上甚至没有一丝笑容。

这是夏致第一次看见他没有带着微笑的表情,他下意识后退。

"别动。"只有两个字,却难得地用力。

于是夏致没有再动,直到叶粼帮他把泳帽戴起来。

夏致伸手拉了拉自己的泳帽,别开脸去:"我自己能戴啊!"

然后叶粼笑了:"你很厉害啊,让我差点游断气。"

凝固的空气骤然流动了起来,夏致下意识回了一句:"你倒是断气一个给我看看啊。"

"可以啊。一百米你已经输了,那接下来我们比四百米。"叶粼撑上岸。

瞬间,他背部流畅的线条完全呈现在了夏致的面前。

夏致轻哼了一声。

"你哼什么?"叶粼一上岸就转身摁了一下夏致的脑袋。

"你就靠一张斯文的脸骗人吧。"

"对啊,要真的干架,你绝不是我的对手。"叶粼轻笑着说。

"呵呵,要不下一场不比游泳了,比打架?"夏致歪着脑袋,抬了抬下巴。

那桀骜的样子,让叶粼笑了。

"我可以揍这世上任何一个人,但我不会打你。"叶粼回答。

"叶粼,你找揍吗?"夏致的眼睛眯了起来,他有点不爽了。

"怎么了?"

"我是女人和小孩儿吗?"

叶粼笑了,像是要包容夏致所有的棱角,让夏致想"找碴儿"都找不下去。

"四百米,行啊。您老记得保留体力,别最后五十米游不起来了。"夏致扯起了嘴角,抬起胳膊,手指在头顶上交叠,伸了伸筋骨,身形瞬间绷紧。

二十分钟之后,调整好呼吸和体力的两人再度站上了出发台。

夏致随性地甩了甩自己的腿,笑道:"其实,如果你真的想做我的家教,不用那么麻烦。"

"哦?是吗?"

"每周像这样,陪我游一场不就得了。"

你爽,我爽,大家爽!

"那可不得了。"叶粼调整了一下泳镜。

"有什么不得了的?"

叶粼没有回答他,而是低下身来:"做好准备。四百米要也赢不了我,你就没机会了。"

夏致立刻清空脑海中的杂念,低下身来。

手机铃声响起的那一瞬,两人一同出发,在空中腾起,入水。

夏致太喜欢这种和叶㸃一起游泳的感觉了。

小的时候,他的老爸就像神一样,无论他怎样追赶,老爸永远游在前面,甚至还有余力使坏,转过身来挡在他面前。

老爸去世之后,游泳变成了夏致一个人的事情。

无论他游得多快,脑海中想象着前方的对手,那都是虚幻。

可此时此刻的叶㸃,他掀起的水花是真实的,他的速度是真实的,他的一切都是真实的。

就像一条鱼,终于遇到了另一条鱼。

夏致的单侧换气都有了不一样的意义。

前面的两百米,两人齐头并进,就连转身都带着默契,甚至转身后打腿的时机都一模一样。

叶㸃明白,这并不是夏致在模仿自己,而是这个男孩子的技术和对自己体力的预估能力已经相当成熟,只是恰好,他们的节奏一模一样而已。

两百米之后,叶㸃不动声色地一点一点提升速度,但他没有想到,夏致对于他水下动作的感知如此敏锐,竟然也逐渐加速。

当三百米之后,夏致已经略微领先叶㸃了。

这场水下的较量逐渐弥漫起硝烟,最后五十米冲刺开始。

夏致微弱的优势被叶㸃反超,两人掀起的水花在空气中裂开,划水的声音从最初的此起彼伏,到最后的十米出奇一致。

水花的声音重叠,在空旷的泳池里就像是大浪拍向岩石。

夏致的泳镜又进了水,但这对他来说已经不再重要了。他奋力地划水和打水,想要突破叶㸃的节奏,这就像是一道他必须打破的界限。

当他的手触碰到池壁的那一刻,他知道旁边的叶㸃已经到了。

整整半分钟,两人一句话都没有说。

沉重的呼吸代替之前气势汹汹的水花声。

夏致知道自己输了,但他没有不甘心。

因为他相信,能把叶㸃逼到这个地步的人一定不多。

更重要的是,每当夏致一个人游泳的时候,他总在怀疑,游泳是他热爱的事情吗?

为什么他一边渴望着,心里面却又那么冰凉。

可是这一晚,当夏致的血液沸腾着进入他的心脏,他再一次确定:我真的喜欢

游泳。

"你的泳镜里……又进水了啊……"嘶哑而低沉的声音响起。

夏致刚要去扯泳镜,叶粼的手指已经帮他扯开了泳镜,水流哗啦啦从那个缝隙落下来,夏致的视线变得越发清晰起来。

他看见了叶粼。

那温和的目光此时很暗沉,叶粼的手指忽然向上,将泳镜完全抬了起来。

"你又输了。"叶粼声音里的喑哑消散了,变得温和清亮。

"我知道了,你想当我的家教,那就当吧。你带我来比游泳,不就是为了增加我这个学生对你的好感度吗?"夏致脸上没有任何因为两次败北而导致的负面情绪,甚至那酷酷的小表情里还有几分得意的笑。

"啊,我明白你的脑瓜子里想什么了。"

"我想什么了,你倒是说说?"夏致扯着嘴角笑了。他原本因为没有笑容而显得冰冷的表情,一下子变得柔软,还带着孩子气。

叶粼冷不丁抬手伸向夏致,夏致立刻去抓,想着如果抓住了就给他掰过来,让他求自己。

但是夏致没想到,碰到叶粼指尖的一瞬间,叶粼也不知怎的忽然抓住了他的手,直接压向他的肩膀。

夏致的眉毛都要挑起来了。

"你心里想的是,如果我做了你的家教,你就能约我来比游泳了。但如果你拒绝了我做你的家教,那么我和你就再没有任何交集。你希望我变成你的'路人'吗?"

夏致的胳膊被叶粼越压越紧。

叶粼看着夏致的眼睛,他知道这个年纪的男孩子好强、要面子、不服输,他等着夏致发火,像个炮仗一样炸起来。

他知道自己的坏心眼。

但是眼前的男孩子却笑了,嘴角勾起,甚至有点坏。

"对啊,我答应让你做我的家教,这样我就有理由和你约战。想要我好好听你讲课,那就在泳池里赢我。想要我乖乖做题,也要在泳池里赢我。和你比的次数越多,我就是这世上最有可能赢你的人。何乐而不为?"

那一刻,叶粼轻微地晃神。

而夏致却抬了抬下巴:"放开我。"

叶粼松开了手。

夏致活动着自己的手腕,看着叶粼,觉得这家伙简直是神经病。

"走吧，回去给你讲题。"

叶鄰准备走向更衣室，夏致却又开口了："你说过，三场赢你两场就算数。我想知道，第三场是什么。八百米，还是一千五百米？"

叶鄰转过身，看见了正在弹泳帽的夏致，他的睫毛上还带着水渍，在灯光下亮闪闪的。

一两秒过去了，夏致都没有听见叶鄰的回答，而脑袋上的泳帽怎么弄也不舒服。他刚把泳帽拽下来，一抬头就发觉叶鄰已经来到了他面前，忽然抓住了他的肩膀。

"干什——"

话还没有说完，夏致的眼前是泳池的天花板，耳边响起了巨大的水花声，他被叶鄰压入了水中。

反应过来自己被对方算计了，夏致是真的气到想把泳池都掀翻。

他想把叶鄰给踹起来，但是叶鄰的水性太好了。

叶鄰向下一压，夏致的背直接触底了。

夏致侧身正要把叶鄰掀翻，叶鄰却一手摁住了夏致另一侧的肩膀。

叶鄰眯着眼睛笑着看向夏致，夏致太气了。叶鄰是故意的，压他下水之前铁定吸足了气，自己却是冷不丁下来的，没呛到已经算好了。

夏致想要找回自己的平衡点，眼看着就要翻身，叶鄰忽然朝夏致吐了一口气。

无数小水泡涌过来，喷在夏致的眼睛上，夏致立刻闭上眼睛侧过脸。

男孩子的发丝柔和地在水中摇摆，就连皱着眉头的样子都万分可爱。

当水泡散开，夏致怒瞪了叶鄰一眼。叶鄰这一吐气，夏致不信他还能在水里憋得比自己久！

约莫又憋了三十秒，一直安静的夏致忽然弓起了背，接着一用力。叶鄰又要压下来，夏致抱着必须掀翻对方的决心，冷不丁也朝着叶鄰的脸吐了一口气。

叶鄰扣住夏致的手臂，将他向着自己这边一扯，夏致眼见着自己就要撞上叶鄰，赶紧侧脸避开。

这口气岔了，夏致憋不住了，反正先挑事儿的是叶鄰，他也不用太一板一眼了，他一把扣住了叶鄰泳裤的边缘，就要向另一侧扯去。

谁知道叶鄰也扯住了夏致的泳裤，而且只是指尖轻微勾了一下……

夏致的泳裤边缘竟然裂了一小条缝隙！

夏致眼明手快地捂住了裂的地方，但是泳裤的料子太滑了，夏致没抓住裂开的两边，口子一下子就变大了！

叶鄰在不远处，没有任何动静，只是看着他，嘴角的笑容坏到人神共愤！

夏致的怒火冲到了脑门顶上。

你还玩！我弄死你！

夏致抬腿要蹬叶粼的肩膀，但水下的平衡可不比岸上，叶粼的脸撞了上来。

一阵血气涌起，夏致差点真的要炸。

叶粼浮了上去，夏致也跟着出水。

夏致的眼睛瞪得圆圆的，他知道自己的状态很危险，越是自制血液的流速就越快，鼓动着像是要爆开，把整池水都烧起来。

叶粼看着他那样子哈哈大笑了起来。

夏致真想揍叶粼。叶粼怎么是这样的？电视里那个对着记者微笑的叶粼去哪儿了？那个在T大附中的传说里温文有礼的校草学霸去哪儿了？

夏致咬着牙："你再玩我淹死你。"

"淡定。"

"淡定个鬼！"

叶粼忽然沉默不说话了。

夏致皱了皱眉："你又在想什么坏主意？"

"我只是觉得，这样咆哮大怒的你，比较可爱。"叶粼浅笑着，声音里带着一丝对夏致的羡慕。

看着叶粼那样子，夏致仅有的那一点点窘迫都抛出银河系了。

烂半截是烂，烂一截也是烂，索性把面子扔九霄云外去吧！

同样是五块钱一条的泳裤，为什么叶粼的就不裂！

他奋力游向叶粼。

叶粼自然是知道他的想法，立刻转身向着泳池边游去。

就在叶粼够到池边的瞬间，夏致也已经来到他的身后，一把拽住了他的泳裤。

夏致一脚踩在了叶粼腰边的池壁上，向后一拽！

他期盼能听见泳裤裂开的声音，然而并没有。

一股火气蹿上脑门，夏致出了水用力吸了一口气。叶粼竟然没有趁机上岸，而是转过身来，优哉游哉地靠着池壁。

"你等着！"夏致又往下一沉，用各种办法去扯叶粼的泳裤，可它就是不裂！

叶粼低着头看着水里面各种想办法的夏致，一开始嘴角只是带着笑，到后面忍不住呵呵笑出声来。

这边夏致在水里一会儿扯，一会儿三百六十度拧。

夏致愤怒得要命，扯了好一会儿，忽然醒过神来。

他从水里钻出来，抹了一把脸上的水，狠狠地说："你穿的是自己的泳裤吧？

没道理我的裂开那么容易!"

叶粼已经笑了很久,那种看小孩子的表情让夏致真的太不爽了。

"我发现要惹毛你,说什么不好听的话都还没一条泳裤顶用。"

夏致反应过来,自己怎么就忽然幼稚了。他用力推了叶粼一把,说了声"滚上去"。

"不比了?不试试最后一场能不能赢我?"

叶粼没有起身,而是看着夏致转过身从扶梯上去。

水哗啦啦地流下来,他的腰背线条仿佛是从水里延伸而出的艺术品。

下一刻,夏致忽然退回到了水里,一个潜泳,游到水中央,把裂开的泳裤找了回来,穿上去,在边缘打了个结。

"我泳裤都成这样了,游个屁啊。不然把你的脱下来给我穿?"

"那边自助贩卖机还能买泳裤。"叶粼抬了抬下巴。

夏致转过身来,眼睛里那一抹亮光太明显了:"真的?不会又是五块钱一条的吧?"

"嗯。"

"五块钱就五块钱,不过我没钱。"夏致看向叶粼。

"扫码买单。"叶粼一下子撑上了岸,走向更衣室。

夏致单手拎着自己的泳裤,跟在叶粼后面。

没想到更衣室里还真的有个自助贩卖机,夏致低下头来看,真的有泳裤卖!

叶粼侧着脸,看着夏致认真研究的样子。

"第三场,到底比什么?"夏致抬了抬下巴。

"你还真是精力旺盛。"叶粼轻笑了一下,"第三场,不是八百米也不是一千五。我给你一个机会,在我们都游不动之前,你游到我前面去,就算你赢。"

夏致看着叶粼,那一刻他不知道叶粼是不是在开玩笑,一瞬间超越就算赢的话,这种比赛规则就是对爆发力和耐力的双重考验。而且和八百米或者一千五不同,中长距离比赛讲究体力的合理分配。但按照叶粼这个比赛规则,他们会从一开始就以最高速度游下去,直到体力流失,速度不断下降。简直就是水中自杀。

可这样的疯狂却让夏致觉得,这才是叶粼。

一个只想在有限的距离里面赢过对手的叶粼太平庸了。

"来不来?不来就回家刷题。"叶粼开口道。

夏致没来由地兴奋起来,他的指节在贩卖机的玻璃上敲了一下:"我微信里没钱,你帮我买,我以后还你。"

虽然是叶粼意料之中的答案,但夏致眼底毫无掩饰的开心让叶粼也跟着开心

起来。

　　当一切规则都被打破,当输赢不再以常理定论,这是叶粼第一次和某个人游泳不是为了胜负,而是纯粹地觉得,和这个人一起游泳太爽。

　　叶粼给夏致买了泳裤和新泳镜,夏致拎着泳裤去了隔间里。叶粼就站在隔间门外,听着里面传来塑料包装被撕开的声音,他甚至还听见了两声弹泳裤的声音。

　　"你要是最后没力气回去,我可不背你。"

　　"但愿你真的有那样的本事吧。"

　　叶粼很想知道,这个男孩子到底能让自己在水中保持清醒多久?

　　八百米?一千米?两千米?还是会一直清醒着?

　　门推开了,夏致拎着泳镜走了出来。

　　这是他们两人第三次站上出发台。

　　夏致活动了一下脖子,他们之前已经游了五百米,体力多少都有流失,这场所谓没有规则的比赛也许并不会持续太久。

　　一入水,两人就展现了强劲的爆发力,水面被掀起,浪花还没回落,第二重浪已经扬起。

　　叶粼雄浑的爆发力让他在水中强势推进,感受到这一切的夏致心脏一阵紧绷,铆足了劲力跟上去。

　　第一个五十米游完,夏致就已经感觉到了体力流失的压力。

　　第二个五十米后,两人的速度都缓了下来,可即便这样叶粼仍旧行进在夏致前面。

　　越是游下去,就越需要氧气。

　　不知道多少个回合之后,身体的沉重感越来越强烈,连划水都力不从心。

　　他们的速度越来越慢,疲惫涌来,身体的每一个动作都被本能所驱使。

　　夏致在等待着,他知道这场较量的结局并不是沉没,而是新的格局。

　　此刻尽管保持平衡都很困难,但旁边泳道涌来的水流让叶粼从没有如此清醒过。

　　男孩子的划水速度变慢了,这也让叶粼能够更加细腻地感受他每一个动作,那是一种爆发力耗尽之后剩下的韧劲。

　　看似无力,却带着明知不可为而为之的强大。

　　第一次,夏致感觉到自己进入了某个领域,那是叶粼的领域,他的脑海中有一个声音响起——就是这一刻!

　　这是他最后的冲刺!他伸长了手臂,一个划水,超过了叶粼!

　　那一刻心跳、呼吸、水流都停止了一般。

只有夏致仍在前行。

他的手完全摁在了池壁上，憋住的呼吸吐了出来，他呛了水。

旁边的叶粼迅速游了过来，他也没有什么力气了，却把夏致往水面上一顶，夏致的双手扒在泳池边上，才刚吸了一口气，就又落了回来。

两人连呼吸的力气都没有了，胸口仿佛被水挤压着。

叶粼直接躺在水里，慢慢浮起来，夏致趴着水线，终于又吸了一口气。

这还是第一次游泳游到要死了一样。

耳朵里都是嗡嗡的声音，心跳得像是要从嗓子眼里出来，然后炸出红色血花来。

他们谁都没有力气上岸，起码一分多钟叶粼漂着一动不动。

夏致没力气开口说话，他试着抬了抬手，想抓着叶粼的脚踝把他拉到身边来，但是连抬手的力气都没有。

时间一点一点过去，夏致觉得水越来越冰冷，这说明他的体力已经殆尽了，绝不能再在水里待下去了。

夏致踩水过去，拽了一下叶粼的脚踝。

叶粼忽然动了，翻过身，缓慢地游向池边的梯子。他们都没力气撑上岸了。

踩上梯子的时候，叶粼的身体明显在摇晃。

这家伙还有力气上去，夏致却是连抬手去抓梯子的力气都没有了。

坐在最后一节台阶上，叶粼朝夏致招了招手。夏致以非常缓慢的速度划过去，他没让叶粼拉他，而是自己上去了。

一离开水，身体就像灌了水泥一样，夏致差点没栽倒下去。

夏致是真的一步都走不动了，直接趴在瓷砖地面上，不管冷不冷，他就是起不来了。

叶粼也没好到哪里去，在夏致的身边一起躺下。

两人的胸膛此起彼伏，瓷砖地板冷到彻骨，夏致用了用力，还是起不来。

他的眼皮子在打架，连骨头都在颤抖着。

从小到大，哪怕是跟在实力悬殊的老爸后面游上一整天，夏致都没有这种自己已经死了的感觉。

"太冷了……起来……"旁边的叶粼开口道。

"有本事……你起来一个看看……"夏致就想这么睡过去。

没想到一旁的叶粼，还真的摇摇晃晃地站起来了。

夏致睁开眼睛，有种被对方比下去了的感觉。夏致吭哧吭哧站起身来，坚持了几步，认命地在泳池边的躺椅上倒下了。

　　叶粼笑了一下,缓慢地走进了更衣间。过了没多久,他估计又从自助贩卖机里买了什么东西,胳膊上挂着他和夏致扔在更衣室椅子上的外套。

　　叶粼将夏致的外套扔在了他的脸上,他慢悠悠地将外套套上,然后瞄到了叶粼手里握着的士力架。顿时,对热量的渴求让夏致燃烧了小宇宙,竟然从叶粼手里把士力架拽了过去。

　　"你可真够没良心的。"叶粼也不抢,就这么低头看着他。

　　夏致的手指都在抖,他扯了一下,没撕开。

　　"拿来。"叶粼朝他勾了勾手指。

　　"不给。"夏致回答得干脆。

　　他张开嘴,咬住包装袋的边缘,手指扣紧了士力架,脖子一拧,就听见"嘶啦"一声,包装袋开了。夏致的脸上露出了小小的笑容,手捏着包装袋的下面向上挤了挤,然后一大口咬下去,一长条的士力架……三分之二没有了。

　　夏致的腮帮子鼓鼓的,厚重的甜味让他此刻身心愉悦,仿佛这是功成名就的时刻。

　　叶粼看着他那样子,忍不住低声笑了。

　　夏致没把事情做绝,将剩下的士力架扔给了叶粼。

　　叶粼打开来,耳边传来夏致的声音:"嫌弃的话,我不介意全部吃掉的。"

　　"美得你。"叶粼把剩下的一口吃掉了。

　　和夏致没力气撕包装袋不同,叶粼将一次性泳巾的包装袋撕开了,把它摊开来,低下身揉在夏致的脑袋上:"起来,擦干你的脑袋。"

　　那一刻,夏致内疚起来。叶粼确实展现了比夏致年长的一面,包容而且会照顾人。

　　"你就刷了一条浴巾吗?"

　　"就剩一条了。"

　　"那别全给我了,你也赶紧擦。"

　　"那你擦这一半,另外一边留给我。"

　　夏致接过浴巾,正在脑袋上揉着,没想到叶粼却将另一半泳巾擦了起来。

　　夏致松开手,把浴巾完全让给了叶粼。

　　"有力气了吗?有力气了就回去。我今天一道题都没看你做。"

　　"不是吧?你还有力气看我刷题?"

　　累成这样,难道不该回去就睡觉吗?

　　"根据我的经验,当疲倦到一定程度的时候,人反而会很清醒。"叶粼说。

　　夏致也觉得越来越冷了,从躺椅上爬起来,跟着叶粼回了更衣室。

　　游泳馆的热水早就停掉了,他们很有默契地转过身背对彼此,非常快速地把衣服换好了。

夏致刚套上裤子，还没直起背，脑袋就被叶鄹揉了一下。

"湿的啊。走吧，去女更衣室。"

"什么？去女更衣室干什么？"夏致瞪大了眼睛看着叶鄹。

叶鄹乐了："你脑瓜子里装了什么啊？女更衣室里有吹风机！"

"哦……这样啊。"

反正整个游泳馆里除了他们两个也没别人了，夏致干脆利落地跟着叶鄹进了女更衣室。

两人站在梳妆台前吹起了头发。

一走出游泳馆，夜风带着凉意而来，夏致再一次庆幸他们是头发吹干后才出来的。

看着叶鄹走到游泳馆的值班室还钥匙，夏致忽然觉得叶鄹从来都不是那么遥远的，甚至两人之间还有一种不知道该怎么说的默契。

比如他们一走出游泳馆，就不约而同地看着对面的麦当劳，上面"二十四小时"的字样从没有那么美好过。

夏致舔了一下嘴角，士力架虽然很甜，但无法弥补胃部的空虚。

叶鄹什么也没说，就已经朝着那里走去了。

两人站在点单台前，叶鄹直接说了声："来十个汉堡，巨无霸。"

原本昏昏欲睡的服务生被震醒了，不可思议地抬起头来，但是看见叶鄹和夏致的瞬间，觉得两个身形高挑的男人有这样的食量也不夸张。

叶鄹端着餐盘在最近的位置坐下，两人不发一言，打开包装就开吃。

夏致张开嘴，一口就咬掉了所谓"巨无霸"的三分之一。

他抬头瞥了一眼叶鄹，没想到这家伙还有闲情逸致在汉堡里挤番茄酱？

消灭这十个汉堡，他们只用了不到五分钟的时间。

吃饱后的夏致靠着椅背，长长地呼出一口气来，内心感到十分的充实。

叶鄹轻轻笑了一声："走了，回家。"

他走到了麦当劳的门外，夏致跟了上去，就看见他站在路灯下，侧过身从口袋里摸出了一盒香烟，向上摇了摇，动作随性而惬意。

夏致的眉头蹙了起来，他没有指责叶鄹身为运动员为什么抽烟，而是问："这烟有什么特别的？"

叶鄹眯着眼睛吸了一口气，夹着烟的手指朝夏致勾了勾。

夏致才刚走近，叶鄹忽然对他吐了一口烟。

他的眼睛里盛着夜色，目光闲散，可笑容却带着一丝男人的成熟意味。

烟圈绕上了夏致的鼻尖发梢。

叶粼本来以为夏致会皱着眉头，像是面对洪水猛兽一样退开，但是夏致却一直看着他，好奇地凑近脑袋，甚至轻轻嗅了嗅。

"这是什么？好像有药草的味道？"

叶粼低下头，看着他的鼻尖，忍住了想用力揉他一把的冲动。

"你不怕我用尼古丁熏你？"

"和你游了这一天下来，你的体能还在巅峰状态，说明你没有放弃游泳。既然没放弃，你就不会做任何伤害自己身体的事情，包括抽烟。"夏致淡淡地回答。

"这种香烟可以让我的脑子清醒。"

"哦。"

"好闻吗？"叶粼又朝着夏致吹了一下。

"没有汉堡的味道好闻。"

叶粼笑了。

大概是因为烟卷里面是中药，燃烧得很快，不到一分钟就只剩下烟蒂了。叶粼的手指一弹，烟蒂就落进了垃圾桶里。

夏致揣着口袋没再说话，心里却有点小高兴，因为叶粼没抽那种对身体有害的烟。只是这种药草香烟有什么作用，叶粼不说，夏致也不觉得有必要问。

风撩起了夏致额前的碎发，叶粼侧过脸，一眼就看穿了夏致冷冰冰的脸上那一点笑意。

"谢谢。"

"啊？"夏致不解地看他。

"谢谢你担心我抽烟。"

"我没有。"夏致立刻否定。

"哦，你没有。"

"我就是没有！"

"嗯，你就是没有。"

夏致脑门上突突的，忍住了暴揍叶粼的冲动。

叶粼拦了一辆出租车，回到家正好十点。

"我给你讲一个小时的题，你给我打起精神来。"

叶粼打开了夏致的台灯，替夏致把椅子拉开。

夏致坐下之后，脸上虽然没什么表情，却叹了一口气。

叶粼自然捕捉到了他的这个小表情。

"夏致，其实高考和游泳是一样的。"

"我允许你给我倒一碗心灵鸡汤，但我有不喝的权利。"夏致瞥了叶粼一眼。

"五十米，你没赢我，一百米还有四百米你也赢不了我。可是当我不给你限定时间和距离的时候，你赢了我。"

那一刻，夏致忽然明白了什么。他和叶粼的这三场较量，一百米和四百米都不是真正的比赛，最后那一场才是。

"当你给自己的限定是五十米的时候，你赢我的可能性微乎其微。变成一百米的时候，你的胜算又多了一点点。而四百米的时候，大概就有这么多了。"叶粼用手指比画着。

"最后你让我了吗？"夏致眉梢一扬，直直地看进叶粼的眼睛里。

叶粼被他震了一下，说："我没有让你。知道你赢我的时候，我们已经游了多少米吗？"

"八百多米？"夏致估摸着问。

"不是。"

"那顶多一千五了。"夏致回想着自己快死过去的感觉。

"不止。"叶粼笑得意味深长。

"两千米？"

"两千四百米。"叶粼回答。

"两千四百米"这个答案落在夏致的心头上，这远远超过了他意料中的距离。

"不、不可能吧……我们那个速度，游得了两千多米？"夏致觉得叶粼是不是算错了，他们用的是体力消耗最快的游法。

"所以啊，当你不给自己任何限定的时候，你的胜算就趋于无限。当你不去提前限定自己能力的时候，你能游得比你自己想象中要远得多。高考也是如此，每一张模拟卷子不过是五十米比赛，每一次月考也不过是一百米的胜负。如果你在五十米和一百米的比赛中就放弃了，那就没有之后的可能性了。"

夏致的心头没来由地一热，他忽然间明白过来，这一晚的比赛应该是叶粼决定成为他的家教时就计划好了的。

用他所热爱的事物来说服他在另外一个他厌烦的领域里努力，大概也只有叶粼会这么干了吧。

"不要用时间来衡量自己的能力，也不要拿别人来衡量你自己。你跟他们都不一样。"

"哪里不一样？"

"你有我。"

076

这三个字，叶粼说得很轻。

但夏致知道，他是认真的。

夏致想起小时候自己追在老爸的屁股后面，问他自己没去上培训班，没有去什么游泳队，以后也能拿世界冠军吗。

老爸笑着说："你跟他们不一样，你有我。"

夏致的眼睛瞬间红了，他立刻低下头。

叶粼将夏致的模拟卷拎了过来，在他的面前打开。夏致还是低着头没有回神的样子，叶粼摸了摸下巴说："夏致，这样吧，如果你从这周五到下周五的作业都好好完成了，下周日我带你去南城大学。"

"我又没想考南城大学。"

搞什么南城大学半日游啊？

夏致连眼皮子都没抬一下。

"我们Q大游泳队和南城大学有练习赛。我一个队友脚踝受伤了，你可以代替他参加四乘一百米自由泳接力赛。"

"什么？"夏致愣住了。

他一直想要游泳，一直想要参加比赛。

无论是Q大还是南城大学，都是高校联赛里的劲旅，哪怕是练习赛，水平也很高。

"你不想去？"叶粼侧过脸，光线微微变化，他原本慵懒的笑容多了一丝戏谑。

"那我要是没好好做作业呢？"

叶粼这是把他当小孩儿吗？作业做好了就奖励他去游乐园。

"那就不去了呗。"

"那你呢？你会参加那个练习赛吗？"夏致揣着口袋，脸上没什么表情，好像对叶粼的提议不感兴趣。但内心又很想知道，叶粼是不是要复赛了。

"嗯……我嘛……"叶粼闭上眼睛，好像在思考。

他不说话，吊得夏致的心上也不是，下也不是。

"如果我带着你去了，我自然要参加的。但如果你没达到我给你定下的学习目标，我们下周日就留在这里好好学习。"

"你也不去练习赛？"夏致的眉头皱了起来。

"我怎么去？我得盯着你写模拟卷、做作业啊。"

"你根本就无所谓去不去吧，别把你不参赛的锅扣我头上。"

"但反过来说，如果我去的话，是因为你。"

叶粼把夏致的数学卷子摊开，看起来是动真格的。

而夏致的脑袋里却嗡嗡直响，因为叶粼的那一句"因为你"。

明明知道自己没那么大的影响力,对方也就是那么一说,可他还是忍不住开心了起来。

叶粼辅导夏致的数学可不是一板一眼地讲题,而是一边让夏致做题,一边在草稿纸上梳理相关的知识点,把从高一到现在的知识都过一遍,在很短的时间里给夏致搭出一个逻辑上的框架来。

而且他很快就能从卷子上找出所有知识点相似的题,让夏致集中练习。

平常上课,夏致再能开小差,再能打盹儿,现在被叶粼这样盯着,夏致想分心都很难。

这一切比在酒店游泳池里的比赛还要不真实。

到讲解空间几何时,叶粼的辅助线简直要植入夏致的大脑,嚣张得不行。毕竟当年的省理科状元,可不是浪得虚名。

时间不知不觉就到了十一点,正好夏致把一张数学模拟卷写完了。

"好了,早点睡,明天我们把理综过一下。"叶粼站起身来,闭着眼睛伸了一个懒腰。他的身形被拉长,就像一只慵懒却随时可能爆发的猛兽,可偏偏表情没有丝毫的威胁性。

夏致不明白,一个人是怎样将强悍的压迫感和温和儒雅这两种截然相反的气质融合起来的。

就在夏致思考的时候,叶粼忽然低下头来,在他的耳边说:"要不要我发你?"

"啊?什么?"夏致还没回过神来。

"我在游泳队的照片。"

"谁要看那种东西!"夏致下意识喊了起来。

叶粼笑了,说:"不要看的话,就好好学习。"

叶粼走了出去,刚才的话明摆着是在逗夏致。

夏致吸了一口气,又吐了出来,恶狠狠地小声嘀咕了一句:"神经病。"

谁知道叶粼明明出去了又折回来,加了一句:"神经病明天下午三点来找你,不许到网吧去。"

夏致一口气哽在那里。这是什么耳朵啊,他说得那么小声,叶粼是怎么听见的!

叶粼离开了夏致的房间,正好碰见陈芳华从医院值班回来。

"叶粼,辅导到这么晚呢?真不好意思啊!夏致学得怎么样?"

"还行。阿姨您别太担心了,您越担心,给他的压力就会越大。他总是达不到您的目标,日子久了就容易自我放逐,破罐子破摔了。"

叶粼这么一说,让陈芳华真的思考起来,自己是不是无形之中给了夏致很多压力。

陈芳华还破天荒地给夏致热了一杯牛奶，对他说慢慢来，尽力就好。

当陈芳华瞥见夏致桌上写得满满的数学模拟卷时，露出了欣慰的表情。

夏致躺在床上，翻来覆去，怎么也睡不着。

叶粼是怎么变成自己的家教的？他怎么认识自家太后娘娘的？哦，好像是老魏介绍的……

可是叶粼不是在Q大读书吗？他怎么就那么闲能每周都跑回老家来？就算是做家教，也是首都的市场大、薪水高啊！

来回的动车车票也得两百多了吧？当然这个车票钱，老妈肯定会给他报销的。

夏致百思不得其解，刚转过身把被子掀起来盖住脑袋，脑海里就浮现出叶粼说话的声音，还有说那句"你有我"时的表情，以及他握着笔的样子。

果然人疲倦到了极限，反而会睡不着了吗？

就在这个时候，夏致的手机振了一下，他打开手机，发现竟然是叶粼申请加好友的消息。

那种心脏揪起来的紧张感又来了。

不就是申请加好友吗？有什么大不了的？正好他还能看看叶粼的朋友圈里有些什么。

但是夏致一手滑，点了"不通过"。

他猛地坐起身来，睁大了眼睛，没想到自己也有手残的一天！

大概是要完蛋了吧……

夏致的自我调节能力相当强悍，把手机往桌子上一扔。"不通过"就"不通过"，反正明天下午还要见面，睡觉吧！明天还得早起去海豚馆呢！

此时，叶粼正在酒吧的吧台上调酒，裤子口袋里的手机振了一下，他拿出手机来，看着自己被夏致拒绝的消息，先是微微愣了愣，然后勾着嘴角笑了："欠收拾。"

"粼哥？调酒的时候看手机，不专心哦。"

第二天早晨醒来，夏致是跑步去的海豚馆，算是锻炼和下水前的热身。

他和其他工作人员打了招呼，换泳衣的时候正好碰上海豚饲养员明哥。

两人聊起小海豚。

"楚博士跟你说过吧，海豚是感情很丰富、很喜欢和人类互动交流的动物。"

"嗯，说了。"夏致点了点头。

"痞痞以前也是很喜欢和人接触的，而且还很黏人。它喜欢你的时候，会用尽各种办法来讨好你，把你留在它身边。乐乐被带走之后，它就变了。"

"它不是在抗议吗？想要乐乐回来……"

明哥摇了摇头："我把这家伙养大的，它的思想其实和人没什么区别，它是觉得失望吧。从前它以为自己和人类是平等的，但当它发现人类可以随意带走它的朋友，而不需要顾忌它的意愿时，它终于发现，它和人类不是平等的。"

夏致在旁边整理着自己的泳帽和泳镜，那一刻他好像能理解痞痞的心情。

"对痞痞有耐心一点。"

"嗯，知道了。放心吧，明哥！"

夏致戴上了那副新泳镜，来到了泳池边。

那只小海豚就停在那里，一点也不开心。它的身边飘着一个橘色的小球，它连碰都没有碰那个小球的意思。

"这小东西又在装抑郁了？"

夏致扯着嘴角坏笑了一下，做了一个跳水动作，跃出一道流畅的弧线，没入水中。

果然，那只小海豚冷不丁被吓了一跳，摇晃着尾巴转悠到了泳池的另一侧。

夏致追着它而去，小海豚大概是生气了，忽然转过身来，撞向夏致。

夏致差点没闪开，忙侧身躲避，而那小家伙又掉转头去到泳池的另一侧了。

小海豚感觉就像是在划分地界一样，这边是我的，那边是你的，咱们井水不犯河水。

但夏致的工作就是陪它玩啊，得让它运动起来啊。

海豚的游速是很快的，夏致知道自己追不上它，就假装安于现状，在另外半边的泳池里待着。小海豚也安静了下来，不知道是不是要睡觉了，又或者在想念它从前的小伙伴乐乐。

夏致忽然朝着它的方向奋力游过去，水流被划开，他以最后十米冲刺的速度游向它。

小海豚这回没有闪躲，而是转过身来用吻部对准了夏致，仿佛要把入侵它地盘的夏致撞个头破血流。

就在这个时候，夏致忽然降低了速度，像海豚一样摇摆自己的腰部和腿部，来到了它的身边。小海豚本来是要撞他的，但它是被人养大的，没想过要伤害人类，只是想吓唬夏致一下，所以撞得并不用力。

夏致反应敏捷地再度侧身避开了它，却在即将与它擦身而过的时候，抱住了它。

小海豚很滑溜，很轻松地挣脱了夏致，还用尾巴打了夏致一下。

夏致躺在水面上，休息了一下。

这小家伙，还真难搞。

恢复了精力的夏致，再度游向小海豚，但每一次都被对方闪开了。

小海豚越来越没耐心,它做好准备后朝着夏致全速而来。

那一瞬,夏致感觉到了它冲破水流的力度。海豚可是能围攻鲨鱼的水中生物,它们的冲击力是相当大的。

思考的时间几乎没有,夏致的本能告诉他应该闪躲过去,可是那一刻他在小海豚的眼睛里看见了孤独。

这样的小海豚,就好像每一次逃课后,在无人的泳池里游泳的夏致自己。

它可以拥有整个水域,可是水域里只有自己。

夏致没有躲开,而是张开了双臂,好像在说"我等着你冲进我的怀里来"。

那样的速度,夏致都怀疑自己的胸骨会不会被它撞裂。可是小海豚却蹭着夏致的腰侧,游了过去,只是用背轻轻撞了夏致一下。

它会生气,会失望,会觉得不公平,可还是舍不得伤害人类。

小海豚靠着泳池的边缘,好像在说"我都躲着你了,你不要再来招惹我了"。

它的小尾巴摇晃着,刚才还凶巴巴的,现在却可怜得要命。

夏致来到它的身边,它又溜走了,夏致只摸到了它的尾巴。

陪海豚玩很累,陪一只不想跟人类玩的海豚玩更累。

夏致游到岸边,撑了上去,坐在岸边看着那个小东西。

"我说,痞痞……我的阿姨,阿姨你知道吗?就是妈妈的妹妹,她是研究海洋生物的。在我小时候,我暑假经常会跟着她出海。有一次呢,我从她的船上掉下去了,虽然我穿着救生衣,但是海水还是把我越带越远。"

夏致也不知道痞痞能不能听懂自己说的话,看着它这个样子,夏致总还是有点心疼的。

"你猜后来怎么样?有一只小海豚救了我。它就比你长这么一点吧……也许是长这么多。"夏致用手比画着,"哎呀,太久了,我也不记得它到底多长了。我趴在它的背上,抱着它的背鳍,它把我送回了船边。我永远都记得它。"

痞痞的尾巴动了一下,好像朝着夏致的方向近了一点点。

夏致又接着说:"你有没有听过奥波·杰克的故事啊?它为新西兰海岸边的海船导航,帮助无数船只通过了暗礁,船员和水手们都很爱它。可有一次它导航之后,黑心的商船老板竟然开枪打伤了它,想要把它卖到马戏团去。"

泳池里的痞痞悄无声息地又靠近了夏致一些,夏致有一种感觉,它听懂了他说的故事。

夏致忍着笑,这就是哄孩子嘛!陪孩子玩、给孩子讲故事,就是为了哄孩子吃一口饭。

"杰克消失了,船员们很伤心,把那个黑心老板告上了法庭,黑心老板被驱逐出境。驱逐出境是什么意思你懂吗?就是不能待在新西兰了,这个国家都讨厌他。"

痞痞又靠近了一点,夏致觉得很有意思,这个小家伙是真的听得懂人类的语言吧!

又或者它能感应人类的情绪。

"后来,伤愈的杰克回到了船员们的身边,继续为他们导航。新西兰为杰克立法,任何伤害杰克的人都将被关起来十年。"

痞痞浮上了水面,之前它还总是沉在水底下憋气,让人担心它会缺氧而死。

"许多年过去了,大家仍爱着杰克,但有一段时间杰克一直没有出现。船员们将船停在杰克经常出没的地方,纷纷下水去找它。"

痞痞离夏致更近了,就像一个乖乖听故事的孩子。

"船员们在礁石群中找到了杰克的遗体,它因为疲劳过度死去了。"

痞痞张开嘴,发出了鸣叫声,虽然还是微笑着的样子,但是眼底却满是悲伤。

"新西兰为杰克举行了国葬,它的身上披着新西兰的国旗,十万名各国的船员……一千个游泳池都装不下这么多人呢!这十万人参加了它的追悼会。追悼会,就是人去世之后,亲戚朋友在一起怀念他。"

夏致缓慢地回到了水里,这一次痞痞终于没有闪躲,任由他抱住了自己。夏致将脸贴在痞痞冰凉的脸颊上说:"所以啊,痞痞……虽然海豚和人类之间也许没有你想象的那种平等,但是爱你的人,比如说明哥,比如楚博士,你要相信他们爱你的心意和你爱他们的心意,是一样的。你不浮上来呼吸,他们会很担心。你不开心,他们也会很难过。为了让你开心,他们还请我来陪你玩。"

痞痞很安静地让夏致抱着,夏致轻轻摸过它的背脊,想起了童年时候遇到的那只海豚。

不知道它有没有平安地长大,是不是很自由地生活在海里,希望它没有受到任何伤害。

大概是感觉到了夏致的那一声叹息,痞痞动了动,用侧身碰了碰夏致,好像在安慰他一样。

他们就这样泡在水里,很安静的。夏致平躺在水面上,痞痞就在他的身边。

感觉到身上有些凉,夏致翻过身来,游向岸边。

痞痞就跟在身后,当夏致撑上岸的时候,一回头就发现痞痞的脑袋露出水面,就那样眼巴巴地看着他。

夏致上了岸,做了一个双手抱住身体的动作抖了抖,意思是自己很冷。

明哥知道在水里待久了会冷,早就给夏致准备了一个保温杯,里面装着热水。

夏致喝了几口热水,总算暖和了起来。

他拎着保温杯,蹲在岸边,对痞痞说:"嘿,我们打个商量,我不运动的话,就会很冷。我们来比赛吧!从泳池的这头,游到那头,看谁比较快。"

痞痞拍了拍它的鳍,晃了晃身子。

不知道为什么,夏致能读懂它的"肢体语言"。

"你是说你游得比我快多了是吧?那我们这么比,我从这里游到对岸一遍,你五遍。"

夏致伸出手掌来比画,痞痞的脑袋拍了拍水面,意思是它同意了,还挺兴奋的样子。

事实证明,和海豚比游泳,就是自取其辱。

夏致游得快虚脱了,痞痞还很轻松的样子。

翻过身浮起来,夏致继续躺在水面上歇气。痞痞游到他的下面,顶他的背,好像在说"我们继续比赛啊!"

夏致动都懒得动了:"痞痞……我游不动了……我们说会儿话吧。"

痞痞不动了,安静地浮在夏致的身边。

"我之前都是翘掉周二的体育课,中午午休的时候去游泳的。之前老妈以为晚上我要补课,其实我也是去游泳了,从下课一直游到九点回家。"

痞痞用脑袋拱了拱夏致,夏致就伸手勾住了痞痞的背鳍。

"因为非休息日,游泳馆里空荡荡的,就只有我一个人。我可以尽情地从游泳池的这一头游到那一头,但是却没有对手。我只能在脑海里想象,有一个人游在我的前面,那个人的名字是叶郲。"

不知道为什么,小海豚忽然抖动了一下。

夏致摸了摸它的脑袋:"怎么,你也听过叶郲吗?"

小海豚依偎在夏致的身边,有点撒娇的味道。

"我就这样追逐着幻想中的叶郲,直到我妈妈发现我每天放学不是去补习班而是去游泳,她烧掉了我的游泳卡,连零花钱都缩减了,只够我吃午饭,一分都不多给。我攒不到钱买新的游泳卡,就只能来这里打工赚钱了。"

痞痞还是贴着夏致,难得温驯的样子。

"不过今天,我不用再幻想叶郲游在我前面了。"

"我有你陪我游泳了,你能领先我几个来回呢!"夏致爽朗地笑了,笑声回荡在空旷的海豚馆。

痞痞张开嘴,也发出了嗷嗷的叫声。

这时候,夏致留在岸上的手机响了,他转过身来趴在痞痞身上说:"痞痞,我今天只能陪你到这里了,该回家了。那个叫叶粼的坏蛋,要逼我写作业了!"

夏致摸了摸痞痞的背脊,好不容易和痞痞建立了情谊,马上就要分别了,夏致还有点舍不得它。

痞痞明白夏致要走了,就一直用身体挡在夏致游向岸边的方向,让夏致哭笑不得。

夏致想了想,对痞痞说:"痞痞,这样吧,我们玩一个告别游戏,意思就是'再见'。在我们人类的语言里,'再见'的意思,就是'再次相见'。好吗?"

痞痞一动不动,直到明哥站在岸边喊了句:"夏致——你还没走呢!不吃午饭吗?"

夏致摸了摸痞痞的脑袋,像是哄孩子一样放缓了自己的语气说:"你可以在水里面吃饭,我要到岸上吃啊。做人类是很辛苦的,要上学、要做作业、要月考模拟考期末考……你同情我一下咯。"

痞痞这才不情愿地和他拉开了距离,脑袋浮出水面看着夏致,似乎在说:"那告别游戏呢?"

夏致笑了,指着泳池对岸说:"你从那边游过来,我从这边游过去,然后我们轻轻碰在一起,不许用力撞我。"

痞痞拍着两鳍,似乎很喜欢这个游戏。

夏致没入了水中,摆动着腰身,无数微小的泡沫四散开来,在泳池的灯光下折射出碎钻一样的光片,他的发丝被水流带起,柔软细腻。当痞痞也从另一边游到自己身边时,夏致抬起了自己的泳镜,闭上眼睛,侧过了脸,轻轻靠在了痞痞的吻部。

一切就这样刚好。

夏致上了岸,朝痞痞晃了晃泳镜:"下周见!我不在的时候你要乖乖吃饭,乖乖浮到水面上呼吸,听明哥的话!"

痞痞就那样看着夏致离开,没有游动,没有声音,整个空旷的海豚馆,好像被痞痞的目光淹没了。

沉睡的叶粼猛地睁开眼睛,用力地呼了一口气,从床上猛地坐起身来。

他低下头,抓紧了盖在身上的被子,两三秒之后他终于辨别清楚自己在哪里,伸手将额前的乱发捋起来。

结束酒吧的夜班后,他在公寓里睡觉,结果又神游了。

不知道为什么,自己最近总能神游到那个男孩子的身边……

他下意识抿起唇,长久地不愿意放开,仿佛这样做,在偌大的泳池里,那个男

孩靠近他的那一瞬的柔软和温暖，就不会消散。

他再一次想起和夏致的那一场比赛，男孩子来挑战他的时候，看似强悍蛮横，却带着温暖的期待。

长久以来，叶粼觉得自己就像是在树荫下睡觉，外面的一切，胜负也好，荣誉也罢，都和他无关。

忽然，他就被一束日光给晃醒了。

接着，叶粼想起了什么，脑袋埋在膝盖之间，笑了起来。

"原来是你，怪不得我总想去你的身边。"

从小到大，他神游到过许多水中生物的身上，大多数时候他能平安无事，但有不少时候死得特别惨。

大海很美，也很残忍。

那年暑假，他神游到了一头小海豚的身上。他和一只小海龟打闹，那只小海龟游上了岸，他却搁浅了，孤零零地躺在沙滩上。海浪那么近，但每次涌起都无法将他带回海中。

他感觉到了日光的灼热，水分一点一点流失，他拼命地挪动，想要借助尾巴的力量回到水中。

死亡正一点一点地露出残忍的一面。

他晕眩，呼吸困难，视线模糊。他听见自己的心跳正远去，他恐惧起来……就算他告诉自己醒过来就能回到他自己的身体里，但死亡的感觉是如此真实。

直到一双手将他抱起，他听见了男孩子的呼喊声："我送你回去——别怕！"

男孩子抱着他奔向了大海，海水将他淹没，他晃动尾巴又活了过来。

他转过身，看见那个男孩子的眼睛大而明亮，神情倔强有着对生命的珍惜。

他在睡梦中经历了无数次死亡，只有那一次被最为温柔地对待。

那个暑假，他无数次在午睡的时候神游到那只海豚身上，追逐那个出海的男孩子。男孩子在甲板上同他玩耍，哈哈大笑，灿烂明亮。

但是当暑假结束，那艘船离去，他就再也没有见过那个小男孩了。

"你长大了呢……"叶粼抬起头来笑了，"以前那么可爱，现在还是很可爱。"

第四章 奖励

夏致和痞痞玩了一整个上午，耗费了挺多体力，中午吃了一大碗蛋炒饭，还是觉得不够，又买了两个面包。

午休对于体能恢复是很重要的，夏致趁着叶粼还没来，赶紧躺进了被子里。

他睡得昏天黑地，连叶粼摁门铃的声音都没听见，直到手机铃声不断地响起，将他吵醒。夏致拿过手机一看，我的天啊，太后打了十来个电话。

"喂，妈……"

"夏致！你到底在不在家？怎么不给叶粼开门！"

完了！在太后看来，他肯定是不想好好学习，故意把叶粼锁在门外。

"怎么可能！我睡午觉没听见！我现在、立刻、马上去开门！"

夏致掀开被子，蹬上拖鞋，冲到了门边。

一打开门，没有看见叶粼，难道是走了？

他侧过脸，才发觉叶粼靠着墙，手里拎着一个袋子，袋子里是两杯咖啡。

"叶、叶粼……"

叶粼提起咖啡，笑着说："咖啡都快冷掉了。"

"我、我没听见……"

"对，你没听见。我打你手机，也打不通。"

叶粼看起来一点都没有生气，但是夏致让他在外面等了二十多分钟。

"我设置了陌生来电勿扰。"

叶粼进了门，将咖啡放在鞋柜上，低下头来脱下运动鞋。从这个角度，夏致正好能看见他领子露出来的那一段脖颈。

"我是你的家教，在你的手机里却被归为陌生人？"叶粼用调侃般的语气说。

夏致心想，我们很熟吗？学生和老师，不是天敌吗？难道你还指望我和你一家亲？

叶粼的嘴角带着微微笑意，好像真的没有生夏致的气。

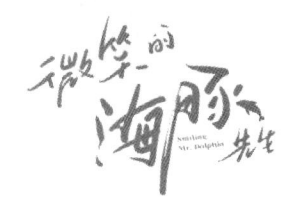

"你的脸臭臭的,是不是在心里说,'我和你本来就不熟'?"

夏致惊讶了,叶粼怎么连这都能猜到。

"你到底在和我闹什么别扭?"叶粼冷不丁在夏致的脸颊上掐了一下,夏致立刻把他的手挥开。但叶粼掐得更用力了,夏致怀疑叶粼是不是要把他的脸颊拧过三百六十度!

"我没闹别扭,不爱学习是学生的天性。"

夏致好不容易甩掉了叶粼的手指,一抬眼却对上叶粼的眼睛。他的目光很柔和,和那些优等生不一样,没有尖锐的傲气,反而悄无声息地磨平夏致的棱角。

"你不是不爱学习,你是喜欢看我游泳的样子。所以当我做你的家教时,你才这么生气。因为你觉得我有这个闲工夫来当家教,为什么不赶紧恢复状态回到泳池,对吗?"他还是那样淡淡地笑着,仿佛在告诉夏致,无论你说什么或者做什么来刺伤我,我都不会放在心上。

这反而让夏致的心脏被狠狠戳了一下。他说:"对,现在的 Q 大游泳队肯定在训练中,而你却在这里当个家教?"

"这说明对我而言,你的学习,又或者说你的未来,比 Q 大游泳队的训练更重要。"

"为什么?"夏致睁大了眼睛,"我这个人直来直去不会绕弯儿。如果你是想用这个来鼓励我,我并不买账。"

叶粼闭上眼睛,叹了一口气,靠着客厅茶几的一角坐了下来。

他的沉默让夏致有点烦躁。

"夏致,我喜欢和你一起游泳。"

夏致愣住了,叶粼说什么了?喜欢和我一起游泳?

"你让我专注。"

叶粼的话语没有任何天花乱坠的修饰,却有着令人深信不疑的力量。

"所以你必须考上大学,我才能在校际联赛里和你在同一个泳池较量。"

叶粼抬起头来,明明是他在仰视夏致,但他的目光很深,一把抓住了夏致,将其拉进了自己的世界里。

"这个理由,你买账吗?"

"你这算心灵鸡汤吗……"

"你觉得好喝,就算。"

"呛死人了。"夏致侧过脸去,他不知道自己现在看起来是什么表情。

叶粼站起身来,问:"现在可以好好学习了吧?"

"好好学习也不代表就能天天向上。"

两人走进夏致的房间，夏致看着叶鄢将椅子拉开，把咖啡在桌子上放好，下意识又说了一句："我真不是故意不给你开门的……"

"我知道啊，看你的床，你睡觉的凹痕还在呢。"

夏致吸了一口气，去洗手间洗了把脸，然后回来坐下。

叶鄢直接进入正题，先是分割了理综试卷里的各科试题，然后逐一开始讲解，将物理定理、化学公式什么的分门别类写在纸上，直接就给夏致总结出了一份浓缩版资料。

和上课的时候老师平板式的讲解不同，叶鄢的串联逻辑性真的很强。

不知不觉，就到晚上六点多了。

夏致午饭虽然吃得多，但是他饿得也很快，当肚子发出咕噜一声响的时候，他不好意思地看了一旁的叶鄢一眼。

叶鄢还是撑着下巴侧着脸，看着夏致的卷面。

一想到自己写的每一个字都被叶鄢看在眼里，夏致忽然有些不好意思了。但夏致这个人，情绪只会藏在心里，从来不摆在脸上。

"你不用不好意思，你写的这几题都对了。"叶鄢缓缓开口道，他的声音从容坦荡，总能让人的神经舒缓放松。

"你怎么知道我不好意思？"

"哦，你没不好意思啊？是我想多了。"叶鄢笑着站起身来，伸了个懒腰。他伸懒腰的样子很好看，有一种视线要随着他被无限拉伸的感觉。

"走吧，你妈妈跟我说了，她今天值班没办法顾及你的晚饭，要我跟你一起吃。"

和叶鄢一起吃饭，让夏致忽然紧张起来了。他亲眼见过了激流勇进的叶鄢，看见了握着笔写公式的叶鄢，现在又要见到吃东西的叶鄢。好像从前这个很遥远的，就像个符号一样存在的叶鄢，变得越来越清晰了。

"白菜炒年糕怎么样？"叶鄢一边将外套穿上，一边说。

"哦，我都行……"

"再做个菠菜猪肝汤？"叶鄢将桌上的手机放进口袋里。

"做？你要做饭吗？"

"嗯。"叶鄢理所当然地点了点头，"总要让你妈妈觉得我有照顾好你吧？"

"你怎么说得好像你要做我妈的儿子一样……"夏致下意识说完这句话，立刻打住了。

很快，叶鄢就转过身来，用力摁住了他的脑袋。每当夏致直起背，就会立刻又被叶鄢给摁下去。几个来回之后，夏致算是体会到了叶鄢根本不像他看起来那样无

害,他的力气真的很大。

"你刚才说谁要做谁家的儿子?"

"我说错了,错了……"

夏致就不信自己还真的抬不起头来。但事实证明,他就是抬不起来。

"那就说句好听的话,让我心里舒坦。"叶粼的声音里是满满的笑意,而这种笑意里,带着暖。

原本还在介意自己一直远远看着的那个人,怎么就忽然变成自己家教的夏致,忽然觉得好像这一切也是理所当然的。

"粼哥!您就把我当个屁,放了吧!"

叶粼不轻不重地掐着夏致的脖子,押着他向门口走去。

"我原谅你了,不过不是因为你甘愿当个屁。"

"那是因为什么?"

"因为,你终于叫了一声'粼哥'。"

夏致一转头,就看见叶粼在笑。之前夏致见过叶粼的笑,那是礼貌的、很收敛的笑意。而此时,他笑得有些张扬,笑声里有一种属于男人的厚度。

夏致很少逛超市,生活用品什么的老妈一般都会备齐全。

叶粼推着推车,夏致揣着口袋跟在叶粼身后,百无聊赖地左看看,右看看。然后他看见叶粼将一小箱牛奶提起来,看了一下保质期以后,放进了推车里。

"喂,你还要拎牛奶回家吗?"

叶粼指了指车里的牛奶,说了句:"你看看这是全脂的还是脱脂的。"

"这么麻烦……"夏致刚低头要去看纸箱上的字,又被叶粼摁住了脑袋。

"你刚才叫我什么?'喂'?"

夏致的手扣着推车,又抬不起头了。他就不明白了,叶粼怎么就那么在意自己怎么称呼他?

夏致憋得脸都红了,才不情不愿地小声念了一句:"粼哥……"

"这才乖。"叶粼松了手,"牛奶是给你的,你这个年纪,牛奶是必需品。你不想长过一米八五了?"

夏致顿住了,其实以他的身高,在学校里已然是"鹤立鸡群"。而叶粼会说要他长过一米八五,明显是以游泳运动员的标准来衡量的。夏致的心里有一丝莫名的喜悦,这是不是意味着叶粼认可了他的实力。

"每天都要喝,早上一盒,晚上一盒。"

"知道了。"想了想,夏致又加了一句,"我又不是小孩儿。"

谁知道叶粼站在冷冻柜前,高喊了一句:"小孩儿,你喜欢吃什么年糕?"

正在逛超市的大妈大婶们都顺着叶粼的视线望过去,夏致想要转身就走,但一想到叶粼说不定会使坏摁着他的脑袋不让他抬头,就只能揣着口袋面无表情地走到旁边,假装不认识叶粼,拿起两包年糕看了看生产日期。

等到大妈大婶都没再看着他们的时候,他才把年糕扔进推车里。

结账的时候,夏致站在叶粼身后说:"我身上没钱,等我妈回来了,我会让她……"

话还没说完,叶粼就在他脑袋上弹了一下:"想那么多干什么?"

出了超市,夏致很自觉地拎着牛奶,叶粼拎着袋子,两人走回了家。

叶粼进了厨房,夏致站在一边,却不知道能帮他什么,只看见他将袖子折起来,井然有序地洗菜,切菜,给年糕焯水。

不知道为什么,夏致的鼻子有点酸酸的。

他想起小时候爸爸还在,妈妈经常值夜班,爸爸就会像这样在家里给他做饭。

夏致喜欢吃炒年糕,夏云就给他做,只是每次他做的年糕味道都不怎么样,还有一次把糖当成盐加进去了。糖年糕炒白菜,那味道……惨不忍睹。

可是现在回想起来,只要夏云还能做给他吃,他会很幸福地全都吃下去。

"你杵在厨房里干什么?"叶粼回过头来问。

"那我帮你洗菜?"虽然白菜和菠菜好像都洗好了。

"我是说,你要么去沙发上睡一会儿,要么看会儿电视放松一下,晚上我们把物理和化学再捋一捋。"

"哦,好。"夏致坐在沙发上打开电视,视线却一直看着厨房里的叶粼。他听见叶粼"啪嚓啪嚓"切白菜的声音,年糕下锅的声音,酱油瓶子被打开的轻微声音。

很明显叶粼独立生活的能力很强,炒年糕和菠菜猪肝汤很快就做好了。

当他端着盘子走到饭桌前,看了一眼电视机,不由得笑了:"小致,你还说你不是小孩子?《小猪佩奇》你都看得目不转睛。"

夏致这才发觉面前的电视机屏幕上,有一只粉色的小猪,不知道在说什么。

"我那个小外甥天天在家看呢。"叶粼说着,把筷子递给了夏致。

夏致看着盘子里的炒年糕,看起来味道很不错,猪肝菠菜汤也很香。他尝了一口,食欲大开,只想把一整盘年糕都吃下去。

"我那是换台不小心换到的……"

"是吗?"叶粼的尾音微微上扬,明摆着是在怀疑,"我小外甥天天都在幼儿园里对小女孩说——小猪佩奇,我配你。"

夏致正好在喝猪肝汤,那句天真无邪的"我配你"冷不丁让他呛了出来。

"你怎么了?我没在猪肝汤里加料啊!"

"小猪佩奇,我配你"是什么啊!

吃完晚饭,夏致本来觉得自己应该去刷锅洗碗,叶粼却只让他把盘子放进池子里就好。

"你们家的不粘锅要是被你刷一刷,你妈估计能把你给下锅炒了。"

夏致忽然觉得叶粼真的很好,又温和又细致又有耐心。

之前他总觉得像叶粼这种高高在上的人,应该是越去了解就会越毁形象。但是叶粼却让此刻的夏致觉得很幸运,他从小一直崇拜的人,性格也那么好。

夏致这个人,爱憎分明。他知道某个人是真心对自己好的时候,哪怕对方的理念和自己不和,他也不会去伤害他们。比如陈芳华,夏致虽然很想坚持自己的道路,但也尽可能地不去顶撞她。再比如魏书保,他每次都能在老魏面前低头认错装无辜,就是不想和他争吵。

而叶粼,每一题都仔仔细细给他讲解,夏致就会觉得如果自己学不好,就对不起叶粼在自己身上耗费的时间。

就在夏致出神的时候,叶粼正好推门进来,夏致一转身,就踢倒了桌子下面的书包。

放在塑料袋里的泳衣掉了出来,他刚想要弯腰去捡,叶粼已经低下身了。

"那个是我的!"夏致伸手要拿,叶粼却抬高了手。

"夏致,你是不是今天早上去游泳了?"叶粼的眉心蹙了起来。

夏致僵在那里,他很不希望叶粼像妈妈一样,把学习看作一切,认为游泳是让他学习不佳的罪魁祸首。

"算是吧……"

你会说什么呢?告诉我现在是学习最重要的阶段?还是把这件事告诉我妈妈?毕竟你是她请来的家教。

"你知不知道泳衣要尽快洗了晾晒,不然会滋生细菌。"叶粼的眉头还是皱着。

夏致看着叶粼的表情,他忽然很想知道,如果告诉叶粼自己的事情,这家伙会有什么反应?他是会告诉老妈,还是会劝自己放弃?

如果叶粼说的话、做出的选择,和老妈还有学校的老师们都一样,也许从此以后,夏致对他的期待和想象也能少一些。夏致会告诉自己,叶粼和普通人也没什么不同。

"我妈不让我游泳,我要是晒出来了,她就知道了。"

叶粼叹了一口气,拉过椅子坐下:"那你给我听好了,你这个湿答答的泳衣是肯定不行的。"

"要是被我妈看见了,肯定会一剪子给我剪掉的。"夏致看着叶燊的眼睛。

"那这样吧,这件泳衣我带回去,给你洗了晾在我家。你每天什么时候去游泳?"

"我其实每天中午都会去……有时候晚上也会去。"但游泳卡没了之后他晚上就没再去过了。

"你在哪里游?"

"市体育馆。"

"那就正好了,你每天中午从学校去体育馆都会路过我家。我周一到周五都不在家,这个钥匙给你。你每天游完泳就把泳裤扔到我的洗衣机里,下课回家的时候再去把它晾起来,做得到吗?"

夏致愣住了,很好奇地问他:"你不觉得我游泳会分心,浪费学习的时间吗?"叶燊的脑子里到底是怎么想的?

"很简单的道理,"叶燊抱着胳膊,"学习靠的并不是拼时间,而是拼效率。你坐在书桌前发三个小时的呆,可能都没有一个小时集中注意力做题和复习有用。"

"谢谢。"

"但是既然你这样做了,就要合理安排时间,我不希望老师教你知识点的时候,你在课堂上睡觉。所以每天晚上,你不可以再玩手机了,要保证充足的睡眠,不然会长不高。"叶燊说话的声音不重,却有一种权威感。

"谢谢,燊哥。"这一声"燊哥"是夏致真心诚意的。

"那你也给我好好读书,不然我这个家教很快就会当不下去了。"叶燊看着夏致低下头,短发在台灯的灯光下毛茸茸的,他忍不住上手摸了一把。

"知道了。"夏致这回没有刻意地避开他,就让他揉。

他没有告诉叶燊,自己的游泳卡早就没了,所以也不会每天去游泳了。他每周六去海豚馆就是为了挣钱买游泳卡而已。因为他怕如果向叶燊解释打工的事情,万一叶燊又说别去了,游泳卡送他一张什么的……夏致还是挺想去陪痞痞玩的。

这还是头一回,夏致把老师周末布置的习题集还有模拟卷都做完了。

周一他和岑卿浼在街角碰面,岑卿浼哼哼唧唧地说着周末玩游戏太嗨了,卷子都没写完,然后万分抱歉地说:"哥,抱歉了,我们这对难兄难弟只能一起在最后一排罚站了!"

等走到了学校的自行车棚,夏致从书包里拿出那一叠模拟卷,摁在了岑卿浼的脸上:"你找个地方抄完了再进教室。"

岑卿浼拿着卷子,露出极度惊讶的表情:"不是吧?你都做完了?大题也做完了?这不是你的风格啊!"

夏致揣着口袋，向前走。

"你被下降头了？"岑卿浼本来以为夏致是不是从哪里抄来的答案，但是当他发觉选择题旁边都简要地写了公式和要点之后，才确定这真的是夏致自己做的。

"你才被下降头了！不抄就还给我。"

"我抄！我抄！我伺候了你两年，总算也让我抄到一次了！"

岑卿浼没敢进教室，因为一进教室陈硕那几个家伙肯定会围上来抢卷子，那他就抄不到了。

夏致坐在花圃边上，吸着牛奶。岑卿浼就撅着腰，飞快地抄。

"你帮我看着点儿啊！别被老魏发现了！"

"嗯。"

"我还是不敢相信，这些题你都会做？难不成你其实是个学霸，从前垫底就是为了牺牲自己，拯救陈硕他们几个？"

"我妈给我请家教了。"夏致回答。

"家教？谁这么厉害，能挽救你到这个程度？"岑卿浼一脸讶异。

"叶粼。"夏致扔下这两个字，还有三分钟就要打铃了，他从呆然的岑卿浼面前把模拟卷子收了回来，走向教室。

岑卿浼的表情就像是被十万伏电压劈中，他连书包都没来得及关上，追在夏致的身后。

"阿致！你说的是真的？叶粼做你的家教了？他不是在Q大读书吗？他怎么教你？"

"他每周五下午坐动车回来，周日晚上坐动车回去。"这么一说，夏致忽然觉得叶粼真的好辛苦，虽然坐动车一个小时就能到。

"哇！夏致！你男神做你的家教了！你有没有觉得特别特别的爽？"

"你别凑过来！一嘴韭菜煎饺的味道！"

"要是叶粼，你才不会嫌弃韭菜味！"

进了教室，夏致把书包塞进抽屉里，把作业交了。

课代表收作业的时候都很惊讶，夏致交作业交得那么坦荡。他本来以为是空的模拟卷，没想到竟然是满的。

其实老师收卷子上去也不会每一题都改，主要是为了了解学生哪些题不会做，再就是起到一个监督的作用。

大概是因为夏致写满的模拟卷让数学老师林娟着实惊讶了一番。从前她上课点人起来回答问题，按照一列轮下去，每次到了夏致那里，她都会直接轮到隔壁列。因为她知道夏致十有八九不知道答案。可这一次，她故意点了夏致的名字，夏致竟然有条有理地回答了为什么选那个答案，让林娟很惊讶。

这就苦了旁边的同学，本来以为林老师会略过夏致，现在他得手忙脚乱地准备另外一题了。

周一中午，夏致和岑卿浼在学校小食堂吃完饭，闲聊了一会儿，就开始趴在桌上睡觉。

睡到一半的时候，夏致的手机振动了一下，夏致迷迷瞪瞪地拿起来一看，发现是一条短信提醒。

自从微信开始流行以后，夏致看短信的机会是越来越少了。每天的那几条短信，不是10000发来的流量提醒和付费通知，就是各种小广告，什么贷款的、买房的……

所以夏致抬了抬眼皮子，都没想要看一眼。

倒是旁边的岑卿浼动了动桌子，夏致书包里发出轻微的金属碰撞声，他这才想起来，周日叶粼回Q大之前，真的把自己家的钥匙给他了。

手伸进书包里，夏致摸到了那串钥匙，想起叶粼离开的时候，笑着将钥匙轻轻一扔，钥匙就稳稳地落进了他的书包里。

那么随性的样子，仿佛他们很熟悉一样，你吃我的，我用你的都无所谓。

那一刻，夏致有一种莫名其妙的错觉——叶粼一直在想办法拉近和他之间的距离。

不过，这样的想法只存在了不到一秒，夏致就在内心嘲笑自己自作多情了。

你当叶粼很闲呢！

摸到钥匙之后，夏致下意识打开手机上的那条短信，他一看发信人的名字，立刻坐了起来。

叶粼：我在公寓里留了一份礼物给你。等我周五来检查你作业的时候，如果你没有把礼物带走，或者礼物过期坏掉了，我就知道你没有去晾泳裤了。

这条短信挺长的，夏致可以想象出叶粼脸上那淡淡的，把他当作不听话小孩儿的笑容。

夏致用力揉了揉自己的短发，朝天叹了一口气。早知道就完全跟他坦白，自己没了游泳卡，除了周六都不会下水了！

夏致刚挪开椅子，旁边睡得迷迷糊糊的岑卿浼开口问："阿致，快上课了吗……怎么手机没响？"

夏致一把将岑卿浼的脑袋摁回桌子上："你继续睡！"

那一下可用力了，岑卿浼就是想睡也被撞醒了，看见夏致背着包跑出了教室。

还有二十分钟第一堂课开始，骑自行车往返的时间应该还够。

夏致一路狂奔到了学生车棚,坐上自行车飞快地骑了出去。

他一路骑,一路不断地猜想着叶粼给自己的"礼物"是什么?

难道是吃的,所以放久了才会过期?

可如果是吃的,夏致只要在周五叶粼回来之前取走就好了,坏了过期了,扔掉就成,反正叶粼也无从得知啊!

"又不是哄小女孩儿!什么鬼礼物啊!"

夏致来到叶粼家的楼下,开锁之后进了电梯,直到他拧转门钥匙的那一刻,"咔嚓"的声响让他意识到,他即将进入的不是岑卿浼的家,也不是某个老师的家,而是叶粼的家。

心脏用力跳动了一下,夏致自嘲地一笑:"紧张个屁啊!"又不是刀山火海、龙潭虎穴!

夏致推门进去,才发现这是一间单身公寓,一眼就望到头了。怪不得叶粼说他自己一个人住,如果有家人在,贸然把钥匙给别人,就太奇怪了。

原本很赶时间的夏致,被叶粼的房间给吸引了。

他没有刻意去翻叶粼的东西,只是四下打量了一下房间里的摆设。

它并不是典型的男生房间,没有什么足球篮球,没有手办,也没有球星或者女明星的海报,它简单得仿佛只是叶粼落脚而非生活的地方。

唯一有生活气息的,就只有沙发上的靠枕,而且只有一个。

这让夏致不由得想象,叶粼是不是从不带客人来。

夏致向里面走了走,终于在那张单人床旁边的书桌上看到了一个盒子,盒子上还有一个蝴蝶结,上面贴着一张便利贴:脱掉我吧。

心里呵呵两声,夏致几乎可以猜到这是叶粼在捉弄他了。

"脱你个神经啊!"但是来都来了,就算知道自己被捉弄了,好奇心还是促使夏致把蝴蝶结一把扯掉了。

谁知道蝴蝶结还挡着一行小字:对我要温柔一点。

"温柔你个鬼!"越是这样,夏致越是不耐烦地扯掉了那层包装纸,然后看见了一个纸盒。

纸盒上写着:我把我的思想交给你。

夏致抬起手揾了揾眼睛。这是叶粼吗?搞出这些花样来,幼稚不幼稚啊!

叶粼那完美的形象,在夏致的心里有崩塌的前兆。

他将盒子打开,发觉里面竟然是好几本笔记本!这些笔记本看着有些旧了,里面的字迹随性中带着力度,是叶粼高中时代总结出来的知识点大全。

夏致把每一本都翻开来看了看，有数学的、物理的、化学的，能总结出这样的框架来，怪不得叶粼当初能学业和游泳两不误呢。

当夏致把笔记本都拿出来的时候，发觉盒子的底部粘着一张便利贴，上面写着：别留恋我，你该去上课了。

夏致陡然想起自己还要赶回学校，稀里哗啦把笔记本塞进书包里，锁门下楼。

踏着铃声冲进教室，夏致几步来到座位上，"哗啦"一下将书包塞进抽屉里。

下午第一堂是语文课，又要分析古文了，一旁的岑卿浼唉声叹气很头疼。

夏致低下头来，悄悄从书包里将笔记本拿出来。

"你在看什么？"岑卿浼的脑袋凑了过来，夏致直接抬起胳膊肘把他顶了回去。

"小气！"

夏致冷飕飕地剐了他一眼，岑卿浼老老实实地把脑袋收了回去，假装听课。

叶粼的笔记字迹漂亮，知识点之间偶尔还会串联一下，夏致觉得太好懂了，是预习和复习的红宝书啊。

当语文老师转过身去写字的时候，夏致拿出手机来，迅速回复了一个"凸"给叶粼。

他丝毫没有担心叶粼看到这条回复会不高兴。

一般情况下，老师布置的课后作业都是基础性的，上课稍微听一下都能做出来，关键在于公式的变通和应用。

夏致做模拟卷的时候，做到后面的大题时思路很卡。

果然，一个周末的突击是不可能立刻弥补他之前落下的课程的。

晚上九点半，夏致本来想就此放弃，早点睡觉。但刚一躺下，他就想起叶粼说过，要看他的表现来决定周末是不是带他去南城大学，他觉得自己还是要积极主动一点。

于是他拨打了叶粼的手机，听着正在接通的声音，他没来由地有点儿小紧张。

随后他又觉得自己有毛病，这有什么好紧张的。

当叶粼的那一声"喂"响起的时候，夏致问："那个粼哥，你有空吗？"

"有啊，怎么了？"隔着手机，叶粼的声音很柔软。

"我有大题做不出来。"

"哦，那你加我微信，拍照发来给我看看。"

"好。"

这一次，是夏致主动加了叶粼的好友。

他刚把照片发过去，就看见叶粼发来一条信息：小样，还不是要加我微信好友。

夏致几乎可以想象他调侃自己的语气，立刻回了一条信息：上次是我手滑。

紧接着夏致开始怀疑,难道叶粼是为了报复他,才发短信让他大中午跑去公寓拿准备好的礼物吗?但他转念一想,那怎么可能?叶粼又不是闲得慌的人。

没过多久,叶粼就回了电话过来,他没有一步一步教夏致做题,而是引导夏致思考的方向,还给了几个知识点,让夏致回去翻翻从前的课本。

此时的叶粼,正躺在自己大学宿舍的床铺上。

寝室是四人间的,其他两个人都去自习了。Q大可不是一个放任自由的地方,学生不好好学习的话很有可能拿不到学位。

宿舍剩下的另一个人就是在床铺下面的小书桌前看书的陈嘉润。

等到叶粼把电话挂断,陈嘉润忍不住开口说:"叶粼,你什么时候说话这么温柔贤惠、善解人意了?"

"我平常不是吗?"叶粼问。

"得了吧。我问你点什么,你回答过我吗?你又假装纯良,在那里骗谁呢?"

"我没装啊,我一直很纯良。"叶粼笑着说。

"呵呵。"陈嘉润满脸的鄙视。

"嘉润,下周和南城大学的练习赛,你不参加吧?"

"我目前还是伤残人士,去了还要被一堆人关心我的恢复进度,算了吧。"

"那我就让那个男孩子替你比赛了啊。"

陈嘉润立刻一瘸一拐地来到叶粼的床边,用力晃了一下:"我还没死呢!你就迫不及待找人代替我了!你有没有人性啊!"

"对你,不需要人性。"

"我终于知道为什么你拍照不用美颜相机了!"

叶粼的手里正捧着一本食谱,翻到豆豉蒸排骨那一页,回了一句:"我又没你臭美,开什么美颜相机?"

"那是因为美颜相机在你扭曲的灵魂面前都无能为力!"

周五的时候,叶粼很守信地把夏致的泳衣带来了,还给他买了两套新的速干泳裤。

"粼哥,这是给我的?"

"嗯,算是奖励你每天的作业都有好好做。"

"所以……周日你会带我去南城大学?"

"嗯。"叶粼点了点头。

"可我妈不会同意的。"夏致叹了口气。

"哦,那要看是谁开口说了。"

到了晚上，当夏致在里面做习题的时候，他竖着耳朵听叶鄹和太后的对话。

"阿姨，周日我想带夏致去一趟南城大学，南城大学和南城师范要举行辩论会。"

"哦，这样啊……"陈芳华果然有些犹豫，她是不想让夏致跑到邻市去的，宁愿他在家里多做一套卷子。

"这一周，夏致挺用功的，学习得循序渐进。要是把他逼太紧了，让他一直刷题，我担心他会疲倦抵触。我感觉夏致要是利用剩下的时间好好读书的话，考上南城大学还是有可能的。"

"真、真的？"陈芳华的声音里带着喜悦，"你可别是安慰我！"

"这个我们得实事求是，我要是给了阿姨不切实际的幻想，也不好啊。这次我带夏致去南城大学，一来算是让他放松一下，感受一下南城大学的气氛，说不定能让他更有学习的动力。"

叶鄹对夏致未来的"预测和畅想"让夏致的妈妈听了心念大动。

"二来，我也想去听辩论会。其实辩论会上有很多非常犀利的观点，可以拓宽思路，有利于夏致写作文时组织自己的论点和论证。"叶鄹的声音很从容，听在陈芳华的耳朵里，显得非常有道理。

夏致握紧笔杆，完全没想到叶鄹能这样一本正经地胡说八道。

什么南城大学和南城师范的辩论会啊！他们明明是去参加南城和Q大的双校练习赛啊！

等到叶鄹进来的时候，夏致低着头，假装在做作业。

"这一题，还有这一题都错了。不专心啊！"

夏致抬了抬眼皮子："那是因为你撒谎撒得太自然了，我都没耳朵听！"

叶鄹坐了下来，手指轻轻放在唇上："这是善意的谎言，而且辩论赛的事情是真的。赶紧写你的作业，不然周日哪儿都别想去。"

有了动力的夏致，刷题热情高涨。

周六的早晨，夏致照常去了海豚馆，陪痞痞玩耍。

和之前爱答不理的样子不同，夏致才刚走进去，痞痞就游到了岸边，探着脑袋等夏致下来。

夏致一下水，痞痞就在他的身边打转，滑溜溜的，一会儿蹭蹭夏致，一会儿往他怀里钻。

"好了好了，痞痞！"夏致摸了摸痞痞的背脊，痞痞就变乖了，安静地停在夏致的身边，翘着脑袋一副很享受的模样。

"你这么喜欢被人摸呀？"

痞痞"哧溜"一下游走了，又开始贴着夏致转圈儿，还好夏致水性好，不然早就沉底了。

"痞痞别闹！"

然而痞痞的精力太旺盛了，夏致想抓住它的背鳍，这家伙还故意用背鳍划了一下夏致的手心，贴着夏致的腰游到了他的身后。

"小东西，我就不信抓不住你！"

谁知道小东西竟然从夏致的身体下方钻了出来，侧鳍故意滑过夏致的两条腿，然后露出肚皮开始炫耀。

"给你点阳光，你就这么灿烂了！"夏致凶巴巴地游了过去，抡起拳头一副要打它的样子。

没想到小海豚竟然一嘴巴含住了夏致的手。

本来以为会疼的夏致，发现痞痞只是用牙磨了磨他的手，然后轻轻含着他的手腕蹭着。这让夏致蓦然想起小时候，研究海洋生物的阿姨对他说过，海豚会用这种方式来表达喜欢。

夏致摸了摸痞痞，摆出严肃认真的样子说："痞痞，小时候你咬我呢，是撒娇。长大了你就不能对我这么做了。"

痞痞似乎听懂了，脸上虽然还是笑着的样子，但有点闹脾气了，咬得更用力一点，但即便是任性的痞痞，也没伤害到夏致。

"痞痞，你要做这世上最乖的崽。"夏致在它的脑门上弹了一下。

"嗷！"痞痞歪过脑袋，晃了晃尾巴，溅了夏致一脸水。意思很明确，痞痞才不要当乖崽。

夏致和痞痞来了几轮游泳比赛，每次痞痞蹿了几个来回后就会来给夏致捣蛋，不是挡在夏致的游泳路线前，就是从对岸游过来，用吻部来碰夏致。每当夏致侧过脸避开，痞痞就会捣蛋得更厉害。

夏致累了，就躺在水面上，痞痞知道这个时候要是再捣蛋，夏致就会生气，于是停在夏致的身边。

"痞痞，还记得我跟你说过的那个叶鄞吗？"

痞痞的脑袋露出来，又沉下去，这是它在点头。

"他说，明天要和我一起游四乘一百米呢。我小时候做过很多次这样的梦，没想到要成真了，虽然只是练习赛，不是真的比赛……但总觉得，小时候的梦想都会变成真的一样。"夏致看着倒映在天花板上的鄞鄞水光，有点恍惚。

安静了一会儿，痞痞忽然用吻部碰了碰夏致，张开嘴巴叫了两声。

夏致看着它，不明白痞痞怎么了，痞痞却游到了泳池的岸边，夏致这才明白，痦痦是要和他比赛游泳。痦痦听明白了夏致周日要去比赛,这是要陪他练习。

"哎哟,你这个小家伙……"夏致觉得痦痦可爱得就像天使一样。

只是比赛的时候,他依旧被它虐得很惨。

夏致抹开脸上的水,小海豚马上凑上来,在他脸上蹭来蹭去,他躲都躲不开。

"好痒啊!小混蛋快滚开!"

夏致游开,痦痦却继续追在夏致的身后,那张可爱的笑脸现在坏得要命,仿佛在嘚瑟——谁要你游得没我快!

夏致的小腿被痦痦的喙轻轻碰了一下。夏致转过身去,推开痦痦,对它做了一个"走开"的手势。痦痦却又凑上来,戳夏致的腰。夏致避开了,痦痦就再接再厉,玩得不亦乐乎。

痦痦浮出水面,张开嘴巴非常开心地叫了两声。

夏致为了闪避痦痦,精疲力竭。他躺在岸边喘着气,痦痦竟然还有力气跃出水面,来个三周转!

"真气人!你是海豚,体力好了不起啊!"

痦痦在水里摇着脑袋,张着嘴,好像很开心的样子。夏致忍不住了,抓起岸边的橙色小球,扔在了它的脸上。结果痦痦一下子叼住了它,将它吐上岸。

夏致那个气啊,可是没办法。

夏致又扔下去,痦痦就又叼上来。

夏致干脆坐在岸上,痦痦就在夏致附近,一会儿贴着夏致的小腿浮起来,一会儿蹭着夏致的脚踝蹿起来,夏致时刻准备着要把冒头的痦痦踩下去。

这简直就是一个水中"打蟑螂"的游戏。

痦痦还会故意去拱夏致的脚心。玩着玩着,痦痦太高兴了,竟然嗷的一声蹿起来,侧鳍扫过夏致的双腿。这惊得夏致向后栽倒,狼狈得不行。

谁知道小海豚趴在夏致的身上,肚皮贴着夏致,两鳍在夏致的腿上抓拉了一下,又滑回了水中。

夏致拿小球扔了它一下:"小崽子!"

"嗷——"

快乐的时光总是一眨眼就过去了。

离别的时候,痦痦就那么看着夏致,目光幽幽的。刚才还了不起的小魔鬼,现在那么可怜。

"痦痦,下周见啊。"

"嗷……"痦痦连叫声都蔫蔫的了。

第二天,叶粼真的买好了动车票,带着夏致去南城大学了。

两人坐下之后,夏致忍不住问叶粼:"粼哥,你真觉得我能考上南城?"

叶粼侧过脸来,眯起眼睛:"你什么意思?你还敢报南城?"

"我就说啊,我报T市的文理学院就差不多了。"

"小致啊,你可真是不怕死啊。"周围很嘈杂,刚上车找座位的乘客来来往往,但是叶粼的声音却很清晰。

"不至于……我连T市文理学院都考不上吧?"

"我做你的家教,你的目标难道不该是Q大吗?"

叶粼的话音刚落,夏致就被自己的口水给呛到了。

"粼哥——你别胡乱开玩笑了!考Q大?那才真叫熊心豹子胆!"

"等明年六月,就知道你到底有没有熊心豹子胆了。"叶粼的表情一点都不像开玩笑,让夏致有些恍惚。

南城大学是有名的综合性大学,而且对体育的投入相当大,这个学校有自己的游泳馆。

夏致四处看着,虽然是周日,但学校里来来往往的人还真不少。

他们和苦大仇深的高三学生不一样,谈笑声不断。夏致还能看见公告栏上的各种社团活动通知,什么话剧表演、校园歌手比赛等。

当然还有南城大学与Q大游泳队的练习赛公告。

夏致看的时候,叶粼也停了下来,很有耐心地等夏致看完。

这时候,有人在叫叶粼:"粼哥!你真的来了!太好了!"

这人是上次在惠明酒店的游泳馆里堵过叶粼的林小天。

"我放你的鸽子,也不敢放洛璃的鸽子啊。"

"可是今天洛老大不在,他说让你带队。"林小天摸了摸后脑勺。

叶粼有些惊讶:"他到哪里去了?"

"他说,嘉润哥天天装伤势未愈,他要亲自押嘉润哥去医院复查!"

"哦,"叶粼笑了笑,"活该!"

陈嘉润在寝室里好吃懒做太久了,都弄得天怒人怨了。

"洛老大叫我们不用担心会输得太惨,他说你会带外援……"林小天的视线落在了一旁的夏致身上,惊讶道,"啊呀!是这个小子!他是我们大学的吗?"

夏致揣着口袋,一句话都不说,相当高冷有范儿。再加上上回在酒店泳池里,夏致干掉了林小天,让林小天从精神上就有一种被压倒的感觉。

叶粼走过来,单手揽住林小天的肩膀,压低声音说:"你们不说,南城的人能知道?他们只会以为夏致是大一的嘛!"

林小天歪着脑袋说:"郯哥,这样不好吧?这是作弊吧?"

叶郯笑了:"要是他以后考进Q大了,那就不算作弊了啊!"

林小天一看就是个耿直的孩子,又说:"那也得到了明年,他考上了,我们才不算作弊吧?"

"你就告诉我,你们想不想赢吧。"

"想啊。"

"那就放下你的良心,和夏致好好相处啊!"

林小天斜着眼睛看了一眼夏致,想起他那天的表现,把良心喂了狗,走到夏致面前说:"嘿!今天好好表现!要让南城的那帮人知道,我们Q大男子游泳队的后备力量是非常雄厚的!"

"啊?"夏致摸不着头脑。

他们一边走向游泳馆,叶郯一边给夏致解释:"其实这一次的练习赛,主要是为了让刚进游泳队的新人适应比赛节奏而举办的。至于厉害的人物,比如说我这样的,都是在旁边看的。"

"你确定是帮助新人适应比赛节奏,不是相互炫耀?"夏致凉凉地问。

之前他还以为叶郯会出战,但是现在看来别说出战了,搞不好他连泳裤都不会换。

"嗯……算是相互炫耀吧。都想让对方知道,自家的小崽子养一养,都能出栏了!"

"你们到底是游泳队,还是养猪的?"

叶郯忽然不说话了,夏致还在想开个玩笑而已,算不上对Q大游泳队不敬吧。

谁知道叶郯凑过来小声说:"那你愿不愿意让我们游泳队养?"

"我又不是小猪!"

来到了南城大学的游泳馆,夏致看着那五十米长的标准泳道,出了神。

那边,南城的教练周翔正在和Q大游泳队的教练白景文寒暄:"哎呀!太白金星,一段时间没见,你看起来憔悴了不少啊!是不是最近游泳队生源不佳,愁的啊?"

"老周!我不是生源不佳,是生源太好了,训练不过来,嗓子都吼哑了!"

两人假惺惺地抱在一起,声音都很大,好像生怕双方的队员听不见似的。

在夏致看来,他们这样的行为又虚荣又幼稚,难道不应该是泳池里见真章吗?

叶郯穿着宽大的运动衣,背着运动包,一走进来就吸引了无数人的视线。他和那些满脸紧张,担心自己表现不好的新队员不同,笑容很从容。

"哎哟,我还想说陈嘉润受伤了不出赛就算了,连队长洛璃都不来,你们是有

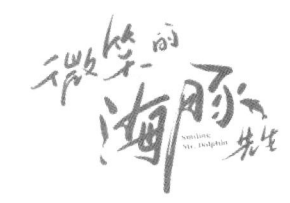

多狂妄啊！没想到叶鄡居然来了！"周翔走过来，拍了拍叶鄡的肩膀，"你说你这一年都没比赛，到底是怎么了？"

"等一个让我可以加速的人啊。"叶鄡笑着说。

"你小子，跟我还开玩笑！"

林小天非常热络地将夏致介绍给其他队友："这是鄡哥的朋友，打算加入我们泳队的。咱们白教练是觉得，早晚都是要一起训练的，不如大家早点认识，提早适应！"

林小天说得一本正经，让夏致觉得自己明年还真就要上Q大了似的。

"哦！你是哪个系的？怎么这么晚才入队啊！"

夏致这才明白，其他人都误会他是Q大的学生，晚了几个月才决定加入游泳队。他一时半会儿不知道怎么解释这个问题。要是说实话，他是不是就不能下水了？

这时候，叶鄡走过来，揉了一下夏致的脑袋："那也得今天他表现好，太白金星才肯要他啊！"

夏致很惊讶，问叶鄡："你跟你们教练也说了？"

"是啊，"叶鄡理所当然地回答，"安排比赛的是教练。教练不同意，我能让你去比赛？"

这时候白景文站在不远处，朝叶鄡和夏致做了一个"过来"的手势。叶鄡就带着夏致过去了。

夏致走到白景文的面前，这位教练很高，是从国家队退役下来的，身形没有因为退役而松弛，与此相反，由于他仍旧保持锻炼的关系，显得很高大很有压迫感。

白景文的名字听起来很斯文，当他不扯皮不开玩笑的时候，很是严肃。

"白教练好。"夏致尽量让自己的声音听起来镇定。

"嗯。其实按道理，我是不会让非Q大游泳队的人参加这样的练习赛的。毕竟大家得到一次锻炼的机会很不容易，个个都争破头。"

夏致也知道，像Q大这样的劲旅，内部竞争当然很大。

"但是，叶鄡告诉我，你是夏云的儿子，所以我决定给你这个机会，让你暂时成为我们中的一员。如果你表现不好，以后该哪儿去滚哪儿去。"

夏致万万没有想到，对方竟然认识自己的父亲。

"我和你爸以前是队友，还住在一个寝室里。你爸是我们那个年代游泳运动员的骄傲，你如果丢了你爸的脸，我踹死你。"

那一刻，夏致从白景文看似严苛的眼睛里看见了期望。

他空窗了快三年，第一次参加游泳比赛的机会，其实是靠父亲得来的。

"林小天——你过来，带夏致去换衣服，还有帮他拉筋热身！"

"是！"

当夏致被林小天领走后，白景文才看向叶澍："你今天不会又在泳池里睡着吧？"

"啊……不知道啊。"叶澍揣着口袋，抬起头来。

"你说要把你和夏致编在同一轮比赛里，我觉得无所谓。但是你要求接力赛，让夏致最后一棒，这是为什么？"

"接力赛是唯一我完全没有可能和他同时参加的比赛，让他替我压轴吧，他有这样的水平。"叶澍摸了摸鼻尖。

"你说有他在的时候你不会神游，是真的？"白景文的眉头皱了起来。

"我也不知道是真的还是假的，所以才需要试一试啊，"叶澍对白景文说，"我要是睡着了，记得捞我起来。"

"神经病。"白景文嘴上这么说，心里却是真的担心。

泳池另一侧，南城游泳队男队的队长江毅站在周教练的身边说："看叶澍和白景文谈笑风生的样子，也许他的身体真的已经恢复了。"

周教练皱着眉摇了摇头："那天洛璃跳到水里去救叶澍的情景你也看到了，那绝对不是小问题。"

江毅没有说话，将两队的练习赛分组表拿了出来。

"叶澍只参加了两个自由泳项目，分别是五十米和一百米，都是很需要爆发力的。"

"中长距离的比赛，他一个都没有参加吧？"周教练问。

"嗯，我们看看叶澍能游成什么样吧。去年他退赛之后，我和洛璃还有陈嘉润打照面的时候，问起过叶澍的情况，他们都没说叶澍有住院什么的，不像是身体真的有问题。"

"但是一年没有参赛，终归是有问题的。Q大男队在自由泳这个项目上还是相对弱势一些，看看他们今年新招入队的人有没有对我们构成威胁的。"

叶澍背着包，走进更衣室，看见林小天正在和夏致互相压筋，周围其他大一和大二的队员朝夏致投去探究的目光。他们都在猜测夏致是什么来头，为什么会被叶澍亲自带过来。

夏致的身形线条很好看，特别是当他上身转体的时候，腰背的线条让人想到那句"长风万里送秋雁"，那是临界于少年与男人之间的有力量感和畅快的线条。

他低下头来，双手勾着运动裤的裤腰，将裤子脱下。夏致早就将泳裤穿在里面了，紧绷的泳裤将他的身形完全展现了出来，那并不是健身中心里刻意练就的肌肉，

而是被水流塑造出的线条。

"郯哥，你来了！"林小天来到了叶郯的面前。

"嗯。"叶郯笑了笑。

在今天参赛的队员之中，叶郯是最有资历也是成绩最辉煌的那个。

其他刚入队的年轻队员几乎没怎么和叶郯接触过，都用探究和好奇的目光看着他，只是这种目光并不完全是崇拜。

夏致一眼就能明白他们的想法，他们也在怀疑，叶郯恢复了吗？他还能像从前一样厉害吗？

像叶郯这样通透的人，哪里会看不懂别人的目光，但是他却能无所谓地走到夏致跟前，胳膊往夏致的脖子上一圈，凑到他的耳边，明明是带笑的语气，却又很认真："夏致，每一项分两组进行预赛，预赛之后直接就是决赛了，好好表现。"

"知道了。"夏致下意识侧过脑袋。

"对了，我要是这一次赢了你呢？"夏致没有看叶郯，像是在自言自语。

从叶郯的角度，可以看见夏致垂下的睫毛。他的睫毛并不长，却带着几分倔强的味道，再加上英挺的鼻骨，形成一种柔软与硬朗的对比。

"嗯，你那么崇拜我……如果你赢了我，我勉强给你当哥哥吧。"叶郯一副深思熟虑的样子。

自从见过叶郯写在礼物盒子上的那些话之后，夏致对这样的叶郯早就有了心理准备。

叶郯会开玩笑，代表他们熟悉彼此。

夏致脸上冷冷的，心里却很希望叶郯能和他越来越熟，无话不谈的那种最好。

"呵呵，行。"夏致从叶郯身边走过去，扔下后面半句，"到时候你就负责给我端洗脚水、刷厕所、洗泳裤。"

这次参加比赛夏致还是有点紧张的，毕竟这是他近三年来参加过的水平最高的比赛，再加上白景文说的那番话让他压力倍增，可是和叶郯扯皮了这么一会儿，心情好了不少。

首先进行的是五十米的分组预赛，夏致和叶郯之间隔了一个南城的队员。

叶郯在第四泳道，而夏致在第六泳道。

南城大学游泳馆除了泳池很标准之外，设备也很现代。裁判员在摁下发令器之后，选手们就会听到"嘟"的一声。泳池两端安装了触摸装置，自动计时。

夏致已经三年没有站在出发台上听见那一声"嘟"了，当八条泳道前的人都各就各位的时候，夏致听到了自己的心跳，那不是因为紧张，而是期待。

这不再是仅有他和叶鄰的比赛了，但无论隔着多少人，多少距离，只要他们在同一片水域，他就一定能感受到叶鄰的存在。

　　这种兴奋让他迫不及待想入水。

　　五十米就是没有退路的战场，每一秒都不容懈怠。

　　无数双眼睛都盯着第四泳道的叶鄰，强劲的爆发力让他从入水开始就一直领先。叶鄰破水而行，直接超了第三和第五泳道的南城大学选手几乎三分之二个身位。

　　第二轮才比赛的南城大学队长江毅一双眼睛死死地锁定叶鄰，在心里暗叹叶鄰的水中姿态简直嚣张跋扈得可以，而这样的强大会给旁边的新人造成极大的压力，这种打击会让他们在短时间内难以恢复。

　　已经游过二十五米了，叶鄰的速度不仅没有回落，反而开始加速冲刺。

　　而白景文的心里却是另一番忐忑。他蹙着眉头，咬紧牙关，比水中的叶鄰还要心弦紧绷。

　　叶鄰啊叶鄰，坚持住，最后二十米……十五米了！千万不要神游！不要睡着！

　　白景文的拳头下意识握紧。

　　"江毅，你看第六泳道！"南城的周教练开口道。

　　一直关注着叶鄰的江毅将视线的余光瞥到第六泳道，心里不由得一惊，因为第六泳道的人爆发力相当惊人，所有动作规范到几近完美，换气的节奏掌控非常成熟，更重要的是，他距离叶鄰相当近！

　　"那、那好像是跟在叶鄰身边的……他们新入队的那个？"

　　最后的五米，叶鄰竟然再次加速，甩开了其他人一大截。

　　那种感觉，就像是世界冠军在和几个健身房的游泳教练比赛，完全碾压众人。

　　叶鄰感受着水流，哪怕并不是相邻的泳道，夏致划开水流、腾起出水的力度感让叶鄰的心像是被死死攥着捏着，快要爆炸一样。

　　这样的威胁感，这样紧追不放的韧性，让叶鄰的血管里像是有一股巨大的力量在横冲直撞。

　　他想要展示自己的强大，想要那个男孩子一直追逐在他身后。

　　就像是某种不切实际的想象，这个男孩想要狩猎他，想要折断他的荣耀，想要让他低下头来，可他却并不害怕，反而兴奋到不行。他要在那个男孩以为即将追上猎物的瞬间，骤然掉转头来，狠狠给男孩最致命的一击。

　　不仅仅是南城大学的队员们被震慑，就连Q大的队员们也傻住了。

　　当叶鄰触壁的那一刻，Q大游泳队一阵欢呼，白景文握紧的拳头终于松开，而他也终于发现，第六泳道的夏致几乎和叶鄰同时到达。

　　夏致不断调整着呼吸，胸口的憋闷感还未散去，极度用力之后骨骼仿佛还在

颤动。

他摘下泳镜，用力抹了一把脸上的水，下意识看向叶粼所在的位置。

然后他发现，叶粼正笑着，扶在水线上看着他，不知道多久了。

他的目光很深很远，夏致在那一刻有些恍惚，仿佛自己被锁入了叶粼的目光里，看似温柔却强悍霸道。明明这家伙连眼角浅浅的笑纹都慵懒平和，没有丝毫威胁性，可夏致却有了危险的预感。

成绩出来了，叶粼破了校际联赛的纪录，当然这个纪录本来就是他自己创造的，而夏致在这一轮预赛里排第二，比叶粼仅仅慢了0.4秒。

他懊丧地一拳打在水面上，叶粼的笑容更明显了。

夏致闷闷地抬起水线，上了岸。

他并不知道，南城的周教练脸色难看得可以。

"这么好的苗子！怎么又被白景文给抢走了！招生办的人脑子是有坑吗？怎么会没看见这么个好苗子！"

队长江毅的眉头也蹙着："这新人有两把刷子，如果他现在大一的话，中学时代我怎么没和他交过手？"

周教练看了一眼白景文的笑脸，冷哼一声："白景文就是喜欢给人来这么一下！他安排了一个这么厉害的新人来练习赛，叶粼的状态也很好，这等于给我们的新人双重打击！"

"等我会会他们。"江毅看着夏致的身影，"只是预赛而已，这次游得好并不代表次次都能发挥好。"

另一边，白景文的脸上虽然没有笑，目光却温和了不少，这种温和里带着明显的欣赏。

"不错，下一轮决赛也要憋着这股劲儿。"

"嗯。"夏致点了点头。

林小天迎上来，一把抱住他："你小子比上次还厉害啊！"

这时候，叶粼随手给自己披上一条浴巾，又顺带拿了另外一条，来到夏致的身后，忽然一下子把浴巾摁在了他的脑袋上。

"我也觉得他比上次更厉害了——打水的时候膝盖和髋部的联动更强了。"

夏致本来还想给摁自己脑袋的叶粼狠狠一肘击，但听到他夸赞自己的技术，有点开心。

"啊？粼哥，你在水里那么拼命地游泳，怎么知道夏致的泳姿是怎样的？"林小天好奇地问。

叶粼笑而不答，走向白景文。

四周的新队员们都在喊他"粼哥"，每一声都很坚定，而且充满崇拜。

"你游前面二十五米，我觉得还行。可之后你每一次加速，我都心慌，生怕得跳水里捞你。"白景文呼出一口气来。

"我很久没有觉得游泳是一件这么爽的事情了，果然啊……"叶粼眯着眼睛，他刚摘了泳帽，头发向后贴在脑袋上，偶尔有几绺凌乱地翘起，落在耳边，慵懒中带着不羁。

"果然什么？"

"果然游泳就像旅行，再苦再累再无聊，只要是和对的人在一起，再荒凉的风景都成了良辰美景。"

白景文哼了一声："你这是把洛璃还有嘉润当死人了？他们都不算'对'的人，谁算啊？"

叶粼还是笑着，所有的怒意和敌意一旦对上他的笑容，就像气势汹汹的拳头砸进了棉花里，无能为力。

"你不去指点一下夏致？"叶粼开口问。

"你明知道他老爸把他教得很好。等他真正露出了不足的地方，我再说吧。"

"那我估计你以后都没话可说了。"

"什么意思？"白景文眯了眯眼睛。

"因为有我在，他只会越来越完美。"

"你……"

叶粼不理会教练的臭脸，走向夏致。

这个男孩看起来没什么表情，其实正非常认真地观察着第二轮预赛站上出发台的那些队员，特别是南城大学的队长江毅。

从这一组队员的身形和他们的姿态来看，江毅应该是爆发力这块的佼佼者，而且貌似他的赛场心理素质也很好。

就在夏致等着看江毅入水的时候，一只手从后面伸过来，挡在了夏致眼前。

"喂——"夏致一回头，对上的是叶粼带着笑意的眼。

"你在看谁？"叶粼的声音从耳边传来。

"江毅。"夏致把叶粼的手挪开。

"他没我厉害。"叶粼故意把下巴靠在夏致的肩上，甚至坏心眼儿地把全身重量都放夏致的身上。

"对对对！叶粼全世界第一厉害。"夏致凉凉地说。

心里却有种小开心，因为他知道叶粼不会和林小天他们这样勾肩搭背。

"啧,你这赞美不真心啊。"

夏致避开了叶粼,面朝着他,学着岑卿浼发给网友的不要脸照片,做了个"喵喵喵"的动作:"粼哥帅到马桶都翻盖!"

那不情不愿的小表情,叶粼愣了愣,忽然一把勾住了夏致的肩膀。

"走开走开,你不知道自己多少斤吗?"

"江毅在这一组估计不会游出太好的成绩了。"叶粼赖在夏致身上说。

"为什么?"

"因为这一组里,没有能做他对手的人。"叶粼一边说,手仍然绕过夏致的脖子垂在他的肩膀上,夏致觉得他整个人的重量都像是压在自己身上一样。

"粼哥,您能好好自己站着吗?"

"我得节省体力,好在五十米决赛赢过你。"

Q大的其他队友看着他们,露出惊讶的表情。

"你们看,从没见粼哥和谁那么亲近。"

"哪怕是和嘉润哥也没这么好。"

"是啊,那个叫夏致的小子什么来头?刚才预赛好厉害。"

这时候,江毅的比赛结束了。果然,他完成的时间比夏致还多,但是成绩应该足够进入决赛了。

想到要和叶粼还有江毅这样的高手对决五十米,夏致兴奋起来,目不转睛地看着明亮的波光起伏的水面。

肩上的重量忽然轻了,是叶粼转身离开了。

夏致叫住他:"粼哥。"

"嗯?"

"你刚才点评我,是胡说的吗?"此时,夏致一双眼睛盯着叶粼,带着温度。

男孩子很认真啊,好像叶粼不给他一个认真的答案,他那亮堂堂的小骄傲就会暗淡下去。

"你觉得我是胡说的人吗?"叶粼反问。

"那你是怎么看到我的泳姿的?"

叶粼拢了拢身上的浴巾,望向夏致:"如果我说的话你相信,我就告诉你。"

"我相信。"

"我能通过水,感觉你。水流过你的身体,水被你推开,水包裹着你,我都能感觉到。所以你的每一个动作,你离我有多近,我都知道。"叶粼等着男孩露出怀疑的表情,或者气呼呼地从自己身边走过。

"哦。那其他的人,你也都能感觉到吗?"

"不能。"叶粼等待着夏致的反应。

夏致蹙起眉头,然后露出他一贯酷酷的表情,说了句:"那你就好好感觉我是怎么超过你的吧!"

"好啊,你赶紧超过我。"叶粼走上前去,和夏致并肩。

"你就那么想给我端洗脚水呢?"

进入五十米自由泳决赛的,Q 大仅有叶粼、夏致还有林小天。

南城的周教练笑呵呵地对白景文说:"五十米自由泳决赛,我们有五个人,承让了啊!"

"没关系,前三名估计我们能占两个。"白景文皮笑肉不笑地怼回去。

这一回,夏致的泳道与叶粼相邻。

比赛的队员们站上出发台,叶粼从夏致的身后走过,开口道:"我一点都不想你我之间隔着第三个人。"

"啊?"夏致没闹明白叶粼是什么意思。直到夏致看着叶粼站上出发台,微微活动了一下关节,他的表情比之前都要认真一些。夏致顿然明白,叶粼的意思是前两名必须由他们两个包揽。夏致要么像之前那样死咬住叶粼,要么超过他,总而言之,不能留机会给江毅。

江毅可是高校泳坛的名将,叶粼竟然认为夏致可以赢江毅?

他这样的期待,让夏致又紧张又兴奋。

发令器"嘟"的一声响,沿着空气仿佛在大脑中点了一团火,沸沸扬扬烧了个铺天盖地!

夏致一跃而出。

前十米,是南城的一个队员冲在最前面,江毅和叶粼紧随在他身后。

无数水泡从眼前掠过,夏致和叶粼几乎齐头并进。刚过二十五米,梯次就被明显拉开,叶粼再次展现出乘风破浪般的冲刺,第一次加速后,夏致和江毅被他拉开了距离。

夏致心中一发狠,加速追上叶粼,和江毅在第二的位置上交替。

叶粼的思维涣散开来,在凌乱的水流中寻找夏致的存在,他的速度慢了下来,在最后十米竟然被江毅超过了。

岸上的白景文握紧拳头,他担心起来,生怕叶粼还没到终点就忽然停下来。

夏致吊着一股劲儿奋力打水,呼吸憋在胸口,那道他一直想要跨越的鸿沟仿佛变浅了,他不甘心地追逐,以为是自己太慢了被叶粼甩下了。

夏致在最后五米发力,力量爆棚,直追江毅,看得岸上的新队员们都愣住了。

叶粼在失神的那一瞬,这个世界又流动了起来,夏致就在前面,带着他的骄傲即将冲破一切,他强势地划开水流,占领了叶粼所有的感觉与判断。

"快看——粼哥!"

叶粼再次发力,像是要将整池的水都翻转过来!

三人几乎同时到达,仅凭肉眼无法判断谁快谁慢。

直到成绩出来,他们的差距不过零点零几秒!

叶粼第一,夏致第二,江毅第三。

这个成绩让江毅百感交集,这是他今年以来最好的成绩,没想到竟然只能排第三!

一年没有在大赛中露脸的叶粼竟然还保留了这样的状态,而那个从来没有见过面的新人,不仅一直甩不掉,还在后来反超了他!

江毅感觉不到一丝喜悦,而是眯着眼睛观察扶着水线忽上忽下、调整呼吸的夏致。

练习赛里取得这么好的成绩,夏致脸上竟然没半点笑容,不知道是因为对自己还有更高的要求,又或者他知道自己还能更好。

江毅并不知道,成绩对于夏致来说只是数字而已,赢不了叶粼就没有意义。

夏致的额头轻轻在池壁上撞了撞,心想要是发力再早一点,对自己再狠一点就好了。

"追上你了。"

叶粼的声音像是从风箱里出来的,一呼一吸都掠过夏致的神经。

原来那时候他感觉不到叶粼那道鸿沟,是因为他暂时地超越了叶粼吗?

啊啊啊!这感觉太不爽了!就像自己以为自由了,刚要撒个野,就被对手一口咬住了,偏偏那獠牙太温柔,扎进血肉里了都不觉得疼。

夏致狠狠地对叶粼说:"一百米你等着被我虐!"

他看见叶粼的笑脸,折射着水光,很明亮。

夏致转过身去,抬起一根一根的水线上岸了。

叶粼慢悠悠地跟在他后面。

这一回白景文算是扬眉吐气了,老周也不得不服,用力在他肩头拍了一下:"老哥!你可以啊!新入队的游得比我们南城的队长还快!"

白景文没有丝毫心虚地抱着胳膊哈哈大笑起来:"哈哈哈!那是当然!长江后浪推前浪,前浪死在沙滩上嘛!"

这是在暗示,江毅就是被夏致这些新秀比下去的前浪。

白景文的口无遮拦让周教练握紧了拳头,江毅从后面拦着他的腰,却阻止不了教练要把白景文揍成拆骨肉的冲动。

江毅看着夏致很有风度地说:"一百米自由泳见真章。"

"哦。"夏致不知道回答什么,只能点一点头,看起来自信又有一点冷傲。

接下来是其他项目一百米的预赛和决赛,不参加比赛的队员们就在一旁看着。

夏致和除了林小天之外的人都不熟,对和别人套近乎也不感兴趣,就独自一个人站着。

Q大在蝶泳上一直负有盛名,特别是队长洛璃的蝶泳,那是力度感澎湃。可惜这一次见不到,但是Q大的新人们很争气,决赛的席位拿了六个,这让周教练的脸色难看得要命。还好在蛙泳和仰泳上,南城扳回了面子。

叶粼站在白景文的身边,白景文低声道:"你比赛的时候,有一瞬间好像要歇气了似的,把我紧张得心脏病都快犯了。"

"不是好像,是真的。我感觉不到夏致的时候,就没有任何事物能让我专注了……差一点又失去自己了。"叶粼脸上的表情淡淡的,仿佛那没什么大不了。

但是白景文却记得那一天的情景——爆发冲刺的叶粼速度忽然降了下来,毫无知觉一般沉在水中,不明就里的观众们议论纷纷,等待着叶粼再度奋起。

但是选手们都到达终点了,叶粼还在水里,像睡着了一样。

洛璃果断跳进水里,将他救了上来。叶粼久久没有恢复神智,洛璃替他将水控了出来,在无数观众和运动员的瞩目之下,他被抬上担架,送上了救护车。

直到那个时候,他仍然没有清醒。

白景文看向夏致,这个帅气的大男孩儿不像其他同龄人那样什么都写在脸上,看起来还挺沉得住气。但是在那双眼睛里,却能看见一种纯粹的认真和执着。

这孩子是真的喜欢游泳吧,不是为了享受胜利的虚荣,而是为了那种破水而行的爽快。也许正是因为这样,叶粼才会下意识地在水中寻找他的存在。

叶粼披着运动衣走到夏致的身边,他温和的气质柔化了夏致的棱角,将他和Q大游泳队毫无违和地连接了起来。

"你五十米已经输给我了,要是一百米又输给我,怎么办?"叶粼的声音很温和,没有一点挑衅的意味。

夏致能听出来,叶粼不是把他当成小孩儿来调侃,这是男人和男人之间的对话。

"哦,那你想怎样?"夏致抬了抬眼睛。

"你怕痒吗?"

"啊?"夏致转过头来,发觉叶粼正勾着嘴角笑。明明还是那么一副温良的样子,却透着一丝邪意。

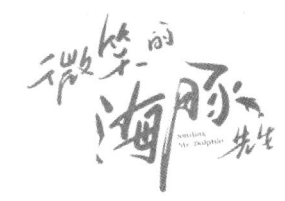

"我挠你痒痒十分钟,你不许笑。"

"你幼稚不幼稚啊!"夏致压低了声音。

叶粼不反驳,仍旧好脾气地笑,仿佛幼稚的是夏致。

一百米自由泳的预赛要开始了,两位教练嚷嚷着要选手们各就各位。

"夏致,一百米……也不要让任何人游到你和我之间。"叶粼开口道。

夏致不明白叶粼为什么这么执着于这点。

"那如果我没跟上你,或者有人游到我前面去了,会怎样?"

"那我的比赛,也就到此为止了。"叶粼的表情还是那么平淡。

夏致喷了一声,心想这么任性的话,叶粼就算说出来也很难让人相信。

但不知道为什么,夏致觉得自己必须要拼命,就算是游断气也得拼命。

预赛之后,夏致的成绩排第三,正好在江毅后面,江毅快了他零点八秒。

夏致默默回了更衣室,要等其他三种泳姿的比赛结束之后,才是自由泳的决赛。

他坐在椅子上,毛巾盖在头顶,闭着眼睛。

整个空间仿佛有巨大的水流涌入,铁皮柜、椅子、各种杂物甚至他自己,都在水中漂浮了起来。

光线照亮整片水域,他奋力地游了起来。

他回想的不是一百米预赛时的自己,而是叶粼。

他的划水、抱水、单侧换气、髋与腿力度的结合,幻化成一幕幕清晰的画面。

夏致的呼吸拉长,精神也逐渐与这片水域结合,将脑海中的叶粼包裹起来。

当夏致在调整自己的时候,叶粼走了进来。他的脚步很轻,安静地站在不远处看着夏致的身影。他侧过脸,正好看见夏致露在毛巾外的鼻尖,很孩子气。

有人陆陆续续走进来,叫着"粼哥",夏致从自己的冥想中惊醒。他一侧脸就看见叶粼站在靠门的位置,不知道多久了。

"走吧,我们的比赛快开始了。"叶粼朝他抬了抬手。

夏致立刻起身,跟着叶粼走了出去。

一百米比起五十米自由泳,除了爆发力之外,更加讲究体力的分配。

夏致看着叶粼的背影,虽然这段时间他们变得熟悉起来,夏致也看到了叶粼更加鲜活的一面。但是就这样走在他的后面,注视着他披着运动衣的背脊,他的肩膀很宽,背脊挺拔得好像什么都不能将他压弯……夏致还是莫名觉得遥远。

不能松懈啊,一定要紧紧地跟住他。

夏致没来由地想象着,如果有一天他超越了叶粼,叶粼又会以怎样的心情看着他的背影呢?

第五章 动力

已经适应了比赛气氛的夏致,在一百米的表现仍旧闪亮。

从出发到完成第一个五十米,领先的是 Q 大的林小天,而夏致始终紧紧咬住叶粼和江毅,处在压阵的第一梯队里。

周教练和白景文站在一起,当第一个转身结束,林小天已经落了下去,叶粼和江毅以及夏致几乎齐头并进。

对于这场比赛的名次,其实周教练和白景文并不是真的在意,他们的目光同时落在了夏致身上。

这个名不见经传的年轻人,第一眼见他并不会觉得他和游泳队其他男生有什么不同,可是从入水开始,他划水时从肩背到手臂绷起的力度感,他在水中那种难以形容的统一而和谐的感觉,仿佛天生就是一条鱼,一条自由畅快的飞鱼。

当进入倒数十五米的时候,江毅试图加速超越夏致,与此同时,叶粼忽然二次加速了!

夏致再也感觉不到其他事物的存在,他甚至忘记自己在水里,他知道的只有那道近在眼前的、仿佛只要憋住最后一口呼吸就能跨越的鸿沟——他要飞越过去!

他要去到叶粼的领域!

让江毅没有想到的是,他铆足了力气,胸口都要憋到炸开了,却仍旧无法追上夏致。

而且夏致每一次划水,都在拉开与江毅之间的距离。

无形之中仿佛有一股巨大的力量拖拽着夏致,而江毅知道这股力量不属于他。

岸上的两位教练睁大了眼睛,目视着夏致追赶叶粼。

他们之间仅仅是半臂不到的差距,而且越来越近!越来越近!

最后的三米、二米、一米!

夏致的手摁上了池壁,那一刻他的心好像快要冲出来,他的胸口和喉咙紧张到无法呼吸。

隔壁泳道的叶粼也是,他沉重地喘着气,哪怕因为力竭而抬不起头来,他还是想要看一看旁边的夏致。他侧过身,一步一步逆着水流,刚压上水线,夏致就过来,一把将他抱住了。

叶粼怔住了,他听见了夏致用力的呼吸声。

成绩出来了,叶粼还是第一,而夏致比他慢了零点四秒,江毅排在第三。

Q 大游泳队再次响起了欢呼声,几个年轻人甚至兴奋地喊了起来:"我们 Q 大是男子自由泳之王!"

南城的队员们想要反驳,却无从开口,一个一个脸色憋成了茄子色。

就在叶粼抬起胳膊,要将夏致抱紧的时候,夏致忽然猛地推了他一把。叶粼的手还抬在空气里,夏致一脸不爽地在水面上砸了一下:"又差了一点!"

他一边抬起水线一边从叶粼的身边路过,放下话:"你等着!零点四秒而已!半年的时间小爷说不定就能超了你!"孩子气的任性里又带着男人的张扬。

夏致刚要抬起另一道水线,叶粼忽然从后面一把拉住了他。夏致本来就耗费了大量的体力,猛地一晃摔进了水里。

他气得要命,本来想要用胳膊肘狠狠给对方来一下,可刚绷起了力气又狠不下心。

万一要真伤到胸骨或者肋骨,那可怎么办?

叶粼紧紧拉住夏致,不知道为什么,夏致忽然觉得强大如叶粼其实是在依赖着他。

夏致保持住平衡,站了起来。他抹开脸上的水,拍了拍叶粼的手背:"都快泡发了!我要上去!"

叶粼没松手,只是低低地说:"你又输了。"

"好好好!上了岸,你想怎么挠我痒痒都可以!"

叶粼松开手,夏致上了岸,一回头发觉叶粼仍旧站在水里,看着他。他们两人几乎都耗尽了力气,呼吸还没完全平顺。夏致看着叶粼的眼睛,里面仿佛盛着水光。

这场比赛游泳的人都上岸了,只有叶粼还站在那里。他是微笑着的,仿佛从他那个角度看着夏致,是一种很舒心、很向往的事。可夏致却觉得,这样的叶粼很孤独。

夏致吸了一口气,蹲下来朝叶粼伸出手:"粼哥,你别在水里嘚瑟了!赶紧上来,人家还要进行二百米呢!"

叶粼的手刚要握上去,夏致就收了回来,扯着嘴角说:"你想拽我下水,我才没那么傻呢!"

叶粼自己利落地上了岸,摁了一下蹲在一旁的夏致的脑袋,把他的泳帽都给揪下来了。

男孩子柔软的发丝跟着牵起,又落下来。他像只不甘心的小兽,瞪着眼睛从叶粼手中把自己的泳帽抢了回来。

115

当夏致再度走向Q大游泳队那帮人时，年轻的队员们看向夏致的目光和最初已然不同。如果说他们刚见到夏致时，那种目光是不解和嫉妒，那么现在就是敬佩中又带着危机意识。

除了林小天，也没人上前和夏致搭讪，再加上夏致不笑的时候，脸确实臭臭的。

叶鲧走到他的身边，淡淡地对众人说了一句："别的地方我不知道，只是一旦你进入了Q大游泳队，你会发现这里会是你去过的最公平的地方。"

大家的目光看了过来。

"因为你会得到公平竞争的机会，没有任何一个出赛资格是凭借身份和关系得到的。所以与其去羡慕别人，不如做好准备工作，尽全力游好每一秒，别让太白金星抓到你的错处。"叶鲧的声音不疾不徐，也不是那么掷地有声，可偏偏每一个字都有着非同寻常的分量。

"知道了，鲧哥！"

"我们会努力！不会让南城的人小瞧！"

叶鲧抬起头来，又摁了一下夏致的后脑勺："你也是！自由泳接力赛，也要加油！大家是信任你，才会把接力棒送到你的手里，明白吗？"

"明白，"夏致点了点头，"那你呢……"

叶鲧游第几棒？第一棒吗？

"这个项目我不参加。"叶鲧笑得很温和，夏致却像是心头被浇了盆凉水，期待落空了。

"为什么？"

"五十米和一百米还不够吗？总要留点机会给林小天他们。"

"如果我占了你的机会，我马上……"

夏致的话还没说完，脸颊冷不丁被叶鲧掐了一下。

"小东西，如果你觉得这是我让给你的机会，那就用你的能力证明给我看，你是值得的。"叶鲧的目光沉了下来，他是认真的。

夏致的拳头握紧，抬起头来的时候，他神情坚定："好，我证明给你看。"

林小天走过来，手指抠了抠脸颊："虽然知道鲧哥不参加接力的时候，我有点失落，但是现在换成了夏致，我忽然觉得很期待！"

其他队员们也看了过来，眼睛里面带着一种信任。

"是哦，夏致压轴，我们就不怕江毅了！"

"嗯！最后一程，给江毅一点颜色看看！"

之前还不咸不淡的气氛，忽然就热络起来，这让夏致不好意思起来。

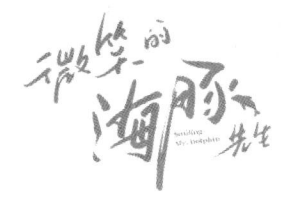

"我之前没有游过接力。"夏致侧过脸去。

"什么？没游过接力？"林小天愣住了，"你从前没有在什么泳队里吗？还是你自由泳单项太强了，你的教练都不给你安排接力？"

"不对啊，如果厉害的话，教练肯定会安排接力赛压轴啊！"

夏致不知道该怎么解释这个问题，一旁的叶鄹开口道："夏致因为一些原因，一直都是自己练游泳的。但是具体的原因呢，等到夏致真正加入我们了，我们可以慢慢了解。"

大家愣在那里，一时之间不知道说什么。毕竟"一直自己练游泳"什么的，是他们无法理解的。没有教练，没有参照对比的队友，怎么进步呢？

"夏致，等你加入我们之后，你就不用自己练游泳了！我们一起比啊！"

夏致顿了顿，一抬头就看见林小天爽朗的笑脸。

其他人也应和了起来："哈哈哈！小天哥，你要不要脸啊！你可是被夏致完虐的水平啊！"

林小天也不害羞，大咧咧地说："虐得多了，我就越来越快了！我可是百折不挠的小强啊！"

"是啊，夏致，你那么厉害，太白金星肯定会收下你的！不过不管你现在有多厉害，入队晚了，我们可都是你的师兄啊！"

"等到夏致正式入队那天，咱们跟洛老大要点儿经费，撮一顿欢迎新人！"

"对对对，再来个'真心话大冒险'，让我们好好了解小师弟！"

Q大游泳队里一向人才济济，但是比赛项目总共也就那么多，想要出赛就要经过队内选拔。夏致这么强悍的自由泳实力，让其他主攻自由泳的队员们产生了危机意识。但与此同时，他们也有着集体荣誉感，拥有夏致这样的队友同样也是他们的骄傲。

林小天的脑袋凑过来，盯着夏致的耳朵说："夏致！你怎么害羞了？"

"啊？我没害羞。"

另一位今天游自由泳八百米的队员耿乐跟着林小天一起调侃夏致："还没害羞呢！耳朵都红了！啊呀，现在是脖子也红了！"

"这红得跟喝了一斤二锅头似的了！这小子刚来的时候，那脸上是冷冰冰谁也不爱搭理的样子，我还以为是仗着鄹哥领进门，恃才傲物呢！我现在算是明白了！这小子不是高傲，只是有点闷啊！"同样参加四乘一百米接力的赵雄嚷嚷了起来。

赵雄来自东北，人高马大，浓眉大眼，说话也直爽，于是队里给他起了个外号——"二熊"。

"不是的……我不闷。"夏致的声音被一堆大笑声给淹没了。

"没游过接力不要紧啊！"

"是啊，我们教你呗！"

"对，二熊，你过来，咱们给夏致演示一下规则！"

"对啊，其实不难的，就和你游普通的一百米一样，但是要注意入水的时间！你必须等到你前边的那个……你前边那个是谁？"耿乐歪着脑袋想了想。

"是我啊！"林小天在耿乐脑袋上拍了一下。

"哎呀，是你啊！下了水大家都是黑色泳帽黑色泳裤，也分不清谁是谁了！早知道今天是夏致第一次游接力，咱们怎么也得给林小天换个大红色的套装啊！你游那么慢，万一夏致把旁边南城的当成你了咋办？"

耿乐话音刚落，所有人都哈哈大笑了起来，夏致也跟着笑了起来。

赵雄立刻就在夏致背上拍了一下，惊得夏致差点飞出去。

"你看你小子，笑起来多春光灿烂啊！刚见面非得扮演黑脸罗汉！"

结果几个人扯皮了半天，还是没跟夏致讲清楚到底什么时候下水。虽然夏致其实知道，但也没有打断大家热络的聊天。

他一侧脸，就看见了身边的叶鲥。叶鲥穿着运动衣，手里拎着泳帽，头上盖着浴巾，也不知道是从什么时候开始，他宽大浴巾的另一头就盖在夏致的脑袋上了。

夏致知道，自己也许距离叶鲥那片极速的水域还差一点，但是自己正一点一点走入叶鲥的生活，又或者……是叶鲥一直在邀请他进来。

四乘一百米自由泳接力没有预赛，两队各派八人——也就是两组参加比赛。

夏致跟林小天、赵雄还有罗冕一组。

"耿哥，你不参加接力的吗？"夏致问耿乐。

耿乐一脸黑："我要游八百米呢！这要是分两天的比赛，我肯定加入你们。"

"哦，所以，耿哥你是耐力很好。那爆发力是你厉害，还是林小天厉害？"

"等你入队了，练习的时候，你就能看见我吊打林小天了。"耿乐说。

"呵呵，你吊打我？你真是无时无刻都想上天啊，就知道吹！"

夏致笑着听他们继续侃，忽然有点羡慕，Q大游泳队好像是个挺不错的地方。

叶鲥站在白景文的身边，看着夏致脸上少年气的笑容。

"你把夏致带来，除了让夏致得到练习机会，也是想让他融入泳队吧？"白景文说。

"这不是挺好？"叶鲥优哉游哉地说。

"什么挺好？等我回去了，怎么跟林小天还有耿乐他们解释夏致才高三？以后未必会进入Q大？"白景文没好气地说。

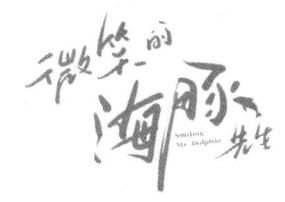

"如果夏致也喜欢 Q 大泳队了,他就会努力来到这里。"叶鄰笑着回答。

"我看,是你想这个小家伙来这里吧!"白景文小声说。

接力赛开始,第一棒的赵雄在四个小组里面排第二,接着罗冕入水,隔壁南城的新人就跟不要命了似的,把罗冕挤到了第三。

夏致站在旁边,皱着眉头握紧拳头,在心里默默给队友们加油。

林小天下水之后,也玩命地追回差距。岸上传来两队队员们的呐喊声,气氛空前热烈。林小天完成游程的瞬间,夏致冲进了水里,而旁边泳道的江毅几乎和他同时入水。

这一百米让林小天几乎精疲力竭,赵雄和罗冕一起接他上岸。

夏致才游了十米,就听见整个 Q 大游泳队的人在狂喊:"夏致加油!夏致加油!灭了南城!"

好久好久,他没有听过有人那么用力地念着他的名字,哪怕是转身之后的加速让他觉得肩膀酸楚,双腿正逐渐变得沉重,可是心里却有一股力量在横冲直撞。

"夏致——冲冲冲——"

在那一声一声的加油里,他仿佛也听见了叶鄰的声音。不是温文尔雅的,而是带着杀伐之气、力度感极强的声音:"夏致——绷住——"

大脑里已经什么都没有了,换气和所有的技术动作都被本能代替,除了向前冲他什么都不记得了。

手碰上池壁的瞬间,夏致出水的那一刻,光线明亮到晃眼。

他听见 Q 大游泳队的人在狂呼,夏致的心跳和欢呼声融合在一起。一抬眼,他看见叶鄰就单膝蹲在岸上,笑着看向他。

那欣赏甚至有些得意的笑容,好像在说,看啊,我带来的男孩子就是最厉害的。

什么第一啊,奖牌啊,都没有这个人出现在终点更让夏致觉得欣喜。

"鄰哥……"夏致抹开脸上的水,仰头看着他。

"怎么了?没力气起来了?"

"你、你真……好。"夏致的声音带着调整呼吸的粗重,还有一丝沙哑。

叶鄰顿了顿,而林小天他们已经跳进水里和夏致打闹在一起了。

旁边泳道的江毅对叶鄰说:"看来明年夏天的校际联赛,你们 Q 大就要双保险锁定短程自由泳了啊。"

"承让了。"

之后的中长距离比赛,夏致一直和林小天他们勾肩搭背地在岸边看。

到了耿乐的八百米比赛,夏致也跟着其他人一起吼得脸红脖子粗。

这一天，对于夏致来说，结束得很快。

大家挤成一堆，在浴室里淋浴，开一些不着边际的玩笑。什么林小天挚爱小黄鸭的平脚裤，什么赵雄一个糙汉子竟然酷爱多芬黄瓜味的沐浴露……夏致虽然什么话都没说，但只是听他们聊天，脸上就一直挂着笑。

也不知道谁起的头，忽然有人喊了夏致的名字："夏致！你是不是悄悄在那里偷听呢！你和邺哥好像很熟，来来来，一起八卦！"

"啊？"夏致顿了顿。

"对！一起八卦！我问你，邺哥有没有发过火啊？"

"我没见他发过火……"事实上，连叶邺不带微笑的表情他都没见过。

"邺哥有没有耍过你？"林小天问。

夏致想了想，林小天会这么说，应该是他也被叶邺耍过吧。既然同病相怜，又是并肩作战的战友，他说一下也无妨。

"他有一次跟我说准备了礼物给我，而且不按时去拿会过期。我就从学校骑自行车一路飞奔去取礼物，结果那个礼物，只是他高中时候的笔记本而已。你们觉不觉得送别人自己的笔记本，多半是为了显摆自己的字写得好看？"

"哇！邺哥真自恋！"

"哈哈哈哈！"

谁知道，等夏致挂着毛巾从浴间里出来的时候，就看见叶邺抱着胳膊，穿着运动衣，神清气爽地看着他，但是嘴上那一抹笑……不怀好意。

而林小天还有耿乐他们正在穿衣服，脸上明显憋着笑。夏致顿时明白自己被他们算计了。估计林小天是知道叶邺换好了衣服还没走，故意问夏致的。

"怎么，不喜欢我给你的笔记本吗？"叶邺温和又好脾气的样子，让夏致背后有点儿凉。

"还好。"夏致假装什么都没发生，正要从叶邺的身边走过去。

谁知道叶邺的手指轻轻扯了一下，夏致挂在腰上的浴巾就掉下来了。

"喂——"

浴巾散开来，夏致从腰腹到大腿的线条显露了出来。

叶邺歪着脸，看着他，露出遗憾的表情说："啊呀，竟然是条纹的。"

"我又不穿小黄鸭！"夏致恨恨地拎着浴巾去铁皮柜那边换衣服了。

林小天他们几个哈哈大笑了起来。

"那你喜欢啥的？哥几个等你正式入队的时候送你！"

"那就不用了，送现金就好！"夏致说。

"看你小子生了张高冷的脸，内心这么接地气呢！"

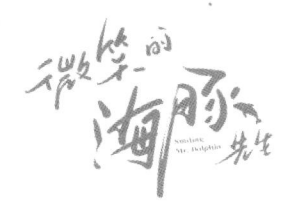

男生们打闹了一番,就离开了更衣室。之后两位教练做了一下总结,凶巴巴的,所有队员们都绷着脸不敢说话。

南城大学特地派了校车送Q大游泳队的队员们去高铁站。

两位教练站在大巴前,又互相损了很久。太白金星总有把人气到吐血的本事。

夏致靠在窗口看着,觉得南城大学的周教练真的很想给白景文套个麻袋,直接埋在南城后山上。

上了高铁,夏致和叶粼的车票没有和其他人在同一个车厢,这让夏致有点不适应。他忍不住回头看了看林小天他们的车厢,叶粼笑着开口问:"你是不是想知道他们在干什么?"

"打扑克?"

"打什么扑克啊!当然是在睡觉!"叶粼好笑地回答。

"Q大游泳队真的挺好。"

"嗯,像林小天还有赵雄,都是作为体育特长生招进来的。"

"我是没有这样的机会了。"自从上了高中,夏致还是第一次因为自己考不上所谓的一流学府而觉得遗憾。

"没有比赛成绩,不能走特长生的道路,你也可以以文化生的身份考进来啊。"

"粼哥,不是每个人都能像你一样,游泳那么厉害,读书也厉害。"夏致很真诚地说。

"有挺多的啊,比如男队的队长洛璃,我们高校联赛的蝶泳之王,他就是J省的理科状元。"

洛璃的大名,夏致当然也听说过。

"什么?洛璃竟然是J省的理科状元?"

"还有陈嘉润,他是去年一百米蛙泳和四百米混合泳的冠军。"

"我知道,可是陈嘉润中学都是在澳洲度过的啊。"

"嗯,嘉润是国际化学奥林匹克竞赛的冠军,论化学,他至今都横扫Q大。"

夏致蹙着眉头看着叶粼,很认真地说:"你们仨,都不是人。"

"也许吧。"叶粼发出低低的笑声,在夏致的耳边轻荡,很悦耳。

没过多久,夏致的肚子就发出"咕噜"一声。那么拼命地游泳,夏致早就饿得够呛了。

叶粼笑着站起身,把运动包从架子上拿下来,扔了几条士力架,正好砸在夏致的脑袋上。

"你故意的!"

"废话,当然是故意的!"

夏致扯开包装,一口气吃下去三根。

叶郯竟然还带了牛奶,他把纸盒子扯开,递给夏致。

吃饱喝足之后,夏致就犯困了,歪着脑袋,发出轻轻的鼾声。

今天的比赛,夏致消耗了挺多体力,没多久就睡得很沉了。

叶郯将自己的运动外套脱下来,轻轻罩在夏致身上。男孩子咂了咂嘴,似乎是在舔后牙槽里的花生粒。

叶郯靠着椅背,侧着脸,看见橘色的夕阳透过窗玻璃,落在夏致的睫毛上,点在他的鼻尖上。就像是毫无防备的婴儿,在叶郯的面前露出最柔软的样子。

前排一位阿姨轻声道:"这是你弟弟吧?你真疼他。"

叶郯笑了:"不是弟弟。不过,也还好不是弟弟。"

"为什么?"

叶郯微微前倾,一本正经地回答:"欺负了弟弟,回家会被妈妈打。"

阿姨被逗乐了。

广播里刻板的女音正一本正经地播报:"下一站T市,请即将到站的旅客做好准备。"

夏致还在睡,一点反应都没有。轻轻的鼾声表明他睡得很熟,眼睛和眉毛之间还是那股子乖巧的味道。

"虽然小孩子都爱睡觉,但是夏致你到站了哦。"叶郯轻轻地说。

夏致还是没有动。

窗外已经可以看见站牌名称了,几个旅客拖着行李箱从他们身边走过。

叶郯忽然凑近,掐在了夏致的鼻尖上。

夏致的鼻子上一阵疼痛传来,他"唔"了一声,睁开眼睛就看见叶郯正坏笑着看着他。

"郯哥!你干什么?"夏致捂着鼻子坐起来。

"我怎么叫你,你都不醒啊!"叶郯一副"我也是没办法"的样子。

"我根本没听见你叫我啊!"夏致都怀疑自己的鼻子是不是被叶郯掐下来了!

"你再不下车,就要跟我回Q大了。"

"这事儿我记下了!"夏致急匆匆地拎着自己的包快步下了车。

叶郯本来以为夏致会头也不回地走掉,没想到男孩子走了几步之后,回过头来看他。

他刚才睡觉,头发都飞了起来。睡之前还迷迷糊糊的,现在整个人都精神抖擞,让隔着人山人海的叶郯很想欺负他,想看他被自己欺负得没精打采的样子。

车门关闭,列车缓慢行驶起来。夏致朝着叶鲧挥了挥手。

叶鲧伸手,手指轻轻隔着玻璃碰了一下夏致的身影。

叶鲧到站下车和其他队友会合的时候,耿乐还有赵雄他们左看看右看看,忍不住问:"鲧哥,夏致呢?你把他弄丢了?"

"他前一站就下车了啊。"叶鲧回答。

"啊?为什么?他周一没课吗?"

"就是因为有课,他才要回去上课啊。"

和南城大学的练习赛已经结束,林小天的良心让他没办法继续瞒着其他队友了,他咳嗽了一下,决定坦白。

"那个……其实夏致不是我们Q大的,他是T市的……"

"什么?T市?难道是T市体大的?还是T大?我才刚那么喜欢那个小子,难不成是其他学校游泳队的?"赵雄还没等林小天解释,就已经开始痛心疾首了。

"他才高三!还没上大学呢!"

林小天话音刚落,其他人都愣住了。

"不是吧!才高三!才高三就把我们都比下去了!还让不让人活了?"

"怎么可能才高三啊?这体能!这技术!我心痛!"

大家齐刷刷地看向叶鲧,等着鲧哥揭晓答案。

"他是高三啊。"叶鲧回答。

白景文懒洋洋地开口道:"你们心痛什么?南城大学要是知道了,才会真心痛吧?江毅输给了高三生啊。"

他这么一说,大家都释然了。

赵雄想到了什么,忽然又说:"不行,我们得守口如瓶!万一南城的人知道夏致才高三,跑去挖墙脚怎么办?"

然而此时南城大学泳队里一个年轻队员已经拍着脑袋惊叫出来了:"哎!Q大那个厉害的新人,我好像初中比赛的时候见过!他比我晚一年的样子,怎么就读大学了?"

周教练耳朵尖,听见了:"你什么意思?他还没读大学?"

"应该没读!我对那小孩儿印象很深!他初中的时候就游得跟十六岁那个组别的水平差不多了!他教练就是他老爸,是夏云!"

周教练微微一愣,看向江毅,一拍大腿:"我说怎么没看见这个好苗子,原来是还没到时候!太气人了!白景文那个老骗子,又想跟我抢!"

说完,他就打了个电话给白景文,酝酿怒火准备开炮。谁知道白景文早预料到了,关机了！

"我要抢人！"

叶粼回到学校寝室，就看见陈嘉润没打游戏，也没看电影，而是像条死鱼一样瘫在铺上。

"你怎么了？"叶粼问。

"你看不出来吗，我死了。"陈嘉润回答。

叶粼明白了，肯定是陈嘉润装伤势未愈、逃避训练的谎已经被洛璃拆穿了，估计之后的日子要被罚加训了。

"从你假装伤势未愈开始，我就劝过你，你这是赶着投胎的行为。"

陈嘉润把被子一拉，转过身去背对叶粼。之前翘得老高的小狐狸尾巴，现在也蔫蔫地耷拉着。

夏致回到家的时候，正好晚上七点。

陈芳华炖了萝卜牛腩，夏致胃口大开，一整碗都吃了下去，外加三碗饭。

陈芳华看着儿子狼吞虎咽的样子，有点担心，心想自己怎么忘了多给夏致一点零花钱，他是不是到了那边钱不够吃午饭："南城大学的学生食堂是不是味道不好？"

夏致抬起头来想了想："还行吧。"

陈芳华看儿子那表情，更加确定是南城大学的饭菜味道不好了。

"既然那边吃的不喜欢，考别的学校也行，别给自己太大压力。"

"哦，看情况吧。"夏致低下头继续吃饭。

接下来的日子，夏致放了更多的精力在学习上，这让身为发小的岑卿浼有些不安。

"阿致，你知道我在我爸妈面前没什么好炫耀的，只有一件事可以。"岑卿浼很是感慨地说。

"什么？"

"那就是我成绩比你好。"

"哦。"夏致不在意地继续刷着题。

"你忽然好好学习了，我感觉压力山大。"

"嗯。"夏致停了笔，把模拟卷挪到岑卿浼的面前，"这道大题，你给我讲一下。"

"我就说嘛！你要是大题都会做了，还怎么给陈硕他们垫底啊！"

岑卿浼属于自己能"融会贯通"，但说出来就是东一把子西一锤子，夏致用看傻子的目光看着岑卿浼："你这说的是什么意识流？完全听不懂。"

岑卿浼抓了抓脑袋："这怎么说呢？就是一种感觉，感觉抓住了，你就会做了。"

"那你的感觉还真信不过。"夏致把卷子收了回来。

晚上，叶粼和陈嘉润训练回来，陈嘉润就像一只死掉的狐狸，丧丧地跟在叶粼的身后。

叶粼背着运动包，一手揣在口袋里一手拿着手机，看着夏致从微信里发来的题目："男孩子现在问的问题，难度越来越大了。"

陈嘉润看着叶粼神清气爽的样子就来气。

"嘉润啊，你有没有好好跟洛老大道歉，对你偷懒的行为作出深刻的检讨？不诚心的话，是过不了关的哦。"

"我当然有道歉！毫无尊严地道歉！"

陈嘉润把手机拿给叶粼看，上面发了一串小狐狸卖萌的表情包——什么"我错了""你的目光让我绝望""求求你"之类。

"可能你的道歉，和洛老大所理解的道歉有着无法跨越的鸿沟。"叶粼笑了笑，然后把陈嘉润的手机拿过来，将所有的小狐狸表情包转发给自己。

等叶粼回到寝室，夏致正好解了一道大题出来，发给叶粼看。

叶粼看了一眼，选出一个表情，发给了夏致。

夏致点开一看，是一只小狐狸被摸脑袋的表情，旁边粉红的字冒出来：棒棒哒。

夏致差一点被自己的口水给呛到，明明叶粼根本不在，夏致就是会下意识想象叶粼用他醇厚的声音说"棒棒哒"，鸡皮疙瘩起了一身。

夏致立刻回了一句：请好好说话。

叶粼：意思是，你进步很快。

夏致在脑海中想象着叶粼用温和又醇厚的嗓音说这句话，心里莫名觉得温暖起来。

课间夏致刷了会儿微信，看见明哥发来痞痞的视频。小家伙可任性了，如果是明哥来投食，痞痞就游到池子的另一边，一副"我不吃我不吃"的态度。

但是明哥只要一播放夏致的微信语音"痞痞，乖乖吃饭了"，小东西就噌地从另一端游过来，昂着脑袋嗷嗷叫，明哥就把手机放到他面前。

楚博士给痞痞检查身体，测量长度，小家伙也不配合，甩着尾巴不听话。

明哥又放出夏致的语音："痞痞要乖！"

小东西立刻就不动了，乖乖地让人量身体。

夏致又发了好几个语音给明哥备用，明哥在微信里感叹："我喂了它那么久，你才几天就俘获了它的心，不公平啊！"

夏致笑了，每当做题做累了，他就把痞痞的视频点开来看，笑一笑，心情都好很多。

125

一晃到了周五，岑卿浼和夏致一起骑着自行车回家。当他们路过某个药房的时候，岑卿浼说想进去买清凉油。

"买清凉油干什么？"夏致问。

"听说抹在肚脐上，就能拉肚子，可以非常真实地请病假了。"

"啊？请假干什么？"

"周一有个白帽子联盟的PK（挑战），流白会亲自上阵，机不可失。"

夏致站在药房门口等，好不容易等到岑卿浼出来，这家伙又迷恋上了药房门口感恩客户的礼物，有什么小奶锅还有电子秤之类的。

"你干什么呢？"夏致走到他的身边问。

"我称称体重。"岑卿浼踩在电子秤上，眯着眼睛等数字出来，"哎，是不是没电了？"

"是吗？"

"你试试看？听说药房的电子秤都能测肌肉脂肪比例呢！"

夏致也踩了上去，确实没数字出来。

"可能是真的坏了吧。"

"是吗？"岑卿浼不信邪地站上去，和夏致抱在一起，然而电子秤还是一点反应都没有。

这时候，带着笑意的声音响起："你们站在电磁炉上干什么？"

夏致心里咯噔一声，一侧脸，就看见叶粼拎着一个塑料袋，站在不远处。

简直是对他们的智商侮辱。

岑卿浼赶紧下来，夏致还没反应过来，低下头看见电子秤，啊不是，电磁炉上有一圈红色的标记……

"是要把自己煮熟了，送给我吃吗？"叶粼又说。

又一次智商侮辱。

夏致非常想把电磁炉端起来，直接砸在岑卿浼的脑袋上！去你的能测肌肉脂肪的电子秤！

"粼哥……"夏致赶紧下来，"你回来了。"

"是啊。你妈妈跟我说今晚她要开会，回不来。我就买了菜，晚上做蒸排骨，还有葱爆虾，怎么样？"

夏致点了点头，压根儿不知道说什么，因为太丢脸了，他只想时间倒流，和岑卿浼划清界限。

谁知道岑卿浼这家伙，还巴巴地说："太棒了！我也一……"

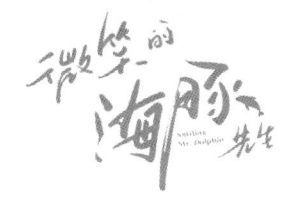

"一起"两个字还没说完,夏致就一把拽过叶鲧:"我们赶紧回家!不然虾就憋死在袋子里了!"

岑卿浼半张着嘴,看着夏致把叶鲧手里的袋子挂在车上,转身就走。

"一点人性都没有……"岑卿浼高声道。

夏致用目光恶狠狠瞪了一眼那个"电子秤":"也不看看你什么尿性!"

岑卿浼顿时明白,是自己让夏致在叶鲧面前丢脸了。

回了家,夏致把自己能做的事情都做了,比如刷虾子、洗生菜,然后在一旁很认真地看叶鲧做葱爆虾。

叶鲧颠锅的时候,背还是笔挺的,虾子从锅里面跃起来,夏致的口水都快掉下来了。

晚上吃饭的时候,夏致吹了吹碗里的蒸排骨,排骨软软糯糯的,而且还不油。葱爆虾也很入味,夏致吃虾子的时候可以完全不用手,直接用牙尖把虾壳咬开,用舌尖把虾肉整个顶出来。

叶鲧看着他吐在一旁的虾壳,惊讶地凑过来观察,想看看他到底是怎么办到的。

"嗯?鲧哥你看什么呢?"

"你吃得再慢点,我想看看你是怎么把虾子给剃出来的。"叶鲧一副很认真研究的样子。

听他提起这个,夏致是很得意的:"这可是我的独门绝技,你看好了。"

夏致也凑向叶鲧,非常认真地演示给他看自己怎么把虾头咬下来,然后齿关力度正好地把虾壳从头到尾咬开,舌尖一卷,虾肉就出来了。

"怎么样,厉害吧?"

"嗯,挺厉害的。"叶鲧点了点头,正当夏致沉浸在得意情绪里的时候,补充了一句,"别咬着自己的舌头。"

夏致回了句:"你才会咬到呢。"

叶鲧看着夏致低着头用手指摸鼻尖的样子,笑了。

晚上,夏致做着题,叶鲧在一旁看他白天做了的那张卷子,刚开口说:"夏致,这道题你写的有问题……"

"什么问题?"夏致认真地看着叶鲧的笔尖。

灯光一闪,整个房间忽然停电了。一片黑暗之中,视觉还没有适应。叶鲧还保持着靠向夏致的姿态,而夏致正低着头认真看叶鲧笔下的字迹。

"哎!我去看看是不是跳闸!"夏致一侧脸,想到了什么。

机不可失,失不再来!当初你掐我的鼻子用那么大劲儿,此仇不报非好汉!

夏致本来还以为自己会扑空,可是叶粼好像在黑暗里的反应比较慢,也没什么戒心,竟然没有避开,夏致抬手就掐了下去。

"唔……"

夏致很有成就感地听见了叶粼闷哼的声音,大仇得报让他只想仰天长笑!

"君子报仇,十年不晚!"

夏致刚站起来,就听见自己身后的椅子被拉开的声音。

叶粼的手臂绕过他的腰,瞬间就把他扛了起来。那一刻,夏致清晰地感觉到了叶粼肌肉收紧时的力量,他被哗啦一下扔到了书桌边的单人床上。

"十年不晚?我看你是胆大包天!"

夏致刚要起来,叶粼就把他给摁了回去。

"粼哥!你要干什么!"

窗帘拉着,只有薄薄的路灯灯光透进来,夏致看见属于叶粼的轮廓笼罩在自己面前:"你忘记了?五十米和一百米你都输给我了!挠你痒痒,不许笑!"

"我还以为你忘……"

叶粼直接掐在夏致的腰上,让夏致下意识蜷起来。他手指用力掐下去,好像特别知道怎么能让夏致笑出来一样,夏致拼了命地忍着,可他就是想笑。

叶粼毫无人性地挠痒痒,夏致快要憋到内伤,终于还是忍不住"哈哈哈哈哈"地笑了起来。

"说好了忍着不能笑!"叶粼的声音从上方传来,也带着笑意。

"你、你不笑试试……哈哈哈哈……"夏致挣扎起来,也想要腾身起来,但是叶粼不知道掐到了什么地方,夏致笑得眼泪都要出来了。

"哈哈哈哈哈哈……快断气了……哈……哈哈哈……"夏致扭动着想要挣脱对方的魔爪,他觉得自己真的会笑死过去。

夏致的挣扎更加迫切:"粼哥!放我起来!我们去看看电闸!"

腰上一痒,夏致又开始东倒西歪地哈哈大笑起来:"粼哥,别闹了……放过我吧……"

"放过你,我心里亏。"叶粼用带着浓厚笑意的声音说。

每当夏致挣扎着似乎要脱离叶粼的控制时,就会立刻被拽回来。几番重复之后,夏致都怀疑自己根本逃脱不了叶粼,只是叶粼像老猫斗小耗子一样,享受逮他回来的愉悦。

"哈哈哈哈哈!肯定十分钟了!粼哥,粼哥!撒手吧!放我一条生路!"夏致笑到快断气了。

终于，灯亮了。夏致抬起眼来，叶粼笑了，在他的背上拍了一下："没用的家伙！"

"我哪里没用了！你都掐的什么地方啊！"夏致不爽地喊了起来。他的刘海乱糟糟的，眼睛里因为刚才笑得太多，泛起了水汽。

叶粼手指伸过来，拨开他的头发，回答说："赶紧做题吧。"

大概是刚才大笑了太久，算是放松过了，夏致再看模拟卷的时候，觉得思路清晰了不少。

"夏致，什么时候月考啊？"

"下周周四周五吧……"

"你之前是多少名？"

"二百四十多……"

"嗯，要是这一次你能考进一百五十名的话，寒假我带你去Q大的集训营，还有温泉可以泡。"

"真的？"夏致侧过脸来问。

"真的。"

夏致忽然觉得模拟试卷都变可爱了。

周六早上，夏致一出现在海豚馆，就听见了痞痞嗷嗷的叫声在回荡。

明哥正好喂完痞痞，拎着桶从夏致身边路过。

"明哥，今天痞痞很高兴啊！"

明哥笑着回答："那是痞痞听到了你的脚步声！"

"不是吧……痞痞耳朵这么好使呢？"

夏致刚来到泳池边，坐下来戴泳镜，痞痞就蹿到了他的面前，忽然跳起来，像是要往夏致怀里砸！还好它只是意思一下，又落回了水里，砸起的水花溅了夏致一脸。

夏致拍了拍胸口，指着水里说："小崽子！找打呢！"

痞痞的脑袋露出水面，张着嘴，笑得很荡漾。

夏致刚入水，还没游两下，痞痞就凑了过来，贴着夏致的腰转圈。这滑不溜手的小家伙，夏致抓都抓不住它。

偶尔夏致被它转得失去了平衡，栽进水里，这家伙就会用吻部贴着夏致的脸颊，也不知道是在使坏，还是撒娇。

玩得累了，夏致坐在岸边，拧开热水瓶，喝了两口。

痞痞完全不知疲倦，凑过来，一直用吻部去蹭夏致的脚心。

夏致被它戳得水壶都差点拿不稳，不得不生气地用脚尖回踩了一下它的小脑袋："你还不让人休息啦？"

痞痞摆了摆尾巴，好像在说：你每次陪我玩一下就走了呀！

夏致把水壶放下，心想那就聊聊天吧。

"痞痞，上周我和叶粼一起去练习赛了。你知道我现在特想干什么吗？"

痞痞在水里歪了歪脑袋。

"我特想有一天，和叶粼一起参加自由泳接力！这是我们可以一起完成的比赛，不是作为对手而是共同完成的一件事。"夏致很认真地说。

痞痞也看着夏致。

"可是要达到这个梦想，我就得考上Q大，可我觉得自己做不到。"

提起这个，夏致觉得惆怅，他向后躺在了泳池边上。

水中忽然发出一声响，是痞痞跳出水面，哗啦一下落在了夏致的身上。

夏致吓了一跳，还好这个小东西还没长太大，不然这么来一下，他的五脏六腑都要从嘴巴里挤出来了！

痞痞在夏致的身上摇头晃脑，一直用吻部去碰夏致的脸。夏致歪过头去，痞痞还紧追不舍。

"好啦！痞痞！好啦！我不丧了！我现在不丧了！"

痞痞停了下来，乖乖地趴着，一双眼睛看着夏致。

夏致抬起胳膊抱住它，摸了摸它的背："我知道你在鼓励我，我会努力的。也许……我还真就考上Q大了呢？"

痞痞竟然点了点头。

"痞痞也要一直乖乖的。"

痞痞哧溜一下回到了水里。

夏致也跳进水里，揉痞痞的脑袋。痞痞乖乖的，任由夏致欺负。

"到时间了！回家吃饭、睡觉、刷题！"夏致转过身去，游向岸边。

没想到痞痞游过来，竟然叼住了夏致的泳裤，摇着尾巴把他往回拽。

夏致一手抓着扶梯，一手抓着泳裤："痞痞！这条泳裤很贵的！"

还好不是叶粼五块钱在自动售卖机上买的那条，不然痞痞的牙齿一磨，泳裤肯定会坏掉！

痞痞松开了夏致的泳裤，忽然跃起，在夏致的腰窝上戳了一下。

夏致差点趴在扶梯上，一回头就看见痞痞在水里摇头摆尾，好像在说：你敢转身！我戳你后腰！

夏致转过身来，面朝着痞痞上去。

痞痞呼啦一下子沉到水底了。

夏致站在岸边，好笑地叫："痞痞，你赶紧上来！憋死自己了，下周就见不到

我了。"

痞痞沉在水底下,一动不动。

夏致无奈了:"我不管你哦!我走了哦!"他一边向后退,一边看着水里面那片黑色的身影。

痞痞还是不动。直到夏致都快走到出口了,痞痞还是没浮起来,要是从前它早就游过来,探着脑袋看夏致的背影。

夏致就不信痞痞真的不起来,他也不说话,就在那儿等着。

等了二十分钟,痞痞就是没动静,夏致心里一阵发慌,冲了过去,跳进水里。

他才刚扎进去,痞痞就游了过来,无数气泡溢开,痞痞冲破一切,吻部轻轻碰在了夏致的脸上。

夏致看着痞痞的眼睛,那是一种依赖和不舍。夏致终于明白痞痞为什么任性了,它生气夏致连道别都没有就走了。

"好啦,好啦!我错了,对不起!"夏致摸了摸痞痞的脑袋。

痞痞嗷嗷叫了两声。

"你说你吧,皮的时候真想把你炸成鱼排!"夏致的额头在痞痞的额头上蹭了蹭,"可爱的时候吧……又想你永远长不大……"

看着痞痞,夏致总觉得它并不是一条海豚,而是一个人。可人总是喜欢假装坚强,但痞痞毫不掩饰自己对夏致的依恋。

"好想有部水下相机,把你拍下来。"

夏致的话刚说完,痞痞就歪了歪脑袋,然后轻轻嗷了一声。

不知道是不是错觉,夏致觉得痞痞的眼睛像是在说:你想要的,都会有的!

夏致上了岸,再回头的时候果然看见痞痞游到了池边,眼巴巴地目送他。

时间总是过得很快,第二次月考来了。

夏致照常起来,刷牙洗脸,一边吃着包子和牛奶,一边看手机的微信群。

盗版姚明:月考是风儿,我是沙!

仗贱天下:沙尘暴来了,你们关门锁窗收衣服了吗?

倒数第二:这一次,阿致一定要照常发挥啊!

曾经美:我觉得你周一就要改名字了@倒数第二。

倒数第二:改成什么?

曾经美:改成倒数第一。

倒数第二:阿致,你真的这么没义气,要把倒数第一扔给我?@夏致

夏致:嗯。

夏致笑了笑，刚想放下手机，又来了一条微信消息，是来自叶粼的。

夏致心想，叶粼大概是鼓励他要好好考试之类的话，但是点开一看，微信上只有一句话：考得不好也没关系，我们可以继续玩挠痒痒的游戏。

夏致忽然觉得腰上有点儿疼，去你的挠痒痒游戏！

他迅速回复：拒绝。

夏致骑着自行车，照例在拐角碰上了岑卿浼。

岑卿浼这次考试紧张得不得了："我爸说，如果我考不到第二考场，就要给我请个家教！盯着我写作业的那种！"

夏致无所谓地踩下自行车："我觉得有个家教挺好的啊！"

"要是粼哥做我的家教，我也乐意啊！"岑卿浼赶紧跟上去，"我妈跟我说，给我找新家教的标准就是鬼见愁！"

"哦——祝你一生平安。"

这个月的月考貌似数学的难度有点大，据说连选择题都要计算很久，把答大题的时间都耽误了。

岑卿浼一出考场就是"愁云惨淡万里凝"，他靠在夏致的肩膀上，叹了口气说："完了完了完了！"

"大家惨，你也惨，一起完。你要相信自己的运气。"

"夏致，你怎么那么淡定啊。"

"因为我会做的题，比上个月多啊。"夏致回答。

岑卿浼立刻露出了羡慕的表情："果然啊，人还是不能太优秀了，要给自己留下进步的空间。"

数学还不是真正的压力，理综才是致命一击。

出了考场，岑卿浼已经虚脱了。

夏致难得走了两层楼，来到岑卿浼的考场找他："喂，别装死了，吃饭去，下午还有英语呢。"

"英语会破灭我的一切。"岑卿浼抬起头来，可怜巴巴地看着夏致，"怎么理综考完了你还这么淡定呢？"

"因为我会做的题，比上次月考多。"回答还是和考完数学的时候一样。

岑卿浼用力拍了一下桌子："你上回到底有多少题不会啊！"

"三分之二吧。"

"这一回呢？"

"三分之一吧。"

"你这是要逆袭了啊,兄弟!"岑卿浼拍了拍夏致的肩膀。

这时候,正好有两三个人从第一考场走出来,路过他们的窗子,听见岑卿浼的话,都笑了起来。

"从第十考场考到第九考场,可算不上逆袭。"一个戴着眼镜、高高瘦瘦的男生开口道。

"好了!别在这儿浪费时间了,早点吃完午饭还能休息会儿!"

"再逆袭,也不可能跟我们一个考场啊!"

等到他们走远了,岑卿浼翻了个白眼:"钟淳那家伙怎么还是那么惹人厌!"

"没办法,谁让我家太后和你家娘娘都已经是教授了,而他老爸还什么都没弄出来呢?"夏致不在意地把岑卿浼给拽了起来。

"难道还怪你家太后?还是怪我家娘娘?还不是他老爸自己论文造假。"

"你到底吃不吃饭?"

"吃!我要好好吃!化悲愤为脑力!"

"啊……你考英语的时候千万别动脑。你一动脑,所有单词都发笑。"

岑卿浼想要从后面踢夏致一脚,却没想到夏致就跟后脑勺长了眼睛一样,一甩包,差点砸到岑卿浼的鼻子。

英语虽然不是夏致的强项,但他还是有信心考得比岑卿浼好。

"现在就回家吗?不陪你失落的发小借酒浇愁吗?"岑卿浼问。

每个周五的晚上,夏致的妈妈都有科室会议,但想起上周叶粼做的葱爆虾还有豉汁蒸排骨,夏致就觉得自己肚子饿了。

他发了个微信消息给叶粼:粼哥,干吗呢?

叶粼回得很快:还没上高铁。

夏致:哦,那我吃饭去了。

"走,吃饭去。先说好,我兜里就十五块。"

"我请你!"

两人去了小摊子那儿,夏致点了蛋炒饭和炒年糕,岑卿浼要了可乐还有其他小吃,两人一齐打开了可乐罐子。

夏致舀了一勺蛋炒饭,塞进嘴里,眉头皱了皱。

"怎么了?"岑卿浼问。

"没有粼哥炒得好吃。"

岑卿浼嫌弃地看了夏致一眼:"你这是在炫耀吗?从前陪着你一遍一遍刷粼哥比赛录像的人是我,结果我连粼哥炒的蛋炒饭里的胡萝卜丁儿都没吃到!"

"我下次打包炒饭里的胡萝卜丁给你,你慢慢吃。"

"喂!我是阿猫阿狗吗?你要是有诚意,就该请我去吃热乎的!"

"我本来就没诚意啊。"夏致抬起头来说。

岑卿浼又是一副要吹破鼻涕泡的死样子。

两人吃完有点撑,就推着自行车一路走。夜风凉凉的,夏致闭上眼睛深深吸了口气。

他们路过一个报亭,岑卿浼忽然不走了,而是眯着眼睛不知道在那里看什么。

"喂,你看什么呢!"

岑卿浼回头,叫夏致过来看。

夏致走近了,才发觉岑卿浼看的不是报亭,而是贴在报亭旁边的一个小广告。广告上还印着一个巨可爱的妹子。夏致无语地叹了一口气:"看够了,我们可以走了吗?"

"不是,夏致你看这行字——如果你想找到我,请到黄山南大道和飞鸿路交界的路灯下寻找我的暗号。"岑卿浼一脸兴奋地看向夏致,仿佛新世界的大门即将打开。

夏致却觉得那是另一场悲剧的开始。

"哦,可以回家了吗?"

"你不想去看看?"

"不想。"夏致斩钉截铁地回答。上回的电磁炉事件,夏致记忆犹新。

但是岑卿浼却一把拉过夏致:"走走走!去看看!反正也不会掉块肉!"

夏致真的不情愿,刚跨上自行车打算甩了岑卿浼就这么骑走,岑卿浼却一把拽住了他,自行车差点被他弄翻。

"哥——一起去看看嘛!"

夏致心里一阵恶寒,扯着脖子拒绝:"不去!"

可是岑卿浼就是有带着夏致干蠢事的本事,两个人真的来到了那个路灯下,果然看到了下一条小广告:看来你是认真的,请到七十一便利店前的邮箱处看下一步的信息。我们已经越来越近了哦!

"哇!挺有意思的!"

夏致叹了口气:"哪里有意思了……"

"反正比刷三百遍叶潋的比赛录像有意思。"

他们来到便利店前的邮箱处,上面的小广告又指引他们去了十字街。

"有种寻宝的感觉!"岑卿浼颠了颠书包。

"呵呵。"

最后他们来到了一个新开的自助贩卖店,而店名则是粉红底的"终于找到我",

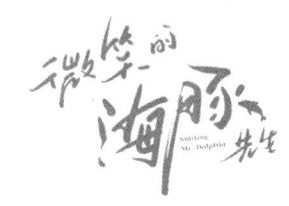

透过自动门,可以看见一排一排的柜子。

"有意思吗?"夏致狠狠地瞪向岑卿浼。

"这广告挺有意思的!夏致,我们进去看看!"

"我不去!你自己去!反正我不进去!"夏致转身就要走。

岑卿浼拉住他:"进去看一下!就看一眼!"

"不去!"

然后夏致一回头,就看见自助贩卖店对面的一家休闲衣店里站着一个修长而熟悉的身影。

他立刻拿出手机,发现已经七点了,上面还有一条来自叶鄝的微信消息:我到了,先去买件衣服,你慢慢吃。

夏致再一抬头,那家休闲衣店里面的顾客,不就是叶鄝吗?

此时的叶鄝,正穿着一件卫衣,标牌垂在他的脖子后面。

夏致刚在心里说了声"不好看",叶鄝就朝着店主摇了摇头,然后将卫衣脱下来。

夏致的目光就那么盯着他。

眼看叶鄝就要侧过脸,看见夏致和岑卿浼了。夏致一阵紧张,一把拽住岑卿浼就躲进了自动贩卖店里。

"你早这么干脆,该有多好!"岑卿浼得意地嘲笑了夏致一下,开始研究那些透明的柜子。

"哇!你看这个……"

岑卿浼叨叨着,夏致却一个字也听不进去。他躲在自动门边,探着脑袋看了对面一眼。

叶鄝又换了一件衣服,夏致还是觉得不好看,说了句:"别买。"

这时候岑卿浼正在观察柜子上的东西,回了夏致一句:"我才不会买呢!"

"我不是叫你别买,我是让……"我是让叶鄝别买。

叶鄝大概是发觉这家店的衣服风格都不怎么样,就要出来了。

夏致赶紧把脑袋收了回来,一把将岑卿浼那个傻子拽到自己的身后。夏致总有一种在做什么坏事的错觉,虽然明明自己什么也没做。

"夏致,怎么了?"

"看见熟人了,蠢蛋!"夏致万分嫌弃地回了岑卿浼一个白眼,"要不要拉他一起看?"

"啊,不用了吧……"

等了两三分钟,夏致露出半张脸看了看街对面,终于看不见叶鄝了。

他呼出一口气来,揣着口袋走了出去,才刚吸了一口清新的空气,带着戏谑笑意的声音响起："原来你喜欢这些啊？"

夏致一转头，就看见叶粼正反身坐在他的自行车上，揣着口袋看他。路灯灯光落在叶粼身上，有种蔫坏的帅气。

夏致觉得自己蠢极了，叶粼肯定一出门就看见他和岑卿浼停在外面的自行车了。

在幼儿园的时候，啊不对，是在妇产医院保育室的时候，他就该和岑卿浼说再见，以后十八年的人生就不会总有这么多的丢人瞬间了。

"鬼才喜欢！"夏致咬牙切齿地瞪了那蠢货一眼。

"啊？不要那么虚伪！"岑卿浼扯着嘴角，笑容蔫坏。

夏致怀疑他是故意的。

叶粼笑出声，是低低的、沉厚的笑声。

要是可以，夏致真想马上骑走，可叶粼是步行，还和岑卿浼那个蠢货走在一起。

"小岑，我问你啊……"叶粼故意压低了声音。

"嗯嗯，粼哥你说！"

夏致很想听这两个家伙在说什么，又不好到旁边去，只能慢慢地走着，希望他们能跟上来，可偏偏叶粼和岑卿浼越走越慢。

回了家，一切就像没有发生过一样，夏致坐在桌子前写作业，叶粼在一旁打开购物软件，在看衣服。

从前夏致写的每一个字都被叶粼看着，这回叶粼开小差，夏致就有点不爽了。

"我说，今天那家店的衣服很难看。"夏致正好写完一道题，停下来对叶粼说。

"是不好看。今天变天了，我合适的衣服都留在寝室了。"叶粼继续低着头，刷手机。

"喂，就算你现在买，明天也未必能到。"

叶粼这才抬起头来，摁了夏致的脑袋一下："还没做完呢！"

"我在这里认真刷题，你在旁边刷手机，我还能有心情吗？"夏致不爽地说。

"哦。"叶粼像看小孩子一样看着他，伸手揉了揉他的头顶，比之前力气小一些。

夏致挥开他的手，皱着眉说："你'哦'是个什么意思啊！"

"就是我不刷手机了，可以了吧？"叶粼像之前一样撑着下巴，看着夏致。

夏致写了没两行，叹了口气，站起来。

"怎么了？累了？"

"给你找衣服！"

虽然叶粼比夏致要高几厘米，但是肩宽胸围什么的应该差不了太多。

夏致把衣柜打开，把两件加厚的卫衣找了出来："给你！反正我外面都要套校

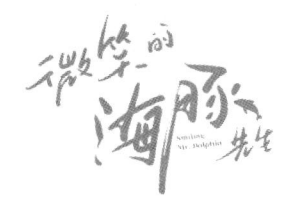

服，穿什么都无所谓。"

叶粼笑着接过来，拎起卫衣来比了比肩宽："看不出来你的品位还可以。"

说完，叶粼就把其中一件套上身。那是一件白底的卫衣，袖子上有两条不对称的纹，卫衣的右下方是一个英文单词。

这件松垮的卫衣一下子就被叶粼撑起来了，帅气又随性。夏致看了他两眼，立刻低下头继续写作业了，心里面却不爽得很：我的衣服，怎么你穿起来比我还帅？

"夏致，你穿校服的样子也特别好看。"

"啊？那又土又垮的校服好看？"夏致侧过脸来，眼睛里是明晃晃的"你审美扭曲吗"。

"真的特别好看。"叶粼仰起脸来，"明明大街上那么多学生穿着和你一样的校服，但你看起来高高瘦瘦的，又干净又明亮。"叶粼的声音又轻又缓。

"做作业了。"夏致低下头，继续刷题。

晚上，叶粼去了非梦酒吧，当晚轮班的同事们都围了上来。

"哎哟，小叶，你今天看起来特别的……"庄姐眯着眼睛打量他。

其他几个女生嚷嚷了起来："特别帅！特别帅！"

"亮瞎我们双眼的帅！"

周末总是过去得特别快，当周一到来的时候，只要看见带着蔫了吧唧的表情走进校门的学生，多半都是高三的。

"除了英语和语文作文，数学还有小综合的成绩都出来了。"岑卿浼趴在桌子上，奄奄一息。

"是因为数学和小综合的最后一两题，有很多人没来得及做吧。"

"这里面也包括我……"

第一堂课就是数学，林老师站在讲台上挨个念名字把试卷发下去。

岑卿浼颤悠悠地拎着卷子回来，往桌子上一拍，一百五十分的卷子只拿了一百一十二分，这要是平常，岑卿浼可是要飙到一百三十多分的选手。

"啊……靠我数学来弥补英语的求生大计破灭了！"

当念到夏致的名字时，林老师顿了顿，前后翻了一下夏致的卷子，有点不可思议地将它递给了夏致："考得很好，还要继续努力啊。"

夏致点了点头，拿过卷子看了一眼，然后就回到座位上了。

岑卿浼瞥了一眼夏致的分数，露出极度不可思议的表情，一把将卷子扯过来，前后左右看了看："夏致，不得了啊！你考了九十二分呢！及格了呀！"

夏致把他的脑袋推开，把卷子拿了回来："在你心里，我活该不及格吗？"

"这套卷子很难啊!基本上能及格的都是前三考场的人!"

微信群里的"倒数第二"陈硕走过来,看了一眼夏致的分数,再看一眼自己的,差点没跪在地上:"夏致!你数学考九十二,是想要我的命吗?"

夏致侧过脸,看了一眼陈硕的分数——五十六分,开口道:"卷子容易的时候,你考五十六,卷子难的时候,你还是考五十六分,这说明你进步了。就算没有我给你垫底,你应该也不至于倒数第一。"

这时候的年级办公室里,魏老师拿着保温杯,笑得像朵花儿似的。

"魏老师,可以啊!看现在出来的数学和理综,你们班都排到年级第三了!这分数怎么提上去的?"

魏老师笑着说:"那还是夏致努力!之前总在年级里两百多名晃悠的孩子,数学这一次考了九十多分,就连理综都考了一百八十多呢!这都及格了不是!"

"哦哟,那你叫他把我的英语也好好提起来一下,这个英语还是差了点哦!"英语老师转过身来笑了笑。

语文老师还在作文中奋战,抬起头来说了一句:"这个年纪的男孩子,只要自己想学了,数学和理综提升起来就像坐火箭一样,就是可怜了我们教语文和英语的。魏老师,我可跟你说啊,他经常在我课上睡觉。"

英语老师立刻附和:"对!他也在我课上睡觉!是我上课很催眠吗?"

"哪有哪有!这总得一科一科提起来,哪能一口气吃成个胖子啊!"魏老师笑眯眯地说。

到了下午,全部卷子都发下来了,成绩单也出来了。

旁边的岑卿浼拿到成绩单的那一刻,明明是条死鱼,忽然摇身一摆,又活过来了!

"啊呀!夏致!你快看!我竟然全年级九十名呢!稳坐第三考场!"

九十名是正好在第三考场,而不是稳坐好吗?

不过岑卿浼考的名次倒是在夏致的预料之内。道理很简单,别看岑卿浼的数学分数比平常下滑了十几分,但其他人的分数可能下降了三十到四十分呢!理综也是同样的道理。

这个时候,夏致刚拿到自己的成绩单,右手拇指正好压在年级排名上。从前不在乎考了多少分的夏致,此刻竟然无比紧张。

他不敢将自己的拇指抬起来,万一没有进入全年级一百五十名内,那种巨大的失望就会像游泳比赛出发之后,游到了终点,以为自己是第一,可是裁判却告诉他抢跳,所以成绩作废。

"夏致,你呢?"岑卿浼一把将他的成绩单扯了过来。

　　夏致没有伸手拦他，不到一秒就听见他的叫喊声："你一百三十六名啊！这是一下子从第九考场飞进了第五考场啊！这不是量变也不是质变，而是核爆啊！"
　　感谢岑卿浼的高分贝宣传，垫底四人组中的其他三人都看了过来。
　　微信小群里立刻沸腾了起来。
　　盗版姚明：夏致背叛了我们！
　　仗贱天下：夏致背叛了我们！
　　倒数第二：我真的要改名字了！不过是改成倒数第三，哈哈哈！
　　盗版姚明：去死！
　　仗剑天下：去死加一！
　　夏致看着屏幕，难得脸上露出了明显的笑。
　　"还我。"夏致说。
　　"还你！我还不知道你要干什么啊！"岑卿浼想了想，又说，"要不要我帮你拍，美图之后再发给邾哥？"
　　夏致眯着眼睛看他："你是想要永远定格在全年级九十名吗？"
　　意思是，你想死吗？
　　"好吧……"
　　夏致咔嚓一下拍了照片，发给叶邾，外加一条信息：记得寒假的约定。

　　这个时候叶邾正好下课，和陈嘉润一起走向食堂。
　　"叶邾，你怎么忽然换穿衣风格了？"陈嘉润歪着脸，打量着叶邾的背影。
　　"是男孩子的衣服。"叶邾笑着回答。
　　"我说呢，原来是装嫩。"陈嘉润一脸不屑。
　　叶邾忽然转过头来，一把压下了陈嘉润的脖子："嘉润，洛老大一直想跟你一个宿舍，盯着你好好学习，天天向上，按时训练，体能不懈。你说我是不是该满足一下洛老大呢？"
　　"你不是装嫩！你双十年华，本来就还有大好青春！瞧这穿搭，酷帅无极限！"陈嘉润眯着眼睛讨好地笑着，小狐狸尾巴都要摇起来了。
　　这时候，叶邾口袋里的手机振了一下。他单手滑开手机，看见夏致的名字，唇上露出了一丝笑，放开了陈嘉润。他看到那份成绩单，皱皱的，角也翘起来了，男孩子特别用铅笔在一百三十六上面画了个圈。叶邾发出一声轻笑，摸了摸鼻子。
　　"嘉润，你好像从澳洲带回来一部水下照相机吧？"
　　"那是当然，潜水的时候用它照相，超强分辨，快门的速度能让鲨鱼看起来都是静止的！一百米水深……"陈嘉润说到一半，忽然意识到了什么，闭上嘴不说话了。

"还有呢？"叶粼继续问。

"没、没有了……被我磕了一下，裂了个缝儿，有点漏水了，哈哈哈……现在不好用了！超级不好用了！"

"哦，那就是被你弄坏了，可以便宜转卖给我了，对吧？"

"不！不是的！我还打算带去澳洲，一年免费保修呢！"

"没事儿，对这种电子产品你都是三分钟热度。我帮你消耗一下，你就能买个新的了。"叶粼低下头来微笑地看着陈嘉润。

陈嘉润坚强不屈地摇了摇头。

"哦，那我回去收拾行李，把位置让给洛老大。"叶粼潇洒地转向宿舍。

陈嘉润飞扑而来，从后面一把抱住了叶粼："粼哥不要——不要这样！"

陆陆续续有不少人走向食堂，他们看见这一幕，总结出来有三种表现。

第一种：下巴颏儿掉下来上不去了。

第二种：拿出手机拍照留念！

第三种：互相对视，快速离开。

叶粼一动不动，十分狠心，都没有握住陈嘉润的手："那怎么说？"

"我卖！"

"多少钱？"

"五千块！我已经算得很便宜了！我才用了一次！就下水了一次！你得算算汇率差啊！"

"嘉润，我这周末过生日呢。"

"啊？哦……那送给你了。"陈嘉润立刻松手，之前的悲凄一扫而空，脸上还露出了"我赚了"的表情。

"是啊，去年四百米混合泳你输给我，说好了送我一台手持DV当生日礼物的。我对你还不够宽宏大量吗？"

"嗯！很宽宏！很大量！"陈嘉润笑得很开心，小狐狸尾巴又摇晃起来了。

叶粼就笑着继续走向食堂了。

陈嘉润的手机响了起来，他一看屏幕上显示的名字是"暗黑霸王龙"，整个人一抖，手机就掉到地上，屏碎了。

第六章　温暖

夏致把成绩单带回家里的时候，陈芳华并没有第一时间去看，而是在厨房里炖肉，问："成绩单出来了？有没有进步啊？"

"嗯，有进步。"夏致将书包扔在沙发上，然后就进了厨房，"妈，我帮你把生菜洗了吧。"

"好。"如果是平常，陈芳华早就擦了擦手，去看夏致的成绩单了，但是此时她就像是在发呆。

夏致侧了侧身，隐隐看见她脸上干了的泪痕。

"妈，肉烧煳了。"夏致说。

"啊！糟糕！"陈芳华赶紧把火关掉了。

"没关系，吃上面的，还没煳。"夏致拿了盘子来，用筷子把没煳的肉夹出来。

陈芳华这才意识到，走去外面沙发上看夏致的成绩单。她第一眼看见各科分数的时候，说了一句："不错啊，数学和理科综合都及格……"

然后，当她看见年级排名的时候，愣住了："这是考进一百五十名了啊！"

"嗯，这次数学和理综很难，好多人都脱靶了。所以我这个分数反而进了一百五十名。"

夏致没有说，其实班上数学过九十分的人只有一半，理综过一百八十分的也只有三分之二而已。

但是陈芳华还是很高兴。

夏致进去端了汤出来，发现老妈将成绩单捂在脸上，肩膀颤抖着，她在哭。

夏致低下头，假装什么都没看见，把汤放下之后，高喊了一句："妈——蒜末你都切好了，生菜我来炒一个试试！"

"好……"陈芳华闷着声说。

晚上，夏致洗好了碗，对陈芳华说："妈，我出去一下，牛奶没了。"

"哦，是上次叶鄰给你买的牛奶喝完了？你等一下，给你钱，要买全脂牛奶，那个比较香。"

"我知道。"

夏致拿了钱,走在去超市的路上,然后打了个电话给岑卿浼。

"阿致,你是打电话来跟我炫耀你爆炸式的进步吗?"

"死鼻涕泡,我问你一件事,你要是知道就回我真话,不然我戳爆你!"

岑卿浼顿了顿,一改嬉皮笑脸的声音:"你问。"

"我妈怎么了?她今天哭过了,刚才看了我的成绩单,还哭着呢。"

"我、我妈不让我跟你说。"岑卿浼弱弱地说。

"成,你听你妈的,我们绝交。"

夏致正要摁掉手机,岑卿浼赶紧拦住他:"你等等,我出来跟你说!"

两人约在了超市下面的麦当劳,一人一杯可乐,一份薯条。

夏致心里不爽快,番茄酱一挤,差点飙到岑卿浼脸上。

"哥,你悠着点儿。"岑卿浼看着夏致的脸色,斟酌着这事儿该怎么说。

"嗯,你赶紧说完,我还要进超市买牛奶。"

"你妈妈在嫁给你老爸之前,曾经被钟淳他爸,就是那位钟孝钟副主任给追求过。"

"哦,我听说过。然后呢?"

"然后你爸去了之后吧,钟孝又想追你妈妈,说得好听是照顾你们孤儿寡母。"

"他不是有老婆吗,这不要脸的劲儿是哪儿来的?其实是我妈学术能力比他强,他想让我妈给她捉刀吧?"

"对啊。你妈就一直回避呗,然后那个钟孝就到处说你妈装清高,当了教授了不起,自己的儿子还不是教不好。"

"他怎么跟七大姑八大姨似的。"夏致猛地吸了一口可乐。

"最让你妈烦的,就是他总在科室聚会的时候,说什么陈芳华就不该嫁给运动员,有肌肉没脑袋,说他的儿子钟淳回回都在第一考场,以后要进重点大学!"

岑卿浼见夏致只是低着头,没发飙,就壮着胆子继续往下说:"钟孝的观点就是,原生家庭对孩子的教育很重要。他钟孝论文没通过评审不是他能力不够,而是花了精力在儿子的教育上,不像你妈自己混了个教授,儿子反而在学校两百多名外晃悠,大学都考不上。"

夏致没说话,拿了薯条塞进嘴里,嘎吱嘎吱地吃下去。

"我妈今天中午吃饭的时候劝过你妈妈,既然你游泳有天分,随了你爸爸,那就往对的方向发展就好。"

"又碰上那位钟副主任嘴碎了?"

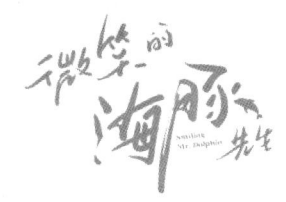

"是啊。他就说，运动员能有几个真的出头的。不用十年，搞不好五年，出不了成绩就得退役，到时候什么都没有，啃老啊。他还说……"

"还说什么？"夏致已经吃完了一份大薯，手指在盒子上轻轻一弹，发出吧嗒一声。

"还说你妈现在白天黑夜地照顾那么多病人，天天加班整理病例，参加会诊，就是为了挣钱给你啃老本。"

"还有吗？"夏致问。

"没，真没了……我也是那天我妈和我爸在卧室里说话的时候听来的。"

"嗯。以后我妈要是再在医院里受了委屈，你知道了得照实汇报，记住了吗？"夏致抬了抬下巴。

"记、记住了……但是你不会回去问你妈妈吧？"

"不会，"夏致扬了扬下巴，"我去买牛奶了。对了，你妈不是和老魏很熟吗，你妈那里是不是有份年级排名名单？"

"有啊，咋了？"

"请你妈帮个忙，拍下来，发他们工作群里，三分钟后再说'啊呀，发错了'，不用撤回了。"

岑卿浼眼睛一亮："哈哈哈！我明白了！这一次钟淳他的数学和理综脱靶了！两门加起来好像和你分数差不多，从年级二十八名掉到一百三十七名了！你们要在第五考场里相爱相杀了！"

"谁跟他相爱相杀。"夏致恶狠狠地说。

晚上，陈芳华看到工作群里自己被圈了好几下，点开一看，竟然是来自各位同事的恭喜。

好几个早就看不惯钟孝没水平、还天天自我感觉良好的年轻医生已经开始起哄了，有的还私信陈芳华说：陈主任，令郎本月月考技压钟家的小子，是不是该群发红包啊？

陈芳华赶紧点开工作群，才发现岑卿浼的妈妈发了个年级排名，是一百到一百五十名那一页，还故意把名字圈出来。

群里的其他同事唯恐天下不乱地圈钟孝。

外科之神王小二：哎呀，这是老天爷要钟淳和夏致相亲相爱做好朋友嘛！

外科之神的师父：陈主任的儿子学习很自觉啊，陈主任最近忙课题没管儿子，儿子都进步了一百名呢！

陈芳华看了忍不住一笑，刚想回复是因为自己给儿子请了家教，群聊内容又多了好几条。

外科包身工：钟副主任啊，下了班少喝点酒，回家多陪陪儿子。

那个"副"字尤为显眼。

钟孝：不劳你们费心。月考又不是高考，下个月我儿子肯定会回到年级前三十名的，要是夏致能进年级前一百，我请大家吃饭！

陈芳华捂着嘴，忍不住笑了。

她敲了敲门，夏致应了一声："妈，什么事儿？"

"没什么……就是想问牛奶要不要给你热一下。"陈芳华本来是想鼓励一下儿子，可又觉得自己会给儿子压力，于是什么都没说了。

"好哦。"夏致没转身。

晚上快十二点了，夏致还在床上翻来覆去睡不着。

他鬼使神差地拿出手机，找出叶粼的微信，发了一句话：粼哥，你觉得我真的能考上 Q 大吗？

夏致听说，Q 大的学生寝室到了十一点就会熄灯，所以这个时候叶粼应该已经睡了。

但他没想到，叶粼秒回：当然能。

夏致呼出一口气，然后笑了一下。他从前觉得 Q 大真的很遥远，可是 Q 大游泳队也好，叶粼也好，都是他从没有说出口的期待，他忽然觉得……他真的很想去那个地方。

夏致刚把手机放下，叶粼的另一条短信又来了：你怎么了？

夏致想了想，回了一句：今天的模拟卷，我没问你就全部做出来了，所以自傲一下。

紧接着夏致又发了一句：睡觉了。

叶粼拿着手机，寝室里静悄悄的，只有室友们平稳的呼吸声。

第二天下课，夏致刚把书包挂上肩，就发觉班上的女同学，还有走廊上其他班的同学好像在议论什么。

这时候语文课代表焦丽跑到了夏致面前，对他说："外面有人找你！听说是我们 T 大附中的一代传奇——叶粼！"

夏致愣了一下，叶粼怎么会来？

虽然他知道 Q 大周二下午好像是不安排课程的，但是周三是有全天课的。叶粼跑回来一趟，肯定要赶晚上的高铁回去。

夏致没等岑卿浼就快步走了出去，一转身看见叶粼穿着黑色的卫衣，靠着墙笑

着朝他挥了挥手。

那一刻,夏致感觉自己好像看到了叶鲻的中学时代。

夏致上高一的时候,叶鲻高三,但是当时的高三在另一个校区,直到叶鲻高中毕业,夏致都没有见过他。

夏致迎着周围同学羡慕的目光来到了叶鲻面前:"鲻哥,你怎么来了?"

"嗯,你这一次考得不错,但是寒假不会马上到来,所以我决定先给你一点奖励。"叶鲻很自然地抬起胳膊,圈着夏致的脖子继续走。他又把全部力量都压在夏致身上,可是其他人是肯定看不出来的。

"什么奖励啊,不会又是你的笔记本吧。"

两人走到自行车棚,夏致推了车,叶鲻走在他的身边,一起出了学校。

岑卿浼背着书包赶到自行车棚的时候,发现夏致的自行车早就不见了,内心的凄凉难以言喻,心想,夏致不是应该和我这个发小在一起的吗?

"我们去麦当劳坐一会儿?"叶鲻抬了抬下巴,"我请你吃薯条?"

"别,换红豆派吧。"昨天晚上,夏致和岑卿浼聊天的时候吃的就是薯条,此刻他心里发噎。

两人点好东西,叶鲻把一个盒子递给了夏致:"喏,给你的进步奖品。"

夏致打开一看,愣住了:"高清专业4K运动照相机?这个好贵的,我不能要!"夏致赶紧还回去。

"这个是好贵,但是别人更新换代之后留给我的,我又没花钱。"叶鲻笑着说。

"怎么可能没花钱……"

"有人输给我的啊。"叶鲻拿出微信给夏致看,里面是他和陈嘉润的聊天。

叶鲻:你的4K水下相机我拿走了。

呆毛狐狸陈嘉润:拿去吧……呼吸都很痛……

叶鲻:说好了送给我的。

呆毛狐狸陈嘉润:拿去吧……迟早我的命也是你的……

叶鲻:你的命没有相机值钱。

夏致看了一眼,很惊讶:"这个水下相机是陈嘉润的?"

"对啊,你收着吧。还可以拍一下自己的水下泳姿,看看自己的水下动作。"

"谢谢鲻哥!"夏致拿着相机摆弄起来,他忽然想到可以用这个给痞痞拍照,等他领了海豚馆的薪水就请叶鲻帮忙还给陈嘉润。

叶鲻看着夏致专注的模样,目光也柔软了起来。

夏致忽然放下相机,抬起眼来看向叶鲻:"鲻哥,我知道你是担心我才忽然跑回来的。"

"哦?"

"郯哥,我也想上Q大了。"

"是什么让你忽然这么有动力了?"

"我不想让我妈为了我的未来担心,不想因为我的选择而带给她压力。"

"嗯。"叶郯点了点头。

"还有……我想进入Q大游泳队,有朝一日能和你一起完成接力赛。无论是高考也好,游泳比赛也好,如果有人跟我说重在参与,我会忍不住想要打断那个人的腿。"夏致很认真地说。

眼前的男孩子好像和之前不一样了,仿佛一朝之间长大了好多。那种倔强和之前像棵小树苗一样挺着腰,但是一掰就断的脆弱是不一样的。

"我要赢你赢到每次你见到我都恨得牙痒痒,再也不能虚伪地笑。"

"啊?我笑得很虚伪吗?"叶郯摸了摸下巴。

"你对每个人都笑得一样,那不是虚伪,难道是热情吗?"夏致低下头去,继续摆弄自己的相机。

叶郯看向窗外,对面咖啡馆的橱窗上写着一句马克·吐温的名言:

Never regret anything that ever made you smile.

此时此刻,忽然很应景。

"夏致。"

"嗯?"男孩子拿起了相机,启动电源,将镜头对准了叶郯。

"永远不要后悔让你微笑的一切。我对你的笑是真的,所以……永远不要让我后悔。"

夏致愣了愣,不动声色地把刚才叶郯的那段话录了下来。

"后悔什么?我比你年轻,赢你不过是早晚的事。"

叶郯忽然伸长手臂,猛地揉在了夏致的脑袋上:"小崽子,你真可爱。"

"你才小崽子!"

叶郯告诉夏致,周六下午的补习自己来不了了,所以今天晚上赶紧给夏致看一看月考卷子。

陈芳华见到叶郯来了,高兴得不得了,赶紧又炒了两个菜。

等晚餐的时候,叶郯就拿着夏致的卷子仔细地看着。

虽然各科老师都已经讲了一遍,但是叶郯点出来夏致思路上的问题和知识理解的偏差,总是一针见血。

吃完饭,看着夏致把错的题目都做了一遍,叶郯才满意地点了点头。

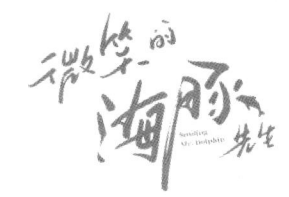

他们快八点的时候才吃上晚饭，陈芳华有些不好意思。她的眼很尖，一下子就认出来叶潾身上穿着的是夏致的衣服："哎，这件卫衣夏致有件一样的！他喜欢那件喜欢得不得了啊！"

叶潾很惊讶地问："原来这件你很喜欢啊？"

"喜欢，但穿的机会不多。"

陈芳华知道叶潾送了夏致一台水下运动相机之后，赶紧说要给钱，叶潾笑着说钱就不要了，夏致的衣品挺好的，再借几件衣服给他穿就行。

陈芳华本来说让夏致陪叶潾去买，叶潾说时间晚了，他要赶高铁了。于是，陈芳华立刻就去收拾了几件夏致刚买的衣服出来，有几件夏致都压根儿还没来得及穿。

叶潾拿着一件印着翅膀的休闲衣问夏致："这件怎么样？"

"还不错，不过我穿过了。你要不要拿那件同款的，我还没穿。"

"我不喜欢上面那个人头像，还是这件小翅膀吧。"

叶潾又拎起一件加绒卫衣："这件呢？"

"这件挺好的，十五度都不会觉得冷，而且穿着不熊。不过，你穿什么都不会像熊。"

"那我带这两件走，替我谢谢你妈妈。"

"你还是拿新的吧，那件加绒卫衣前两天我穿了一下，没洗呢。"

"哦……"叶潾拿起来捏了捏，"没事，我自己洗。"

"潾哥，要是下回月考我考进了年级一百名，你能答应我件事吗？"

"什么事？"叶潾抬起眼来。

"反正是你能做到的事。"

"啊？你还学会跟我谈条件了？"叶潾一把将夏致摁了下去，夏致趴进了枕头里。

他立刻警觉叶潾要挠他痒痒，他把被子一卷，把腰给裹了起来。

叶潾就站在床边，笑出声来。夏致还是第一次听见叶潾笑成那个样子，爽朗得就像个大男孩。

等到叶潾走后，陈芳华才拉着夏致说："叶潾挺喜欢你的衣服啊。"

"嗯……潾哥的衣品不怎么样。"夏致回答。他想起那天叶潾在店里面试的那两套衣服，简直是中年老男人的品位，夏致觉得叶潾的审美确实需要拯救。

叶潾回到宿舍的时候，陈嘉润因为下午的训练完全成了死狐狸，瘫在铺上。听见叶潾的声音，他才可怜巴巴地说了句："叶潾……有东西可以吃吗？"

叶潾扔了两块饼干上去。

"你今天心情真好，以前你都不理我的……"

"那你就趁我心情好，多吃你的狐狸饲料，少说话。"

叶粼洗漱之后，将夏致那件加绒的卫衣折好了，放在床边。

周六，夏致带着那个水下相机去找痞痞了。

夏致本来还以为，痞痞一见到他就跟有多动症一样，要给痞痞拍照会很难。

谁知道痞痞乖得很，夏致握着自拍杆，还没冲痞痞招手，痞痞就自动凑了过来。只是正常的照片都没有，全都是痞痞蹭夏致的脸，痞痞绕着夏致转圈，痞痞黏在夏致背上。

夏致上了岸，无奈地说："痞痞，你能给个帅气的姿势吗？"

痞痞嗷了一声。

夏致不知道这家伙是什么意思，直到痞痞嗷第二声的时候，夏致忽然明白，痞痞的意思是：你准备好了吗？

夏致赶紧端起相机，启动摄影模式。

痞痞沉入水中，忽然腾空，带起水花，然后在空中来了个七百二十度转体，哗啦一下再落进去。

夏致只觉得那一瞬美极了，他录了 4K 视频，打开来一看，痞痞矫健又优美的身姿就像是被加了滤镜一样。

痞痞又嗷了两声，夏致朝它竖起拇指："你这辈子，目前就这一瞬最帅了。"

痞痞非常不满意地扭头就走了，而且之后的半个多小时都没理睬夏致。

夏致只好回到水里拼了命地去追痞痞，来显示自己道歉的诚意。

半个多小时后，夏致实在追不动了，爬上岸，只留一只手垂在岸边："痞痞……你二十四小时都帅帅的，没有更帅，只有最帅……"

痞痞傲娇地游了过来，用吻部碰了碰夏致的指尖，算是原谅他了。

"痞痞，你是最帅的海豚，没有之一。"

痞痞轻轻咬着夏致的指尖，表达着它的情感。

夏致和痞痞又比赛了好几轮，水池里都是他们掀起的水花。

回了家，疲倦的夏致倒头就睡。

他睡醒的时候，正好是下午三点。

没有叶粼来补课的周六下午，不知道为什么，夏致有点空落落的，但是他没忘记自己进入年级前百名的目标，起身翻开卷子就开始刷题。

没多久，家里电话就响了，竟然是岑卿浼打来的："阿致，得请你出马帮个忙了。"

"你又跟网友见面了？"夏致心想，这混蛋东西又招惹谁了？

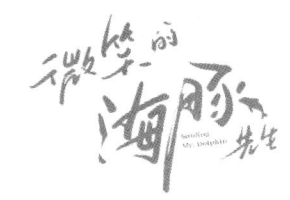

"不是我的问题,是陈硕、姚敏几个人在网吧和我打游戏,我一没看住这蠢货,陈硕的手机就没了。"

夏致叹了口气:"你在哪个网吧?"

"星际啊……"

夏致觉得很玄幻,星际网吧是舒骏的。谁不知道这一带舒骏不好惹啊,敢在他的网吧里偷手机,这是赶着投胎呢!

"舒骏怎么说?"

"他帮我看了监控,那人戴着帽子,认不出来。我们想碰个运气,把那贼找出来,但那个贼今晚见过我们了。"

"明白了,等我。"

事情的经过呢,就是陈硕坐在网吧里"嗨天嗨地",手机就放在桌子上。旁边有人经过,拍了他一下说"兄弟,这是你的钱吗",他就低下头去看,结果发现那一百块是印刷版假币。接着玩了两分钟后,过道对面的岑卿浼终于发觉不对劲了——陈硕放在桌上的手机没了!

"进网吧的人不是都得登记身份证吗?"夏致问舒骏。

"那是进来玩的。我们这里经常有附近小吃店的人过来送外卖,这个人就是假装送外卖的进来晃了一圈!这可不行啊!我得通知其他分店,提醒客人别把手机放桌上。"

夏致眯着眼睛看了会儿监控,问舒骏:"你想逮到这家伙吗?"

"废话,想啊。"

"那你留一家别通知,我过去。我们撞撞运气,这家伙可能今晚还不会收手,因为到明天大家都警觉了,同样的手法就挣不到钱了。"

舒骏立刻明白了夏致的想法:"虽然不一定有用,但撞撞运气吧!另外我通知其他同行,注意一下这孙子!"

舒骏的人脉挺广,没过多久,整个T市城东区的网吧都在提醒客人不要把手机放在桌子上,除了舒骏在两条街外的另一个分店。

夏致和舒骏去了分店,夏致找了一个靠近过道的位置。他旁边是一个年轻人,趴在桌子上睡觉,前后左右的人都在热火朝天地打游戏。

夏致刚把自己的手机扔到桌面上,舒骏就啧啧啧地摇头:"你这二手智能机太不起眼了,拿我的手机才能吸引那个贼。"舒骏特地把自己的最新款智能机递给了夏致,"你可给我看好了,别真丢了。"

"嗯。"夏致把自己的手机交给舒骏存着。

舒骏的新手机屏幕擦得亮晶晶的,连个指纹都没有,确实够嘚瑟。

现在其他网吧都提醒了客人别把手机放在桌上,就只有夏致拿着舒骏这款"骚闪闪"的手机,只要那贼还动手,夏致就不信他不上钩。

夏致好久没有打游戏了,有点儿手生,拧了拧手指,进入状态。

打了半个小时左右,旁边那个睡着的年轻人手机振动了两下。他看了一眼微信,语音回复了一句:"没有,没找到……我真没找到你说的男孩子……今晚你就放过我吧……"然后他转过身去,趴着继续睡了。

夏致瞥了那年轻人一眼,心想,睡觉去连锁酒店也好过网吧啊。

夏致打游戏打到了快十点,正想着今天可能不会有收获的时候,一个戴着帽子、帽檐正好遮住脸的家伙走了进来。

他先是去夏致对面的那个过道,一边走一边叫着:"谁要的五份炒米粉!谁要的五份炒米粉!"

他一边走一边低下头来左右打量,那些玩游戏的没人搭理他,他终于绕到了夏致这一边。

夏致继续目不转睛地打游戏,那个男人在他身边停了下来,开口道:"兄弟,这是你掉的钱吗?"

"哪儿?"夏致一边看屏幕,一边随意地歪了歪脑袋看地上,然后装出一副着急的样子继续打游戏。

"你椅子下面,好像是一百的。"

"是吗?"夏致低下头来往椅子下面看。

就在那个瞬间,夏致忽然又抬起头来,一把扣住了对方的手,而对方的手里正好是夏致放在桌面上的手机。

夏致笑了:"我等你可久了啊,兄弟!"

那人一听,立刻就把手里的外卖甩起来,砸向夏致。

夏致的反应极为迅速,侧身避开之后,一个反手直接将那家伙摁在了电脑桌上。

舒骏和网吧的保安也赶了过来,一左一右把他给制服了。

"你小子可以啊!在我舒骏的地盘上偷手机!"舒骏用手机拍了拍那个人的脸。

小偷用力地挣扎了一下,根本挣脱不开,接着立刻求饶:"别打我!放过我!我把手机都还给你!我再也不敢了!真的再也不敢了!"

"假扮送外卖的进来,你也算是有才华了!我是不是该谢谢你,让我发觉网吧的漏洞啊!你们听好了,以后送外卖只能送到前台!"

"知道了,老板!"

夏致拍了拍舒骏的肩膀说:"别打他,直接送他进去吧。"

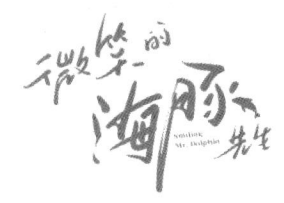

"打他？我哪儿舍得啊！真打了他，到了局子里我们就不占理了啊！"

走之前，舒骏冲着夏致喊了一声："夏致——谢你了！以后来我网吧上网，终身免费啊！"

夏致低下头轻笑了一下，他刚要离开，谁知道旁边那个一直在睡觉的年轻人忽然起来了，而且身手利落地一下子把他的手臂折到了身后，将他压在了电脑桌上。

夏致耳朵里一阵嗡嗡响，这突然袭击也太厉害了！

"原来你就是夏致啊！找得我好辛苦！"对方低下头来，夏致这才看清楚他的脸。

那是一张白净的脸，笑起来眼睛弯成两道缝，有点狡黠还有点可爱，但是摁住夏致的力道却不是假的。

"你找我干什么？"夏致又动了一下，但是失去了先机，对方已经把力量压下来，他要挣脱就不是那么容易了。

"小爷我坐了一个多小时的高铁，来帮你补化学和英语，你小子却跑出来打游戏，很可以嘛。"

夏致还是完全摸不着头脑："什么补化学和英语？你是谁啊？"

"陈嘉润！叶粼发了微信消息给你，说今天我会替他来教你，你不回信息。他给你打电话，你也不接！你吃了熊心豹子胆？"

陈嘉润眯着眼睛笑，夏致终于转过弯来，问他："那……那你怎么会在网吧里？"

"叶粼跟我说，家里逮不到你，就到网吧逮你，城东区哪家网吧速度最快，你就会在哪家。"

"啊？这算什么……守株待兔吗？"夏致心想，至于比教导主任抓打游戏的学生还夸张吗？

"我会那么傻吗？当然是叶粼打电话向舒骏，确认了你在哪家店里，我才到这里等你的啊！"

夏致这才明白，自己被舒骏给卖了。他还说什么终身免费上网？我看舒骏是想终身免费坐轮椅吧！

"你先放开我啊！"

陈嘉润这才松了手。

"那你是叶粼叫来的，为什么不早点表明身份啊！"

"我就想看看，到底是什么让你这个小崽子晚上不好好写作业，跑出来打游戏！"

"现在你知道了？"夏致揉了揉自己的肩膀，再次打量起陈嘉润。陈嘉润也是高校泳坛的风云人物了，没想到他们第一次见面竟然是在网吧里。

"知道了啊，为了抓贼。"说完，陈嘉润一只手搭着夏致的脖子，另一只手拿

151

出手机，打了个电话，"喂，叶粼，我逮着小崽子了。"

一听见叶粼的名字，夏致赶紧去网吧前台把自己的手机拿回来。果然，他看到了叶粼发的微信消息，还有三个未接来电。

叶粼的信息只有一条：怕你周末撒野，我让陈嘉润替我去教你。

信息发过来的时间，大概是在夏致到网吧找岑卿浼和陈硕他们之后。

"小崽子，过来，你粼哥叫你接电话。"陈嘉润把手机伸了过来。

夏致本来还想解释一下，但是叶粼什么都没提，只说："嘉润的化学还有英语比我好，你明天跟着他好好学。"叶粼的声音有一点疲倦，不知道是不是现在已经很晚了的缘故，又或者，是他正在处理的事情本来就让他心情不是很好。

陈嘉润打了个哈欠，说："瞧，我这一个下午和晚上算是白费在你这里了。"

"对不起。"夏致真心诚意地说。

"我家不是这里的。"陈嘉润的潜台词就是"你得负责给我找睡觉的地方"。

"那你来我家睡吧。"

"叶粼在你家睡过吗？"陈嘉润问。

"没啊，粼哥在这边有个小公寓的。"

"我去睡酒店，反正叶粼会给我报销。"陈嘉润转过身来，原本懒洋洋的眼睛在路灯下忽然变得又锐利又带着警告意味，"明天早晨你如果再晃点我，我把你脑袋拧下来。化学和英语还要不要学了？"

一瞬间，夏致被镇住了："要。"

"嗯。"陈嘉润走了。

夏致回家的路上收到了很多条来自陈硕那傻子的感激信息，夏致凉凉地回了一句：晚上睡觉了，别叨叨。

陈硕立刻发了个"晚安，么么哒"的信息，顺带发了个红包。

夏致点开一看，0.66元。

"找死吧……六毛六还不够上网费呢！"

回到家里，夏致向陈芳华解释了半天，陈芳华告诉他下午叶粼的同学来找过他。夏致点了点头说知道了。

躺上床准备睡觉的夏致，想到的却是叶粼电话里的声音，不紧不慢的，很温和，还带着他一贯的笑意。当时的夏致觉得他是疲倦，而现在回想起来，却觉得那是孤独。

是兄弟，就该关心。

现在不关心，等到明天或者哪天再见到他，说出的话也许就没什么用了。

夏致坐起身来，拨通了叶粼的手机号。本来以为叶粼已经睡了，但没想到刚接通，

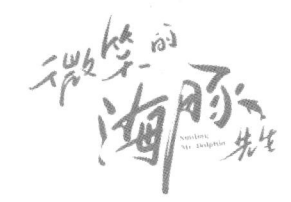

声音就从那一端传来了："夏致，怎么了？是有什么题不会做？"

夏致听见了那边的风声，隐隐还有街道上车子开过的声音。叶粼没有睡觉，他应该在窗边。

"今天我还没来得及做题，明天我会都做完的。"

"这么诚实呢？"叶粼的声音漾起淡淡的笑。

夏致很想知道叶粼今天是不是发生什么了，但是如果他不想说，夏致觉得不去探究才是对他的尊重。

"不诚实也没用，陈嘉润都会告诉你。"

"那倒是。"

两人沉默了几秒，夏致本来就不擅长找话题，而叶粼似乎在等着夏致说话。

夏致发觉自己没想好说什么就打了电话，有点傻。瞧瞧这气氛，多尴尬。

"夏致，我有个问题问你……"还是叶粼先开口了。

"你说。"

"如果，我是说如果……我融化在水里面了，一开始会有很多人找我，然后慢慢的，是不是所有人就把我忘记了？"这问题很莫名其妙，但叶粼的声音很凉。

"啊？"夏致心想哪有人能融化在水里，又不是拍科幻片。

"算了，早点睡觉。嘉润没什么耐性，你明天……"

"被遗忘是常态吧。"夏致回答。

"是啊……"

"但是如果你会融化，最好等我老年痴呆了或者死了，再融化。"

"为什么？"

"我这个人很执着，光看你游泳就看了十年。本来你挺遥远的，结果你成了我的家教，我的朋友，你是我生活里挺重要的人了！你就这么在水里没了，我可能以后什么也干不了，就想着怎么把你再捞出来了。"

叶粼在那边发出了轻轻的笑声："好了，好了，我又不是小金鱼，还被你'捞出来'，什么鬼……"

"哦？你也不想想你那个融化在水里的假设，是什么鬼？"夏致怼了回去。

"所以才是'假设'啊！"

夏致叹了口气，翻了个身："但是粼哥，无论发生什么事，也无论是什么假设……你消失在水里这种事情，绝不能发生。"

"为什么？"

"别……别学我爸。"夏致吸了一口气，紧紧将被子攥了起来。

良久，叶粼才回答说："好，我绝对不会消失在水里。"

153

"嗯，那睡觉了。"

"好，睡觉了。"

直到夏致把手机挂断了，叶鄰仍然将手机放在耳边。

第二天，夏致早早就起床了，开始写昨天落下的作业，结果写到了十点多，陈嘉润才来。来了之后，他还是无精打采的样子，什么话也没说，坐在夏致的旁边，打了个哈欠，直接趴在桌上开始睡觉。

夏致的额头上青筋凸凸，心想你要睡觉也可以，干什么占了我快二分之一的书桌！

等眼前的卷子写完，夏致拿出手机，打算把陈嘉润的样子拍下来发给叶鄰，他连微信内容都编辑好了：看，这是你给我找的家教。

谁知道他才刚把手机对准陈嘉润的脑袋，对方就忽然伸手，扣下了手机。

陈嘉润缓缓侧过脸来，对着夏致笑了一下："你偷拍哥，经过哥同意了吗？"

夏致甩开陈嘉润的手，哼了一下："你没有切实履行家教职责，还不让拍照取证咯？"

"啊呀？小伙子很有想法嘛！我问你，你手机里有叶鄰的照片吗？"陈嘉润眉梢一扬，坏笑着问。

"没有，干什么？"没照片，有游泳录像。

陈嘉润叹了口气，拍了拍夏致的肩膀："老弟，哥看你纯良，才提醒你一下，做很多事情之前，都得先想想你鄰哥。"

"比如呢？"夏致凉凉地问。大概是陈嘉润一笑就像某种坏心眼的动物，夏致就是觉得他说什么都是鬼扯。

"比如啊，叶鄰没在你家睡过，你也最好别让其他人来睡。"

"嗯，我要不要拿个本子记一下，陈老师？"夏致一脸认真，眼睛里却是"请开始你的表演"。

陈嘉润脸皮很厚，点了点头说："嗯，对！记下来记下来！"

夏致不想跟这个神经病一起浪费时间，低下头继续刷题。

陈嘉润没继续趴着睡，在那里左看看右看看。正好看见夏致的书桌角上，放着一摞笔记本。

陈嘉润笑着说："你这样子也不像会好好做笔记的类型啊！"

他拿起笔记本随手一翻，看到字迹的那一刻，愣了愣："哎，这字有点儿眼熟……"

夏致抬头瞥了一眼，回答说："鄰哥高中时候的笔记啊！"

陈嘉润准备继续翻笔记本的手忽然停住了，像是被火烧了一般收了回来。

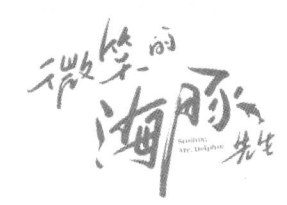

"你想看就看啊,郯哥的笔记就是高中知识点的浓缩精华。不过,高考对你来说只是追忆而已。"

陈嘉润摇了摇头:"你不懂,他亲手写的东西,要是别人看了或者摸了,他一定会打击报复的。"

夏致无语了:"那就是本笔记,打击报复什么!"夏致心想,是不是Q大学霸的思维都和正常人不同?

"这些笔记是他思维逻辑的展示,是大脑中的所思所想,这些笔记还代表了三年时光,你说有没有很深刻?"

夏致拍了拍陈嘉润的肩膀:"陈老师,您还真是天马行空脑洞大啊!脑子里的火车都跑出九万里了!"陈嘉润把人往沟里带的能力不逊岑卿浼啊!

"不是我脑洞大,而是叶郯就是个神经病!"

夏致把卷子扯到他的面前:"赶紧的,帮我看看我的题。"

意思是,我不跟你扯什么神经病话题了。

谁知道陈嘉润也不看卷子,而是抱着胳膊看着夏致:"你是不是不信我?"

"哪里。"夏致完全是敷衍的语气。

"你还真够天真的。我听说,你在和南城大学的练习赛里表现得很厉害,死咬着叶郯不放?"

"哪里哪里。"

你到底是不是来帮我补习的啊?

夏致一抬头,就发觉陈嘉润虽然还带着那么点笑意,目光却沉了下去。

这家伙认真了?就因为自己不相信叶郯是他口中的"神经病"吗?

"我知道叶郯很强大,他的外表也很有欺骗性,但如果因为这些你就相信他的话,我也可以。"

大概是因为第一次见陈嘉润,他就在网吧睡觉,明明代替叶郯来当自己的家教,他也不是很负责任,所以夏致有点没把他放在眼里。

但是此时,夏致觉得有意思了。他差点忘了,陈嘉润在高校泳坛的名气,可不比叶郯小。他是去年高校联赛的两百米蛙泳冠军和四百米混合泳冠军。

夏致也跟着笑了起来,带着七分少年意气外加三分挑衅:"行啊,陈老师想怎样?"

陈嘉润用力搊了一把夏致的脑袋,夏致梗着脖子就是不肯低头。

"出去比一场。若是我输了,你继续崇拜着叶郯;要是你输了,老老实实叫我'嘉润哥',而且你还得完成一个挑战。"

"就这样?"夏致摊了摊手,坏笑着问,"您的要求也太低了吧?我叫您陈老师不好吗？"

"你当我傻？你的'陈老师'阴阳怪气。你怎么也不问问，我让你完成的挑战项目是什么？"

"我又不一定会输。"

"小子，你很嘚瑟啊！"说完，陈嘉润就拎着夏致的后衣领往外走。

"喂！你现在就要去比了？"

"对，等我收拾完你，再好好倒腾你这要命的化学和英语！"

夏致乐了："我看，你是听说了我在南城大学的表现，想试一试我的本事吧？"

"哟嚯，你小子真是自负到我不好好教训一下你，你还真以为自己能上天了！"

陈嘉润的眼睛笑得眯起来，夏致的背上凉飕飕的。他有预感，这回和陈嘉润的比试，自己还真上不了天。

两人出门之后，陈嘉润才问夏致："这里有什么游泳的好地方吗？"

一阵风吹过，夏致的头发飘了起来，半天压不下去。

"好像没有，周末市游泳馆的人肯定多，其他地方的泳池也不规范。"

陈嘉润掏出手机来搜索，来了句："那就去惠华大酒店吧。"

夏致愣住了，惠华大酒店不就是自己第一次和叶邺比赛的地方吗？

"这个天气，酒店的客人会去游泳的少。再加上，惠华游一次很贵，普通市民也未必会去。"

"很好，但是我没钱。"夏致像个大爷一样对陈嘉润说。

"没关系。"陈嘉润还是眯着眼睛，不怀好意地笑，直接对着微信说，"叶邺，发个红包来，我要带小男孩去游泳！"

不会吧，还有这种操作？

没想到红包来得特别快，上面写着"回来收拾你"。

陈嘉润收了红包，架着夏致的肩膀："走了，游泳去！"

虽然是周末，但最近气温下降了，泳池里空荡荡的。虽然号称是恒温泳池，夏致试了试水温，还是挺冷的。

两人先去健身房里做了个热身。

一边在跑步机上跑，夏致一边问一旁的陈嘉润："咱们比什么？"

"你猜？"陈嘉润侧过脸，眯着眼睛对夏致笑了一下。

"反正你不会跟我比短距离。"

"我当然不跟你比短距离，你的爆发力是太白金星亲自认定的。"

"那先说好，我不跟你比蛙泳，蛙泳我肯定输给你。"

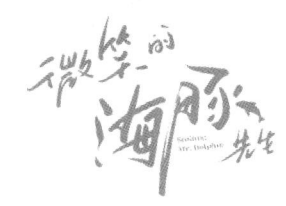

"就比你擅长的自由泳。"陈嘉润还是眯着眼睛笑。

"呵呵。"

此时的陈嘉润,穿着短袖T恤和运动裤,呼吸节奏均匀,身体肌肉线条很漂亮,每一次跨步都能让夏致感觉到他全身的协调性,哪怕不下水,夏致也知道这家伙挺厉害。

热身完毕,两人来到泳池。

此时的陈嘉润只穿着一条泳裤,这家伙还真是穿衣显瘦,长了张骗人的宠物狐狸脸,脱了衣却能看见腰腹肌肉紧硕,两条腿又长,线条又流畅。

就在夏致打量陈嘉润的时候,陈嘉润也在打量着夏致。

"到底比什么?"夏致抬了抬眼皮子,"还有三张模拟卷没给我讲呢!"

"一千五百米。"

"啊?"夏致怀疑自己是不是听错了。

"一千五百米自由泳啊。"陈嘉润还是笑。

"您可真是拿命跟我拼啊。"夏致笑了笑,心想,就算和叶鄹拼一千五百米自由泳,自己都未必会输,更何况是以蛙泳为主项的陈嘉润。

"他们没告诉你吗?我除了蛙泳,还擅长中长距离自由泳。"陈嘉润笑了。

"比就比。"夏致抖了抖胳膊和腿,弯下腰来,做好出发准备。

"哥就喜欢你这样认真的小男孩。中途受不了了,跟哥哥说哦!"陈嘉润也摁下了泳镜。

"呵呵。"

别小看人了,不就是一千五百米吗?你想耗光我的体力?到最后冲刺的时候,看看咱俩谁行!

安静的游泳池边就剩下两人的呼吸声,夏致的神经也变得无比集中。

进入比赛模式的陈嘉润,和趴着睡觉或者偷懒的陈嘉润完全不同,他对泳池有着敬畏之心,这场较量并非儿戏。

没有裁判,也没有人计时,当陈嘉润放在他们身后的手机发出声响,两人同时跃入水中。

一千五百米这样的长距离,体力的分配非常重要。很可能到最后,夏致引以为傲的爆发冲刺,会因为体力的消耗而无法施展。

他安静地蛰伏,前期跟随陈嘉润,前面八百米都保持匀速行进,与陈嘉润仅有半个身长的差距。

陈嘉润的划水、出水以及换气的节奏,都让旁边泳道的夏致感觉到一种人与水之间的和谐，这是速度与爆发力之外的另一种融合。

不得不说，跟着陈嘉润游长距离，是一种享受。

哪怕是平稳地游泳，一千米之后，体力的流失也越来越明显。

但是夏致知道，陈嘉润还没有真正起速，因为他腿部的浪花还没有打起来。最后的冲刺，谁的腿部力量强劲，谁就会占得先机。

一千二百米之后，陈嘉润的划水仍旧保持着平稳，这家伙的体力果然相当好。

夏致略微加速，缩减了与陈嘉润之间那半个身长的距离。

又一个转身之后，终于来到了最后的一百米！

让夏致没想到的是，陈嘉润骤然加速，腿部强劲，浪花腾起，高速行进！

夏致立刻加速追上去，他调动自己的腿部，开始奋力冲刺！

可陈嘉润就像一个不知疲倦的怪物，竟然还能与夏致拉开距离，从半个身位到接近一整个身位！

最后二十五米，两人开始了疯狂的较量。

尽管缺氧胸闷，夏致却吊着那一口气追逐着陈嘉润。

感觉到对手的厚积薄发，比赛经验丰富的陈嘉润忽然有种自己被海中凶兽咬住了脚，即将被拖下去的超强危机感。

这小子不是盖的！

陈嘉润咬住了牙，心想：小崽子，你还没到能啃掉我的地步呢！

Q大常规训练的优势展现出来了，陈嘉润内心第一次后悔没有更勤快地训练，竟然被一个高三的小崽子逼到这个地步！

林小天他们说夏致厉害，陈嘉润还调笑说，是林小天他们能力不到家。此刻在同一个泳池里，夏致强势追逐的凶猛让陈嘉润有种自己在仓皇逃命的错觉。

越是这样，陈嘉润就越是疯狂打水。这小子还没有进行常规训练呢，自己怎么能输给他！

前方的陈嘉润太拼命，夏致知道这家伙对他认真了。

这还是第一次，除了父亲夏云，夏致在另一个人那里感觉到了这样的水中协调性和韧性，更不用说陈嘉润最后的加速，简直要把夏致的肺都气穿了！

夏致知道，陈嘉润最后的爆发速度肯定是不能与五十米或者一百米自由泳的爆发冲刺相比，但是在体力下降的夏致眼中，陈嘉润的速度就像一场奇迹。

陈嘉润理所当然地率先到达了终点。

夏致比他慢了一秒左右。

陈嘉润调整着呼吸，两人的心脏都像是要跳出身体，然后在空气里砰砰炸裂。

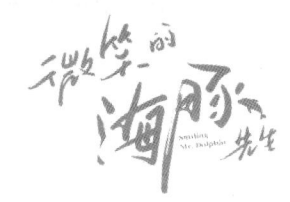

夏致从没有这么疲惫过,上了岸之后连站起来的力气都没有,直接躺在岸边。

陈嘉润也累得不行,他抬起了泳镜,露出小狐狸偷吃成功的笑容,拽了一条浴巾,盖在了夏致的身上,然后也在夏致身边躺了下来:"我……我赢了哦……"

"你有常规训练……我要刷题高考……你好意思跟我比?"

"好……好意思啊……"

两人都累得要命,再也说不出一个字了。

足足休息了三分钟,陈嘉润才踹了夏致一下:"小东西……起来……你也不嫌冷……"

夏致的呼吸还是很沉,他摇晃着站了起来,和陈嘉润一人占了一张躺椅。

"看不出来,你还挺厉害的……本来还想看你最后一百米像死狗一样提不起速度来呢……"陈嘉润侧过脸,看着一旁的夏致。

夏致的鼻骨挺拔,鼻尖又带着一点孩子气。陈嘉润挺想拎着浴巾甩夏致一脸,可惜后面五十米太拼命了,没力气了。

"你最后一百米……我服你……"夏致抬了抬拳头。

"哦,你现在明白不是只有你的粼哥最厉害了?"

"你和粼哥比过一千五百米吗?"夏致侧过脸问,他现在还真的好奇了。

"没有……"

"那你得意什么?"夏致回了一句。

"你信不信我把你踹回水里去?"陈嘉润忽然来了力气,坐起身来。

"你还有那个力气,就踹吧。"夏致转过身来,把背留给陈嘉润。

"算了,跟你这种天真的小孩计较,没有价值。"陈嘉润又躺了回去。

"嘉润哥。"夏致念了一声。

"嗯?你刚才叫我什么?"陈嘉润睁大了眼睛,看着夏致背对着自己,那倔强的小模样忽然顺眼了不少。

"我不是输给你了吗?"夏致没好气地说。

"那你有点诚意,在我有所准备的情况下好好叫我一句哥。"

"嘉润哥!嘉润哥!嘉润哥!够诚意了吧!你这么喜欢别人叫哥,你在学校里肯定是个受气包!"

"哎?你怎么知道我是个受气包?"陈嘉润坐起身来,浴巾正好掉下来,他也不去捡,而是撑着膝盖饶有兴致的样子,"天天在寝室给我找气受的,就是叶粼!"

"粼哥才不会欺负人,顶多跟你开开玩笑。"夏致不接受任何人对叶粼的抹黑。

"我信了他的邪才会当他开玩笑!"

"说得你好像很了解粼哥,"夏致转过身来,"那你知道粼哥最近怎么了吗?"

159

夏致的眼睛很明亮，就这样看着陈嘉润的时候，专注而认真。

陈嘉润看得出来，夏致和叶鄹的那些粉丝是不同的，夏致是真的关心叶鄹，而不仅仅是将他当成一个光鲜明亮的崇拜对象。

他叹了口气说："叶鄹啊……虽然有些事情在泳队里也不算秘密……但叶鄹不会亲口对我说。因为要一个男人在朋友面前示弱，很难。"

陈嘉润笑了笑，摸到了扔在岸边的手机，对着微信说："小男孩问你怎么了，要不要我跟他说？"

夏致赶紧翻身过去要阻止陈嘉润，但已经晚了，语音发出去了。

叶鄹竟然回得很快。

陈嘉润故意把手机凑到夏致耳边让他听，叶鄹的声音传来："他那么关心我呢？"

夏致把手机扔回陈嘉润："他就知道嘚瑟！"

"他嘚瑟，就说明他在等着你问他的事儿呗。"

"那你还不快说！"夏致又踢了陈嘉润一脚。

陈嘉润的眼泪都快出来了，这小子游完了一千五，怎么还这么有力气！

"你知道去年叶鄹在游泳比赛里忽然失去意识的事儿吧？"

"我知道。"夏致也坐起身来。

"好像这是一种遗传的毛病，但也说不上是身体的还是精神的。具体情况教练和男子泳队的队长洛璃最清楚。但这种毛病，给了叶鄹妈妈很大的精神压力，他妈妈想要一个正常的孩子……"

"叶鄹很正常，不只正常，而且出众。"夏致想也不想就开口说。

陈嘉润顿了顿，眯着眼睛笑了："这大概就是叶鄹对你那么好的原因吧，你无条件地认同他的一切。在叶鄹刚考上Q大的时候，他妈妈就正式和他爸爸离婚了。"

夏致没有说话，但是手却下意识抓紧了浴巾。

叶鄹不是孩子了，他拥有自己独立的生活和思想，他不可能并且也不能再去左右父母的人生。哪怕他内心深处真的很难过，也只能笑笑而已。

"今年，他妈妈再婚了，冒着四十二岁高龄的危险怀孕了。"

夏致愣在了那里，他知道这对叶鄹来说意味着什么。叶鄹的妈妈终于得到了自己梦寐以求的"完美"孩子了。

"而且，他妈妈再婚的对象调去了别的国家工作，他妈妈也要跟着一起去。叶鄹跟他妈妈告别，帮她打包行李。"说到这里，陈嘉润低下头来。

夏致想起了在窗边和自己说话的叶鄹。他几乎可以想象叶鄹带着微笑、好脾气地帮忙收拾东西的样子，永远包容着来自最亲近的人的伤害。

"谢谢你告诉我这些，嘉润哥。"

"还好啦。告诉你这些,是因为如果你进入泳队了,迟早也会知道。现在告诉你,是希望你和叶粼相处的时候能避开可能会伤害他的地方。"陈嘉润垫着胳膊看着天花板说,"我和洛璃有时候很想帮他,但是我们说什么做什么,好像都会变成对他的同情。而且他其实很强大,同情反而比装作不知道更加伤害他。"

"嗯,是啊。不过嘉润哥,你还打算赖多久啊!比都比完了,快点回去把模拟卷给我讲解了!"这回轮到夏致起身,拎着浴巾甩在陈嘉润的脸上。

"哎哟!我跟你讲了这么多,你还有心情写模拟卷?"

"那不然干什么?"

"飞奔过去找叶粼啊!给他一个强而有力的拥抱!"

"你自己也说,粼哥足够强大,不需要任何人的同情。"夏致居高临下地看着陈嘉润。

陈嘉润在他清亮的眼睛里看到了一种力量,他坚韧而沉默地撑起一切。

"好吧,好吧,你说什么都对!"

陈嘉润给夏致讲完题目的时候,已经是晚上七点多了。

夏致的妈妈一直挽留他,让他吃了饭再走,但是陈嘉润买了八点半的高铁票。夏致将人送到楼下,陈嘉润揣着口袋笑着说:"虽然你可能对叶粼充满了崇拜,甚至尊敬,但我还是保留我的看法。"

"什么看法?"

"他一点儿也不温柔善良。"说完,陈嘉润就走了。

夏致轻哼了一声,对谁都温柔善良,那是圣母。他宁愿叶粼的温和里多一点锋利的棱角,与其憋死自己,他宁愿叶粼给别人找不痛快!

晚上,夏致将自己的模拟卷,还有习题分门别类整理好,放进了书包里。

当一切安静下来时,他想起了陈嘉润口中所说的那个叶粼,鬼使神差地发了一条微信消息给对方。那是陈嘉润教的,说是发给了叶粼之后,就能安慰到他。

夏致也不明白,一个初中化学方程式怎么就能安慰到叶粼了?难不成是这个化学方程式里有什么独特的配平技巧?

$Mg+ZnSO_4=MgSO_4+Zn$

夏致把这个方程式看了几百遍,镁与硫酸锌的置换反应没什么太大的实用价值。化学反应现象也就是锌的表面生成黑色固体,黄色的溶液逐渐变为浅绿色,然后是无色,镁的表面生成浅银灰色固体,溶液始终无色……

还有什么特别的吗?

夏致脑海中出现陈嘉润狡黠的、仿佛有很多坏主意的笑容。万一这根本不是什么安慰叶粼的方法，而是对方的坏心眼呢？

夏致立刻要将发出去的化学方程式撤回，谁知道超过两分钟，不能撤回了！

"啧！算了！"夏致随意地将手机一扔，不再纠结这个问题。

半分钟之后，手机振了一下，是叶粼发来了一段两秒的语音。

夏致立刻点开来听。

叶粼温润的声音响起，不大真切："你是说'你的美夺走我的心'吗？"

"啊？什么鬼？"夏致没反应过来，于是他又听了一遍叶粼的语音，温淳的、带着笑意的声音，仔细听，能够从中听到一丝深秋的凉意。

蓦地，夏致反应过来了——是你的"镁"夺走我的"锌"！

陈嘉润，这混蛋东西骗他！

接着叶粼的第二条语音又来了："嘉润教你的吧？是不是他骗你了？"

夏致刚想要说"对，自己就是被那孙贼给骗了"，但他忍不住又听了好几遍叶粼的声音。他的声音里永远带着笑，可以无视这世上一切的尖锐。

夏致一点都不想叶粼这样。他想看见泳池里的叶粼，极速向前，义无反顾。

夏致拿着手机，想要开口说点什么，又觉得太肉麻。他抓了抓脸颊，还是敲了几个字发出去：送给水中的叶粼。

手机的那一端，叶粼拖着行李箱，走在路灯下，一抬头就快到公寓了。

街上静悄悄的，只有对面便利店偶尔传来"欢迎光临"的声音。因为门有些问题，"光临"两个字就像是被卡住了喉咙，断断续续。

他的手机振动了一下，叶粼滑开一看，是来自"小男孩"的信息：送给水中的叶粼。

叶粼站在那里，他几乎能猜到，当夏致发现那个化学公式的意思时，肯定挂着臭臭的表情，想撤又撤不回来，可是到最后却又那么认真地打下这一句话。

叶粼摁着微信里的"按住说话"，有那么多话想说却说不出来，最后只说了两个字"谢谢"。

夏致的房门外传来妈妈的催促声："夏致！你还洗不洗澡了？赶紧把脏衣服换下来！"

"来了！来了！"

这时候，桌面上的手机又振了一下，是叶粼发来了一段五秒的语音。夏致放到耳边，听见的却是欲言又止的呼吸，还有远远的便利店"欢迎光、光、光临"的声音。就在语音快要结束的时候，他才听见"谢谢"那两个字，像是从心底的缝隙里，被重重压抑着，掩藏着，好不容易溢出来的那么一点感情。

夏致忽然火冒三丈，直接一个电话打了过去："粼哥！你在哪儿呢？"

叶粼微微愣了愣，小男孩怎么忽然很生气的样子，难道对他说"谢谢"也错了？

"怎么了？"

"怎么了？你大周末的不来看我的作业，塞了个陈嘉润过来！你现在就在你家公寓楼下吧？"

叶粼愣了愣，他其实也是刚回到T市的。这个旅行箱里的东西太多了，拉回宿舍没地方搁，他也不想让室友看见，于是特地将它拖回来。

"我刚到，你该不会是让岑卿浼在我手机里装了什么跟踪软件吧？"叶粼还记得岑卿浼曾经黑掉了舒骏的连锁网吧。

"谁跟踪你啊！别臭美了！我听见你家公寓对面便利店的声音了！"

叶粼侧过脸来，正好有人走进对面的便利店，那声"欢迎光、光、光临"，要死不死的，确实很刺耳。

"我有些东西带回来……"

"我来找你！"说完，夏致就把电话给挂断了。

叶粼那句"我十点的高铁回学校"到了嘴边却完全没机会说出来。他笑着叹了口气，拉着行李箱进了公寓电梯。

那一刻，知道夏致正风风火火赶过来的时候，他忽然一点都不想回学校了。

夏致将书包往身上一挂就来到了家门口，弯着腰穿鞋。

"臭小子！你跑哪儿去！"陈芳华追了出来，以为儿子又要跑去网吧。

"妈！叶粼回来了，我把卷子拿给他看一眼！"

"这么晚了！叶粼不睡觉吗？"

"不睡！"

夏致跑了出去，陈芳华站在门口喊："那你晚上还回来睡觉吗？"

"看情况！"

"你……到了给我打个电话！"

"知道了！"

夏致骑着自行车，穿过一片一片的路灯灯光，夜风冷飕飕地灌进脖子里。

他来到了叶粼的公寓楼下，将车一停就推门进去了。叶粼竟然连公寓门都懒得关，只是虚掩着，有冷冷的灯光透进来。

"粼哥——"夏致直接将门推开了，门口放着一双拖鞋。

叶粼坐在沙发上，面前是一个巨大的行李箱，东西摊了一桌子。他抬起头来看着夏致，笑着挥了挥手："你来了？"

"嗯！这一大堆都是什么啊？"夏致把书包往沙发上一扔，低下头来，发现里面什么都有。

163

叶粼小时候的相册，从小到大的什么"三好学生""优秀班干部"的奖状，还有高中数学奥林匹克大赛的奖状之类。

夏致可以想象，叶粼从小到大都顶着"好学生"的光环。

"我从我妈妈那里拖回来的。她再婚了，要跟着现任丈夫出国。这些东西带不走，她就整理到箱子里，交给我了。"

夏致看着叶粼低头收拾东西的表情，很平静，好像一切都没什么大不了，仿佛那不是自己的亲妈，而是分手多年早已释怀的前女友。

"哦，"夏致在旁边坐下，说了句，"要帮忙吗？赶紧收拾好了，帮我看看卷子……陈嘉润化学是蛮厉害的，可他教数学实在不行！"

其实卷子都写完了，陈嘉润教的夏致也没有哪里没听懂。他就是想要叶粼把这些乱七八糟的，看起来表达着"母爱"，实际上戳着叶粼心肺的东西都赶紧收拾了。

"嗯，我整理了一些实在没什么用的东西。这间公寓又不大，我没地方摆，你帮我扔一下吧。"

"好！"夏致二话不说，拎着那个垃圾袋就下楼了。

当垃圾桶的盖子掀开，夏致发现垃圾袋里隐隐泛着一丝金属光泽。他皱了皱眉头，里面的垃圾都不脏，不外乎是些小孩子的东西，他犹豫了两秒，还是把手伸进去，从里面摸出了一块奖牌。

那是全市青少年游泳锦标赛，十二岁组别一百米自由泳的冠军奖牌。奖牌有些生锈，边缘也凹进去了。

夏致将它捏在手里，摸了摸，虽然叶粼已经决定将它扔掉了，可是夏致却舍不得。

那是夏致第一次看叶粼比赛。

那一天，当叶粼夺得冠军的时候，并没有那么多人关注到这个十二岁的少年。但是夏致看到了叶粼，就像一个起点，从那天开始他就一直看着叶粼。

他将奖牌塞进口袋里，把其他的扔进了桶里，然后像是什么都没发生一样回去了。

叶粼还在收拾东西，桌面上一个纸盒子里又扔了一些什么宇宙骑士的手办。

夏致偶尔捡起来看看，然后就盘着腿坐在旁边翻叶粼小时候的照片。他也不说话，反正叶粼要扔什么，他就下去帮叶粼跑腿。

扔来扔去的，一整个行李箱好像没留下什么来，除了那本相册，还是夏致在看的缘故。

"好了，收拾完了。你什么题不会，拿来我看看。"

夏致赶紧把书包拎过来，拿出模拟卷，随手指了一道函数题。

"这题我教过你的，又不会了？要挨罚啊。"叶粼笑着说。

"你罚呗。"夏致把脑袋凑了过去,意思是"你不就是喜欢揿我脑袋吗"。

叶粼笑了笑,倒是很认真地给他讲。

不知不觉就到十一点了,叶粼的手机响了,是陈芳华打过来的:"叶粼啊,我们家夏致说去找你了,他在不在你那边啊?"

"在的,阿姨你放心,他在做卷子。"

"啊,那我就放心了!这么晚了还打扰你,不好意思啊!"

"没事,太晚了我就让他在我这儿睡吧。"叶粼抬手看了一眼腕表,"明早,他从我这里去学校还近一点。"

"好的好的!"

挂了电话,叶粼还拍了一张夏致趴在桌子上做卷子的照片给陈芳华。

公寓里那张单人床是一米二的,叶粼和夏致都不是纤细的类型,躺在一起真的有点挤。

夏致从浴室里出来,头发和眼睛都湿漉漉的,而叶粼正拿着衣服进浴室,路过的时候揉了一下夏致的脑袋。

夏致抓了抓脸颊,想起了小时候和岑卿浼一起睡觉的经历。那家伙简直就是个猴子王,裹在被子里都能打拳。有一次夏致忍无可忍,直接踹了他一脚,谁知道这家伙竟然尿床了!

整个褥子都热乎乎的,当那片湿润漫延到夏致的被子下面的时候,夏致伸手摸了一把,一睁眼就看见岑卿浼一脸蒙的样子看着他。

叶粼很快就出来了,发现夏致站在床边,一副"我不想躺下去"的样子。

"怎么了?"叶粼直接在床边坐下,"你睡这里,我一会儿睡沙发,不会挤到你。"

夏致一听,立刻不好意思了:"这床还好……一起、一起睡呗!你那沙发太短了!"

"你这一副不情愿的样子,还是把床让给你吧。"

"不不不,我这是有童年心理阴影!这不是岑卿浼小时候在我床上尿过吗?而且他还踢我!踹我!挤我!尿床了,还说什么已经湿了趁还热着明早再说!"

叶粼的眉梢微微上扬,说了句:"哦,小岑还跟你睡过呢?"

"我们是发小啊,我妈值夜班,就把我放他们家。他妈妈值夜班,就把他放我家。"

为了显示自己的诚意,夏致爬上床去,靠着墙躺下了。

本来床上只有一个枕头,叶粼把沙发上的靠枕拿过来了。

"那你们现在要是打游戏打得晚了,会一起睡吗?"叶粼很随意地问。

"当然不会了!跟那鼻涕泡睡一起,肯定没好事。"夏致把被子一拉。

叶粼发出轻轻的笑声，也躺下了。

已经是深秋了，外面很凉，可是被子里却很暖。

夏致侧过身，看着墙壁，明明都十一点半了，可他一点睡意都没有。不过就算没有睡意，明早还要上课，他只能闭上眼睛尽量让自己睡着。

叶粼看着他的后脑勺，手指伸过去，指节在他后颈的发楂上刮了一下，收了手。

夏致肩膀动了一下，没抓住叶粼使坏的手，只能转身瞪了对方一眼："粼哥，你到底睡不睡觉！十二点了！明天周一，我们还有晨会呢！"

"行了，赶紧睡吧小朋友，小心长不高！"叶粼笑着说。

"你等着。"夏致把被子一拉，转过头去继续面壁了。

叶粼不用看也知道，他的脸肯定又是臭臭的。

渐渐的，夏致的呼吸拉长了，慢慢睡着了。

叶粼侧过脸看了他一眼，笑了。其实男孩子睡着了之后比他想象的要乖巧，不乱动也不爱翻身。

这时候，床头桌上的手机振动了一下。

叶粼拿过来一看，是来自"妈"的微信消息，只有一句话，但是叶粼知道，她一定删了又重新打，打了又删很多遍才发出来的：

我希望你以后能拥有自己想要的生活。

"自己想要的生活吗……"叶粼看着空无一物的天花板，将手机握在手里，越握越紧。

越是思考自己想要什么，一切就越空旷到让人不知所措。

叶粼缓慢地闭上眼睛，抬起另一只胳膊遮住眼睛。

就在他以为眼泪会掉下来的时候，旁边一直安静的男孩子忽然翻了个身。

叶粼顿了一下，缓慢地将胳膊挪开，侧过脸只看得见夏致的头顶还有鼻尖。夏致侧着身，头越来越低，就快掉到枕头下面了。

叶粼将手机放了下来，小心地转过身，果然夏致整个人蜷了起来。

叶粼将被子向下拉到夏致的下巴下面，不然他怕夏致真的会把自己给憋死。

叶粼笑了一下，心里面像是被灌进了一股又一股的暖风，越来越满，溢出来，收拾不了。

第七章 生日

第二天早晨,夏致是被手机闹铃闹醒的。刚睁开眼,他还没反应过来自己是在叶粼的公寓里,直到叶粼的声音传来:"夏致,赶紧起来,我要去赶高铁了。"

"知道了,粼哥!我不会迟到的!"

夏致起身,穿上衣服和叶粼告别。

叶粼除了手机,什么也没拿,就这样走了。

夏致锁好门,背着书包跨上自行车,忽然被口袋里的什么东西顶了一下,他摸出来一看,原来是那块奖牌。

周四,这学期的最后一次月考就这么来了。

奔赴考场之前,岑卿浼叫住了夏致,神神道道地将他拉到洗手间的隔间里。

夏致不耐烦地说:"你有事儿能找个香点的地方说吗?"

岑卿浼把手机拿出来,给他看陈芳华科室的微信群截图。钟副主任发了一个红包,意思是等周一月考出成绩了,就会兑现承诺,请同事们吃饭。结果群里冷冷的,没人理他,只有钟副主任自己点了自己的红包。

"他儿子钟淳这一次就坐你后面,人家的目标是回到第一考场!"

钟淳就是上回冷嘲热讽地说,从第十考场到第九考场不算进步的家伙。

"哦。"夏致无所谓地点了点头。

"你呢?你这一次的目标是考多少名?我让我妈发到群里去!怎么能让钟淳他爸在里面一直蹦跶!"岑卿浼一副兴致勃勃的样子。

夏致无语了:"你幼不幼稚啊?走了!"

"这哪里幼稚了!我妈放话说,你这次铁定能考进年级前一百!"

夏致推开门,转过身看着岑卿浼:"你说什么?我妈还没放话,你妈怎么那么着急?"

"不蒸馒头争口气!我妈也就一个冲动……谁要那个钟副主任总欺负你家太后,我又老说你这学期特别努力,我妈就觉得你肯定能扬眉吐气!"岑卿浼摊了摊手。

"感谢二老对我的信任！不揍你一顿都对不起她们对我的期待！"

"可以啊，别打脸！"

夏致一走出去，好几个正要方便的同学都方便不出来了。

好巧不巧，钟淳也在，他看了夏致一眼："高考可不是靠运气的。"

夏致无所谓地向前走去。

在考场里，钟淳就坐在夏致的后面。传卷子的时候，夏致也懒得回头看他，直接将卷子向后一扔。卷子正好扫在了钟淳的眼镜上，钟淳压低了声音说："你故意的吗？"

"哦，不好意思。"夏致淡淡地回答。

钟淳的卷面漂亮，监考老师路过钟淳都会多看两眼，这给了钟淳极大的自信。

但是到了下午的数学考试，钟淳没来由得紧张了起来。

上一次月考，数学带给钟淳的心理压力太大了，以至于当老师拿着装有数学试卷的文件袋走进来的时候，钟淳就开始颠脚了。

反倒是坐在他前面的夏致开口道："你能不颠了吗？"

夏致侧过脸，表情很平静。

钟淳"啧"了一声，像夏致这样的学生，水平就在那里，他当然比自己淡定。

但钟淳知道，他这一次要重回年级前三十名，数学至少得考过一百二十五分。

钟淳上一次月考的年级排名被人发到了他爸爸工作的微信群里，他的排名比夏致还靠后一名，这件事是钟淳他爸忍不了的。

那天科室聚会结束后，钟孝酒气冲天地回来，差点没揍钟淳，还好被他妈妈给拦住了。

现在回想起来，钟淳看见夏致就恨到牙痒。不就是许多好学生考脱了靶，让夏致捡了个便宜吗？便宜捡了，迟早都是要还的！

考试开始，所有人都低下头来做题。

夏致把名字写好之后，很淡定地翻了翻卷子，大致看了一下题型，下意识用笔头挠了挠头发，心里想的是：叶鹬真厉害，这些题都讲过类似的。

钟淳看着夏致挠头的样子，冷笑了一下：看吧，不会做了吧？

从选择题开始，钟淳就非常谨慎地验算，在他看来，会做的题绝对不能错。

但是夏致却不一样，因为叶鹬陪着夏致做数学卷子的时候，为了方便给夏致归纳知识点和做题技巧，叶鹬习惯了把关联的题放到一起做。

这让夏致独立做卷子的时候，也习惯把选择题做完了就去做相关的大题。

当夏致翻过卷面的时候，后面的钟淳没来由紧张了起来：他怎么做得那么快？

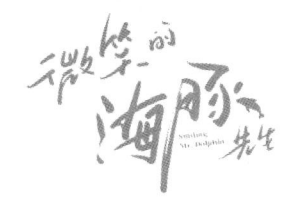

怎么就到大题了？他肯定是不会做！所以找了会做的去做！

前面的选择题花费了钟淳太多时间，以至于到了后面的大题，他紧张了起来。

那道空间几何题让钟淳不知怎么就蒙了，辅助线换了好几条，脑子里都乱糟糟的。

这时候，前排的夏致又开始翻卷子了。

从夏致的肩头，钟淳一眼瞥见了夏致的辅助线，钟淳的脑子忽然就被点亮了，按着夏致的思路做好了辅助线，写完了这道题。

就在他感到庆幸的那一刻，另一股沉重的压力从头顶压了下来——为什么夏致会这道题？为什么他都写满了？为什么自己还得抄他的？

这几个问题在钟淳的脑子里不断重复着，以至于最后一道题他勉强写了几行，就再也写不下去了。

铃声响起，监考老师要求所有人停笔，钟淳握着笔，想着哪怕再多写一个字也好，但是他就是写不出来。直到监考老师拍了拍他的肩膀："同学，把笔放下。"

这时候钟淳才发现，老师已经把这一排的卷子都收了，最上面的那张正好是夏致的，大题写得满满的。虽然他的字没有钟淳的隽秀，但也是工工整整的。这说明夏致写卷子的时候一点都不着急。

交完卷子，夏致直接从讲台上把书包领走，到楼梯转角等岑卿浼下来。

岑卿浼老远就飞扑过来："哥——怎么办，我觉得我考得……"

"滚！不要把鼻涕擦我身上！"夏致用胳膊肘把岑卿浼顶开。

"别瞧不起人啊！我是想说我考得挺好的！就像考了满分一样！"

"我懒得理你！"

"你呢？夏致，你考得怎么样？老师们肯定是为了抚平我们上一次月考的创伤，所以数学的难度下降了好多！"

"还行，做完了。"

钟淳就走在他们两人身后，听着他们的对话，他开始自我怀疑。

岑卿浼觉得卷子简单？夏致把卷子都做完了？可为什么自己最后一题只做了一半？就连空间几何的辅助线都是不小心看到夏致的才做出来的？

当两人骑上自行车的时候，岑卿浼朝着夏致吹了一下口哨："哥，你知道刚才钟淳走在咱俩后头的时候像什么吗？"

"什么？"

"背后灵啊！阴飕飕的！"

"他考试心态不好。"夏致扔下这么一句，就蹬着自行车向前走了。

岑卿浼赶紧跟上去："那你呢？"

"我？我今天带了护身符啊。"夏致笑了，闪亮亮的，差点闪瞎岑卿浼的狗眼。

"什么护身符？"

夏致没回答他，只是越骑越快。

等到第二天早晨，理科小综合考试开始，夏致还是照常拿着卷子翻了一遍，遵循"不走寻常路"的风格，先开始做他一直不怎么拿手的化学。

他翻卷子的声音已经很轻了，但是坐在后面的钟淳却忍不住竖着耳朵听。

钟淳不明白夏致怎么又翻卷子了，他到底在做物理还是化学？这一面才做了二十分钟怎么又翻卷子了……

钟淳整个人都乱糟糟的，做题全靠直觉。

当夏致再一次翻卷子的时候，钟淳终于忍不住了，假装捡笔，弯下腰的时候故意把桌子挤向夏致。夏致的椅背发出了"吱呀"一声，在安静的考场中显得尖锐无比。

而夏致的笔也一划，在卷面上留下了长长的一道。夏致呼出一口气来，将笔往桌面上一按，发出"啪"的一声。

感觉到了夏致的不爽，钟淳却很爽。他本来想看夏致回头瞪自己，但没想到夏致又拿起笔，继续答题，而且照例十几分钟就翻一次卷子，那声音被无限放大，切割着钟淳的神经。

钟淳故技重施，又弯下腰去捡笔，想要去挤夏致。

夏致眉梢一扬，早就料到了，直接把座椅向后一压，将钟淳的桌子猛地压了回去。

"啊——"钟淳的脑袋被桌子狠狠撞了一下。

"怎么回事？"监考老师走了过来，看了眼钟淳，又看向夏致。

夏致凉凉地说了一句："我不知道后面的同学在捡东西，座椅可能撞了他的桌子一下。"

"是这样吗？"监考老师怀疑地看向钟淳。

钟淳脸上一阵白一阵红，回了句"是的"，监考老师就走开了。

夏致又开始翻卷子了，这回是几分钟就翻一下，翻到钟淳想要揍他。

终于熬到理综结束，夏致揣着口袋就走出了考场，头都没有回给钟淳。

晚上回家的时候，岑卿浼又凑到夏致身边，笑得花枝乱颤："哥，我听说今天理综考试，钟淳一直对你下黑手！两次用桌子撞你的椅子！"

"是吗？"夏致抬眼看了岑卿浼一眼。

"你……别告诉我，你不认为他是在针对你！"

"他又不能把我的卷子扔掉，也不能冲到老师那里改我的卷子，他再针对我，

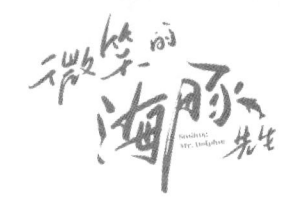

又能怎样呢?"夏致踩在自行车上,那叫一个顺溜。

结果才刚到家楼下,夏致就接到了老妈的电话。

"小致,我听钟淳的爸爸说,你今天在考场上打扰到钟淳了?"

夏致心里"呵呵"笑了两下,回答说:"怎么打扰了?是我抄他卷子了?还是我像他一样,不是颠腿就是撞桌子?"

陈芳华回答说:"我也觉得你不可能打扰他,所以我就说,'大概是钟淳第一次坐在第四考场里,不大习惯'。"

这不就是暗示钟淳在第四考场,还摆着第一考场的谱,把没考好的锅扔给夏致吗?

夏致顿了顿,嘴上立刻就咧起了大大的笑容:"老妈说得好!"

他一边和老妈闲聊一边走到家门口,果然看到叶粼就在那里等他。

每周五下午,叶粼就会坐动车回来,但是他到的时间总是比夏致的放学时间早。夏致都在想,要不要跟老妈说一声,给叶粼一把钥匙了。

"粼哥!"夏致笑得更明显了。

"你知道自己笑得有多坏吗?"

"哈哈,那是!"夏致一边开门一边对叶粼说,"有个讨厌鬼坐在我后面。他考试心态真的不好,我就一直翻卷子一直翻卷子,让他紧张!这家伙心态就崩了!我现在特想知道,他理综考了几分!"

叶粼什么都不说,只是淡淡地笑着看夏致得意的小样子。

推开门,夏致低下头来解开鞋带,那一刻有什么东西从他的领子里掉了出来。

明亮的,轻轻摇晃着。

夏致想将它塞回领子里,可是叶粼却先一步摁住了夏致的手。

"那是什么啊?还贴身藏着?"

"没、没什么啊!"

"有猫腻啊。"叶粼知道要给夏致留点面子,没有继续追问了。

夏致看着叶粼的背影,忽然叫住了他:"粼哥。"

"嗯?"叶粼揣着口袋转过身。

夏致从衣领里面取出了一个东西,当叶粼看清楚那是什么的时候,怔住了。

那是叶粼获得的第一个冠军奖牌,在他十二岁那年。

"你……你戴着这个去考试啊?"

叶粼走向夏致,从他手里把那枚奖牌拿过来。

他记得奖牌明明生锈了,可他手里的这一枚却亮闪闪的。

"粼哥,我第一次看你的比赛,就是这一场。"夏致开口道。

"是吗……"

叶鄰还记得自己欣喜地戴着它冲到妈妈的面前,将所有的喜悦和她分享。

他记得妈妈脸上的笑容,记得她给的拥抱。

只是那天拖着行李箱回到公寓的时候,叶鄰并不确定当年母亲的笑和拥抱到底是真的,又或者仅仅是他的幻想。

"你在水里游泳的样子,和其他人不同。我看着你出发、入水,看着你转身,看着你加速冲刺……看着你戴着这枚奖牌去和你的妈妈拥抱。可能那一次比赛对你来说……连级别都谈不上,但是我永远都忘不掉。"

叶鄰的手指收紧,奖牌的金属边缘嵌入他的指节之间。

"鄰哥,你说过,'永远不要后悔让你微笑的一切'。也许你已经不在乎了,但我想留下它。因为我曾经特别兴奋地看着你拿下那场比赛的冠军,那时候我笑得很开心。"

叶鄰没有说话,只是将它还给了夏致,然后用力地将夏致的脑袋往下摁。

"鄰哥!你干什么啊——不就是捡了你一块奖牌吗?你都不要了啊!啊呀!脖子要断了!"

"你傻不傻啊!还带着这东西去月考!你高考打算带什么?要不要我拿锦标赛的奖牌给你挂上啊?"

"你要是舍得,都给我啊!我高考的时候都挂上!"

"我不后悔,也不难过了。"

"啊?"夏致刚一抬头,就被叶鄰摸了摸后脑勺。

夏致本来还想推开叶鄰,但忍住了。叶鄰的手指嵌入夏致的发丝里,揉着揉着越来越用力。夏致也觉得越来越不对劲,因为叶鄰手上力气大得很,简直要把他的脑袋给捏爆掉。

夏致将叶鄰的手一把抬起,拽了一下自己的领子:"鄰哥!脑袋瓜都裂了!"

叶鄰就像他平日里那样温和地看着夏致:"晚上出去吃吧,考小综合的时候还有心情耍别人,看来你考得不错。"

"那是,搞不好我能进全年级百名呢!"

晚上,叶鄰在酒吧的后巷里点了一根烟,接到了太白金星的电话。

"这学期末的队内排位赛,你到底回不回来?"

"嗯,这个嘛……我有更重要的事要做。"叶鄰轻轻弹了一下烟灰,微末的火星也跟着散落下来。

"更重要的事?什么事?你别逼我放洛璃过去逮你!"

"我又不是嘉润,你放洛璃我又不怕。"叶鄰笑了起来。

"你到底在想些什么啊?"白景文用力地叹了一口气,他对叶鱂是真的不知如何是好了。

"想着帮小男孩啊!"

"小男孩?你说夏致吗?你可别把自己不参加训练的事赖到人家身上!"

"嗯,就是他……"叶鱂抬起头来,眯着眼睛,轻轻呼出一口气来。

两秒的沉默之后,白景文在手机那头爆发了:"你可拉倒吧!夏致多无辜!你给我滚回来!"

通讯结束了。

叶鱂将手机放回口袋里,眯着眼睛又吸了一口烟。

他伸出手来,仿佛那枚被夏致戴着的奖牌就握在他的手心。

他忽然那么地想要时光倒流,回到那一天……他想要在无数的观众中,找到那个盯着自己的小男孩。

周六早晨,夏致就接到了岑卿浼的电话:"哥——上线了!上线了!网上干架!"

夏致一边换泳裤一边慢悠悠地回复对方:"你不是都抱上舒骏的大腿了吗?还要我干什么?"

"骏哥临时有事!你赶紧的!"

"我要陪痞痞了!"

"是痞痞重要还是我重要啊?就半个小时的事!"

"痞痞比你重要啊。"陪痞痞有薪水,陪你有什么啊!

"我死给你看!"

"哦嚯,赶紧,我正好想看这个。"

"好——你要是不救我,我就跟你妈说,你每周六早晨都没在家里好好待着,你……"

夏致的脑袋立刻疼了起来:"闭嘴,我上线。"

夏致刚来到池边,痞痞就转了好几个圈儿,然后冲了过来,等着夏致下水。看着它一脸期盼又欢乐的样子,再回想第一次见到它时那沉入水底不肯起来的模样,夏致有一种养儿子的快乐。

"痞痞,我有点事,几分钟就解决,你等我下!"

夏致坐在岸边,拿出手机。岑卿浼果然很需要被拯救,不是因为这家伙技术太烂,而是对手太强大。越有挑战性的对手,夏致就越感兴趣,打着打着,十几分钟过去了。

痞痞来回游动着,跳起来用吻部去戳夏致的脚心。

夏致蹙着眉头,一门心思打游戏,只感觉到脚心一阵凉滑。而痞痞越戳越用力,

173

夏致的脚心都有点疼了。

但他还是目不转睛地盯着手机,用脚揉了揉痞痞的脑袋:"乖——再给我五分钟!我把他们收拾了就陪你玩!"

痞痞不开心地沉底了,但是夏致知道这小家伙一不开心就拿憋气来威胁他,其实好好哄哄就没事了。

就这样噼里啪啦又打了五分钟,夏致还是没把对方给解决掉。

痞痞游过来,用它冰凉的脸颊贴在夏致的小腿上,轻轻蹭了蹭,像是在撒娇:陪我玩嘛!陪我玩嘛!

夏致抬起另一只脚,在它的肚皮上揉了揉:"再给我、再给我五分钟!"

夏致就不信了,他和岑卿浼的"强贱"组合,竟然赢不了对方?这不科学!

但对方就是这么"不科学"的强大,夏致差点都被对方干掉了。

不蒸馒头争口气啊!现在不是带孩子的时候,是争气的时候。

夏致的眉头蹙得紧紧的,痞痞已经被他忘到九霄云外了。

就在这个时候,痞痞发出一声长长的海豚音,天花板都差点给它嚎下来!

它腾空而起,甩下一大片水花,冲向了夏致。

夏致还在游戏中奋战,毫无防备地,痞痞整个撞进了夏致的怀里。手机被撞得飞了出去,夏致猛地向后倒下,承受了来自痞痞的致命压迫!

"啊——"夏致发出一声惨叫,眼泪都差点狂飙而出。

他疼得脸都绿了,差点没抡起拳头把这家伙狠狠一顿收拾。

谁知道他一睁眼,痞痞就张着嘴,嗷嗷叫着,尾巴还晃来晃去,一副"我很天真,我不知道我做了什么"的样子!

"你还是这世上最乖的崽吗?"夏致快崩溃了。他伸长手,把手机摸了回来,屏幕上裂了一道长长的口子,以及他和岑卿浼都死掉了。夏致将手机往旁边一扔,闭上眼睛装死。

痞痞落回水中,嗷嗷叫了两声,似乎在说:你必须立刻、马上跟我玩!

夏致就是不动,继续装死。你撞裂了我的屏幕,还想我跟你玩!

又是一阵水花声响起,夏致微微睁开眼睛,感觉到有阴影在极速靠近,是痞痞又跳上来了。

妈呀!再来一次他夏家就后继无人了!

夏致一个翻身,避开了痞痞。

他养的是什么魔鬼啊!

明哥拎着桶子从池边走过,看见了岸上的夏致:"哎,夏致,我还以为你在水里跟痞痞玩呢!"

174

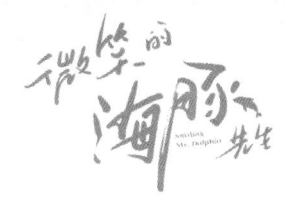

痞痞立刻控诉似的地嗷嗷叫了起来。

明哥乐了:"夏致啊,痞痞如果生气了,后果很严重的啊!"

"我这就下水!下水!"

夏致刚下水,痞痞立刻追了过来。它没有像之前那样,一直贴着夏致转圈,而是不断去挑夏致的泳裤。

夏致一手拎着泳裤,一手保持平衡躲避痞痞的袭击。

但是痞痞如影随形,无论夏致游到哪里都躲不开。

夏致忽然觉得这条泳裤的质感和平时那条不大一样,他扯了扯泳裤边缘……这不是叶粼五块钱买的那条吗?自己怎么就穿了这条出来!

"痞痞!这条泳裤不能玩——"

夏致越是躲,越是护着,痞痞就越来劲儿,它的吻部挑着夏致的泳裤就乱拽。夏致感觉有什么东西钩住了泳裤,心头一紧,背脊骤然发凉——完蛋了!泳裤被痞痞的牙勾住了!

只听见"嘶啦"一声,夏致的泳裤真的开了。

不得了!真不得了!

夏致想要游回岸上,但痞痞怎么可能让他如意,身形一晃,挡在夏致面前。夏致气得推了痞痞一把,痞痞立刻暴怒了!

它游到更远的地方,做好了冲过来的准备。虽然它还是保持着微笑的样子,但是夏致却明显感觉到整池水里都是杀气。

夏致不顾一切地朝着池边游去,他毫不怀疑自己游出了这辈子最快的速度!

但是痞痞一溜烟儿就蹿了过来,夏致那破烂的、挂在腰上的泳裤被它彻底叼走了!

夏致狼狈地上岸,痞痞又蹿了起来,直接在他的后面顶了一下,惊得他魂都要飞出来了。

还好痞痞只是想吓唬他一下,撞过来的力气很轻。

夏致手忙脚乱地上了岸,一回头就看见自己的泳裤挂在痞痞的吻部。这家伙嗷嗷叫了两声,夏致指着它说:"谁教你的?一言不合就搞破坏!"

痞痞的尾巴一甩,溅了夏致一脸水,然后挂着夏致的泳裤在池子里游了一圈,跟示威一样。

这时候,明哥拎着一条浴巾过来,扔给夏致:"哟——我跟你说了,痞痞要是生气了,后果不得了的吧?"

夏致气得快冒烟了,但是又心虚,是自己晾着痞痞没陪它玩,它才生气。

"你赶紧哄好它,不然你下一条泳裤还得报废。"明哥幸灾乐祸地走了。

夏致拎着浴巾,都不敢靠近池边,生怕这家伙再扑过来:"我算是明白你为什么叫'痞痞'了!你还真够痞的!"

痞痞晃了晃脑袋,夏致是真想把自己的泳裤从它嘴里夺回来,但是夏致不敢。

"我错了,痞痞!我错了!你把泳裤还给我,好吧?"

痞痞嗷了两声,又甩了夏致一脸水。

夏致拿着手机屏幕给痞痞看:"你看,我已经受到惩罚了!我这个月打工的钱都得拿去给手机换屏幕,还得买新泳裤了……"夏致开始使用卖惨策略。

痞痞继续叼着夏致的泳裤,在它的世界里"遨游"。

夏致摸了摸自己的眼睛,长长地叹了口气:"痞痞,你就别生我的气了……"

这时候夏致的手机收到了一条微信消息,是来自陈嘉润的:友情提醒,周六你鄰哥生日,有钱就好好表现,没钱就当牛做马。

夏致愣在那里,他竟然忘了叶鄰的生日!

夏致仰天长叹:"怎么办——今天鄰哥生日啊!我该送什么给他啊?"

手机屏幕怎么办?泳裤怎么办?这些比起叶鄰的生日,都不算个事儿了!

这时候痞痞忽然游了过来,把夏致的泳裤放到了岸上,但这并不能缓解夏致内心的忧伤。

"啊,送什么给他?我压根儿就不知道他喜欢什么!"

夏致坐在岸边,痞痞一游过来,夏致立刻做出"停止"的手势:"你离我远点儿!我已经经受不起你的摧残了!"

痞痞放缓速度,来到夏致的脚下,又蹭了蹭他。

夏致抬起腿,轻轻地踩了一下痞痞的脑袋。

它张开嘴,眼看着就要去叼夏致的浴巾,夏致冷声道:"你敢?我们绝交!"

痞痞只好放弃,不甘心地嗷了两声。

夏致离开的时候,也没和痞痞亲近了,因为痞痞今天的表现实在不好!

领了这个月兼职的工资,夏致揣着口袋在大街上闲逛。

最后他还是冒着漏电的风险,打了个电话给岑卿浼:"喂,如果兄弟过生日,你送什么给对方?"

岑卿浼还沉浸在被灭的悲哀中,回了句:"敌敌畏。"

"行,下个月你生日,我送你敌敌畏。"

岑卿浼立刻来劲儿了:"那你别!"他想了想,又问,"你才不会花心思准备礼物给我呢!撮一顿,撸个串串,几罐肥宅快乐水就把我打发了不是?"

"也对,又不是妹子,那么矫情干什么。"

176

夏致挂了电话,直接进了一家蛋糕店,买了个"福如东海,寿比南山"的生日蛋糕。

"老人家收到这个蛋糕一定会很高兴!"店员笑呵呵地说。

"啊……不是送给老人的。换一下吧……"

最后,夏致拎了个"巧克力森林"回去,蛋糕看起来黑漆漆一片。

路过修手机的地方,夏致换了一块最便宜的屏幕。

夏致特地将蛋糕放在厨房里,打算给叶鄢一个惊喜。虽然……黑森林蛋糕也算不得什么惊喜。

今天老妈去县里会诊了,不到八九点回不来。总不能叶鄢过生日,还让叶鄢做饭给他吃吧?

但是夏致除了洗菜和刷碗,其他的什么也不会,还是请叶鄢到外面吃一顿吧。

夏致盘算了一下自己还剩多少钱,两个人的话,去吃一顿羊蝎子火锅?

哎呀,搞不好钱不够,他还得让叶鄢出剩下的……丢人。

门铃响了,叶鄢和往常一样,一进门就揉了一通夏致的脑袋,然后进了夏致的卧室。

他陪着夏致过了一遍习题,特地选了一些有难度的卷子讲给夏致听。

夏致耳边是叶鄢的声音,却一个字都没听进脑子里。

一旁的叶鄢不说话了,而是撑着下巴看着夏致。半分钟之后,叶鄢笑着叹了一口气说:"小东西,你想什么呢?"

夏致这才回过神来。

算了算了,他也不知道为什么会为了叶鄢的生日烦恼。要知道他自己今年的生日,都差点忘了,如果不是岑卿浼发来的八块八毛八的红包,他都不知道自己长了一岁。

"就是你今天生日,我什么都没准备。不过我想想,你也不是小姑娘,我也想不出送你什么,所以就祝你生日快乐……晚上我请你吃饭,但我就剩三百块,多出来的你给。"

夏致说着,就看见叶鄢低下头来捂着肚子,没多久哈哈大笑了起来。

"喂——有那么好笑吗?我可是真心诚意地思考着您的大寿啊!"

"你想不出来的话……"叶鄢笑着拍了拍手,张开双臂,"来,让哥抱一个。"

夏致翻了个白眼,也觉得自己挺傻的。

"晚饭爱吃不吃,不吃拉倒。"

虽然这么说,叶鄢并没有在晚饭上痛宰夏致,而是去超市买了菜和调料,做了一顿麻辣香锅,再加上可乐……很好很强大。

这些东西加在一起,总共一百零五块,给夏致留下了买泳裤的钱。

"邺哥,你真贤惠。"夏致由衷地发出感叹。

"哦?"叶邺撑着筷子,笑着看夏致。

夏致单手开了可乐,推到叶邺的面前。

"真乖。"

"也就看在你生日的份上。邺哥,又老了一岁,悠着点儿啊。"

"欠收拾。"叶邺还是笑。不知道是不是因为吃了辣椒的关系,叶邺的脸颊有些红,眼尾微微上扬。

吃得差不多了,叶邺敲了敲筷子:"小东西,你不是给我买了蛋糕吗?还不拿出来?"

"啊?你怎么知道……"

夏致反应过来,肯定是叶邺炒菜的时候看见的。

"去端啊!"

夏致赶紧进了厨房,把蛋糕端了出来。

"邺哥,几岁生日呢?"夏致明知故问。

叶邺向后靠着椅背,懒洋洋一瘫:"我想想啊,好像是二十了……"

"哦!"夏致故意慢悠悠地给他插了二十根蜡烛上去。

叶邺不说话,这还是他第一次坐没坐相,架着腿,一副大老爷等伺候的样子。

"蜡烛都点上了,邺哥——福如东海!寿比南山!万寿无疆啊!许愿吧!"

叶邺的手指在衣领上勾了勾,他不是很能吃辣,脖子上出了一层薄汗,衣领之下,锁骨露出来了那么一点,又被领口遮上了。

叶邺坐直了背,闭上眼睛许了一个愿,然后一口气就把蜡烛给吹灭了。

"邺哥……你好歹给个机会让我拍张照片发朋友圈吧?"

"就你那烂屏手机还照相?"叶邺的手指轻轻在桌面上敲了一下。

"我手机再烂屏,像素也是两千以上……哎等等,你怎么知道我屏幕裂过?"

明明在叶邺来之前,自己已经把屏幕换好了啊。

叶邺看向夏致,笑着回了两个字:"你猜。"

那一刻,夏致好像看见了痞痞朝着他游过来。夏致觉得自己脑子有问题,好端端的怎么会想起那只小魔鬼来!

"我哪儿知道!"

"那就切蛋糕。"叶邺拿起塑料刀,将一块黑色的小牌子挑起来,"这能吃还是不能吃啊?"

小牌子上歪歪扭扭地写着"叶邺生日快乐"。

夏致没想太多,手指捏着小牌子就拿了过来,眯着眼睛看,小牌子上还有淡淡

的格子花纹,不确定是不是巧克力。

"尝一下就知道了呗!"夏致捏着那块牌子,舌尖探出来,在上面舔了一下。

"嗯!甜的!"夏致朝叶粼抬了抬下巴,就把整块小牌子扔进嘴里了。随着"嘎吱嘎吱"两声,巧克力在唇齿间碎裂开。

"好吃吗?"叶粼问。

"还行。"夏致抬了抬下巴,"粼哥,切啊……不过我估计这蛋糕甜得发腻。"

叶粼低着头笑了一下,刘海落下来,看不见眼睛。他用塑料刀切入蛋糕里,意外大气地将它一分为二。

叶粼切了一大块蛋糕放在纸盘里,挪到夏致面前:"吃吧。你买的,不吃就浪费了。"

夏致看着甜腻的巧克力蛋糕,还真有点下不去嘴。

叶粼倒是不紧不慢地吃了起来。

这时候陈芳华回来了,看着桌子上的蛋糕,问了句:"谁过生日啊?叶粼吗?"

叶粼笑着回答:"是啊,阿姨,正好来吃块蛋糕。"

"夏致,你怎么不告诉我呢?"

"就是个生日而已,没多大事。"叶粼给陈芳华切了一块蛋糕。

"就是啊,生日而已。今年我生日,你还不是给忘了。"夏致也就嘴上说说,陈芳华那天是赶去医院抢救病人去了,回家的时候都第二天三四点了。

"你生日和叶粼的生日能一样吗?"陈芳华笑着说,"叶粼,要不你今晚就别回去了!明早阿姨给你下长寿面!正好让夏致跟着你吃一碗!"

"我还是回去吧?夏致睡觉怕挤。"叶粼起身,给陈芳华倒了水。

"挤什么啊,他那张床往外一拉,是可以变宽的。以前他和卿浼都睡得好好的。"

叶粼看向夏致:"你的床还有这种功能?"

夏致不情愿地回答:"是啊。"

"小时候他踹了人家卿浼,结果卿浼就尿在他床上了。从那以后,他就不让卿浼睡了。"

夏致的脸又开始臭了:"妈——你能别提那件事儿吗?"

"反正明天叶粼还要来看你的功课,你就不能让人家跟你一起睡啊!"

陈芳华说什么都要给叶粼煮长寿面,多半是想谢谢叶粼在夏致身上下的功夫。

叶粼一手搭在椅背上,好笑地看着夏致那"不想和人同床共枕"的小表情。

本来夏致的衣服就和叶粼一个码,陈芳华又找了两条夏致没穿过的里裤给叶粼:"喏,你看来得早不如来得巧。刚好有新的,刚下的水,算是阿姨送给你的吧。"

夏致满脸黑线，把里裤抢了过来："哪有过生日送这个啊！"

叶粼轻轻一拽，从夏致怀里把里裤拿了回来："这个礼物好，挺实用的。"

这并不是夏致第一次和叶粼睡在一起了，但这一次是在他自己的地盘上。

夏致蹲在地上，扣着床的边缘向外一拉，床还真的就宽了三十厘米出来。

叶粼一边擦头发，一边看着夏致好像在生气的小表情说："怎么，不高兴我睡你家的话，那我就回去咯。"

叶粼刚要起身，夏致赶紧拽住了他："哪能啊！你在我妈那儿待遇太好，我羡慕嫉妒恨，可以吗？"

叶粼笑出声来："可你在我这里的待遇，再没有别人能享受到了。"

夏致弯下腰，向床的内侧爬去。叶粼没有说话，抬手在他的秋裤上勾了一下。

夏致赶紧拽住了秋裤："哎——你怎么跟痞痞一样！"

"我哪里跟痞痞一样？"叶粼笑着问。

夏致忽然觉得这个问题有点怪，叶粼不是应该问他"痞痞是谁"吗？

"一只坏脾气的小海豚！总爱贴着我、戳我，还拽我泳裤！"想起那条破了的泳裤，夏致就恨得牙痒痒。

叶粼掀开被子，躺了进去："夏致，你觉得海豚可爱吗？"

"黏人！爱耍花招！坏事做尽了还在笑！你说可爱不可爱？"夏致想起痞痞，不知道现在它在干什么，之前还生它的气，此刻反倒有点想它了。

"微笑的海豚先生，不是什么好家伙。"

"你怎么知道痞痞是公的？"夏致好奇地问。

叶粼笑而不答。

这时候，夏致的手机响了，是岑卿浼的电话。

"哥——战不战？今天虐我们那队的，又上线了！"

夏致虎躯一震，立刻回答："战！当然战！非虐死他们不可！"

为了一雪前耻，夏致也顾不上现在已经晚上十一点，旁边躺着的还是叶粼。他双手托着手机，开启疯狂的对战模式。

叶粼只是好笑地看了夏致一眼，说了一句："你还真当自己是小男孩呢。"

"嗯！嗯！"夏致压根儿也没听清叶粼说的是什么，一边点头一边全情投入。

叶粼侧过脸，夏致刚洗过澡，身上是清淡的沐浴乳的味道。头发也才刚吹干，比平时看见的更加蓬松。手机屏幕上的光线时不时掠过夏致的眼睛，折射出另一个世界。

"夏致，你再不理我，我就咬你咯。"

"嗯！嗯！"夏致看了叶粼一眼，"粼哥你要不先睡！"

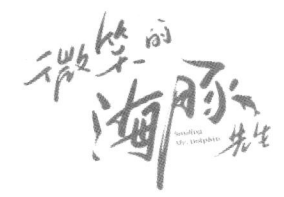

　　夏致侧过身,双手依旧没有离开手机,直接靠到床的角落里,专注地打游戏。

　　叶鄋笑了一下,缓慢地靠近,隔着被子扣住夏致的脚踝,向下一拉,原本靠坐着的夏致摔倒在枕头上。

　　"鄋哥——我打完了就睡觉!"

　　夏致咬着牙,肩膀都跟着手指一起动,怎么还不死!

　　叶鄋凑近他,看他在玩什么。

　　夏致很自觉地别过脸,让叶鄋看自己的屏幕,但是视线却一点都没从手机上挪开。

　　"哦,你在跟他打啊。"叶鄋回答。

　　"嗯嗯!嗯嗯!"夏致以为叶鄋说的是队友岑卿浼。岑卿浼虽然平时是猪队友,但在游戏里确实是神助攻。只是今天对手依然强大。

　　"你们撑不过一分钟了。"叶鄋淡淡地说。

　　夏致还是没反应。

　　叶鄋的手伸进了被子里,用力在夏致的腰上一掐。

　　夏致骤然弹了起来,腰背都弓起,小腿的肌肉绷紧:"啊呀——"

　　他死了,和岑卿浼一起被对方干掉了。

　　夏致把手机一扔,气哄哄地看着叶鄋:"叶鄋!你怎么跟痞痞似的!"

　　叶鄋笑着说:"如果是痞痞,你早完了。"

　　夏致骤然想到痞痞砰地一下砸在自己身上的画面,太惊悚了不敢看。

　　"我说,你这样一直骚扰我打游戏的样子,太难看了!"夏致用腿撞了撞叶鄋,示意对方麻利点赶紧让开。

　　"你说谁难看?"叶鄋低下头,下巴抬了抬,"说啊,谁难看?"

　　夏致眼睛眉毛一皱,又推了对方一把:"我难看!我难看!全世界我最难看!"

　　叶鄋往旁边一躺,被子拽过来往身上一盖,转过身去。

　　夏致呆呆地坐在那里,看着自己面前的被子空了一块儿,再一想今天可是叶鄋的生日啊,自己没管他就顾着打游戏了,也不怪他不高兴啊。夏致用脚戳了一下叶鄋:"鄋哥?鄋哥?"

　　叶鄋没说话。

　　夏致摸了摸脑袋,想到了一生气就沉到水底憋气的痞痞。夏致又稍微更用力地蹬了叶鄋一下:"鄋哥,我错了,我跟你赔礼道歉好不好!你怎么会难看呢?"

　　叶鄋一点反应都没有。

　　夏致心想自己是不是该得意啊,从来不生气的叶鄋对着自己闹脾气了?

　　"鄋哥,你全世界最好看!真心实意不打折扣!"

　　叶鄋还是没回头,但是肩膀明显动了动,估计是笑了。

"邺哥,你是不是笑了?"夏致凑到叶邺面前,果然看见叶邺一双眼睛弯着,笑得可"嗨"了。

"无聊。"夏致躺回去,被子一拉,两个人背对背睡了。

过了一会儿,夏致想到了什么,用胳膊肘又撞了叶邺一下:"邺哥。"

"嗯?"

"如果我真的惹毛了你,你会怎样?"夏致越想越好奇。

"你想挨揍?"

"我就是在想,你不突袭我,我是不是也打不过你?"

"你如果真惹毛了我,我就弄你。"叶邺淡淡地回答。

"真没意思,你惹毛我,我也弄你。"夏致转过身去继续睡,想了想,他又说了一句,"生日快乐啊,邺哥。"这话看着只是随口说的,却很认真。

叶邺的唇线缓慢弯起。

大概是因为叶邺不怎么翻身,夏致没感觉自己的领地被侵占,没多久就睡着了。

第二天,夏致是被陈芳华隔着门叫他们起来吃面的声音吵醒的。

"老妈,别叫魂了!我这就起来!"

夏致揉了揉眼睛,一睁开眼就对上了叶邺沉静的脸。

之前他都没机会见到叶邺睡着的样子,这会儿忽然见了,还有些不习惯⋯⋯

哪怕从男性的审美来说,叶邺也是真的好看。五官挺拔有力度,完全没有电视上奶油小生的甜腻感,反而带着英气,而当他认真起来时,轮廓线条也会跟着硬朗。

就在这个时候,陈芳华又喊了一声:"你们两个起来没?面都要糊了!"

叶邺的眉心蹙了蹙,像是要醒了。夏致赶紧推了下他的肩膀:"邺哥!起来吃面!"

叶邺这才单手撑着上身坐了起来,另一只手将头发向后捋了一下,眼睛睁开。他整个人忽然有了精神气,和睡着的时候不一样了。

夏致忍不住多看了两眼,叶邺却毫不在意地说:"你想看就看,一张好看的脸本来就是给人看的。"

"啧!自恋!"夏致找了卫衣套上。

他正要从叶邺的身边下去,谁知道叶邺抬腿一拦,直接把夏致又给拦了回去。

叶邺轻声道:"这是我二十岁的第一天,对我好一点。"

夏致躺在那里不动了。

叶邺的二十岁,没有父母的祝福,没有属于自己的家。

不需要开口安慰,夏致知道叶邺要的是什么。

夏致清醒地意识到,此时此刻,自己是叶邺的依靠。

这样的感觉让夏致心里有一种莫名的满足感。

陈芳华第三次敲门:"你们两个穿了裤子没有?再不出来,我可就进去掀被子了!"

就在叶粼正要起身的时候,夏致忽然拉住了他。

"怎么了?"叶粼侧过脸,看着夏致。

夏致也侧过脸,笑着说:"早安,二十岁的叶粼。"

不那么遥远的,会感觉寂寞的,需要人陪伴的,会在他打游戏的时候找麻烦的,在他身边的叶粼。

两人来到餐桌前的时候,面真的有些糊掉了。夏致放弃了筷子,直接用勺子舀起来吃。

每个人的面里都有两个荷包蛋。夏致抬头看了一眼,叶粼夹着荷包蛋,张开嘴随性地咬下去。

陈芳华抱着脏衣服路过他们两个,说了句:"如果我给夏致生个弟弟就好了,两个男孩子坐在一起吃饭挺好。"

夏致不客气地打破陈芳华的幻想:"得了吧——你要是给我生了个弟弟,我现在肯定在跟那小东西干架呢!一地鸡毛,您收拾得过来吗?"

叶粼问了一句:"明天就会出月考成绩了吧?一次提高是撞运气,第二次你还能提高才不叫巧合。"

"粼哥,你看我做的题,难道心里没点儿数吗?我这一次是奔着年级百名去的。你还记得答应过我的事吧?"

"记得。看你这么自信,赏你一个蛋。"

"可别,蛋都得成双成对的。您老一个蛋我怕您不够,我两个蛋就知足了。"夏致朝着叶粼挤了挤眼睛。

"臭小子,你说的这些话我都给你记在账上。"

"我知道——要弄我嘛!"夏致抱着碗,又喝了一大口面汤,心想我皮实着呢,揍人经验丰富,真要一对一干架,脸帅又不顶用。

周一的早晨,夏致才刚起床,就发现手机上有好多条微信提醒。

他打开手机一看,是他们的学渣小群,这些家伙竟然一点都不关心自己的成绩,竟然拿夏致开赌了。

曾经美:来来来!又是月考放榜时!我们且来猜一猜,阿致这一次能否力压钟淳,保住我们学渣的声誉。

盗版姚明：滚！你和阿致都算不上学渣！哥几个决定把你们踹出群。

曾经美马上发了一个红包，红包上写着：我本学渣，奈何为霸。

所有人都表示要暴打曾经美，但除了夏致，其他人都没骨气地抢了红包。

曾经美自己抢到了最大的那个，其他人都是几毛几分钱，又是一轮暴打节奏。

最后终于言归正传。

盗版姚明：我押十块钱，我们阿致这一次肯定会被钟淳压住！

仗贱天下：什么？你竟然对我们阿致这么没有信心！我告诉你，我压二十块钱，钟淳这一次会找回场子压倒阿致！

夏致一边刷牙一边看着微信，心想，回了教室直接暴打这两个家伙。

倒数第三：怎么办？我没那么多钱啊！我押五块钱，夏致这回拼不过钟淳了……顶着锅盖炖走……遁走！

夏致把牙膏沫吐掉了。

曾经美终于发话了：你们这些没用的渣渣！我压一百块！

仗贱天下：不会吧，连你都不看好我们阿致！那这局开了有啥意思？@曾经美

曾经美：我说了我压阿致会输吗？我当然是压我家发小力挫钟淳那个渣渣！我压一百块钟淳输给阿致哭唧唧！

仗贱天下：硬气！

倒数第三：硬气！

盗版姚明：硬气！不过输了的话，一百块按比例均分！

夏致骑着自行车和岑卿浼在街角碰面。

岑卿浼追在夏致身后，不断地问："阿致，你有把握考得比钟淳好吧？"

"你说呢？"夏致反问。

"你给了钟淳那么大的心理压力，这家伙自视比天高，可惜能力比纸薄。"

"那你还问我个屁。"夏致虽然脸上没表情，心里想着的却是，如果这次进入年级百名，叶鄢就要答应他一件事。

他早就想好了，而且期待已久。

风吹过他的脸，有点凉，空气也变得干涩起来。

枝头已经空了，冬天就要到来。

夏致的心里，却带着满满的期待。

周一的第一堂课就是数学，林老师站在讲台上一脸严肃地说着，本次考试的难度远低于上一次，但是很多同学做题并不仔细，一些不该错的题目竟然也错了云云。

夏致旁边的岑卿浼紧张到下巴都僵住了，平常话多得不行，这一次却一直盯着

讲台上的卷子。夏致知道，这段时间岑卿浼游戏打得挺凶，月考可能要完蛋了。

至于他是真完蛋，还是为了不出国留学的假完蛋，那就不得而知了。

果然，林老师叫岑卿浼上去领卷子的时候，就把他作为重点对象批评了个彻底。

他只拿了一百一十八分，要知道上一次那么难的卷子他都能拿这个分数，这一次难度下降了，他竟然还是这个分数。

岑卿浼低着头回到座位上。

夏致瞥了一眼："你这是要迎接混合双打的节奏啊。"

岑卿浼立刻趴在桌子上，估计又要吹鼻涕泡了。

当林老师念到夏致的名字时，顿了顿，她前后翻了一下夏致的卷子，就还给了夏致："考得很好，期末考试也要稳住啊。"

"我会的。"

夏致拿了卷子回到座位上，岑卿浼把他的卷子扒拉过来一看，立刻就愤怒了："夏致！你竟然考了一百二十八！你这是要上天？"

"不是说了这次数学简单吗？"

"那我还连一百二都没考到呢！简直接受不了，有朝一日你的数学竟然比我分高！"

"大部分题叶粼都讲过了。"潜台词就是如果自己一百二十都考不到，就对不起叶粼了。

打击岑卿浼的并不仅仅是夏致的数学，还有第二堂课老魏的物理。

给夏致发理科小综合试卷的时候，老魏笑得都不像人脸了，不拿手机来扫一扫，都不知道他是谁！

夏致的理综考了二百四十六，岑卿浼把他的卷子翻来覆去看了半天，总怀疑是老师给他加错了分。

虽然语文和英语成绩还没出来，夏致的脸上看着也没什么表情，但已经在课桌下面跷起二郎腿了。

这让沉浸在悲哀中的岑卿浼非常不爽："你能别那么嘚瑟吗？妨碍我哀思。"

夏致破天荒地揉了揉岑卿浼的后脑勺："今天的坠落是为了明日的腾飞。"

"您可拉倒吧……我腾飞的翅膀今晚回家就得被折断了。"

虽然无精打采，但课间岑卿浼还是跑去打听钟淳考了多少分，然后兴冲冲地跑过来："阿致！阿致！你猜猜看钟淳的数学和理综考了多少？"

"我又不是大罗神仙，哪里知道他考了多少。"夏致揣着口袋靠着椅子，无所谓地看着岑卿浼。

"他数学考了一百二十二，比你还低六分！理综才二百三十二！虽然在我们看来不算糟糕，但对于钟淳来说，明显没有年级前三十名的水平！他要考过你，必须语文和英语高你二十分才行！"

这时候，陈硕、李健还有姚敏也围了过来，他们都在求神保佑钟淳剩下的两门能高过夏致二十分，这样他们就能分掉岑卿浼的一百块了。

"喂，你们三个有没有点骨气啊！不就是一百块吗？如果我家发小赢了钟淳，我请你们去吃天香火锅！虾滑、毛肚、猪脑随你们点！可乐管饱！"岑卿浼豪气十足。

"真的？不行！我们要去诅咒他！一定要让钟淳的英语和语文完蛋！"

"天灵灵地灵灵，钟淳英语翻沟灵！"

"太上老君急急如律令，钟淳作文写跑题！"

夏致满脸黑线，彻底认识到自己在狐朋狗友们的心里还比不上一顿天香火锅……

大概是因为他们三人对火锅的执念太过深刻，钟淳的英语和语文虽然算正常发挥，但只比夏致高了十八分，于是夏致以总分高两分的优势，压制了钟淳。

夏致还没拿到带有年级排名的成绩单之前，陈芳华科室的小群已经翻了天。

岑卿浼的妈妈再度凭借和老师良好的关系，提前拿到了年级排名。

夏致全年级八十九名，钟淳九十名，两人都在第三考场。

这一回，不用科室里的小医生、小护士们起哄，陈芳华很大方地发了个大红包，还非常大度地说，为了庆祝夏致和钟淳都进步了，晚上请大家吃饭！

岑卿浼在桌子下面拽了拽夏致的袖子："哥，你晚上一人赴宴吧，我就不去了……"

"怎么了？"

"我都掉到第四考场了。"

"哥考得比你好了点儿，你还不乐意了？"

"我乐意是乐意，可回家就得绝命。而且这种大人们互相炫耀的现场，就像车祸一样，我才不要去撞一脸鲜血呢！"

夏致低下头来想了想，他知道老妈并不是为了虚荣，而是这事儿牵扯到了老爸。老爸是运动员出身，一直被那位钟副主任叨叨什么肌肉发达、头脑简单、没有前途。

去啊，为什么不去？

去了，看那位钟副主任怎么叨叨，也好让自己知道平日里老妈都承受了些什么。

虽然岑卿浼情绪低落不想去参加大人们的聚餐，但他老妈可不允许，一定要他陪着夏致出席，不能让钟淳压了场子。

"大人们的虚荣心啊……在单位比完了职称，比课题，比完了课题，比手下带的研究生，连家里的孩子都要拿出来比。人生到处是战场……还给不给活路了？"

下午最后一节课，成绩单终于下来了，夏致用胳膊肘撞了一下旁边的岑卿浼："给

哥拍一下成绩单。"

"干吗？等你考了年级第一再拍也不迟……"

"带美颜的那种，亮堂点儿。"夏致见岑卿浼没反应，用脚踹了他一下。

"你不是直男吗？到死不肯美颜的那种！"

"哥说的是哥的成绩单！"夏致把成绩单摁到了岑卿浼面前。

岑卿浼仰天长叹："美颜了也不可能把八十九名变成年级第一好吗？"

但岑卿浼还是给他拍了一张，带美白提亮的，还有句题外话：哥进年级前百名了！

夏致麻利地把照片发到了叶鄴的微信里。

此时的叶鄴正坐在图书馆，旁边是趴着睡觉的陈嘉润。

别人要么在看专业书籍，要么在准备论文，只有叶鄴摸着下巴，看的是高中数学。

这时候，桌面上的手机一振，叶鄴滑开一看，是夏致发来的成绩单照片。

叶鄴忍不住笑了，回了两个字：臭美。

夏致一直在等他的回信，飞快地回复：别忘了，我考进年级百名，你要答应我一件事的。

叶鄴侧了侧脸，问他：你想要什么？

夏致：我要你的高三。

叶鄴：嗯？

夏致没有再回答了，叶鄴每隔半分钟就把手机拿起来看，但是都没有显示对方正在输入。

"学会吊我胃口了。"

旁边的陈嘉润终于要醒了，他咕哝着问了一句："晚上去哪个食堂……"

叶鄴戳了一下他："嘉润，如果有人说要你的高三，是什么意思？"

陈嘉润揉了揉眼睛，坐起身来，发呆了几秒钟之后郑重地回答："不知道。"

"算了，反正周末就知道小东西脑子里想的是什么了。"

放了学，夏致和岑卿浼在校门口见到了钟淳。

钟淳明显看见他们两个了，但一点打招呼的意思都没有，直接抬手拦了一辆出租车就走了。

岑卿浼凉飕飕地说："你看，人家是坐四个轮子的车，哪像我们两个，骑两个轮子的人力车啊！"

夏致无所谓地骑着车走了。

"哥，钟淳那傲上天的态度，你看着就没一点不爽？"

"没觉得不爽，只觉得他可怜。"夏致回答。

"啊？可怜？哪里可怜！"

"我呢，是死猪不怕开水烫。考好了，是进步，考烂了是理所当然。可人家是从天上摔进泥巴里，总想要再飞上天，可是带着满身泥巴，飞不起来。"

"你是在讽刺他？"

"我是在感叹他的考试心态不好。"

陈芳华他们聚餐的地方是个平价餐厅，味道鲜辣。当夏致和岑卿浼到达那个小包厢的时候，整个科室的年轻医生、护士都拍手欢迎他们的到来。

夏致一脸酷酷的表情，加上生得高挑帅气，女孩子们都喜欢他，问东问西的。

"阿致，你好高啊！以后可以当模特呢！"

"哈哈哈，等你进了大学，肯定会有很多女生喜欢你啊！"

"有男人味，帅气让女生有安全感嘛！"

夏致还是头一回被这么多女生围着，虽然岑卿浼知道夏致是害羞了，所以别人问他什么他都非常简短地回答。但是在女孩子们看来，他就是酷酷的。

就连岑卿浼的妈妈焦婷也开口道："芳华，你要小心哦，等你家夏致进了大学，想做你儿媳妇的女孩子，起码是个加强排！"

"哪里，我觉得女孩子还是会喜欢钟淳这样斯文又学习好的，再不然像你家卿浼那样说话有意思的。"

钟孝的笑容一直都很僵，和儿子钟淳之间也没说什么话。

钟淳只是抬了一下眼镜，谁都看得出来他的成绩不够理想，心情不是很好。

钟孝拍了拍钟淳的肩膀说："陈主任夸你，你也不知道有个反应。月考又不是高考，高考靠的是三年的积累，一飞冲天是梦话！你这一次虽然没有回到第一考场，但是你进步了啊！"

言下之意，就是夏致这一两次月考压了钟淳一头并不能代表什么。

夏致抬起可乐，朝着钟淳的方向晃了晃："期末考试又在一起了，共同进步啊。"

钟淳的脸色更难看了，他对夏致一直翻卷子的事情怒气滔天。可是说出来别人只会说他找茬，于是只能说："一起进步吧。"

"对不住啊，我注意了一下，可能是我做题顺序和其他同学不同，喜欢先做自己有把握的。如果扰乱了你做题的心情，让你产生了不该有的紧张感，真的抱歉了。"

夏致虽然不像岑卿浼那样一两句话就能讨人开心，但是他一说话就显得很实在，心里想什么嘴里就说什么，很自然地提升了其他人对他的好感度。

反倒是钟淳，一直端着架子坐在那里，不上不下的，也没人敢去找他说话。

钟孝也跟着客气："哪里哪里，不就是翻翻卷子吗？这都能影响到钟淳的话，

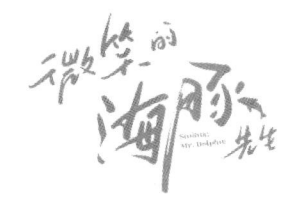

那就是钟淳自己基本功不扎实！怪不了别人！"

这无疑是打了钟淳一个耳刮子，钟淳就是回了家也不能拿夏致翻卷子的事情来推脱了。钟淳的脸色更差了，差到所有人都看出来了。

岑卿浼的妈妈赶紧转移话题："哎，芳华，你们家夏致进步这么大，我听卿浼说，是因为叶郴在给他补课啊！不然你问问叶郴，能不能再带上我家卿浼？"

这话一出，立刻引起了钟淳的注意，他下意识地脱口而出："什么？叶郴在给夏致补习？"

钟孝看儿子的反应，也觉得叶郴这个名字耳熟，于是也跟着问："叶郴？哪个叶郴？"

"爸，你不记得了？两年前我们T大附中出的全省理科状元。"

那一刻，钟淳的手扣紧了，闹了半天最近夏致的成绩一路看涨，是因为有人给他开小灶。

老师上课用的是一种模式性的教学方式，哪怕是补习班的课程，也达不到一个思路清楚、逻辑清晰的人帮着梳理各科知识点，手把手地带着刷题有用。

钟孝心里盘算着，自己回去了也要到名牌大学里找个人给钟淳补课，不能就这样一直让夏致占了先机。夏致有的，钟淳肯定也得有。

岑卿浼的妈妈焦婷想着趁热打铁，而且本来又和陈芳华关系好，当即就拉着她的手，求起她来："你看，你家夏致和我家卿浼一直都是'青梅竹马'。现在'竹马'都要一骑绝尘了，卿浼怎么办啊？你就帮我问问叶郴吧！"

"我回去就帮你问问，现在大家都吃着饭呢。"

焦婷假装生气的样子："你就骗我吧！等你回去了，肯定就没这事儿了！"

陈芳华被自己的闺密闹得不行，其他小医生、小护士也跟着起哄。

"让我们听听学神的声音啊！"

"学神给点学习经验，我们这些人日常做论文课题什么的，说不定也能用上啊！"

虽然真正和叶郴相熟的是夏致，但是陈芳华是长辈，打电话更有分量。

陈芳华一个电话拨到了叶郴那边，明明在医科大讲课都不紧张，这会儿打电话给叶郴反而紧张起来了。

"喂，阿姨？"

陈芳华看了看周围的人，不好意思地开口道："叶郴啊，最近夏致成绩进步很快，谢谢你了。"

"阿姨客气了，是夏致自己用功。"

"那个，我几个同事的孩子，和夏致都是同年的，他们看夏致进步那么快，就想问问你家教的事情，你不介意我公放吧？"

"不介意，阿姨您说。"叶粼的声音温润如水，一点没有名校大学生的傲气。一公放，他凭借声音就刷满好感度了。

夏致一想到叶粼变抢手了，说不定除了教自己，还可能会教别人。哪怕那个人是岑卿浼，心里也莫名不爽起来。

"你看，你能不能把卿浼带上？卿浼那孩子你见过的。"陈芳华开口道。

那边的叶粼笑了，富有磁性的笑声让空气都跟着轻轻颤："我是花了挺多时间才摸透了夏致想问题的方式，要是我再去带卿浼，那还不得串了啊。而且，夏致和卿浼需要突破的重点也不同，两个人没办法一起带。"

岑卿浼露出了失望的表情，像个霜打的茄子。如果不是叶粼，他爸妈一定会再找别人来做监工的。

"这样啊……说的也是……"陈芳华不好意思地看向焦婷。

焦婷叹了口气："没关系，人家也是负责才会这么说。"

"不过卿浼的话，我可以找另外一个同学带他。我那个同学也是T市的，和我一样周五晚上回T市，我帮卿浼问问。"

焦婷脸上立刻散发出不一般的光辉来："可以可以！替我谢谢叶粼！"

"阿姨客气了，卿浼是个好孩子。"

陈芳华又和叶粼聊了两句，才挂了电话，大家继续吃饭。

此时的钟孝非常有危机感，Q大是全国一流学府，能考进去的都是各省的尖子生。参加补习班会虽然有一定的用处，但是未必有这些思维逻辑强大的尖子生陪着刷题辅导有用。

他回去之后必须立刻给钟淳也找一个，这事刻不容缓！

钟孝这会儿连饭都没心思吃了，就想着自己的人脉里有没有名校教授什么的。他实在是拉不下脸来叫陈芳华帮忙。

晚上吃完了饭，因为骑了车，夏致和岑卿浼两人结伴回家。

等和岑卿浼分道扬镳之后，夏致将车停在路边，单脚点地，从口袋里取出手机，拨通了叶粼的电话。

这个时候的叶粼正从图书馆走出来，一看见屏幕上夏致的名字，不由得笑了："喂，夏致啊。"

叶粼闭上眼睛，吸一口气，闻到学校草木夜间散发出的露水味道。

"叶老师，今天是不是挺有满足感的啊？"

"那你再叫我一遍。"

"不叫了。"

"我只教你。"叶粼轻声道。

"只教我就可惜了……我觉得你应该开个补习班,肯定能发家致富,将莘莘学子送入全国一流学府,造就教育界神话。"

"我只教你。等你考上了大学,我不会再教任何人了。"

说这种哄人高兴的好听话,对叶粼来说没有必要。所以叶粼说的,是他心里想的真话。

"那照你这么说,我就该不停地复读,一直考不上,这样你就会一直教我了!"

叶粼顿了顿,笑容更明显了:"夏致,这个问题呢,要看重点是什么。你是要考大学,还是要我一直在你身边?"

"当然是你一直在我……"夏致忽然反应过来,"什么鬼啊!"

叶粼笑出声来,低低的:"我知道了,我会一直在你身边。"

"滚滚滚!我才不用!不过话说回来,你还是帮卿浼找个靠谱的家教吧。卿浼脑子聪明,就是爱玩,自制力差。"

"还真是你发小,就是考大学都舍不得扔了他啊!"

"这么多年的感情,要不抛弃不放弃嘛。不然,问问嘉润哥愿不愿意?"

"我知道了。不过夏致,你什么时候叫他'嘉润哥'了?"叶粼的眉心蹙起,尽管如此,他的声音还是很温和。

"就上次我游一千五百米输给他了啊。"夏致很坦荡地承认。

而且因为输了,夏致还答应了陈嘉润一个条件,当然这条件他现在不好跟叶粼说。

"哦,嘉润估计不会答应,他很懒。要他每周坐高铁来回,他会不耐烦。"

叶粼看向走在前面毫无知觉的陈嘉润,陈嘉润的背脊一凉,打了个喷嚏。

"那……你看还能找谁吧。"

"你这次考进了年级百名,想要我做什么?"

"下周回来,不就知道了?"夏致还是不说。

"好,那我看看你这周要给我放什么大招。"

挂了电话,叶粼走上前去,胳膊一把压在了陈嘉润的肩头:"嘉润啊,晚上要不要去游个泳啊?"

"游泳?不要!我下午才训练过!我要睡觉!"

"我跟教练申请给你加个训吧?我陪你游怎么样?"

"不用。"陈嘉润知道叶粼没安好心,抬起他的胳膊就要走。可惜还没走两步,就被叶粼给捞了回来。

"一千五百米自由泳啊。"

"我不要!你自己游吧!"

陈嘉润立刻明白,叶粼是知道了自己一千五百米赢了夏致的事情。但赢了夏致也没什么稀奇的啊?如果是蝶泳,洛璃也是分分钟秒杀夏致,难道叶粼还要去找洛璃报仇吗?

"嘉润哥,一千五百米那么厉害,我也想领教一下啊。"

陈嘉润顿时觉得被雷劈中了,转过身来,用力戳了一下叶粼的胸口:"你这报复心省省吧,一声'哥'你都要计较?他见着小天,也叫'小天哥',见到赵雄也叫'二熊哥',看见洛老大……算了,大家都是叫老大,没人叫他'璃哥'……你是不是都要挨个打击报复一遍啊?"

"但是你没觉得,'嘉润哥'听起来非常娇气吗?"叶粼又问。

"没觉得,我不陪你发神经。"陈嘉润满脸黑线,然后立刻远离叶粼。

叶粼抬起手腕,看了看时间,没有急着回寝室,而是打了个电话:"舒扬,你在哪儿呢?"

"打台球。"有些薄凉的声音响起。

叶粼出校门后叫了一辆出租车,去了一家斯诺克俱乐部。

他一路走到最里面的包间,看到了一个穿着黑色衬衫的年轻男人。男人匍匐在台前,安静地蛰伏,然后瞬间击发,一球入袋,精准爽利。

"来一局?"舒扬抬起头来问。

"你不戴眼镜我一下子没认出你。"叶粼瞥了一眼被随意扔在椅子上的黑框眼镜。

"又不在学校,装什么正经?"舒扬侧坐在桌边,又是一个漂亮的挑杆。

"有个活儿,你接不接?"

"不接。"舒扬回答得很干脆。

"上回那个黑了你弟弟网吧的小孩儿,在找家教。"叶粼走到另一张椅子坐了下来。叶粼慵懒地靠着椅背,观察舒扬发力时候腰背的线条。

"啊?你确定?"

"怎么了?"

"他挺聪明的,学习应该不差。"舒扬撑着球杆,回过头来看叶粼。

"聪明是聪明,就是心思没用在学习上。"

"你不会这么好心给我介绍家教的兼职,又耗时间又不挣钱。"

"我倒贴你钱,麻烦你帮我管住那个小屁孩儿。"叶粼笑着说。

"那小屁孩儿怎么得罪你了?"舒扬露出很有兴趣的表情。

"他天天带着小男孩儿打游戏,拉都拉不回来。你帮我看死他,我谢谢你。"

"所以这并不是家教的工作,而是帮你去欺负人,对吧?"

舒扬笑了,叶粼也笑了,两个人都不怀好意。

"对啊。"

"成交。正好上次那小屁孩黑了我家网吧,该给他点教训了。"

"不是不报,时候未到。"

这个时候,桌前摊着作业本,在桌下偷偷打游戏的岑卿浼连打了三个大喷嚏,吹得作业本都上天了。

大概是因为月考春风得意,这一周过得特别快。到了周五下午,最后一节课是体育课。

本来体育课早就被数理化征用了,但是因为市里面一份什么文件,大意是为了保障高三学生的心理健康,保证足够的运动量,要求各中学不得随意占用体育课之类的,于是体育课就这样苟延残喘了下来。

体育课对于全班同学来说,是痛并快乐的一节课。

痛是因为,体育老师非要男生跑八百米,女生跑四百米之后,才能自由活动。

他们每天不是坐着上课,就是坐着做题,要么趴着睡觉,无论是四百米还是八百米,都是要命的活计,可为了之后半个小时的自由活动,就是死他们也要硬扛下来。

而且体育老师对鞋非常执着,要求必须是运动鞋,什么休闲鞋、帆布鞋、棉鞋,统统不可以。如果他们没穿运动鞋,就要脱了鞋子跑。

好死不死,因为今天上课差点迟到,夏致穿的是不用系带子的乐福鞋,而岑卿浼为了臭美,穿的是休闲鞋。

"我们都高三了!为什么还有体育课,为什么还有体育课啊?"岑卿浼在教室里发出悲凉的哀号。八百米本来就要他的命,脱了鞋子的八百米更加要人命。

夏致倒是淡定得很,八百米对他而言,本来就是游泳前的热身,脱鞋就脱鞋呗。

但岑卿浼是甘心就这样脱了鞋子跑步的人吗?当然不是!

他去了趟小卖部,买了两沓运动袜,扔给夏致一沓:"怎么样,身为发小的我,对你不赖吧?"

岑卿浼直接在教室就穿上了三双运动袜,差点连鞋都塞不进去。

夏致想了想,既然有袜子何必遭罪,不过他也只多穿了一双。

果然,上课时体育老师的开场白就是:"你们谁的鞋子穿得不对的,现在就给我脱了!"

站在最后一排的夏致脱了鞋,岑卿浼也雄赳赳气昂昂地把鞋脱掉了,反正四双袜子的他不惧怕跑道的冰凉。

"现在开始跑!不许偷懒!都给我跑起来!你看看你们一个两个都快脂肪超

标了！"

夏致跑起来的时候才知道，不穿鞋跑步是真的非常不舒服。虽然他多套了一层袜子，但跑道上的砂石非常清晰地通过脚底板传递到大脑里，每一步都有点难受。

但也没到承受不了的地步。

第一圈跑了一半的时候，前面的语文课代表穆宁崴了一下脚，夏致下意识去扶。结果穆宁没摔着，夏致的脚却踩到跑道和草皮之间的空隙里，被什么东西给扎了一下。

"啧——"夏致的眉头皱了皱。

穆宁立刻反应过来："夏致，你没事吧？"

"我没事！"夏致停下来，抬起脚一看，脚心一片血渍晕染开来，他被玻璃碴给扎到了。

穆宁立刻举手向体育老师报告："报告老师！夏致踩到玻璃碴出血了！"

体育老师也没想到会这样，让学生脱掉鞋子跑步，本身也是不想他们因为穿不适合跑步的鞋子受伤，却没想到跑道边上的缝隙里竟然有玻璃碴。

"体育委员，你带着大家继续跑步！"

体育老师挽着夏致，送去医务室。一路上，体育老师都蹙着眉头，没有说夏致一句"你怎么不小心"之类的话，看得出来他其实是在自责。

"老师，是我自己不小心踩到跑道边上去了。"

"你还有心情安慰我？是不是个傻小子啊。"体育老师摁了一下夏致的脑袋，"要是不小心感染了怎么办？"

到了医务室，校医赶紧给夏致消毒、处理伤口，包扎了之后又千叮万嘱不能下水。

还好立冬了，天气冷了，没那么容易发炎了。

回家的时候，岑卿浼看着有点瘸的夏致，叹了口气说："我给你的袜子，要是你都穿上了，搞不好就扎不着了！这会儿美了吧，扎心了！扎着脚心了！"

夏致无所谓地说："这点伤，一周就好了。"

这时候夏致的手机振动了一下，是叶鄴发来的微信消息。

叶鄴：晚上想吃什么？

夏致抿了抿嘴，每周五陈芳华都要值夜班，自从叶鄴做了他的家教之后，周五的晚饭几乎都是叶鄴给他做的。而且最重要的是……好吃。

夏致抓了抓脸颊，回了一句：猪脚吧。

叶鄴很快回复：猪脚？你该不会是脚受伤了，以形补形？

夏致没想到叶鄴这么敏锐，竟然立刻就联想到他是不是受伤了。

夏致赶紧回复：小伤啊！一周就能好的那种！

夏致尽量让自己走路的时候看起来没事，但脚底板的伤还是让他每走一步都隐

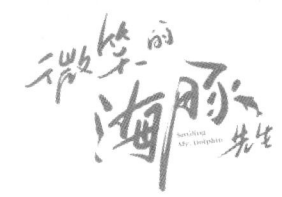

隐地疼。

夏致推了自行车，骑上去反而比走路舒坦。

一回到家，夏致立刻瘫在了沙发上，趁着叶粼还没回来，赶紧玩起游戏。

叶粼拎着菜，一进门，还没来得及换鞋，就说："我看一下你伤到哪里了。"

夏致刚想说"没什么"，但难得叶粼的脸上没有一丝笑容，整个人明显是低气压。

踢了拖鞋，夏致把右腿抬起来，放在自己面前，似乎是想要看一下伤口。但是对面的叶粼没有等夏致"自我欣赏"的好耐心，直接扣住他的脚踝，将他的脚拎了过去。

别看叶粼抓夏致脚踝的力气很重，但是将纱布打开的时候却是又轻又缓。

纱布上微微透着些粉红，当伤口呈现在叶粼面前的时候，夏致觉得自己就像是作业做得一塌糊涂的小学生正在被家长检查作业。

叶粼的眉心蹙得更厉害了。

夏致下意识地往回收了收脚踝，但是叶粼却一把扣紧了。

他觉得这么一直伸着脚在叶粼面前太奇怪了，但其实因为几乎没见过日光，夏致的脚很白，脚背和小腿之间的弧度显得修长，脚趾也平平整整的。

"这下开心了吗？"叶粼抬了抬眼问。

"不开心……"如果是陈芳华问他，他铁定皮皮地回答"开心"，但面对叶粼，他莫名不敢皮。

"得意了吗？"叶粼又问。

"不得意……"

"得劲儿了吗？"

"不得劲儿，而且疼得挺费劲儿的……"

叶粼的手捂在夏致微凉的脚背上："本来这周有队内排位赛，还说带你去玩玩。这下你残了，没得玩了。"

"什么！你们队内排位赛？那我是不是可以看见你和嘉润哥还有……还有洛璃比赛？"

"不能，你受伤了，我不会去了。"

"别啊！我不下水！就在旁边看你们比！"

"你就在家好好刷题吧。"

"我想到了！你不是差我一个愿望吗？你带我去看你们队内……"

叶粼在夏致的脚背上轻轻拍了一下："你傻啊，联赛早过去了，现在哪儿来的队内排位赛？"

"你耍我……害我白难过一场。"

"但是夏致啊,如果你想要成为运动员,就必须保护好自己的身体,特别是游泳运动员,怎么能伤到自己的脚心呢?"

受伤之后不能下水,容易感染,非常耽误训练。

夏致低下头来:"对不起。"

"下不为例。"

叶鳉很平整地将纱布包了回去,明明他的手指是隔着纱布触上夏致的脚心,夏致还是忍不住总想把脚收回来。

"你脚心也怕痒?"叶鳉轻轻地在夏致的脚心上点了点。

"不痒!"嘴上这么说,夏致的脚却忍不住动了动。

"真不痒?那这里呢?"叶鳉指节轻轻挠了下夏致的小腿。

"啧……"夏致的小腿下意识绷了起来。

"叫你装。"叶鳉的手掌在夏致的小腿腹上用力捏了一下。

"喂!"夏致不满地看着对方。

"不作不死。"叶鳉捏着夏致小腿的力气丝毫没有松懈。

"我下次真的会小心!"

夏致刚要去掰叶鳉的手,叶鳉就起身去做饭了。揉了揉自己被捏疼的小腿,夏致呼出一口气来。

因为是临时买的猪脚,没时间慢火煲,叶鳉直接用高压锅做的。但是夏致还是觉得好吃,一口气吃了三分之二。

"鳉哥,那你们寒假集训会有队内排位赛吧?"

"有啊,你就那么想看陈嘉润和洛璃吗?"叶鳉抬起头,眉梢向上挑了起来。

"啊?我是想看你和他们比啊!"

"拍马屁你还是跟卿浼好好学吧。"

说起卿浼,夏致才想起来他们在游戏里一直对战落败,不知道这周还约不约战。他侧过身,从口袋里把手机拿出来,没想到岑卿浼安静得很,都没通知他什么时候开战。

叶鳉一眼就看穿了夏致在等什么,向后一靠,开口道:"我知道,不赢乱步天下,你就静不下心来好好学习。"

"啊!你怎么知道我在和乱步天下打?"

叶鳉简直神了!

"今天晚上乱步天下不会上线,周五晚上有斯诺克比赛。我可以给你约战周六

晚上，亲自带你赢他。打完游戏，你就给我老实地好好学习。"

"你也打游戏？不对！你知道乱步天下是谁？"夏致觉得自己对叶鄰的认知被刷新了。

"知道也不告诉你。行了，现在说一说你这次考入年级前百，想要我帮你做什么？"

夏致把所有表情收起来，很认真地说："很简单的一件事，但我是认真的。你如果露出任何嘲笑的意思，我就跟你绝交。"

"什么？"

老实说，这件事足足吊了叶鄰一周的胃口，他也想知道小男孩会提出怎样的要求。

叶鄰倾向前去，撑着桌子看着夏致的眼睛。这双眼睛总是从不掩饰对他的信任和崇拜甚至期待，以及对于与他平起平坐的执着。

而这个小崽子在他的心里已经越来越重要了，可惜小崽子对此一无所知。

"本来我高一的时候，你正好高三。可那个时候，高三都在市郊校区，我都没有机会见到你。"在夏致平缓的声音里，一切都跟着柔软了起来。

"所以呢？市郊校区已经没了。"

"你穿上校服，跟我合个影啊，不然我就白来T大附中了！"

叶鄰还是保持着那个坐姿，连动都没有动过。

夏致很认真地看着叶鄰，他本来可以读一个一般的中学，懒懒散散地度过这三年。

"你要是觉得奇怪，那就算了呗。时间这种东西，本来就是过去了就过去了。"

"可过去了就总想要抓住。"叶鄰站起身来，"好啊，我答应你。"

"这么痛快啊？"夏致有些惊讶，毕竟自己这个要求挺幼稚的。

叶鄰笑了笑："等你脚底板好了吧，不然站都站不住！"

"我好得特别快。"夏致倨傲地说。

"就好像高一的你想要见到高三的我，我也想回到过去，十二岁的我想要在游到终点的时候，找到在观众席上的你。"

夏致怔了一下，他没有想到叶鄰竟然也会有这样的心情。

夏致心里忽然暖了起来，因为自己珍惜的过去，叶鄰也同样珍惜。

第二天，夏致本来想向海豚馆请假，毕竟脚受伤了没办法到水里陪痞痞玩。

可转念一想，一周才能陪痞痞一次，要是痞痞不高兴了，又沉水底憋气的话就不好了——缺氧对脑子不好，海豚也是一样的吧！

脑子不好又调皮的痞痞……夏致想想都觉得可怕。

于是夏致在脚上包了两层保鲜袋，穿着拖鞋去见痞痞了。

一听见他的脚步声，痞痞就迅速地游到了岸边，仰着脑袋等夏致下水。

夏致趴下来，摸了摸痞痞的脸，好声好气地说："痞痞，我的脚受伤了，这周下不了水，只能在这里陪你了。"

他本来以为痞痞会像上周一样不满意地甩水上来，但没想到痞痞只是向上一直仰着脑袋，一脸期盼，直到夏致低下头来，它用吻部碰了碰夏致。

夏致笑了，摸了摸痞痞："我知道了，你在安慰我对吗？没关系的，我不疼。"

痞痞把脸贴在夏致的脸颊上蹭了蹭。

上周还在使坏的小东西，忽然一下这么体贴了，夏致真的觉得它就像一个人一样，孤独地在这个封闭的水域里，所以渴望陪伴。

因为拥有了陪伴，所以它总想要一遍又一遍地紧紧贴着，就像是确认这温暖是属于自己的一样。

"痞痞，邺哥说会穿上校服跟我照相。本来我还挺高兴的，后来细想一下，有点怪……"

"喔？"痞痞歪着脑袋，真的超级可爱。

"算了，不想邺哥的事情了，咱们来合影。"

夏致带了那个水下运动相机，单手将它举起来，痞痞立刻明白这是要拍照的意思，于是从水里拱起来，特别认真地靠向夏致。

那一刻，夏致仿佛看见叶邺拨开水流向他而来。

直到被痞痞冰凉的吻部触碰上，夏致才醒过神来，摁下了相机。

当叶邺从睡梦中醒来，他抬起胳膊揉了揉自己的眼睛，然后侧过脸，想起了什么，笑了起来。

"真好啊。"叶邺发出一声感叹。

第八章 安心

从叶粼答应替夏致约战乱步天下开始,夏致虽然还是冷淡的表情,但是书桌下面一直颠着的那只没受伤的脚,暴露了他内心的激动。

一旁的叶粼也没数落他,而是在他耳边打了个响指:"夏致,这道题你做错了三个地方,要挨罚的。"

"啊?我再、再做一遍……"

"我不接受。"叶粼撑着下巴,笑着说。

那样明显的笑意让夏致骤然反应过来,刚要捂住自己的腰,叶粼的双手已经伸了过来。

夏致不是第一次发现,某些时候叶粼坏得很。

他温暖的指尖仿佛故意找着夏致的痒痒肉而去,掐下去那一刻,夏致就像煮熟的虾子一样蜷了起来。

夏致全身紧绷起来,就是为了让叶粼掐不动。

但是叶粼把夏致往他那边猛地一带,弄得夏致一松气,他又是一掐。夏致扭动着要掰开叶粼的手,但叶粼的力气超乎想象的大,甚至能将他从椅子上带起来。

椅子与地板摩擦,发出尖锐的声音,夏致憋红了脸,咬着牙关说:"我……好好刷题……要不然你松手,我们在院子里打一架……"

"你打不过我。"

"打得过!"

"打过了我,陈阿姨也饶不了你!"

夏致这才想起来,叶粼早就在老妈那里刷足了好感度!

"阴险!"夏致在内心深处对叶粼充满鄙视。

叶粼终于放开了夏致,夏致微微喘着气,他把飞到桌角的题库取了回来。叶粼的手又伸了过来,惊得夏致往旁边一缩,叶粼好笑地问:"你的腰怎么那么怕掐?"

"因为你手法独到。"夏致的脸臭臭的。

叶㴑也不生气,撑着下巴看了一眼题目:"刷题吧。"

被叶㴑这么一欺负,夏致的心反倒静了下来。

当他做完题,习惯性地侧脸看叶㴑,却没想到对上了叶㴑的眼睛。

"终于做对了,下一题。"

因为约战时间是晚上,夏致干脆就留叶㴑睡在他家。

陈芳华都惊讶了:"哎,上回叶㴑生日我留他住,你还老大不乐意的,今天倒是很积极主动啊!"

"今天不一样!"夏致蹲在地上,把床的边缘往外拉。

叶㴑抱着胳膊站在旁边,低头看着夏致。忽然他抬起了脚,用脚尖戳了一下夏致。

夏致没料到会被袭击,一下子坐在了地上,不满地抬起头来:"㴑哥!你不帮忙就算了,还搞事儿!"

"抱歉,没忍住,你继续。"叶㴑摊了摊手,一副自己是客人,不打算帮夏致拉床的样子。

那个乱步天下绝对是个夜猫子,约战时间竟然是晚上十一点。

夏致很兴奋地打了个电话给岑卿浼:"鼻涕泡!今晚我和㴑哥要约战乱步天下!你怎么说!"

"我快被……新来的家教弄死了……真没见过这么正经八百的!连个'解'字都不能写潦草了!他还跟我爸妈说,每天晚上回家之后就要我上缴手机!我写完作业才能拿回来!"

夏致侧过脸,看了一眼正和乱步天下聊天的叶㴑,忽然觉得自己的"叶老师"怎么看怎么顺眼。

叶㴑侧过脸来回视夏致,瞥了一眼夏致的表情,笑了。他侧过身去,夏致以为他要掐自己的腰,立刻双手护住。谁知道,叶㴑的目标却是他的耳朵。

叶㴑捏了一下他耳朵的软骨,折起来又放开,放开又折起来。

夏致本来还想抱着手机看会儿电影,结果被叶㴑这么一骚扰,没两下耳机就掉了下来。

"你就那么爱刷存在感?"夏致不爽地怒视叶㴑。

夏致本来想要怒掀被子,拽掉耳机,揭竿而起,狠揍叶㴑一顿。可是一想到他们还要联合起来对付乱步天下,只能先忍了。

他以为自己只要毫无反应,叶㴑就会觉得没意思,该干啥干啥。夏致的眉心蹙了起来,他不动声色,毫不怀疑自己如果有反应,叶㴑一定会越玩越来劲。

夏致将被子一卷,非常有气势地转过身,躲过了叶㴑的魔爪。

终于消停了啊!

只是没到二十秒,夏致的后颈上就痒痒的。电影顿时看不下去了,夏致告诉自己绝对不能回头理叶粼,却不知道眼前的屏幕上播的是什么。

叶粼正在拨弄他短短的发茬。

"粼哥,你很幼稚啊。"夏致胳膊肘向后,顶了顶对方。

"幼稚并快乐着。"叶粼不紧不慢地回答。

"你多年的男神形象,彻底崩塌了。"

"男神?我是谁的男神?"叶粼好笑地问。

"不知道!"夏致不耐烦了,他特想暴打叶粼一顿,虽然他自己也不知道为什么。

"你这样,我很无聊。"

"看出来了。"

"我们来比赛吧。"

"比什么?"

夏致把手机一扔,坐起身来,就看见叶粼懒洋洋地躺在那儿,眼底都是笑。

"掰手腕吧。"

"掰、掰手腕?"夏致怀疑自己是不是听错了。

"对啊,掰手腕,彻底断绝你认为自己比我厉害的不实幻想。"

叶粼坐起身来,一手搭在膝盖上,笑意满满。

夏致一听就怒了,虽然知道叶粼在激自己,可什么叫作"不实幻想"?

如果是岑卿浼觉得自己能打赢叶粼,那才叫幻想!

"好啊,来啊!让我来粉碎你的'不实幻想'!"夏致把袖子向上一撸,露出利落的手臂线条来。

叶粼起身,拉开了椅子,两人就着书桌的桌角,一个人坐在床边,一个人坐在椅子上。

"普通的掰手腕,太没意思了,我们增加一点难度。"叶粼说。

夏致看了叶粼两秒,心想叶粼邀约的"掰手腕",怎么可能是简单的"掰手腕"。

"怎么,你是要单腿蹲着掰,看谁先倒下?还是头上顶八宝琉璃盏表演杂技?"

夏致倒想看看,叶粼有什么创新。

"我们可以用任何方式来扰乱对方,以达到赢过对方的目的。"

"什么?你向我扔刀子算不算合理扰乱?"

"当然是以不造成伤害为底线啊。"

看着叶粼那微笑的样子,夏致脑海里想到的是从水中探出脑袋、朝着自己笑的痞痞,看着可爱,下了水才知道这家伙有多坏。

"你是又想掐我的腰吧！"

"被你发现了。"

"不许掐我！"

"要不然这样，我们将扰乱的范围限于手部，不能掰对方手指，也不能弄疼对方。"

夏致蹙起眉头想了想，如果不能掰手指，还不能让对方疼，那怎么扰乱？挠痒痒吗？

"要不要试一试？"叶邈问。

他穿着夏致的睡衣，头发后面也微微有些乱，衣领歪到一边，整个人都显得有点不正经。

当夏致的目光触上叶邈轻佻的嘴角时，暗叫：不好，这家伙恐怕要使坏。可如果回答"不试"，那肯定会被嘲笑没种啊！

"来就来！"

夏致也想知道，叶邈会怎么扰乱自己。他的手背、手指可不怕痒！

拉开椅子，夏致大咧咧坐了下来，朝叶邈勾了勾手："来！"

叶邈握住夏致的手，两人的手指扣紧，目视对方。

夏致本来以为这对叶邈来说只是一个游戏，却没想到叶邈竟然很认真。

当叶邈收起笑容，整个人沉静中酝酿着爆发力，夏致甚至怀疑自己会被他一击即倒。

暗暗调整呼吸，夏致也专注了起来："倒数开始！三、二、一！"

话音一落，两人同时发力。

夏致抱着一鼓作气将叶邈扳倒的想法，可没想到全身力量都借由肩臂压下去时，叶邈却稳稳承受住了！

夏致咬着牙关，全身肌肉都绷了起来。

叶邈的眉心蹙了起来，能隐隐看见他也咬紧了牙。

在水里还感觉不到叶邈的力量，但是此刻，夏致的手承受着叶邈的握力，那是一种要将夏致骨头都捏碎的狠劲。

夏致额头上的血管都要爆开了，这比五十米自由泳最后的冲刺还要直接，没有了水的包裹和助力，是完全的力量与力量的对抗。

两相焦灼之下，夏致终于略微占据了一点点优势。

"我要开始了。"叶邈的声音响起。因为用力，他从喉咙里发出低沉却带着压抑的劲力。

夏致想的是一门心思扳倒叶邈，管叶邈干什么，只要自己不撒手，一直用全力就行。

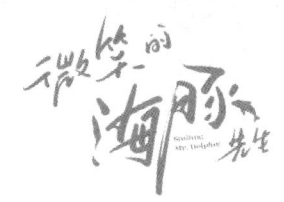

谁知道叶粼竟然低下头，全然不顾这个姿势不好用力，眼看着夏致就要将他掰倒，他却忽然凑向夏致的手背，咬了一口。

夏致一愣神，就被叶粼狠狠压倒，手背砸在了桌面上，"砰"的一声。

骨头震动着，夏致愣在那里回不过神来："你、你太不要脸了！"

叶粼又笑了，他松开了夏致，摸了摸自己的下巴："我的脸挺好看的，没打算放弃。"

"啧，你简直……为了赢掰手腕，你还有没有人品了！"夏致想也没想，就要把手背往衣服上擦，谁知道被叶粼一把拽了回来。

"你胆儿肥了？敢嫌弃我？"

"揍不死你！"

两个人又打了起来，夏致的手被叶粼拧到了身后，眼睛鼻子都皱到一起去了！

夏致不甘示弱，抬起脚向后一踹，却没想到叶粼先发制人，直接用膝盖撞在夏致的另一条腿上。夏致不仅没踹着叶粼，自己反倒扑了下去。

下巴刚好砸在被子里，五脏六腑都差点被压出来。

"还嫌弃不嫌弃？"

"嫌弃！"夏致坚持自己真实的想法不动摇。

叶粼将夏致的胳膊压得更死了。

夏致知道叶粼心里有数，不可能真的伤害到他。

"还嫌弃不嫌弃？"微凉的声音从头顶落下来。

"嫌弃——骨头断了都嫌弃！"

"哦，那就让你彻底嫌弃。"

夏致还没来得及反应，叶粼又掐住了夏致的腰，每次都捏中要害。

"哈哈哈哈哈！哈哈哈！你滚！别落在爷的手上——爷比你年轻！等你以后得了阿尔兹海默症！我每天让你睡厕所——"

夏致用力拧动着，用尽力气也要掰开叶粼的手。无奈他是脸朝下被压着，力气使不上来。

他笑得都快岔气了，眼泪都出来了。但是叶粼下了狠手，夏致恨不能把脑袋都撞墙上去。

这时候，敲门声响起，陈芳华开口道："你们俩干什么呢？拆房子呢？"

夏致大吼道："叶粼要拆了你儿子！你还不进来！"

"阿姨，夏致出言不逊，太得意了，我教训教训他！"叶粼特别稳重地说。

陈芳华笑了："你们就爱闹！"

夏致的下巴在被子里撞了撞，那是他亲妈啊！竟然任由叶粼为所欲为！

就在这个时候,叶粼扔在枕头边的手机响了,上面显示"舒扬"。

"放你一条生路。"叶粼松开手,那一刻血液回流让夏致的手臂都发麻了。

叶粼刚接通电话,那边就传来一句:"干什么呢?约好的时间,等你快十分钟了。"

叶粼笑了笑,看了夏致一眼:"我们这就来。"

夏致还在揉自己的肩膀,听叶粼打电话,夏致基本可以确定叶粼确实认识乱步天下本人,而且还挺熟。

挂了电话,叶粼在夏致的下巴上刮了一下:"走,哥带着你上路。"

夏致别开脑袋,不爽地回了句:"你才上路!胳膊都被你拧折了!"

接下来,两人并排靠着床头,各自抱着手机,开始了比赛。

原本夏致以为乱步天下的操作已经够强大了,没想到叶粼一出手,夏致竟然有种开了挂的感觉。再一看叶粼的级别,夏致一口鲜血差点没喷在屏幕上。

"我以为……你不打游戏的。"夏致回答。

"我当然打,下回一起去网吧浪啊。"叶粼侧过脸来,朝夏致眨了一下眼睛。

虽然这只是一起去玩游戏的邀请,夏致却觉得眼前的叶粼向他打开了一扇门,将另一个并不那么完美但是更加鲜活的叶粼展现了出来。

"有时间打游戏,怎么不回泳队训练……"

夏致刚把眼睛挪向屏幕,叶粼就要摁他的脑袋。夏致直接侧过脸避开了,顺带狠狠踹叶粼一脚,却没料到叶粼先他一步,抬脚将他给踩住了。

"起开!"夏致抬了抬腿。

叶粼的脚稳稳地踩着。

"我要换搭档了!"

"你换吧,反正你带着小岑是赢不了乱步天下的。"

叶粼对此充满了极端的自负,让夏致非常不爽。

但事实证明,叶粼不是自负,而是恰到好处的自信而已。

乱步天下这一回的搭档比上次的还厉害……又或者说每次乱步天下的搭档都不一样。

岑卿浼对此发表了自己的看法,那就是乱步天下要么极端自我,要么极端花心。

夏致明明知道不能分神,却还是忍不住瞥了叶粼一眼,因为他太想知道叶粼打游戏的时候是什么样子了。

叶粼就像站在泳池的出发台上,嘴角还带着隐隐的笑意,目光却很专注。

"夏致,你分神了。"叶粼替夏致挡下了乱步天下的攻击,而对方的搭档倾城时雨立刻攻了过来,没想到叶粼还有余力来对付他!

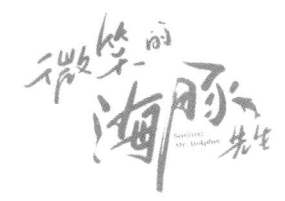

"秒了倾城！"叶粼低沉而冷冽的声音传来。

眼见着乱步天下就要把夏致干掉，千钧一发之际，夏致硬扛了下来，震得他心肝儿都在颤。

"拖住他。"明明是在打游戏，叶粼只是交叠着双腿靠床坐着，却杀气腾腾，光是听他的声音，夏致都觉得脑袋疼。

乱步天下看出了他们的策略，想要毙了夏致去救自己的搭档，但是叶粼出手快狠准，倾城时雨"挂了"。夏致总觉得，倾城时雨死前那口血多半是喷到了屏幕上，太惨了。

叶粼和夏致两个人一起对付乱步天下，出手一个比一个狠。

之前带着岑卿浼和乱步天下打了那么久，从没把他逼到毫无还手之力的地步。而现在，就像砍菜切瓜，夏致根本不用想着防守，因为有叶粼罩着呢，他只要大刀阔斧报仇雪恨就好！

"送他死。"叶粼的语速很快，但夏致几乎刚听到，身体就行动了。

乱步天下玩完了，而且一句话不说，直接下线。

夏致抱着手机眨了眨眼睛，总觉得这一切太玄幻了。

"你对这破游戏还有什么留恋吗？"

叶粼揉了揉夏致的脑袋瓜，夏致还没反应过来，任由叶粼把自己的发型搓成鸟窝。

一把挥开叶粼的手，夏致的眉头皱得紧紧的，带着怒意地看向叶粼："我说，你不是认识乱步天下的吗？这该不会是你一手安排的吧？"

"安排什么？"叶粼撑着下巴，笑着看向夏致。

"让乱步天下故意输给我们啊！"要赢就真的赢！他最受不得玩花样！

夏致就像是被拔了一大撮毛的小兽，恨不能在叶粼那张笑脸上再留下几道爪印。

"哈哈哈！"叶粼捂着肚子大笑了起来，"他故意输给我们……谁折了这家伙的面子，这家伙能上天！你竟然怀疑他故意输？"

"真的不是？"夏致还是满脸怀疑。

虽然之前夏致觉得岑卿浼的水平已经够好了，但是和叶粼一比较，那就是大学生和资深教授的区别。而乱步天下这个人可是风云人物啊……

"你这是看不起乱步天下，还是看不起我的水平？"

叶粼笑了一下，直接靠着枕头，打了个电话："喂，扬扬你在干什么呢？"

叶粼开的公放。

那声"扬扬"很亲昵，夏致忽然怀疑难不成乱步天下是个女孩儿，又或者……他和叶粼很熟，远远超过夏致和叶粼。

但那是理所当然的，毕竟夏致和叶粼正式认识才三个来月。

"想着一万种方法让你死。"冰硬的声音传来，看来对方的心情真的非常不好。

"我也没想到小男孩的水平那么高，竟然真的能成功拖住你。"

叶粼又要去摁夏致的脑袋了，夏致直接反过来一把将他的脑袋给摁下去了。

和乱步天下的电话还没断，夏致没有出声，但他就是看不惯叶粼那笑得欠揍的样子。

你不是最爱摁我的脑袋？最爱掐我的腰吗？

夏致卡住叶粼的腿，趁着他还在打电话，抓住一切机会，实行打击报复。

叶粼的头发被揉乱了，夏致压根儿就不是掐他的痒痒，而是巴不得折了他的腰。

叶粼侧过身，那一段力度与优雅相融合的线条绷起，夏致直接用手肘给压下去。

我不要你笑！我就要你痛！

"啧……"叶粼将手机放在枕头边，说了句："要不我们一对一PK一下……你别闹……"

手机那端的乱步天下声音更冷了："PK什么？"

叶粼正要发力撑起身，夏致立刻感觉到了他肩背的力量，直接给他压回去。

"唔……"叶粼发出一声闷哼，也不挣扎了，脑袋压在枕头里，蜷了起来。

"粼哥！粼哥你怎么了？"刚还想要报仇的夏致，忽然就愣了。

叶粼的乱发遮住了他的眼睛，但他咬着牙槽，很辛苦。

"是不是伤到手了！"夏致赶紧撑起上身，怕压到叶粼。

"叶粼！"夏致着急了，他记得自己明明控制好了力气，怎么也没想到叶粼没撑住啊。

忽然之间，夏致的脖子被人勾住了，向下一压。夏致撑着上身的手被人扣住，用力一扯，整个人就这样趴了下去。

夏致气得要炸起来："你耍我——"

叶粼一把将夏致压了下去，脸上哪儿有什么痛苦表情啊，明明是一脸得逞的坏笑。

"小崽子，我是不是对你太好了，你觉得我什么都会让着你啊？"

"你让我个屁！"

枕边的手机发出了忙音，乱步天下挂断了。

叶粼继续一只手压着夏致，另一只手把手机捞过来，又拨打了电话。

但是电话一接通，对方就挂断，来回起码十遍。

叶粼看着夏致："我说乱步天下很要面子，而且很记仇，没骗你吧？"

"你是故意想惹毛乱步天下吧？明明知道人家压根儿不想理你！"

夏致试着挣扎，手才刚抬起来，就对上了叶粼的视线，带着压迫感和警告的意味。

"我也很记仇。"

但这对夏致完全没用,他直接抬起膝盖给叶粼一记重击:"你好意思记仇!"可惜,被叶粼提前压制了。

"我们仇可大了。"叶粼慢悠悠地说。

"对,仇比天高,恨比海深!你赶紧滚下去,我们决一死战!"

这么一番打闹,夏致身上都出汗了,额前的发丝贴在脑袋上,衣服里也带着温热的潮气。

叶粼就这么看着他,刚要开口说什么,手机振动起来,是挂了叶粼十几个电话的乱步天下的来电。

叶粼笑着接通:"喂,扬扬……"

"你再说一遍'扬扬',我弄死你。"

"你试试看,刚刚不知道是谁血溅满屏。"

"我还没说完,我是说我弄死你那个小男孩。"

"那你最好不要试,我让你余生都生不如死。"

叶粼语气轻飘飘地放话,听着像是儿戏,可偏偏就像是在故意告诉夏致,谁想欺负你,我让他生不如死。

"行,一局定胜负。你交给我的那个小崽子,我还得好好管教呢。"

"那就拜托你了,扬扬。"叶粼故意把"扬扬"两个字念得特别清楚。

"看来你脖子很硬,不怕砍。"

电话又挂断了。

"可以滚起来了吧!你不是要和乱步天下一对一吗?"

"夏致,你的脸很臭。"

"废话!赶紧上线!我还等着看你和乱步PK!"

"小夏。"叶粼侧过身来,忽然很认真地念了这两个字。

"啊?"夏致不明白叶粼又要干什么。

"小夏听着还行,但是我管岑卿浼也叫'小岑',如果叫你也是'小夏'的话,就没有区别了。"

夏致不明白叶粼为什么忽然研究起怎么叫他了?

"致致?"叶粼又问。

夏致彻底无语了:"你能正常起来吗?"

"啊,有了,"叶粼坐起身来,"小致。"

"你干什么啊!"

"我刚才叫了乱步天下的小名,你不是一脸臭臭的吗?所以我反省了一下,我竟然都没叫过你的小名？"

"滚滚滚！我没小名！"夏致抬脚就把叶粼踹开了。

"怎么没有，我明明听见陈阿姨也这么叫过你。"叶粼又靠了过来。

夏致觉得这家伙就是故意调侃自己，下一脚用力得很，叶粼却侧身躲开了。

"小致不生气了。"叶粼轻声说。

"滚！"

"小致比'扬扬'好听多了。"

叶粼也不知道发了什么疯，非要在夏致面前一遍又一遍地念着"小致"。第一遍夏致只觉得叶粼故意调侃他，第二遍他觉得，这神经病就是想惹毛他、恶心他。

可叶粼就像带着水滴石穿的耐心，非要和夏致较劲一样。

"小致，你知不知道，第一次听见你名字的时候，我就在想，你的名字是'夏至'的至，还是'智力'的'智'？"

夏致把被子拽起来，盖住脑袋，不想听叶粼故意对自己说话。

"后来我发现，竟然是'极致'的'致'。"

"你到底还要不要和乱步天下PK！"夏致闷在被子里说。

"你不出来看，我多没表现欲？"叶粼又隔着被子揉夏致的脑袋了。

"那你不要再'小致''小致'的叫了！像个脑残！"

"小致，你从前不是这样的。你面上对我不爽，还挑衅我，但我能在你眼中看见满满的崇拜。可现在你不但踹我、欺负我，还叫我'脑残'。"

"你要不要脸啊！"

"我说过了，要脸啊，因为好看。"

"我求你赶紧上天吧！"夏致一把掀开被子，发现叶粼正笑着看他。

这时候，叶粼的手机又振了两下，是乱步天下发来的信息：倒数十秒，从此以后江湖陌路。

叶粼这才慢悠悠地回了一句：战。

两人的这场交战，夏致脸上没表情，心里却紧张得不行。

叶粼一脸淡定，游戏里却已经被乱步天下杀得快升天了，看得出来对于团战被灭这件事，乱步天下很火大。

刚才能赢，应该不是乱步天下让他们的。

就在夏致觉得叶粼大概撑不了三分钟的时候，叶粼忽然一个十四连击，那叫流水行云、防不胜防，仿佛之前的狼狈就是为了这么一瞬的绝地反击，乱步天下被杀得都快飞起来了。

最后大局已定，叶粼赢了乱步天下。

夏致看得眼睛都直了。

"别崇拜哥。"

"放心,你还不是神话。"

说完,夏致就扯了被子转过身去,扔了句:"快一点了!睡觉!"

"嗯,睡觉了。"

闭上眼睛,夏致满脑子都还是叶粼和乱步天下PK时候的画面。

而叶粼打开微信,点开和舒扬的聊天框,回了句:今天戏演得挺好的。

舒扬:你哪只眼睛看见我演戏让你们赢了?

叶粼:那就是我和小男孩加在一起非常厉害。

舒扬:你知道被你秒杀的倾城时雨是谁吗?

叶粼:那不是你的小号吗?我还以为你一人操作两个号,进入了神的级别。

舒扬:呵呵,是你们泳队的队长洛璃。

叶粼顿了顿,立刻回复:洛老大不打游戏。

舒扬:因为最近陈嘉润迷上这款游戏,不上课不训练,连人都找不到了。

叶粼笑着摸了摸鼻子:哦,所以进游戏里逮他吗?我看好洛老大。

舒扬:洛老大第一次上阵就被你秒了,他逮完陈嘉润,就轮到你了。祝你早日升天。

叶粼:收下你的祝福了。

关了手机,叶粼转过身来看着夏致的后脑勺,听着他的呼吸一点一点拉长。

时间总是过得很快,期末考试近在眼前。

整个班都处在压抑的氛围中,没有人想着期末考试之后的寒假,仿佛期末考试就是生命的终结。

岑卿浼趴在桌面上,看着英语和语文。

夏致觉得挺稀奇的,戳了戳他:"这两门对你而言,不就是个加分项吗?"

"你啥意思?"岑卿浼不满地抬起小眼皮问。

"就是做对的永远没有做错的多。"夏致认为自己这话实事求是。

"我这次就让你见识见识我英语和语文的逆天成长!"

"你这么努力,让人不习惯。"

"不努力不行啊……我家教跟我说,如果我这两门没有提高,就说明他能力不够,不再教我了。"岑卿浼正在背一个英语作文模板。

夏致看了一眼那模板,万能又高级,看来岑卿浼的家教很强。

"他不再教你了,你不是该觉得松一口气?"

"虽然我嫌弃他让我爸妈没收我手机,嫌弃他管东管西,嫌弃得要死……不过他是个好人,好人应该一生平安,不该被我连累,对吧?"岑卿浼很诚恳地说。

"我也是好人,我被你连累了十八年,怎么不见你对我内疚?"夏致冷哼了一声。

岑卿浼仰着头,还真的思考了这个问题三秒钟:"对哦,大概还是因为你没有魅力。"

"你去死。"夏致用力把岑卿浼的脑袋摁在英语作文模板上。

"别!别!别!口水流下来了……会弄脏的……"

就在这个时候,有人走到了夏致身边,女孩子柔软的声音响起:"那个,那个夏致……"

夏致松开了岑卿浼,发现是穆宁来了,问:"穆宁?你有什么事吗?"

穆宁从口袋里拿了一盒光明牛奶,不好意思地笑了笑:"谢谢你上次体育课扶住了我。"

夏致赶紧把牛奶给对方塞回去:"不用,我的脚已经好了!"

一旁的岑卿浼看得真着急,直接把牛奶又给摁回来:"拒绝女生的好意,这辈子你都没桃花!"

穆宁的脸一下子就红了,前边一排正好是陈硕和姚敏,两个人一起回头,非常有深意地笑。

夏致拽起本子砸他们两个的脸:"笑!笑!笑!期末考试完了你们笑给我看!"

穆宁本来手里还拿着高中物理经典题库,现在只能转身就走。

岑卿浼赶紧开口:"穆宁,你是来问物理题的吧!别理这两个厌包!赶紧拿来让夏致给你讲!"

夏致这才注意到穆宁手里还有题库,赶紧说:"是要问物理题库的题吗?"

"是的。"

夏致开口道:"我们是光明正大讲题,又不是偷偷摸摸。身正不怕影子斜!你问吧,我给你讲!"

穆宁愣了愣,说了句:"不用了,快上课了。"

看着她的背影,夏致摸了摸后脑勺,这不还有十五分钟才上课吗?

前排的陈硕和姚敏笑得都快抽筋了。

岑卿浼用看傻子的表情看着夏致说:"去你的'身正不怕影子斜'!"

陈硕探着脖子小声说:"脑抽的'偷偷摸摸'!"

姚敏继续补刀:"人家多半就是想跟你'偷偷摸摸'!"

夏致脸上没表情,脑子里却蒙了。

她不是来问题目的吗?不是来感激他那天体育课扶住了她吗?

岑卿浼叹了口气道:"朽木——不可雕也!"

"阿致,可惜了你现在的成绩和身材,本来浑身都是卖点,却能打出一手烂牌!"姚敏也叹气。

"阿致,凭实力单身,我们谁也拼不过你。"陈硕朝他竖起大拇指。

夏致懒得管他们,低下头继续刷题。

语文课,老师在上面划重点背诵内容,学渣小群又在下面闹腾了。

曾经美:走过路过,不要错过!大家觉得,期末考试是我们阿致再次以前一名的微弱优势压住钟淳呢?还是钟淳终于要崛起回到年级前三十?

盗版姚明:没有参考消息,叫我们如何下注?

仗贱天下:他们的胜负并不影响我们三个的年级排名。

倒数第三:要不我们来压一压,期末考试咱们群里谁倒数第一?

盗版姚明:滚!

仗贱天下:滚!

曾经美:Here is the reference.(这是参考资料。)

仗贱天下:岑卿浼说鸟语,这是天崩地裂的前兆。

曾经美:你还要不要参考消息了?

盗版姚明:有干货就上,别废话!

曾经美:钟淳他爸,花重金给钟淳从Q大请了咱们省去年的理科状元补习!据说报销车票,包吃包住,钟淳这一次是信心满满,对年级前十志在必得!

仗贱天下:那咱们阿致呢?

曾经美:咱们阿致的家教呢,是我省前年的理科状元,帅气幽默有耐心,声音好听有磁性,烧菜做饭有味道……

盗版姚明:又开始废话了!你就不能直接说,到底是去年的理科状元厉害,还是前年的理科状元厉害?

曾经美:这个问题,并不是哪个理科状元厉害的问题,而是钟淳和去年的理科状元,以及夏致和前年的理科状元之间谁更有默契的问题。

夏致瞥了一眼手机屏幕,再看一眼旁边的岑卿浼,这人一脸用心地看着黑板,双手在抽屉里盲打了那么长,简直人才!

盗版姚明:什么乱七八糟的,把我给绕晕了。

曾经美:因为你的智商没到平均线,不怪我解释不清。

仗贱天下:管他那么多,之前没押阿致,把早餐钱都输进去了,这一次一定不能再犯错了!

盗版姚明：加一，不能再犯错！

倒数第三：附议！不能再犯错！

曾经美：对！大家下注！

仗贱天下：我押钟淳十块钱！到了钟淳该崛起的时候了！

盗版姚明：我押钟淳二十块钱！事不过三，钟淳不会连续三次都输给夏致！

倒数第三：瘦死的骆驼比马大，我押钟淳十块钱！

曾经美：你们真行啊！我坚定不移地押我的发小！这一次他一定力压群雄，问鼎天下！

仗贱天下：押多少？够不够我们分？

曾经美：我没你们那么小家子气。一顿烧烤，生蚝、带子、羊腰子随便你们点！

就在这个时候，语文老师忽然回头，直接把那三个人点了起来："姚敏！陈硕！李建！上来默写！"

谁要这三个傻子一直低着头群聊呢？岑卿浼一直目不斜视地看着黑板，啥事儿也没有。

默写自然是惨淡的，只是台上那三个傻子还是没明白，为什么语文老师没逮着岑卿浼呢？

更牛的事情来了，岑卿浼火速退群，而下一秒语文老师就没收了这三个傻子的手机。

大概是因为夏致几乎没在群里说过话，所以第二节课的课间，那三人站在年级办公室外被老魏井喷式教育的时候，并没有牵连到夏致。

等他们三个的手机拿回来之后，岑卿浼竟然还觍着脸要回群里。

一开始陈硕他们还义愤填膺，说不揍岑卿浼一顿都是好的，他竟然还有脸要求回来。

对着陈硕他们燃烧的目光，岑卿浼摊了摊手回答："我这是保留燃烧的火种。"

"我们不要你保留！"

"我们要你一起熄灭！"

"去你的燃烧！"

岑卿浼笑了笑："烧烤你们不要了？"

"要！"

岑卿浼雄赳赳气昂昂地回了群里，夏致都没眼看那三个废货。

第二天，那三个人的智能机统一被换成了老年机。

因为快期末考试了，叶邾对夏致的辅导也从刷题变成了抓重点题。

夏致有些不明白地问："为什么每次月考，我都会觉得你押题押得那么准？"

"因为研究了。"叶邲的笔尖在草稿纸上点了点，"认真点听题。这次你要是考进了年级前五十名，之前说带你去Q大寒假集训的事情不但作数，还让你参加排位赛。"

夏致心念一动，抬起眼来看着叶邲："真的？"

Q大游泳队的排位赛，和高校联赛基本一个水平，而夏致已经很多年没有参加过高水平的比赛了。

"真的。"叶邲的浅笑没有之前那么慵懒悠哉了，这也给了夏致压力。

夏致耐着心，将叶邲特别勾出来的题型都做了一遍，做完最后一题的时候，叶邲开口道："明天天气挺好的，下午我们去把照拍了吧。"

"什么照？"

夏致这才想起来，叶邲指的是穿校服一起拍照的事。之前自己脚心有伤，没拍成。

"嗯，我想想什么照……"叶邲仰着头，斜着眼睛看夏致，那懒洋洋又有些狡黠的笑，有着属于叶邲的柔和，"你身边有谁拍照好的吗？"

"岑卿浼吧……就是他拍什么都爱美颜一下，不自然。而且他应该出不来。"

夏致听说自己发小那位家教一板一眼的，也不知怎的岑卿浼就吃那一套，被管得死死的。

"那我们就借他一个小时。"叶邲眯着眼睛笑了笑，"好久没穿校服了，真怀念啊。"

夏致本来对岑卿浼担任摄影师是不抱任何期待的，但叶邲就拿着手机跟那位家教轻描淡写地说了两句话，对方竟然同意了。

夏致找了另一套干净的校服递给叶邲。

叶邲脱掉了外面的夹克，里面是烟灰色的羊绒衫。这是陈芳华特地去织的，当时在店里给夏致量肩宽的时候，陈芳华还说要不要把肩膀放窄一点，毕竟叶邲看起来比较斯文。

夏致在心里呵呵，叶邲也就是看起来斯文而已……

在夏致的再三劝说下，陈芳华用夏致的肩宽也给叶邲订了一件羊绒衫。事实证明，夏致的判断是正确的，叶邲穿上之后，一分不多一分不少。

最气人的是……他还是那副斯文的样子。

现在，叶邲穿上了夏致的校服，他拉上拉链，拎起衣领在鼻间闻了闻。

夏致不满地说："刚洗的，没味儿！"

又看了一会儿，夏致不爽地说："都是校服，怎么穿在你身上就有浓浓的优等生气质，全世界的高等学府都在向你敞开怀抱的文酸感。"

"那你知道你穿着校服,是怎样的吗?"叶粼抱着胳膊,靠着书桌,低下头正好能看见夏致的发旋。

"怎样的?"夏致仰起头来。

"又明亮,又有力量,所有令人喜欢的东西,你身上都有。"

"呵呵,那你还老招惹我?"

天气越来越冷,夏致在校服外面套着羽绒服,戴上手套和围巾,和叶粼一起坐公交车去学校。

车上有暖气,夏致松了围巾,和叶粼并肩坐在车上。

车上仍旧有零星的几个学生,估计是去上补习班的。

如果不是因为叶粼,夏致估摸着自己现在也在补习班里睡觉呢。这样一想,他忽然很感激叶粼,至少叶粼让他的时间变得很有效率。短短三个月,叶粼让他做了很多他一直想做却没有做到的事情。

高三,看着痛苦,但也是一去不复返的时光。人真正长大之后,再去努力追逐什么,可能都不如这时候那么单纯了。

"谢谢。"夏致轻轻说了一声。叶粼听没有听见并不重要,夏致只是想说出来而已。

冬日的暖阳透过车窗玻璃,落在叶粼的肩头,光线里还有无数的尘粒在飞舞。

叶粼的睫毛和鼻尖上都像是挂着光晕,从夹克的衣领间,夏致看到了校服的领子。

他没来由得开始想象,叶粼高三的时候也是这样乘公交车上下学吗?他会在路边吃早点吗?会因为快迟到而火急火燎吗?

"我高三的时候在市郊的校区,父母商量着离婚,为了不让我发觉他们的感情已经破裂,就让我住校了。但其实我已经发现了,你猜我怎么知道的?"

叶粼撑着下巴,看着窗外,日光一轮一轮地掠过他的侧脸。

夏致曾经尽量不去提起叶粼父母离婚的事情,但没想到这一次他主动开口了,心里面有一种不一样的感觉。

"因为你爸妈从来没有一起给你打过电话?"夏致开口道。

叶粼转过头来,目光里带着惊讶:"哎?你怎么知道?"

"我想象了那个场景,你寄宿的话,和爸妈的接触就只剩下打电话了。"

"是啊,"叶粼向后,靠着椅背,"其实比起貌合神离,他们离婚,我反而会更轻松。"

"嗯。"

"小致,你知道这个时候你该干什么吗?"叶粼侧过脸,半开玩笑地看着他。

"干什么?"

"你应该握紧我的手安慰我啊。"

夏致无语了:"那你怎么不安慰我呢?我初三的时候老爸没了。"

"好,我安慰你。"

"哎,我不要!肉麻死了!滚滚滚!"

"下了这辆车,我以后都不安慰你了哦。"

夏致心里某个柔软的地方被轻轻戳了一下。

夏致的十八岁,坐在公交车里,身边只有叶粼。

强大的,偶尔脆弱的叶粼。

他们下了车,夏致又将围巾绕在脖子上,戴上手套,来到校门口。

岑卿浼也到了,脖子上还挂着一个单反相机。

"喂!全天下都找不出比你们俩更无聊的人了!下周就要期末考试了,你们还有心情跑出来照相!"岑卿浼吸了吸鼻子,鼻尖红红的。

"往往无聊的事情最有意思。"叶粼拍了拍岑卿浼的肩膀,"要不先在我们学校的校门口照一张?"

"赶紧的!有什么姿势摆起来,冷死我了!"

岑卿浼不爱锻炼,身体素质一般,一到冬天,比别人提前穿了秋衣秋裤不说,夏致只是在校服外面套了大衣,岑卿浼是大衣里套羽绒服。

夏致站在铁门前,揣着口袋,叶粼抬手搂着他的肩膀。

岑卿浼抬起相机看了看,叹了口气:"我说阿致,我最近没给你找麻烦,你能别摆出一副要揍我的样子吗?笑一下可以吗?"

夏致尽力勾起嘴角,没办法,他这个人不擅长假笑,一旦不笑,脸上又是生人勿近的样子。

岑卿浼敷衍着照了两张,没递给夏致,先给了叶粼,然后原地踏步搓手指。

叶粼看了一眼,调侃说:"小致,这照片看起来好像是我强迫你拍的,你心不甘情不愿,巴不得找机会戳死我。"

"哈哈哈哈!"岑卿浼立刻笑了起来。

夏致想看,但是叶粼把相机还给了岑卿浼,还朝着他眨了眨眼睛。

岑卿浼立刻会意,端着相机一副调整焦距的样子。

叶粼给夏致整了整衣领:"还是穿得有些多,照出来的样子有点肿。"

趁着夏致毫无防备,叶粼的手忽然伸进夏致的大衣里,捏住了他的腰。

"唔……放手!你给我放手!放手呀!"

叶粼掐着夏致的腰，夏致没忍住"哈哈"笑了起来。叶粼低头看着夏致笑得直不起腰，听见快门咔嚓咔嚓响了好多遍。

"哎！就该是这样嘛！原来阿致你的腰怕痒啊！"岑卿浼挪开相机，一脸跃跃欲试的表情。

叶粼终于松开了夏致，把相机拿过来看了一下，画面上的夏致笑得很开心。

叶粼把相机还给岑卿浼："照得不错，我们进学校里吧。"

学校里空荡荡的，三个人就这么溜达着。

岑卿浼担心夏致会想去操场，那样他的鼻涕流下来都得冻在脸上了，于是抢先提议说："我们进教室里照吧！高考倒计时的背景可不能错过啊！"

"我看你是怕冷吧！守门的大爷都没你穿得多。"

夏致直接拆穿了岑卿浼，但还是顺了他的意走向教学楼。

能这样并肩和叶粼一起走在学校里，夏致觉得自己和叶粼之间的时差好像没有了。

他的高三，也是叶粼的高三。

他们路过老槐树时，听见头顶传来小声的可怜兮兮的猫叫。

夏致和叶粼一起抬头，看见一只小花猫趴在枝头，浑身都在抖动着，可怜得要命。

叶粼微微眯起眼睛："这小猫身上的花色，该不会是妙言生的小崽子吧？"

妙言是一只流浪猫，一直生活在这个校园里，学生们偶尔会留点吃的给它。一开始学校还会撵它，怕它挠伤了学生，家长会有意见。后来学生抗议，有学生的家长是流浪猫保护站的，就给妙言打了针。从此以后妙言就留在学校了，渐渐成为这里的一部分。

"对啊，这只猫是妙言生的。你读高一的时候，妙言就在了吗？"

"嗯，它那个时候很凶，不是人人都能摸它的毛，但是我可以。"叶粼笑着说。

"那成啊，你张开怀抱，让这只小猫跳下来啊。"

"它那么胆小，不敢的。"叶粼伸出手臂，果然那只小猫也只是晃了晃，树枝一发出声音，它就吓得立刻趴下。

夏致揣着口袋看看四周，想找找扫落叶的大扫帚，这时候身边传来一声"喵——"。

是叶粼在学猫叫，轻轻的，还有那么点撒娇的意思。

夏致知道叶粼骨子里没有外人看起来那么温和，他有很多面，比如他有坏心眼，比如他有时候就喜欢看别人被折腾得没耐心的样子。但这样拉长的、带着劝哄的声音，夏致还是第一次听见。

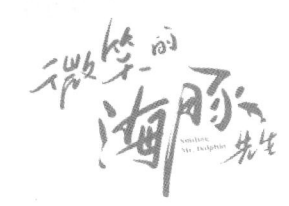

"哎,它还是不下来。"叶粼的声音恢复原样了。

"喵——"叶粼又叫了一声,比刚才的声音拉得更长,像是一道柔软的弦。

岑卿浼也跟着"喵喵"叫了两声,可小猫只是用那双无辜的大眼睛看着树下的人。

"阿致,要不你去拿那个大扫帚接它下来吧。"岑卿浼说。

"不要,你为什么不去?"

"不用拿扫帚了,这简单得很。"叶粼说。

"啊?你要怎么弄它下来……"夏致的疑问刚到嘴边,叶粼就在他的面前低下身来,圈住他的腿,一下子就将他给举起来了。

"这样,高度就够了。"

夏致低下头,看见的是叶粼仰视自己的眼睛。

"喂,赶紧把那只小崽子拎下来。"

叶粼的臂力很足,将夏致抱起来竟然颤都没颤一下。也是这双手臂,拨开一切阻碍,激流勇进。

夏致伸长手臂,距离小猫的位置仅半臂之遥。

小猫犹豫着,伸了伸爪子想跳下来,但试了一下又把爪子给缩回去了。

"唉,这没用的小东西……"夏致心想,到了这个地步,不可能更高了。

这时候,抱着夏致的叶粼又轻轻地"喵"了起来。和刚才撒娇的声音不同,这次带着一丝男人的成熟,莫名让人感觉安全。

夏致单手摁在了叶粼的头顶,又伸长了腰,手指离那只小猫更近了。

"小东西……再不下来我可就撑不住了……"夏致的声音从喉咙里挤出来。

就在小猫终于跳到夏致手中的瞬间,叶粼失去平衡向后退了好几步。夏致摇晃着,将小猫收回怀里。

而叶粼一个转身,夏致还以为自己要摔下来了,却没想到后背压在了树干上。

头顶的枝丫发出咔嚓咔嚓的声音,几片凋零的枯叶落了下来。

叶粼仍旧保持举着夏致的姿势,但是夏致的双脚还点不到地面。叶粼一点一点将夏致放了下来。

"喵……"小猫从夏致怀里探出头来,一双大眼睛看着叶粼。

叶粼缓缓露出笑容,他低下头,一直"喵喵"地开始逗小猫。

小猫一伸爪子,叶粼就向后一缩脖子,弯着唇线笑了。

夏致拎着小猫的脖子,将它扔给了叶粼。

叶粼折了折猫耳朵,就将它给放了。

岑卿浼挂着相机,追上夏致,撞了一下他的肩膀:"我刚才拍了好多照片呢,特别自然!我觉得以后考不上大学,我也有活路!"

217

"什么活路？当摄影师吗？"

"当什么摄影师啊！我要开影楼！"岑卿浼充满豪情壮志地说。

"你刚才都拍了些什么鬼？"

夏致把相机拿过来一看，是叶粼将自己举起来的样子，两个人都很有少年气。夏致看着小猫，而叶粼也仰着头，看着夏致。

夏致听见叶粼的声音传来："我去上个洗手间。"

"好，粼哥，我们到高三八班等你！在四楼哦！"岑卿浼说。

"我知道。"

夏致看着叶粼的背影，他还是那样不紧不慢的步伐，夏致忍不住加了一句："你上厕所快一点！中午还要回去吃饭！"

叶粼只是抬起手来挥了挥。

夏致坐在课桌上，两条腿放在前排的座椅上，揣着口袋等了快五分钟，叶粼还是没上来。

周末学校拉了电闸，岑卿浼开不了教室里那台不怎么管用的空调，只能在座位间跑步取暖，边跑边问："哎呀，粼哥怎么还没上来？他是找不到我们在哪儿吗？"

夏致打了个电话给叶粼，听到"您拨打的电话暂时无法接听，请稍后再拨"的提示之后，夏致从桌子上跳了下来。

"粼哥没接？"岑卿浼问。

"没，再等会儿。"

过了一分多钟，夏致蹙起眉头，又拨了一遍叶粼的电话，还是没接。

"粼哥是不是在上大的？"岑卿浼凑过来问。

"如果是上大的，学校厕所里又不放卫生纸，他早就打电话让我们给他送纸了。"

"他不好意思？毕竟上厕所没带纸什么的，特别损人格？"

"那我带卫生纸下去找他。"

"你可从来不带卫生纸的。"岑卿浼白了夏致一眼。

谁知道，夏致大刺刺地走到前排姚敏的座位，直接从他的抽屉里拿了一卷纸出来："这不就是纸吗？"

岑卿浼乐了："对，姚敏的就是我们大家的！"

夏致带着那卷纸下了楼，走到叶粼进去的那个厕所前。

门是关上的，夏致用脚踢了一下，竟然没开。

可是夏致亲眼见到叶粼进去了，那就是叶粼锁了门？他果然还在里面。

"粼哥,你该不会是晕倒在厕所里了,所以连我的电话都不接吧。"夏致凉凉地说。

"我一会儿就好了,你上去等我。"叶粼的声音从里面传来,带着回音。

"你不用纸吗?"夏致又问。

"不用。"

"那你快点!"夏致又踢了厕所门一脚,单手扣着卷纸走了。

夏致一边向上扔着卷纸,一边走回教室,刚到门口就听见岑卿浼和女生谈笑的声音。

"穆宁,你怎么来了?"夏致开口问。

穆宁转过身来,她穿着鹅黄色的羽绒服,戴着一圈毛领,整个人都显得很娇小,红色的毛线帽衬得她明亮可爱。

"我题库落在教室了,所以回来拿。"穆宁笑了笑,然后就低着头要从夏致的身边走过去。

夏致揣着口袋,侧身把过道让给了穆宁。

岑卿浼在心里大大地叹了口气,他这位发小哟,怕是等岑家的孙子都会打酱油了,他还单身呢!

"穆宁——上回你不是有物理题不会吗?看看夏致能不能教你!"岑卿浼高声道。

"不、不用了……"穆宁的脸红了起来。

"哈哈哈,夏致给你讲了物理,你给我讲英语交换呗!"

"你还真好意思?"夏致哼了一下。

岑卿浼无语了,他为了夏致,都努力到这份上了,这家伙竟然丝毫不领情!

一声叹息之后,岑卿浼借口出去透气,把整个教室留给了他们。

叶粼走上楼,就看见岑卿浼缩着脖子挂着相机,站在教室门口。

"怎么不进去?"叶粼好笑地问。

"我这不是不能拖夏致后腿嘛!"岑卿浼眨了眨眼睛。

叶粼侧过脸,看见夏致坐在一个女生的旁边,正在教对方解题。他有点局促,和女生保持着距离,叶粼一眼就看出来他有些紧张。

"你倒是挺为夏致着想啊。"叶粼的声音很温和。

"那当然!人啊,什么都要经历一下才好。"岑卿浼侧过脸去,笑嘻嘻地看着叶粼。

"这么说来,夏致之前都没喜欢过谁吗?"叶粼问。

"呵呵,你看夏致,又高又帅,浑身那种冷飕飕的气场,女生们最吃这一套了。高一第一次摸底考试的时候,他前排有个女生对他说,'你还记得我吗,我和你一个初中,初三有场考试,你还借了2B铅笔给我'。"

"夏致怎么回答的?"

"夏致说,'我从来不带两支以上的铅笔'。"岑卿浼摊了摊手。

叶粼笑了一下:"还有吗?"

"高一有一次赶上中元节,有个女生说自己家住的巷子有点深,问夏致可不可以送她一下。"

"夏致又说什么了?"

"他说约了我一起打游戏,怕来不及,叫了另一个同学送她。"

"哦。"

"高二的时候,隔壁班女生借作业给夏致抄,夏致说了声'谢谢',女生说'如果真想谢谢我,就请我吃全家桶吧'!"岑卿浼特地强调了"全家桶"三个字。

叶粼几乎猜到接下来发生什么了,就快笑出声来。

"我们夏致说,'你竟然吃得下一个全家桶'。从此以后,那个女生再没给他抄过作业了。"

讲完了物理题,穆宁笑着对夏致说:"谢谢你给我讲题,我请你吃东西吧!"

岑卿浼这下可兴奋了,小声说:"答应她!答应她!"

夏致看向叶粼的方向,说了声:"我兄弟都在这儿,还是算了吧。"

岑卿浼无奈地捂住了眼睛:"这个时候不是该说'我来请'吗?"

穆宁也不生气,笑了笑说:"那周一我给你带吃的,我家附近的鸡蛋灌饼特别香。"

"好,谢谢!"夏致点了点头。

穆宁走出了教室,岑卿浼眯着眼笑着问:"夏致给你讲的题,能听懂吗?"

"能啊,他说的比老师说的简单!"

两个人闲聊了两句,叶粼却拿着手机,翻到某人的微信,发了一句话。

岑卿浼的手机立刻响了,原本他还在神采飞扬地和穆宁说着夏致的好话,看见屏幕上"舒扬"两个字,立刻就像霜打的茄子,蔫掉了。

"阿致,我那个家教叫我回家做作业了。你们赶紧在教室里照张照片,然后我们就回家吧!"

"哦,好!"

于是夏致和叶粼两个人坐在了讲台上,叶粼温和地笑着,夏致有一点点拽,两个人挂着的腿真的太抢镜了,看得岑卿浼想把他们的照片都删掉。

回到家，夏致就收到了岑卿浼发来的照片。

他坐在书桌前很认真地看着照片，叶邾就坐在桌角低着头看夏致。

"哥帅吗？"

"你帅不帅，自己不知道吗？"夏致没好气地问。

晚上，夏致在旁边刷题的时候，叶邾竟然在旁边玩手机。

哥们儿，你还有没有点身为家教的自觉了？

夏致将题库一盖，脑袋凑到叶邾的手机前："你是有多无聊啊！"

"对啊，眼看着你这些题都会做了，我是很无聊啊！"

"说得好像我就快冲进年级前三十了一样。"

"难道不是吗？"叶邾将手机往桌面上一扔，看着夏致笑了。

"那就上升点儿难度呗。"夏致单手搭在椅背上，斜靠着看向叶邾。

"怎么忽然想到要上升难度了？我还以为你对自己目前的层次很满意呢。"

"有这么个挺讨厌的家伙，以前总考年级前三十，最近吧他栽了跟头，连着两次跟我坐前后座。我是什么人啊，保持了两年全校两百名开外的纪录啊。"夏致抬了抬下巴，一副"哥们儿，你懂吧"的表情。

T大附中那群优等生的心思，叶邾怎么会不知道。

"那你成了绊脚石，是人家前进路上的巨大阻碍了。"

"嗯，特别是人家知道前两年的理科状元在给我开小灶之后，他重金聘请了去年的理科状元。所以，你明白吧？"

"我明白了，你想告诉我这不仅是你和那个讨厌鬼之间的较量，也是我和去年那位理科状元的比拼？"

"对啊。以前呢，你对我说'你有我'，我是没当回事儿的。现在有了这样强劲的对手，是不是该让我感觉一下有你和没你的区别？"

夏致难得嘴角带了一丝坏笑，他心里很清楚钟淳真是考试心态太烂了，所以这两次才会考到他后面。钟淳其实并不需要什么家教，但家教却能增强钟淳的自信心，有助于他回归状态。

这次期末考试，夏致是多半考不过钟淳了。

叶邾撑着下巴，眯着眼睛看夏致："这个讨厌鬼是有多讨厌，能让心里面觉得考上个大学就成的你，忽然这么在乎年级排名了？"

"那个讨厌鬼其实也没多讨厌。就是他老爸让人不舒服，觉得自己是医生，有知识有文化，就看不起我老爸。"

"哦，那如果我真的帮你考赢了那个讨厌鬼，你怎么谢我？"

"请你吃饭？"这是夏致唯一能想到的方式。

叶粼拿着手机伸到夏致的面前："我要睡这个！刚才刷购物网站刷到的，看起来很不错啊！"

夏致低头一看，是水床。

"你要睡这个？"

"对，这个水床。"

夏致把卷子一拍，抱着胳膊用力呼出一口气："成交。但前提是，我考进年级前三十名，成绩还比钟淳好。"

"行。我给你好好准备一下，咱们有针对性地刷题。"说完，叶粼看了看手表，"今天时间也不早了，我先回去了。"

"啊？"

"我回去给你准备题库。"叶粼揣着口袋低下头，"不要忘记，我的水床啊。"

夏致手里握着笔，恨不能在叶粼身上戳几下。

晚上叶粼回了小公寓，打了个电话给陈嘉润。

此时的陈嘉润靠在床头，正抱着笔记本电脑看电影，他瞥了一眼振动的手机，扯了扯嘴角。

"我接你电话就是傻子。"

但是没想到，叶粼大有不把陈嘉润的手机打没电就不停的架势，这也让陈嘉润有点担心，叶粼这家伙不会真遇到什么麻烦了吧？

陈嘉润吸了一口气，明明有种被坑的预感，他还是接通了电话。

"嘉润，睡了没？"

"睡了。"陈嘉润回答得斩钉截铁。

"你是在看电影吧。"叶粼声音里带着明显的笑意。

"所以我在看电影，你能不能不打扰我？"

"不能。帮我个忙，我需要一套化学题库，奔着五百八十分水平去的那种。"

陈嘉润抬起手来捂住眼睛，果然是为了夏致啊……他为什么要手贱接这个电话？大好的周末夜晚就要泡汤了。

"你帮我整理一套题库呗。不用太多，要有针对性，够一周的分量就成。"

"要有针对性，还得够一周？你以为很容易吗？"

"嘉润，自从考上大学，你动脑子的时间越来越少，再这样下去，就要变脑残了。"

"滚滚滚！你才脑残！"陈嘉润把手机挂了，看了一眼笔记本的电量，妈呀！还有一个小时就要断闸熄灯了！动作要快！

搞定了陈嘉润之后，叶粼又打了个电话。

这一次接电话的人比陈嘉润爽快多了，低沉的声音传来："叶粼，你什么时候滚回来？"

叶粼笑了："阿璃，我想请你帮我个忙，要是成功了的话我回去参加寒假的集训，而且一拖二，带个厉害的小家伙给你看看。"

"你要我帮什么忙？"

"我想要一套物理题库，以考到五百八十分为目标的那种，有针对性的，大概一周的分量。"

"可以，明天给你。"

"还是洛老大爽快。"

"寒假集训见。"电话直接挂断了。

接下来，叶粼发了条微信消息给舒扬：你那个高考英语作文模板别藏着掖着了。

大概一分钟之后，舒扬发了个文件过来，文件标题是：高级机密，外泄者死。

叶粼笑了笑，收下了文件。

他回了公寓，正在网上筛选数学题库，手机来了一条微信消息。

夏致：等着你创造奇迹。

叶粼笑着回复：你的身后是一整个Q大。

叶粼在网上找了三道题出来，又拿起手机看了一下，发现夏致没有回复。

他知道，那条微信消息肯定是夏致临睡前发的。

这小家伙……说认真的时候很认真，说没心没肺的时候，是真的没心肝儿。

第二天，当叶粼带着一大叠打印版题库来到夏致面前的时候，夏致愣住了："你……这哪儿来的？"

"先人智慧的精炼。先从你最不擅长的化学开始。"

夏致翻了翻这些题目，发现都有一定的难度，不是那种闭着眼睛就能做出来的，而且知识点应用得很深，绝对是精挑细选出来的。

夏致做题的时候偶尔蹙着眉，但大多数时候都没有表情。

叶粼一直撑着下巴看着他做题，在他卡住的时候开口提示。

夏致的妈妈很欣慰，她去厨房切了一个哈密瓜，盛在盘子里，然后进去给他们送了水果，水果上面插着竹制的小叉子。

十二月份的T市已经集中供暖了。夏致的房间里暖烘烘的，男孩子就穿了一件卫衣，露出一截发茬，像是刚萌生的草芽。

夏致忽然抬手捂住了自己的后颈，揉了揉，像是遇到了什么难题。

叶粼侧眼看了一下，这道题里的气体是迷惑条件，其实根本没有参与反应。他笑着靠近夏致，轻轻吹了一口气。

"啊？"夏致侧过脸来，对上的是叶粼眯着眼睛的笑脸，他完全闹不明白叶粼又怎么了。

"你又无聊了？"夏致问。

叶粼摇了摇头说："看你跟这个无色气体死磕，我只好提醒你一下了。"

"哦……"

"我要吃哈密瓜。"叶粼又说。

夏致头也不抬，把那盘哈密瓜端到了叶粼面前，自己继续做题。

因为暖气，夏致的嘴唇微微发干。

叶粼戳了一小块哈密瓜，咔嚓一声咬了一口。嗯，很甜！

他又戳了一块，探到夏致的嘴边。

经过叶粼的提醒，这道化学题做得顺手多了，就在他正要写最后一步的时候，唇边有什么冰冰凉凉的东西蹭过，先是碰在他嘴角的凹陷里，冰凉的触感缓解了他内心刷题的焦躁。他下意识想要咬一口，那块哈密瓜却顺着他的唇缝滑过，像是要湿润他干裂的唇一样抹到了唇的中央。

夏致张开嘴，那片哈密瓜最甜也是最柔软的地方却向上一挑，把他的上唇瓣撩了起来。

"喂，好玩吗？"夏致不爽地侧过脸，瞪着叶粼。

叶粼笑了，他懒散地撑着下巴，抬了一下那块哈密瓜，回答："好玩。"

"幼稚。"夏致不理睬对方，自己从盘子里戳了一块塞进嘴里，咔嚓咔嚓，像是要咬碎叶粼的骨头。

很快，今日份的化学就写完了。

"看看。"夏致把习题推到了叶粼的面前，自己将哈密瓜端过来，抱着盘子，很快一小盘哈密瓜就下肚了。

"你很大爷嘛。"

其实夏致哪里做对了，哪里题目解得太累赘，叶粼早就了然于胸，但他还是看了看夏致的字。比起最初那鬼画符一样的字，现在已经写得认真很多，但还是能看到小男孩对于写字的不耐烦。

"这里，滴定曲线注意一下。"叶粼的手指在夏致面前的水果盘上轻轻点了点。

这是夏致最厌烦叶粼的部分，这家伙长得帅气，而且是身为男人也认同的帅气，身材也好，就连指甲盖都长得比别人的好看。这会儿他敲着果盘的样子，就像是显

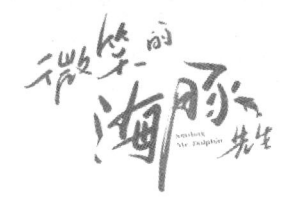

摆自己的手指。

夏致将果盘推到了自己的右手边。

叶粼把卷子放在了那个位置，站在夏致的身后，一只手撑在桌面上，另一手握着笔在纸面上画了个圈，表示是重点："滴定两倍点，这个地方等物质的量浓度的酸及其正盐或碱及其正盐的混合溶液，想清楚考的是什么？"

"质子……质子守恒？"夏致抬起头来。

"对啊。"叶粼侧过脸。

"你离太近了。"夏致歪了歪脑袋。

"哦。"叶粼的背直起来了一些，给了夏致更多的空间。

叶粼讲完一道更加复杂的大题，其中包含有机物的性质和转化关系，给夏致理清了思路，夏致有点发蒙的脑子忽然清醒了起来，他长长地呼出一口气来，向后一靠。

叶粼还在继续说，男孩子也在很认真地听。

一道题说完，夏致一边点头，一边从右手边的盘子里又戳了一片哈密瓜。他正要一口将它从叉子上咬下来，谁知道身后的人忽然低下身来，挤得夏致向前倾，腹部压在桌子上，紧接着"咔嚓"一下，哈密瓜被咬掉了一半。

"你干什么啊？"夏致睁大了眼睛，气哄哄地瞪着叶粼。

"吃哈密瓜。"

"你自己叉啊……"夏致看了一眼盘子，顿时心虚起来。

因为那是最后一块哈密瓜了。

"我怎么叉？都空盘了。"叶粼又靠近了一点。

夏致看着最后那一半哈密瓜，上面还留着叶粼的牙印。

"剩下的也给我呗。"叶粼笑着说。

"美得你。"夏致没好气地白了他一眼。

其实从小到大，他不是没和岑卿浼抢过东西吃。

但是，那和叶粼抢东西吃是不一样的。

哪里不一样，夏致也不知道。

这时候，叶粼原本摁在桌面上的那只手抬了起来，左手在夏致的右肩上拍了拍："继续，物理。"

自从老爸没了之后，夏致习惯什么都靠自己解决。

但和叶粼在一起的时候，夏致第一次有了安心的感觉。

第九章　脸红

整整一周,夏致都处于低气压的状态,脸上没有一丝笑容。

上语文课时,他全程都抱着胳膊,一脸冷冰冰地盯着讲台。在他的视线压迫下,教语文的刘老太太转身走路都不大利索了。

下了课,夏致就低着头刷题,写完一道就拍个照片发给叶粼。

在老魏的物理课上,夏致才收到叶粼的回复。他从抽屉里把手机拿出来,看了一眼叶粼的回复。叶粼的解题思路比夏致的简单多了,让夏致忍不住往下研究。

岑卿浼一直用胳膊肘撞夏致,但夏致却一点反应都没有。直到岑卿浼不再撞,夏致忽然意识到了什么,一抬头,就看见老魏背着手,站在他的课桌边,脸色那叫一个黑。

"拿出来。"老魏冷声道。

夏致抬起头,看着老魏。

学校里不是不让学生用手机,只是一直不允许家长给学生买智能机。

但是通常情况下,只要不在上课的时候玩手机,老师并不会特地收缴学生的智能机。

夏致的智能机是二手的,攒了几百块买的。

就在这个时候,夏致感觉到有人往他垂在椅子边的手里塞了什么东西。夏致意识到,那是岑卿浼的手机。那家伙低着头,脸上没什么表情。

夏致把那只手机放在桌面上。

老魏直接给收走了,还拿着那只手机在教室里走了一圈:"大家看清楚,也记清楚了啊!学校有规定,不允许学生使用智能机!更不允许上课使用智能机!"

夏致低声说了句:"谢了。"

没了智能机,夏致和叶粼平常就没办法微信沟通了。岑卿浼义气,献出了自己的手机,李代桃僵。

岑卿浼无所谓地说:"不谢。"

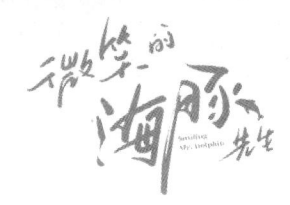

整个教室都很安静,大家对夏致抱以同情的目光。

就在这个时候,物理课代表何斌忽然开口说:"这好像不是夏致的手机吧?是岑卿浼的吧?"

"什么?"老魏的眼睛眯了起来。

教室里一片喧哗。

夏致蹙起眉头看向何斌,何斌看了夏致一眼,继续梗着脖子,一副不达目的不罢休的样子。

"何斌……"岑卿浼把牙槽都咬紧了。

如果老魏非要叫夏致交出自己的手机,那岑卿浼的手机就白牺牲了。

"何斌是故意的吗?"夏致问。

"何斌对穆宁……我们班都知道。周一早晨穆宁给你带了煎饼和牛奶,何斌都快炸了。"

"是吗?我怎么不知道?"夏致侧过脸,心想没看见何斌经常和穆宁在一起啊。

"你是两耳不闻窗外事,一心只和叶粼发微信消息。再加上何斌和钟淳是一帮的,早看你不顺眼了。"

"原来如此。"

老魏走回夏致面前,冷声道:"你刚才到底玩的谁的手机?"

夏致很明白,因为期末考临近,所以老魏也比平日里更加较真。更别提他发觉自己被学生忽悠了,火气肯定更重。和老师硬杠,没有好处。

"魏老师,刚才夏致就是借我的手机发条短信而已。您已经收了我的手机,我也认错,确实不该带智能机来学校。老师,大家还等着听您的物理课呢。"岑卿浼站起来,一脸真诚地看着魏老师。

夏致看着何斌,这家伙一脸冷笑。夏致约莫能想到,如果这事儿不解决,天知道何斌又要在其他什么时候给自己找麻烦了。

何斌和钟淳都是所谓的优等生团体里的,钟淳一直视夏致为眼中钉,这个"优秀的团体"也不会希望夏致这样的"异类"挤进去。

但夏致喜欢解决问题,而且要解决就在对手擅长的领域里解决,这样才能"精准打击"。

"魏老师,不然这样吧。"夏致站了起来,他个子本来就高,站起来比老魏高了一个头还多,"您也是为我们好,担心我们上课玩手机影响学习。为了让您安心,不如您在黑板上出一道有难度的题目,让我和物理课代表何斌一起上去解答。如果我们都能解答出来,您也能安心,好好上课,不用再继续纠结手机这件事了,行吗?"

夏致看了何斌一眼,何斌有些惊讶。

虽然夏致的态度温驯，但明显就是在挑衅何斌。

何斌怎么可能不应战，他立刻就说："魏老师，我觉得这是好主意。"

其他同学都看向了夏致。

他们知道夏致这个学期成绩进步很快，但是和何斌比物理，还是有些自不量力。

老魏难得地笑了一下："可以啊。我出三道题，也不故意刁难你们，就出高考物理常见的难题！夏致，你如果能解答出来，你玩手机的事情就当没发生过，岑卿浼的手机我还给你。但如果你解答不出来……"

夏致很平静地回答："那我的手机也交出来。"

整个教室里一片安静，安静之下又是暗潮汹涌。大家都在心里期盼着看好戏，有的人觉得何斌肯定都会做，但夏致未必。也有人觉得何斌今天太嚣张了，想要看他栽个跟头。

老魏的第一道题，力学综合试题。

同学们一看题干就头晕了，只有班上几个物理强的同学拿出草稿纸算了起来。

何斌看了一眼，这种题目他解答了不知道多少遍，拿起粉笔就哒哒哒写了起来。

而夏致则揣着口袋站在黑板前，让人看不出他到底是会还是不会。

这要是平常，吊车尾微信小群早就开始押宝了，可惜陈硕他们都换成老人机了，岑卿浼的手机也上交了，大家只能默默用眼神交流。

陈硕朝着岑卿浼的方向眨了五次眼睛，就是压五块钱的意思，赌何斌会赢。

姚敏和李健互相看了看，也向岑卿浼眨了五次眼睛，他们竟然也压何斌。

岑卿浼慢悠悠地看了夏致一眼，眨了一下眼睛。

陈硕不满意了，扔了张字条过来：压一块钱算怎么个意思？

岑卿浼慢悠悠地从书包里拿出一张红色钞票晃了晃：你哥我，压的是一百块！

这时候，夏致的右手终于从口袋里拿了出来，攥着粉笔开始在黑板上写起来。

这是一个多过程问题，寻找每一个过程特征以及过程之间的联系，才是求解多过程问题的关键。

一开始，同学们都盯着何斌，但到后面大家都看向了夏致。

"夏致写的我看得懂哎！"

"原来分了五个过程啊！把过程分清楚了也很容易啊！"

老魏看着夏致，不动声色地点了点头。

当何斌放下粉笔的时候，他转过身来，才发觉大家看着的都是夏致。

这时候，夏致也放下了粉笔。两人的答案是一样的，但是老魏却是以夏致的板书来讲解整道题的。

何斌忍着怒气没有发，他不信之后的两道题夏致都会做。

老魏要出第二道题了,夏致拎着黑板擦走到了何斌面前,低声说了句:"让让。"接着,他大刀阔斧,把整个黑板都擦干净了。

第二道题是带电粒子运动题,这也是让许多高三学子头痛的知识点。

夏致看到这种题型,就会联想到叶粼的手。

叶粼总是在夏致面前用手比画电子的运动方向,在他耳边用从容的声音提醒他:"带电粒子的运动问题终归不过两类,一个是粒子一次进入不同的有界场区,第二就是粒子进入复合场区。这种题你抓住了'前提',它就要不了你的命了。"

夏致的眼睛眯了起来。

何斌没有立刻就解题,而是看了眼夏致的表情,心想这样的题型,夏致就算能做出来,肯定也是一团乱。

谁知道,夏致走上前去,很淡定地根据题干中的临界条件列出辅助方程,再和其他方程式联立求解。

何斌也赶紧开始解题,但在何斌刚写了一半的时候,夏致就把粉笔扔进了盒子里,揣着口袋站在一边等他了。

陈硕他们转过头来眼巴巴地看着岑卿浼,姚敏忍不住写了张字条扔过去:天啊,阿致啥时候这么厉害了?

岑卿浼得意地回复:当你们原地踏步的时候,阿致早就坐上火箭了!每人五块啊,不许赖账!

姚敏痛苦地摁住自己的额头,之前他们总觉得夏致考过钟淳有很大的运气成分,但是看看今天……这是运气吗?

这要也是运气,夏致都能中彩票发家致富了!还会被高考折磨吗?滚蛋吧,高考!

何斌终于以最快的速度解答了这道题。

老魏很满意地在两个人的解答上画了大勾,然后叮嘱了何斌一句:"何斌啊,我知道这些题目对你来说手到擒来,但是解题步骤还是要完整。要知道,高考是按步骤拿分的。"

"好的,魏老师。"何斌的手心都是汗。

但是他知道,第三道题肯定会更难,他不认为夏致解得出来。这么一想,他又自信起来。

老魏看向夏致,说了声:"擦一下黑板。"声音明显温和很多。

答出这两道题,说明夏致这段时间确实有花时间好好学习,老魏的气也就下去许多了。

"这第三道,是力电综合题型,一旦出成大题,分值不少。我希望大家就算解不到最后，也能尽量拿分。"

夏致站在一旁，看着老魏的板书。

当那道题被老魏完整地写出来时，夏致愣住了，五六秒过去，一点反应都没有。

陈硕、李健还有姚敏这三个破烂兄弟，竟然长长呼出一口气，安心地向后一摊——这题这么难，他们的五块钱应该能保住了吧。

何斌已经游刃有余地开始解题了，嘴角不自觉地上扬——这是他们的层次，可不是随便什么人都能爬上来的。

穆宁担心地看向夏致，全班同学也翘首以待。

这时候，夏致拿上粉笔，噼里啪啦就开始写，仿佛连计算都不需要过脑就一路写了过去。

那叫一个顺畅啊，看得老魏都愣住了。

他写得越快，旁边的何斌就越是感觉紧迫，心跳加速，手指头都颤了起来。

夏致怎么做那么快？他怎么可能会做！他是乱写的！他一定是乱写的！

我的才是标准答案！

何斌写完的时候，夏致也停笔了，还是那样手指轻轻向上一颠，粉笔落回了盒子里。

从前看到夏致这扔粉笔的动作，别的女同学只会觉得嘚瑟什么，可现在再看夏致扔粉笔，内心都要旋转喝彩了。

老魏的笑容太明显了。何斌会这道题，在他的预料之内，但是夏致能解答出来，这至少能让全班的平均分提高零点五啊！

"何斌，你来跟大家说一下解题思路。"老魏开口道。

何斌托了一下眼镜，他注意到夏致的解题速度太快了，简直就像提前背好了答案一样。

"还是让夏致来跟大家说一下吧，他解题很流畅，心里肯定很清楚。"

如果他是背的答案，脑子里没懂，那还是白搭。何斌不信夏致真的会做！

"我解题流畅，是因为上课之前正好在做这道题，所以计算步骤都记得。"夏致很坦荡地承认。

就在何斌以为夏致会说自己其实并不懂这道题的时候，夏致却条理清晰地开始分析："这道题，呈现的是在同一时间内发生的好几种物理现象，所以我们要把复杂的现象分成几个简单的过程，然后根据每一种现象建立方程式，联合求解。"

夏致把题干中的现象画了出来，他说的话很少，但每一句都点在重点上。

原本对物理望而却步的一些同学，竟然都能跟着夏致的思路运转。

何斌瞠目结舌，脸上一阵红一阵白。夏致是真的会，不但会，而且会得清楚明白！

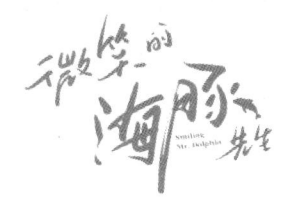

这要是放在考试里,夏致不仅做题快,而且正确率高。

之前何斌还跟着钟淳一起嘲笑夏致,这会儿何斌终于能体会到,钟淳在考场里作为夏致后桌的压力感了。

夏致讲完这道题时,下课铃也响了。

掌声响起来,夏致一抬头,看见的是他同桌岑卿浼。

接着是陈硕他们吊车尾团队,然后是穆宁,最后整个教室都响起了掌声。

老魏也跟着鼓起掌来,他走到岑卿浼的面前,拿出了他的手机。

瞬间,教室里安静了下来。

"带智能机来学校是毫无疑问违规的,但是我说到做到,这一次把手机还给你。但是再有下一次,你就拿不回来了。"老魏一本正经地说。

"老魏万岁!"岑卿浼笑着喊了一声。

接着其他同学也跟着喊了起来:"老魏万岁——"

"滚滚滚!你们这些小犊子!期末考试别丢我的老脸,我给你们喊万岁!"

老魏红着脸快步走出了教室。

夏致转过身去,喜怒不形于色,将黑板擦干净了,等待数学老师的大驾光临。

他走下来的时候,大家看他的目光都不同了。

陈硕感叹了一声:"唉——感觉不好意思当你兄弟了……"

"那么几道题就能决定谁和谁是兄弟了吗?"夏致淡淡地回了他一句。

陈硕摸了摸鼻子,看了眼何斌说了声:"对,几道破题,还能把人分个三六九等不成?"

"说得好!"

夏致有能耐又不傲气,班上同学看他的目光都闪闪发亮了。

何斌沉着脸,回到了自己的座位上。

上午放学,夏致去了一趟老魏的办公室。

老魏见到他,还佯装不高兴的样子:"你小子还来惹我生气呢?可别在其他老师课上玩手机了。"

夏致将口袋里的手机拿出来,把微信打开给老魏看。

"我没玩手机,只是正好在跟别人讨论题目。"

老魏一看,时间没错,是刚上课那会儿。题目也没错,还真的正好就是老魏出的第三道题。

"你是来跟我炫耀你的家教比我教得好?"

"不,我是来让魏老师您安心,也请魏老师原谅我。"

老魏白了他一眼,忽然一下把他的手机给握住,藏到膝盖上去了。

原来是英语老师抱着书走进来了,看见夏致说了声:"夏致啊!期末考试好好考啊!你们魏老师最看重你了,天天都说你在进步呢!别只管数理化,我的英语你也给点儿惊喜啊!"

"我会的。"夏致点头道。

老魏把手机往夏致裤袋里一塞,说了句:"滚滚滚!"

夏致忍着笑,说了句:"老师再见。"

那天晚上,夏致接到了叶粼的电话。

在电话里,夏致能听见各种各样的声音,学生的谈笑声,风吹树叶发出的沙沙声,还有校园广播的声音。

那是来自Q大的声音。

从前觉得很遥远,此刻夏致却觉得只要踏踏实实迈好每一步,就能去到那个世界。

"你们魏老师说,你和班上的物理课代表PK了一把?"叶粼的声音里带着笑,很温暖。

"为了保住和你的联络工具。"

"老魏说,你长大了。要是从前,你肯定会顶他。"

"我没有长大,只是觉得老魏是真的在乎我,那么我也尊重和珍惜他对我的这份在乎。和你在一起,我认同了一个道理。"

"什么道理?"

"逆向反抗改变不了什么,头破血流和两败俱伤,并不是我们追求的结果。"

"那要怎么改变?"

"当然是证明自己,让那些站在高处的人知道自己没那么高不可攀。证明其实比反抗更强大。如果我考上了重点大学,我会堂堂正正地说我要游泳去了。"

"更正一下,不是'考上重点大学',是'考上Q大'。"

"嗯,谢谢。"

谢谢你的出现,让我发觉原来自己这么强大。

期末考试到来之前让人忐忑,可是拿到卷子的那一刻,夏致的心境变得坦荡。

他没有再像前几次那样不断地翻卷子,而是带着平常心写完所有试题。

考理科综合的时候,夏致去角落里取自己的书包,正好和钟淳撞上。

钟淳这一次发挥得很好,脸上的表情都自信了很多。

"你这次没把卷子翻来翻去了啊?"钟淳用调侃的声音说。

"嗯。"夏致走过他的身边,拍了拍他的肩膀,用很认真的表情说,"第一考场见。"

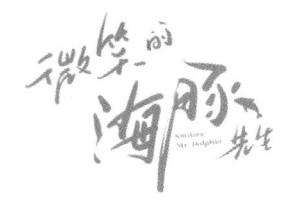

钟淳愣了两秒："第一考场？你这人是有多自信啊！"

T大附中的第一考场就是年级前三十名，基本上就是知名重点大学的水平了。

晚上回去，叶粼听夏致说了说期末考试的大概题型，夏致正闭着眼睛回忆，叶粼忽然一条胳膊搭了上来："哎，你做海豚饲养员的收入，够不够请我睡水床啊？"

夏致咯噔一下，睁大眼睛看着对方："你怎么知道我有做海豚饲养员啊？"

"我看见的，你在……"

随着叶粼的声音，夏致的心也跟着跳了起来。

上回叶粼就说看见他和岑卿浼去了海洋公园，为什么他去海豚馆兼职也能被叶粼看见！而且每次都是叶粼看到了他，他却没看见叶粼！

门外传来脚步声，夏致的妈妈要去值夜班了。

"别说！"夏致一把捂住了叶粼的嘴。

叶粼笑了，丝毫不挣扎。

直到夏致妈妈说了声"我去值班了"，夏致才呼出一口气来，放开了叶粼。

叶粼的头发乱了，说了声："你把我脸都捂变形了。"

"你看到了也别跟我妈说！我妈知道了就不会让我去了！"

"你那么喜欢那只小海豚啊？"叶粼笑着问。

"喜欢。它很单纯，有时候顽皮得我想揍它，有时候又觉得我没有对别人说过的东西，它都懂。"夏致的手指拨弄了一下自己的草稿纸。

"它可没有想过对你体贴温柔，肯定想干坏事呢。"

"痞痞就是个小崽子！"

"小崽子的想法，才最可怕呢。"

"我看，是你的想法最可怕！"

叶粼伸手去揉夏致的脑袋，夏致一如既往把它挥开。

周六，当夏致再见到痞痞的时候，看见这小东西从水里浮起来，张开嘴傻笑，夏致总觉得痞痞笑得不怀好意。

夏致来到池边，摸了摸痞痞的脑袋瓜，滑溜溜的："痞痞，有人跟我说，你脑子里有很多很可怕的想法？是真的还是假的？"

痞痞歪着脑袋，"嗷"了一声，用吻部去碰夏致的手心，还绕着夏致的手腕转了半圈，很滑，很冰凉，他立刻把手收了回来。

痞痞看着夏致，似乎不明白夏致为什么不让它碰了，有点可怜。

唉，痞痞能有什么坏想法，来来去去不都那些恶作剧嘛。

夏致摸了摸痞痞："水太冷了，我热个身再下去。"

"嗷！"痞痞很高兴地从水里腾空跃起，那道弧度有着令人惊艳的美感。

夏致愣住了——痞痞又长大了一些。

夏致下了水，还好水温不低，不然夏致待不了几分钟就要瑟瑟发抖。

痞痞迫不及待地游了过来，绕着夏致的腰开始转圈，尾部紧紧贴着夏致的腰侧，像是要将他勾住一样。

夏致好笑地想要抓住痞痞的背鳍，但是被痞痞溜走了。

"好了好了！你再这么绕下去，我就待不住了啊！"

夏致将泳镜摁下来，潜入水中。他左右看了看，却没见到痞痞。

哎，这小坏蛋哪儿去了？

忽然，他感觉腹部有什么滑溜溜的东西贴了上来，夏致这才发觉痞痞竟然到了自己的身下，翻过身来用肚皮贴着夏致。它左右晃了晃，夏致觉得好笑，摸了摸痞痞流线一般的身体，然后游了两下，离开了痞痞。

谁知道他还没游多远，痞痞忽然游到夏致的侧面，用吻部戳掉了夏致的泳帽。

泳帽滑了上去，男孩子柔和的短发在水里漂了起来，他推了痞痞一把。

痞痞却用嘴叼着夏致的泳帽，晃了晃。泳帽里盛了水，沉到了池底。

痞痞得意地绕着夏致转了两圈，还故意用自己的侧鳍滑过夏致的腰。

痞痞没有继续恶作剧，而是游到远处，摆了摆身子。

夏致无奈地潜向池底，刚够到泳帽，背上忽然有一股力量压了下来。

和之前的玩笑不一样，痞痞的力气大得惊人。

它晃动着身体，一鼓作气，夏致连反抗的余地都没有，整个身体都贴在了池底。

背上的家伙故意缓慢地摆动着，冰凉和温热在此刻交汇，夏致双手撑住池底试着起来，但是痞痞却压着，不让他起身。

夏致真的很想和痞痞打一架，可惜水中是痞痞的领地，他一点儿优势都没有，除了又气又憋，啥办法都没有。

夏致在水中咳了一下，呛水了。

痞痞这才游开了，夏致蜷起身来，皱紧眉头不断咳嗽着。

痞痞尾巴一甩，冲到了夏致的下面，将他向上托。

这是第一次，夏致坐在痞痞身上，痞痞把他带上了岸。

夏致趴在岸上，其实他刚才压根儿没有呛水，就是觉得凭什么只有痞痞耍他，他也要耍痞痞一次！

痞痞并不知道夏致没事儿，一直用它的吻部戳夏致，就像他咳嗽了帮他拍背一样。

夏致冷着脸，把痞痞拨开。

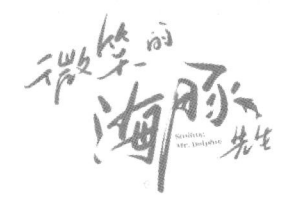

痞痞"嗷"了一声,又转过头来,用脑袋贴着夏致的腰蹭来蹭去地撒娇,好像在说"你原谅我嘛!你原谅我嘛"。

夏致侧过头去,不理它。

痞痞就游到夏致的另一边,继续用脑袋蹭他。

夏致把它的脑袋摁下去,它又扬起来,夏致再摁下去,它继续扬。

"好了好了!我原谅你了!我原谅你了!"

夏致正要撑上岸,痞痞却哗啦一下跳起来,趴在了夏致背上,甚至很开心地拍打起来。

夏致咬牙切齿,他可一点都不开心,直接向后给了痞痞一肘子。

痞痞掉回水里面,继续探出脑袋来,还是一副笑嘻嘻的样子。

夏致捡起岸边的小球,在它圆滚滚的脑袋上砸了一下。

痞痞哧溜一下就沉到水底下去了。

夏致不下水了,披着浴巾在岸上喝姜茶。

这时候明哥拎着桶子走过来,喊了声:"痞痞!加餐了!"

痞痞还是沉在水底下。

"哎,你俩怎么了?闹矛盾了?"明哥看着夏致说。

"要不……你们还是把乐乐给它送回来吧。"

明哥乐了:"它通人性,你得明确让它知道你不喜欢和它玩什么,它知道分寸的。"

这时候,痞痞从水里冒出脑袋来,眼巴巴地看着夏致,"嗷"了一声,表示自己不再那么玩了。

"而且,它很快就要到离开这里的年纪了。"

"啊……"夏致看向明哥,"痞痞要走吗?"

"嗯,到了夏天,就要送它去Q市了。那里的海豚繁殖中心,需要它……"

"哦,它要去那里娶老婆了?"

"是啊。痞痞,你也到娶老婆的年纪啦!"

痞痞的脑袋歪到了一边,表示对这个提议没有什么兴趣的样子。

明哥见痞痞没有吃东西的兴致,就拎着桶子走开了:"别怕,它也就闹一闹,我一会儿再回来喂它。"

明哥这么一说,夏致就忍不住笑了。

夏致来到水里,再看着痞痞那笑得傻兮兮的样子,忽然又舍不得了。

"你说你要是一直长不大,该有多好?"

痞痞游过来,轻轻碰了碰夏致的胸口。

235

夏致立刻明白了它的意思，它在说"我想你抱抱我"。

张开手臂，夏致圈住了痞痞，痞痞难得乖巧地靠着夏致。

抱了一会儿，夏致忽然有些好奇："你说，如果你带着我，最快能游多快？"

"嗷？"痞痞抬起头来，夏致指了指自己，然后做了一个绕水池一周的动作。

痞痞立刻就明白了，摆了摆尾巴停在夏致身边，夏致趴了上去，抱住痞痞的背鳍。

"我很重，你可别闪着腰。"夏致笑着说。

虽然明知道痞痞背着他不可能游多快，但是他却有一种即将乘风破浪的感觉。

痞痞噌地向前冲了出去，水流声响起。夏致抱紧了它的背鳍，那种破水行进的感觉太独特了，畅快爽利，痞痞总能在快要撞上池壁的时候忽然转身。

这种流畅的感觉让夏致高呼了起来，痞痞也跟着嗷嗷叫。

就在夏致兴致高昂的时候，痞痞忽然一个翻身，把夏致倒进了水里，但是它的身体却迅速旋转，又把夏致带出了水面。

那一瞬在水里，夏致看见了痞痞对他的不舍，所以极尽所能地让他开心。

它害怕被他遗忘。

玩了一会儿，精力旺盛的痞痞也累了，毕竟夏致可不是电视里掉进海里的小狗或者小女孩。

夏致趴在岸边，痞痞停在他身边。

它仰着头，似乎在渴求什么，但是又不敢明显表达出来。

夏致低下头来，碰了一下它的喙，将脸贴在它的脸上。

"我会去 Q 市找你的，好不好？"

痞痞就这样很安静地贴着夏致的脸，忽然一下子滑进了水里。

夏致潜下去，痞痞就在水底下。

那个样子，就像夏致第一次见到它的时候。

夏致轻轻抚摸着它的背，当它安静的时候，夏致清楚地意识到，痞痞不可能永远是他一个人的海豚崽。

夏致憋不住了，游到了水面上，吸了一口气。

"痞痞，我相信只要我们一直想念彼此，就一定会重逢。"

痞痞浮了起来，夏致笑着对它说："就好像我又见到叶粼一样。粼哥第一次做我的家教时，对我说'你有我'，然后，我真的做到了很多我从前并不认为自己会做到的事情。"

痞痞游到夏致身边，贴着他，轻轻在他腰边扇动着池水。

"痞痞，你也有我，你真的有我。无论以后你去了哪里，我都会来找你的。"

夏致打了个响指："走！我们再来比游泳！"

"嗷——"痞痞转过身来,用尾巴抵住池壁。

夏致满脑子都是刚才痞痞带着自己畅游的感觉,他记住了这份感觉,泳入水中。

分别的时候,夏致本来要上岸,痞痞追在夏致的身后"三连击"——它用吻部连撞了夏致的腰窝好几下。

夏致转过身来,揉着痞痞的脑袋,沿着那道弧线来到它的喙,轻轻勾了一下。

"小东西,你都要长大了!还这么顽皮!"

忽然痞痞一下从夏致身边溜走了,然后一个转身,强势挤入了夏致和池壁之间。

"痞痞!"

痞痞就是不让开,微微摆动着尾巴。夏致好笑地侧身游向另一面,痞痞立刻跟了过去,无论夏致想从哪里上岸,都被痞痞提前拦住了。

"痞痞……"夏致知道痞痞舍不得自己,自己也舍不得它,所以没有凶它。

这时候夏致觉得很愧疚,因为痞痞好像能听懂他说的所有话,但是他却不知道痞痞的脑子里在想什么。

夏致顺着痞痞的脑袋摸到它的背部,指尖在它的背鳍上拨了一下。

痞痞的背鳍动了动,夏致甚至感觉到痞痞一直冰凉的身体好像也有了人类的体温一样,热了起来。

它想要和他亲近,它想好好地在他的身边撒娇。

夏致抱住痞痞,脸贴着它的脑袋,蹭了好几下之后,脑子里蓦然想到了叶粼。

夏致小声说了句:"不知道海豚的腰在哪里呢?"

就这么一句话,痞痞就像被电到了一样,尾巴一摆就要溜走。

那一瞬,夏致的反应迅速得超乎他自己的想象,脚向上一抬,竟然挡住了灵活的痞痞。

痞痞被夏致这么一拦,显然也愣住了。

"你的腰在哪儿呢?"

夏致往小海豚的肚皮上一摸,温热的掌心就像是安抚吃撑的小孩儿似的揉了揉。

小海豚全身都抖了抖,夏致觉得有意思极了,忍不住又故意用手指挠了挠。

痞痞这下是真的要溜走了,可它的反应又有点奇怪,看起来像是很留恋很喜欢,但是又很想逃避。

夏致单手抱住了痞痞的背鳍,痞痞想把夏致甩下去,夏致的嘴角扯起一抹坏笑。

"臭小子!一直都是你欺负我!"

终于要在这个池子里找回场子的夏致,怎么可能这么轻易放过它?

而且痞痞的肚皮滑滑的,像是鼓着气的气球,还会随着它的游动起伏,很好玩啊。

237

也不知道夏致的手碰到了哪里，痞痞一个猛烈的翻身，终于摆脱了夏致，一下子就蹿到了泳池的另一侧，而且还沉了下去。

夏致浮起来，换了几口气，又潜了下去。

难得见这小混蛋吃瘪，夏致当然要多得意一会儿了！

他游了过去，靠近痞痞，痞痞竟然一直向后退。

夏致用脚尖点了点痞痞的脑袋，这家伙少有的低调，只是摆动了一下尾巴避开了夏致。

夏致又游了过去，痞痞又避开，而且一直贴着池底游。

大概是被夏致追得烦躁了，痞痞忽然摇头摆尾地游了起来，大刺刺地从夏致的头顶游了过去。

夏致的手才刚摸了一把痞痞的尾巴，就看见什么东西从他头顶上甩了过去，气焰嚣张得简直就要把夏致的泳镜都撞裂开。

眼看着痞痞逛了一圈，又要回来了！

作为海豚中的青少年，它被明哥投喂得也太好了吧！

而痞痞带着笑的表情，仿佛铆着一股劲，有种要开疆拓土一般的强势。

要躲开已经来不及了，夏致的心都提到了嗓子眼。

海豚看着可爱，凶猛起来可是能把鲨鱼的肚子都撞破的啊！

但是痞痞却从夏致的身边冲了过去，它的身侧从夏致的腰边擦过，滑而冰凉，带着明显的压迫感。夏致被它挤压得在水中失去了平衡，刚要踩水，它的尾巴又故意在夏致的身上扫了一下。

那一刻，夏致的脑海中一片空白，下意识地转身拼命游到了上岸的地方，不知道是不是肾上腺素狂飙了，夏致猛地撑上了岸。

他差点滑摔下去，但还是稳住了。

一回头，他就看见痞痞浮了起来，就停在他上岸的地方。

也就是说，其实痞痞一直就跟在他的身后，撞不撞他，完全看心情。

他能上岸，是痞痞放了他一马。

夏致的心咚咚跳，他抹了一把脸上的水，看着水里的痞痞，忽然连一句玩笑话都开不出来了。

一直只露出背鳍和脑袋顶的痞痞缓慢地浮了起来，安静地蓄势待发。夏致的眉头皱了起来。这个小东西一直以可爱示人，但此刻夏致却觉得自己成了它的猎物。

上岸了都并不安全。要知道，这家伙可以从水中腾空而起，把夏致压倒。

夏致和痞痞都安静下来，仿佛一场没有硝烟的对峙。

夏致动了动脖子，如果这小混账真的敢从水里蹿出来，自己就揍它一拳狠的！

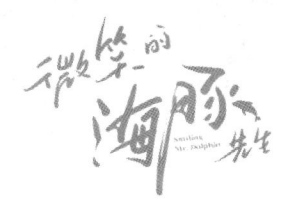

就在夏致手臂都绷起来的时候,痞痞忽然"嗷"了一声,露出大笑的表情。

夏致愣住了,只见痞痞面朝自己,从水里蹿起来,摇晃着,像是在显摆,又像是在嘲笑。

明哥正拎着桶子过来,里面是痞痞的"饲料",他过来看看痞痞饿了没。

"哟,夏致,你还没回家呢?"

"哦……还没……"

"怎么了?"

"没什么……"

明哥看了一眼痞痞在水里时不时蹿出来摇头晃脑的小样,顿时明白了。

"哦!它最近热衷于显摆,见到人就显摆。楚博士研究了一下它这种行为,这其实是海豚在群体生活中一种沟通交流的方式。"明哥朝着夏致眨了眨眼睛。

"它不是靠叫声来沟通交流的?"

"要不,你跟它好好约法三章?它上回显摆给我看的时候,我就拎着桶子走了,它就知道不能显摆给我看了。"

夏致抓了抓脑袋,算是明白了。

"喂,小崽子你给我听清楚了,不许显摆给我看!"夏致伸手摇了摇。

痞痞有些失落地向后游去。

"你那么做,不会让我和你更亲近!明白?"夏致一本正经地说。

痞痞一下子就沉水底了,看来它生气了。

明哥忍住不笑已经很久了,最后还是忍不住了,哈哈大笑起来。

"没事,没事,你晾着它,它下回就会巴巴地凑上来,而且会更乖。"明哥朝夏致使了个眼色。

明哥把夏致送到了门口,夏致忍不住说:"痞痞走之前……一定要告诉我啊。"

"怎么,舍不得啊?"明哥手搭在夏致肩膀上,问道。

"当然舍不得。我来的时候,它才这么长,现在都这么长了……"夏致伸出胳膊比画。

"所以你小子要好好读书啊!到Q市考个好大学!然后去那边的海豚研究中心,就还能再看着痞痞……被别的海豚欺负了。"

"痞痞被别的海豚欺负?真的还是假的?它那么坏!"

"以前呢,乐乐就总欺负它,而且是明目张胆的那种。因为乐乐比痞痞大三四个月,所以体型上稍微有点儿优势。"

"痞痞会让乐乐欺负?"

"当然不会,痞痞就暗中报复回去。它特别灵敏,经常趁着乐乐吃东西的时候去撞乐乐的肚子。唉，那两个小鬼头在的时候，简直就是要把人都烦死。"

夏致忍不住笑了。

一个周末之后，夏致就去学校领期末成绩了。

温度已然降到了冰点，岑卿浼的校服外面套着一件轻羽绒，轻羽绒的外面还套着一件呢子大衣，脑袋上戴着帽子，帽子两侧还有毛绒耳罩。

每当夏致看着他，都有一种他们身处大东北，说话的时候嘴唇都能被唾沫冻住的错觉。

"哥，你紧张不紧张？"岑卿浼问。

"为什么紧张？"

"万一没考进年级前三十名呢？万一没赢过钟淳呢？"

"没考进也有没考进的好处。"

夏致就穿了一件高领毛衣，套了件羽绒服，脚下一踩，自行车就遛了出去。

"啥好处？"岑卿浼追上去问。

"不用去体验什么水床了……"

夏致的声音听不清楚，岑卿浼完全摸不到头脑。

从这一天起，他们就没有课程了。老师发卷子，讲解试题，然后布置寒假作业。他们高三的寒假只有两周，过完年就要开始上课了，就算想浪，也浪不起来。

夏致跟着岑卿浼走上楼，岑卿浼神神道道地念着："转角遇到爱啊遇到爱！"

"你转角只能遇乞丐！"

夏致的话音刚落，刚好楼梯转角有人迎面撞过来。对方比夏致矮了大半个头，差点没稳住，夏致一把扣住了他的手臂。

和对方对视的那一刻，正好配上岑卿浼那句"转角遇到爱"，简直不能更尴尬了。

因为那个人是钟淳。

"神经病，放开我！"钟淳推了夏致一把。

夏致看他那白净的脸上因为生气泛起了那么一点红，把他的肩膀扣得更紧了，脑子里莫名想到了叶粼。

叶粼也是这样白净的长相，只是五官更立体，眼窝更深。他总是一副老神在在的样子，夏致忽然很想看他脸红的样子。

夏致一千五百米自由泳输给陈嘉润的时候，陈嘉润的条件就是要夏致拍叶粼喝醉的样子。

Q大游泳队要给大四队员制作纪念册，每个队员都拍了九宫格照片。

叶粼的九宫格比明星海报还帅气，引起了大四老队员们的公愤。

这是他们的纪念册，如何能放纵叶粼在里面显摆？

于是，大四的队员们要求叶粼放一张自己脸红的照片进去。

叶粼很潇洒地表示"有本事你们拍到了，我就认"。

脸红何须害羞，喝醉了酒也可以！

于是，陈嘉润给夏致提出的条件就是拍一张叶粼醉酒的照片，夏致却一直找不到机会完成这项任务。

"放开我！"钟淳像是被刺猬扎到一样，猛地推了他一把。

夏致这才回过神来松了手，但看钟淳像是撞到垃圾桶的表情，让他起了点坏心眼。

"不就是撞了哥一下嘛，你脸红什么？"

"神……神经病！"钟淳踉跄了一下，从夏致身边绕过去，脚下踩空了，差点摔下去。

夏致眼明手快，一把将他捞了回来。

"我说钟公子，你小心一点。"

"不用你好心。"钟淳抬了一下眼镜，就走了。

夏致还在琢磨，睡个水床有什么意思？要是能把叶粼灌醉，看他脸红起来的样子，拍个脸红九宫格，给Q大游泳队留念，才有意思啊！

也不知道怎的，从看见钟淳脸红开始，夏致的想象力就无限延伸了。

"阿致，你想什么呢？"

"你说，我能灌醉粼哥吗？"

"我听我家教说，粼哥在酒吧打工的……"岑卿浼摊了摊手。

意思是，你别白日做梦了。

"好吧，回教室。"

夏致将书包往抽屉里一塞，往背后一靠，发出吱呀一声。

这时候，手机振了一下，是叶粼的微信消息：成绩出来了吗？

夏致的嘴角不自觉勾起，回道：怎么了，担心我吗？

叶粼：我等着睡水床呢。

夏致忽然想到了什么，发了一条微信消息：你觉得我能考多少名？

叶粼：年级前三十名还是很有可能的。

夏致的拳头扣紧了，然后回了一句：要是我考进了年级前三十名，你难道不该为我庆祝一下？

叶粼：你想怎么着？

夏致几乎可以想象此时叶粼的表情，他一定浅笑着看着屏幕。

夏致手指飞快地打字回复：听说你在酒吧打工，酒量了得，不然你吹三瓶二锅头啊！

叶粼：你小子够狠，二锅头五十度呢。

夏致：就是要你醉。

叶粼：有本事你考给我看，年级前二十五。

意思就是，如果夏致有本事考到二十五名，叶粼就吹三瓶二锅头下去。

这时候，岑卿浼紧急戳了一下夏致："老魏进来了！"

夏致把手机扔进了书包里。

小综合的卷子即将下发，原本确定自己考得不错的夏致竟然紧张了起来。

他的手摁着水笔，发出啪咔啪咔的声音。

岑卿浼本来就紧张，听着夏致摁笔的声音，就更紧张了。

"哥……你能不摁了吗？"

"不能，哥紧张。"

"你紧张啥？"

"我要考进前二十五。"

岑卿浼想要揍他："我的目标是只要能进入年级前五十就好，你啥时候目标都比我高这么多了？"

"志存高远有问题吗？"

"没问题，不是好高骛远就好。"

期末考试的成绩关乎过年的心情。

老魏叫到了岑卿浼的名字，岑卿浼上讲台领卷子的时候紧张得同手同脚。当这家伙看见自己成绩的时候，顿然喜笑颜开："哈哈哈，我考了二百六十二呢！二百六十二呢！"

老魏忍不住了，甩粉笔砸他，可惜没砸中："理综二百六十二了不起吗？也不看看你英语啥破烂儿！"

底下一片笑声传来，紧张的气氛也缓和了不少。

老魏又发了姚敏还有李健他们的卷子，各个脸上死气沉沉。

他们三人又在传小字条预测谁是班上倒数第一了。

终于叫到了夏致的名字，夏致起身，椅子和地面摩擦，发出了"哗啦"的声响，引得全班同学都看了过来。

夏致听见自己的心跳跟擂战鼓似的。明明考试已经结束，一切都是既定的结果了，但是夏致还是好紧张，仿佛这已经是高考了一样。

"夏致，下学期定了你当晨会第一周的甩旗手啊。"老魏用很平常的语气说。

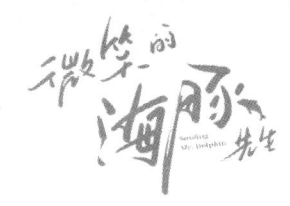

这话刚落下,班上就沸腾了起来。

甩旗手必须要品学兼优,一直以来都是尖子生的标志。

夏致拿到卷子一看,红艳艳的二百七十一分,夏致心里的石头就要落地了。

他才刚回座位,岑卿浼就把他的卷子拽了过去。

"哎哟!可以啊!这分数,一条腿已经跨进第一考场了!"

"那当然,我的语文和英语还是比你强一些的。"

"比我强?你以为我还是昨天的我吗?"

"你不是昨天的你吗?哦,比昨天更胖了。"

岑卿浼懒得理他。

夏致的手伸进桌子里,想要发微信消息告诉叶鄯自己的理综分数,但还是忍住了。

又不是年级排名出来了,现在说得再多也没用。

发完小综合的卷子,就到数学了。

课间,何斌从老师办公室出来,拿着一张年级排名表。

瞬间,一堆同学围了上去。

岑卿浼伸长脖子,用胳膊肘撞了撞夏致:"你不过去看看?"

夏致瞥了他一眼:"你和何斌关系好吗?"

"不好。"

"那你好意思凑过去看吗?"

"好意思啊。"岑卿浼摸了摸自己的脸,"我最出名的不就是不要脸吗?但是……我不想这么快知道答案。"

"我看你是不想提前被判死刑吧?"

这时候,穆宁来到了何斌桌边,围着何斌的是一群男生,她挤不进去。

何斌看见穆宁,立刻就把其他人给拨开,说了声:"穆宁,你这次考得挺好的。"

其他人立刻识相地让开。

"我能看看吗?"

"哦,当然可以。"何斌把年级排名表拿给她。

穆宁一般在二三考场徘徊,但是她先翻的是第一页,那是年级前三十名的名单。

"唉,理科班的女生就是香饽饽,连眼高于顶的何斌都宠着她呢!"

"那你也去做女生吧,你那'喵喵喵'的本事,穆宁铁定比不上。"

穆宁把成绩单还给何斌之后,就朝夏致走过来了。

"夏致!我看到了!你真厉害,全年级第二十三名啊!"穆宁的眼睛亮闪闪的。

夏致心脏一紧,仿佛幻听了一般。

全班的目光聚焦了过来，虽然大家都知道夏致最近成绩进步飞快，但是年级第二十三名之类的，简直不是人了好吗？

"你……你没看错吗？"

"没有！我看了三遍呢！你真厉害啊！"

何斌听穆宁这么一说，立刻把成绩单翻过来，看到夏致名字的那一刻，他的表情十分难看。

"哎，穆宁！穆宁！你有没有看见钟淳在第几名？"岑卿浼压低声音问。

穆宁露出不解的表情。

钟淳并不是他们班上的啊。

"没关系，谢谢你帮我看成绩。"夏致朝穆宁笑了一下。

穆宁愣在那里，两秒之后脸红了。

夏致很少笑，总是给人冷冰冰、不好接近的感觉，但是他刚才看向穆宁的眉眼柔和，唇线弯起，帅气得很。

"没、没关系……"

铃声响起，穆宁赶紧回座位去了。

夏致虽然收起了笑容，内心却激动了起来。

他拿出手机，飞快地发送信息：你喜欢哪个牌子的二锅头？

数学老师来发卷子了，夏致的膝盖就一直抵在课桌下面，等待手机振动。

数学老师叫夏致上去领卷子，夏致一点反应都没有。

"夏致！夏致！你卷子还要不要了？"

夏致这才上台去领卷子，打开一看，红艳艳的一百三十六分。

早晨，所有的成绩都发下来了。夏致的英语和语文在叶鹣的抢救之下，分数也像模像样的。

但是夏致一直没有收到叶鹣的微信回复。

明明可以欢呼雀跃，夏致却出奇的安静。

岑卿浼看着夏致单手撑着下巴，没事儿就低头看手机，眉头蹙得紧紧的，忍不住说了句："别看了，说不定Q大也在期末考试呢！"

夏致一听，觉得有道理，把手机一扔，该干啥干啥了。

下午三点就是让人心惊胆战的家长会了，很多家长再忙也会请假来开会。

夏致和岑卿浼两人毫无压力地骑着自行车回家。夏致口袋里的手机还是没振过，他单手握着龙头，一路上拿出来看了无数次。

回到家，夏致一边出电梯一边给叶鹣发微信消息，刚走向家门，就冷不丁撞上

了人。

他刚要说"对不起",却闻到了熟悉的味道,是叶粼。

叶粼的手来到他的脑袋后面,用力揉了一下。

"考了多少名?"叶粼的声音依旧温和,还带着不加掩饰的喜悦。

"年级第二、二十三……粼哥,你怎么来了?"

"考完试可不就来了。你这成绩可以啊,什么时候放假?后天Q大的集训就开始了。"

"太好了!你一定要帮我说服我妈!"

夏致还是第一次露出了自己很想要什么的表情。

Q大的集训啊,他马上就能一睹陈嘉润和洛璃这些校际联赛名将的竞技风采了!说不定还能和他们比一场,想想都觉得激动!

叶粼原本扣着夏致后脑勺的手伸进了夏致的裤子口袋里。

夏致刚想握住叶粼的手腕,叶粼已经把他的钥匙取出来了。

"把成绩单拿来看看。"叶粼笑着晃了晃钥匙。

夏致像个大爷一样坐在沙发上,把书包往叶粼怀里一扔,抬了抬下巴示意对方自己找。

叶粼单手接住书包,高三学生的书包都很沉,跟装了砖块一样。

"你知道你这像什么吗?"

"像什么?"夏致靠着沙发,坐姿有点没正形,两条腿大剌剌地摊着,勾起的嘴角带着一丝坏笑。

"像个霸道总裁,买了点小礼物扔给我拆。"

"我是买了礼物给你啊,你感觉不到吗?"夏致的嘴角勾得更明显了。

叶粼拎着书包晃了晃,里面像是装着什么液体类的东西。他把手伸进去,摸到一个东西拿出来,是一瓶二锅头,被白色的泡沫盒包着。

"你可以啊,提前就算计我了?"叶粼拎着二锅头晃了晃。

"还没完呢。"夏致说。

叶粼又从里面拿了两瓶出来,放在桌上。

他看了看那两瓶的度数,再看一眼夏致的表情。他明明就想笑,却憋着,可眼睛里都带着得意劲儿,整个人有点儿慵懒的痞气。

"你就那么期待我喝醉啊?"叶粼"哗啦"一下把夏致的书包扔一边,走到他的面前,也不低头,指尖在夏致头顶的发旋上点了点。

夏致也不避,抬着下巴说了声:"对啊。"又问,"你就回答我,喝还是不喝,什么时候喝?"

"你想灌醉我?还真是不嫌命长啊?"叶邺低下头来,逆着光,笑容有点蔫坏。

"小爷就喜欢看你这么笑。"夏致说。

"你今天请我睡水床,这三瓶二锅头,我吹给你看。"

"要不要给你来点卤菜?"夏致的眼睛都亮了起来。

叶邺转过身去,拎着夏致的书包找出了他的成绩单,看了看。

就在这个时候,岑卿浼发了一条微信消息过来:猜猜钟淳考了多少名?

夏致:不猜。打赌的是你和陈硕他们。

曾经美:别这样啊,这不还关乎陈阿姨的面子吗?

夏致:麻利点儿,赶紧把你想放的屁放了。

曾经美:那我不放了,留着去洗手间。

夏致:看来你明天不想有命上洗手间了。

曾经美:好吧,暴力让我折腰。钟淳正好二十四名,你又压了他一名。

夏致:看来真是既生瑜何生亮啊。

曾经美:谁是周瑜?谁是诸葛亮?

夏致:怪不得你语文考了个破烂成绩呢。谁吐血,谁是周公瑾!

叶邺抬起眼来,看了一眼夏致。

男孩子手指在手机上飞速摁着,眼角眉梢都带着喜悦,有点儿可爱。

那天晚上陈芳华回来的时候,眼睛都是红的,见到叶邺的时候几乎语无伦次。

她做梦都没想到,夏致能考到T大附中的前三十名,这可是能进入名校的成绩啊!

今天她开家长会的时候,在走廊里见到了钟淳的爸爸钟孝。

那个时候,他们彼此都不知道对方孩子的年级排名。

钟主任豪爽地笑着,说什么回去就请全科吃饭,还假惺惺地说:"哎呀!不知道下学期的一模考试,两个孩子还在不在同一个考场!"

"如果钟淳这次发挥正常的话,那两个孩子肯定在一个考场嘛!"

这还是陈芳华第一次在钟孝面前露出这么自信的笑容。

"哦?看来这次夏致考得不错啊?多少名啊?"

"勉强在第一考场掉了个车尾,肯定没有钟淳好啊!"

钟孝惊讶的表情一闪而过,又变成了得意:"钟淳这次考了二十四名呢!"

"哦,那可真不错啊!"陈芳华笑了笑,心里面知道夏致比钟淳高一名就好,没打算继续给钟孝难看了。都是同事,抬头不见低头见,留点颜面吧。

谁知道魏老师正好从旁边走过,看见陈芳华的第一眼就说:"哎呀!夏致这一

246

次是考得真好！年级第二十三名呢！我的眼镜都要裂掉了！下学期一模的时候，可也得保持啊！"

那一瞬，钟孝的脸色就变了，他难以置信地盯着陈芳华捏在手中对折的成绩单。

"夏致……考这么好呢？"

"啊……我也没想到啊。"

"那怎么不说呢？科室里的同事也能跟着一起高兴嘛。"

"这不是说出来了，怕孩子下学期一模压力太大吗？"

"哦……也是，也是……还是陈主任想得周到。"说完，钟孝立刻就走了，脸都涨得红红的。

没办法啊，每次他觉得自家钟淳优秀的时候，夏致总能更优秀那么一点点。

所以当陈芳华回家，夏致提出想和叶粼出去庆祝一下的时候，陈芳华想也没问就同意了。也没问是怎么个庆祝法，陈芳华想当然就说："你们是去KTV还是吃夜宵？零花钱够不够？"

夏致不习惯撒谎，只说了句："我今晚可能不回来了，你别担心，我跟粼哥一块儿玩。"

陈芳华就理所当然地觉得夏致应该是打算去KTV熬夜唱歌了，不过就算是通宵，陈芳华也会当不知道的。

毕竟，家长总要给孩子一点放纵的空间。

叶粼也开口说："阿姨，我有件事也跟您说一下。夏致明天就开始放寒假了，您要是放心我的话，我想带他去一趟Q大。过年前我保证把他带回来，也保证回来的时候，老师布置的作业他都做完了。"

陈芳华眼前一亮。

要知道，上回叶粼带着夏致去了一趟南城大学，回来之后夏致的成绩就突飞猛进了。

这次要去的可是全国一流的学府Q大啊，说不定这就是叶粼激励夏致的方式！

"哦，好！我还不相信你吗？去看看吧，早点回来！"

夏致也没想到老妈竟然答应得这么痛快。

再看一眼叶粼那笑得端庄纯良的脸，他就一切都明白了。

果然，人还是要会装啊！

两个人离开家门，夏致揣着羽绒服的口袋，里面还穿着校服，站在路灯下，呼气的时候白色的雾气模糊了他眉眼间的棱角，孩子气的感觉更明显了。

叶粼打开导航，要带着夏致步行过去。

"郯哥，你为什么对水床会有那样的执念啊？"夏致跟在叶郯的身后。

"水床呢，能够完全贴合人身体的线条，均匀支撑全身的重量，保护我们的脊椎。"

"然后呢？"夏致摊了摊手。

"然后我想买一张水床。但是在买之前，我想试一试，水床是不是真的那么舒服。"

"我觉得你就是在故意耍我呢。"

"对啊。"叶郯回过头来。

明亮的路灯灯光照在叶郯的脸上，这家伙真的帅。

夏致想把叶郯那张帅脸给揍成扁的。

"那你刚才说那么一大段，科普呢？"

叶郯的胳膊揽上夏致的肩膀，用力地将他向下压了压："开心一点啊！多有意思啊！"

"呵呵……"

"人生苦短，要对生活充满好奇，勇于尝试。"叶郯摁住夏致的后颈，就这样把他押到了前台。

"听说你们这里的水床是特色，我想要体验一下。"

叶郯的声音温和有礼，一下子就把前台的服务员给吸引了。

那姑娘看到叶郯，眼睛都在放光："身份证给一下。"

夏致一听，想也不想就说："没带！"

"你带了的。"叶郯把自己的身份证拿了出来。

"我没带，不然你先进去，我回家去拿。"

回去了，我就不回来了！

叶郯晃了晃夏致的背包，里面是那三瓶二锅头。

"你要是回去了，以后都再也看不到我吹二锅头了。"

叶郯胳膊撑在前台上，看着夏致。

两人对视三秒之后，夏致从书包里找出了身份证，往前台一拍。

夏致拿了房卡，就往电梯的方向快步走。

他们的房间在顶楼，而且整个顶楼就只有这么一间所谓的特色水床豪华套间。

夏致把房门刷开，插上房卡，整个房间亮了起来。

房间中央就是那张有名的水床，它被纯白色的床单包裹着，看不出有什么特别的。

"你不是要体验水床吗？赶紧躺上去感受一下，看看和一般的床有什么区别！"

叶郯面对着夏致，在床尾坐下，然后向后一仰，哗啦一下倒了下去。他的发丝

扬起,又落在洁白的被单上,一双长腿折起,闭上了眼睛。

"过来啊。"叶鄹扬起右臂,示意夏致躺到他的身边。

夏致转过身来,也学着叶鄹的样子倒下去。

水床流动起来,耳边能听到轻轻的咕噜声。

"二锅头呢?你还没喝呢!"夏致忽然想起了这件正事。

"再让我玩会儿。"叶鄹说。

"早喝晚喝都是喝!你是不是想赖了不喝!"

"唉,你这孩子怎么这么不懂事呢?"叶鄹发出长长的一声叹息。

"少来——"

房间里的暖气热起来了,夏致把羽绒服扔到床边的沙发上,又把装了卤菜的袋子往床上一扔,靠坐在叶鄹身边。

"你没搞错吧?在水床上吃卤菜?"叶鄹眯起眼睛。

"在水床上吃卤菜喝二锅头不可以吗?你说的啊,人生很短,什么都得体会一下。"

不仅如此,夏致竟然还带了薯片!

"你是来冬游的吗?"

夏致撕开了薯片,甚至……他还带了一罐可乐。

"为什么你喝的是可乐?"叶鄹盯着夏致扣着易拉罐的手指。

"二锅头归你,可乐归我,很公平。开始喝吧,鄹哥!"

看着夏致那一脸"请让我欣赏你的表演"的表情,叶鄹笑了。

虽然说是"吹"二锅头,但叶鄹还是小口小口慢慢来的。

"来,鄹哥,光喝酒没意思啊,咱们开始聊天吧!快问快答!"一边这么说着,夏致空着的那只手拿起手机,竟然开始刷视频了。

"你还搞快问快答?是为了测试我什么时候喝醉吧?"

"是啊。"夏致永远回答得坦荡荡。

"好吧,第一个问题是什么?"

"你最喜欢的游泳运动员?"夏致真的很好奇,叶鄹最喜欢的游泳运动员是谁。那些有名的运动员名字一一掠过夏致的脑海。

"夏致。"叶鄹淡淡地开口说。

"啊,干什么?"

"夏致。"叶鄹侧过脸来看着夏致,用平缓却清晰的语气说。

"什么事儿?要薯片还是卤菜?"

"我是说,我最喜欢的游泳运动员是夏致。"

夏致愣在那里，看着叶粼清亮的眼睛。

"你还有心思讨好我，看来是真的没喝醉！二锅头，继续吧。"

叶粼又喝了一口，夏致继续发问："第二个问题，你、嘉润哥，还有你们队长洛璃一起游一千五百米自由泳，谁最厉害？"

叶粼有着校际联赛自由泳短程之王的称号，但是没人知道他如果游长距离的话会怎样。

"你觉得谁厉害？"叶粼侧过脸来问。

"是我问你问题，不是你问我。"夏致挑了挑眉梢。

"你这小样儿，让我特想把这瓶酒灌你嘴里。"

"回答问题。"夏致用可乐撞了一下叶粼的二锅头。

"洛璃。"

"我还以为洛璃主攻的是蝶泳呢，没想到一千五的自由泳你都没把握赢他。不过也是……"夏致侧着脸，笑容越来越坏，"论耐力你真的不行。"

夏致指的是上一次两人无限定较量，夏致在游到二千四百米的时候赢了叶粼。

"你以后会知道的。"叶粼用二锅头撞了一下夏致的可乐。

"你是说Q大集训的时候，你要游一千五百米？"

叶粼笑而不答。

"行啊，到时候你、洛队还有嘉润哥，我们四个能比一次一千五吗？"夏致看着叶粼，虽然男孩子还是酷酷的小表情，但是眼睛里的期待就像幼儿园小孩儿要糖吃一样。

"可以啊。不过……阿璃带不带你玩儿，得看你入不入得了他的眼。"

"我肯定能！你别光说话，第一瓶二锅头才喝了三分之一，没诚意。"

"你连个花生米都没准备，二锅头喝得都不来劲。"

"花生米，吃吧。"说完，夏致还真的从书包里摸出一大包花生米来，倒进装卤菜的盒子里。

叶粼叹了口气，用力揉了揉夏致的脑袋："你小子是有备而来，预谋已久啊！说，我喝醉了你想干什么？"

"我能干啥，拍照留念。二锅头，继续。"

两人有一搭没一搭地聊着天，很快一瓶二锅头就快喝完了。

夏致本来就不是八卦的人，像是一些关于私事的问题，夏致都没有打探的兴趣，也想不出要聊些什么了。

叶粼伸长了手臂，把夏致那边床头桌上的另一瓶二锅头给拎了过来。

他一向白皙的皮肤有了一点红晕,每一次抿酒的时候都会垂下眼。

夏致看着他,仿佛他的皮肤都变薄了,渐渐透明,让人即将看到他最真实的样子。

"粼哥,你的酒量到底是多少?听说你可是在酒吧里打工的啊。"

"比你好。"叶粼回答这个问题的时候,比之前慢了一些。

夏致隐忍着内心的小兴奋,还是很诚恳地说:"粼哥,白酒你到底能喝多少啊?"

"教练不让喝……"

教练不让喝的意思,不就是叶粼其实也不怎么能喝?

"粼哥?"夏致又拍了他一下。

叶粼扬起下巴,把第一瓶二锅头喝完了,将玻璃酒瓶拍在了床头桌上。

叶粼坐直了背,拎着羊绒衫向上一捞,从头顶拽了下来,随手向旁边一扔。

夏致看见叶粼手中的第二瓶二锅头已经下去三分之一了,叶粼的眼神有点涣散,直落落地盯着对面发呆。

"粼哥,你喝得太凶了点,吃个手撕面包吧。"夏致撕开塑料袋,扯了一块手撕面包送到叶粼唇边。

"嗯——"叶粼侧过脸去避开了,眉头皱起来,拉长了拒绝的声音,竟然有那么一点点撒娇的意思。

"你这样不吃东西灌酒,明天胃疼头疼,可别怪我。"夏致又把面包送了送。

"嗯——"叶粼又侧过脸去。

他的体温比平常更高,额上起了一层薄汗,几缕碎发贴在额头上,有点乱。

"不吃就不吃,有种一会儿别吐!"

叶粼手里攥着那瓶二锅头,一言不发,没有丝毫动静,仿佛人在这里,魂却没了。

"喂,粼哥,你行不行?还剩下最后一点,不行就算了。"夏致用肩膀拱了对方一下。

大概两三秒之后,叶粼说了句:"行。"

夏致看着他仰起头,把玻璃瓶里所有的液体都倒进嘴里了。

"等等啊——你别……"

你别呛着!

夏致话还没说完,叶粼就把空的玻璃瓶"哐"地一下压在了床头。那气势不像喝醉,反而更像是要来点大动作。

水床又是一阵摇晃,晃啊晃啊晃,夏致觉得有点晕。

叶粼看着夏致,半仰着头,带着笑,一双明亮的眼睛里还有那么点天真。

"粼、粼哥……你是不是醉了?"

叶粼不说话,仰了仰头,接着继续笑。

那一刻，夏致觉得自己看见了痞痞。

"叶粼……"

叶粼忽然低下身来，额头在夏致肩膀上用力地蹭着。

夏致蒙了："叶粼……你干什么呢？"

叶粼没有回答，只发出了轻轻的一声"嗯"。

"叶粼？"夏致抬起手来，揉了揉叶粼的脑袋，老神在在的叶粼就像一只慵懒的猫，发出近乎舒适的呼吸声。

夏致无奈地笑了，拍了拍叶粼的肩膀："老人家，我就说你不行吧，你还不承认。"

夏致扣着叶粼的肩膀，将他抬起，想要把他挪到旁边去。

叶粼的头无力地垂着。

"啧……"

夏致靠着床头，他现在忽然担心叶粼就这么吐在他身上，那场面必然壮观，永生难忘。

"粼哥，您挪个地儿再接着睡，成吗？"

夏致没再刻意推叶粼起来，此时只能看到叶粼的鼻尖，显得他竟然有点乖巧。

夏致笑了笑，不就是要拍他喝醉酒的样子吗？

他拿出手机，悄悄凑到叶粼的脸颊边，正要摁下快门，叶粼像知道夏致的手就在旁边一样，把头凑了过去。

夏致手一颤，手机滑到了床单上。

夏致看不到叶粼的表情，却觉得此刻的叶粼真的和孤单的痞痞一模一样，充满依恋。

夏致没有挪开自己的手，下意识摸了摸叶粼的头，轻声问："粼哥，你是不是头疼啊？"

叶粼没什么反应，夏致揉了揉他太阳穴的位置，这家伙果然发出了轻微的呢喃声。

果然是头疼啊。

算了，睡觉吧。

夏致刚要把手收回来，挪开床上的各种盒子和零食，叶粼却一直追着夏致的手。

"你怎么跟痞痞似的？"

这样的叶粼太有意思了，夏致抬了抬眉毛，忽然觉得自己赚了。

他缓慢地晃着自己的手，手到哪儿，叶粼就跟到哪儿。

夏致心里忽然升起一种成就感。

"你这样子，陈嘉润见过吗？"夏致侧着脸，声音里带着不逊，连"嘉润哥"

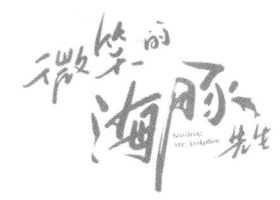

这种称呼都省略了。

夏致又问:"洛璃呢?他见过你这个样子吗?"

叶粼不回答,夏致有些失望了。

"你好好睡觉!"

夏致把手机捡起来,打算拍个照"留念"。

夏致将手机凑到叶粼的面前,咔嚓拍了一张,然后拿到面前一看,画面是糊的。

又拍了一张,角度不对,只看得见鼻子。

再来!

连拍数张之后,夏致对自己的拍照技术也不抱什么期待了,直接将手机一扔,拉起被子睡觉了。

夏致不管叶粼会不会发酒疯,直接将被子往脑袋上一盖,转过身去。

夏致睡下没多久,就听见旁边有动静,是叶粼爬起来了。

他好像是在摸床头灯,结果"哗啦"一下,二锅头的酒瓶跌下去摔碎了。

夏致心头一紧,叶粼可别踩到玻璃碎片!

他赶紧掀开被子爬起来,就看见叶粼低着头,摇摇晃晃就要起来。

"喂!我扶着你!"夏致来到叶粼那一边,将他撑了起来,"你是要上洗手间吗?"

毕竟他喝了两瓶酒,肯定想上厕所。

叶粼的眉头皱得紧紧的,喉咙哽了哽。

夏致立刻明白了,这家伙是要吐了!

吐了好,吐了酒劲就能散了。

"你给我忍住!"夏致抬起叶粼的手,让他捂住自己的嘴,把他带进了洗手间。

进入洗手间,叶粼想要去掀马桶盖,却总是掀不起来。

夏致看不过去,一把替他将马桶盖翻起来。

叶粼低下头,吐了出来。他本来就没吃什么东西,当然没什么好吐的。等到胃里的东西都吐干净了,就只剩下干呕了。

夏致拍着叶粼的背,替他顺气。

夏致这会儿觉得内疚了,毕竟是自己要求他喝的二锅头。

"粼哥,你还好吧?"

叶粼没有抬头,只是挥了挥手,示意夏致出去。

这大概是他有史以来最狼狈的样子,并不想让夏致看着。

但夏致不敢离开,万一一会儿叶粼起来的时候又摔趴下去呢?

253

"喝点水吧。"夏致把洗手台上的矿泉水拧开,递给他。

叶粼仰起头来,喝了一大口。

他原本带着潮红的脸色此刻显得很苍白。

过了好一会儿,叶粼才起身,结果一个趔趄差点歪倒,夏致赶紧抱住了他。

"嗯……头疼……"叶粼的声音轻轻的,夏致不知怎么抬起手来摸了摸他的后脑,差一点就像哄小孩一样说"不疼了"。

"吃点什么吗?"

"想睡觉。"

"那睡吧。"

夏致撑着叶粼,将他送回到床上,拉开被子,给他盖上。

叶粼半个脑袋都埋进了被子里,人也蜷了起来,鼻尖和指尖稍稍露出来,夏致最后没忍住摸了摸叶粼的脑袋。

"老虎不发威……不代表是病猫……"叶粼闷闷地说。

"你就做只病猫不好吗?"

"病猫就这待遇呢……主人,你还能再温柔点吗?"

夏致的手轻轻放在叶粼背上,拍了拍。这是夏致看过无数次的背,无论是背影也好,还是水中近乎完美的泳姿也好,从未像此时此刻这样乖顺。

今晚的叶粼,就像痞痞一样,虽然爱使坏,却又那么依恋着夏致。

夏致忽然觉得很充实,仿佛自从父亲离开之后,生活里的空缺被叶粼填平了。

夏致缓缓闭上眼睛,睡着了。

眼前是一片湛蓝色的水,痞痞甩着尾巴兴高采烈地冲着他游过来。

夏致笑着张开怀抱,做好了抱紧这小东西的准备。

可就在痞痞冲到夏致面前的那一刻,它忽然变成了叶粼!

夏致猛地惊醒,一睁开眼,就看见叶粼侧身靠在床头看着他,不知道多久了。

"你做梦了?"大概是因为刚睡醒,叶粼的声音里还带着一丝沙哑,因为低沉而显得成熟。

他说话的时候空气里泛起一丝淡淡的薄荷味道,而不是宿醉的酒味。

这家伙什么时候爬起来洗漱了?既然洗漱了,干吗还窝回床上?

夏致抬起手来遮住自己的眼睛,说了句:"嗯……做了个大噩梦……"

"什么样的噩梦?是我吐你身上了吗?"

"我梦见……一只海豚忽然变成了你……"

叶粼没有说话,夏致将手拿开,发觉叶粼的目光比之前更沉,仿佛有什么东西让他警觉了。

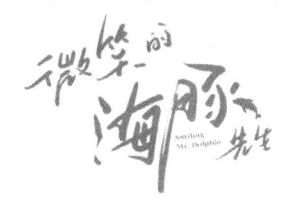

"要是有海豚变成了我,或者我变成了海豚……那不成怪物了?"

夏致的眉心蹙了蹙:"那怎么是怪物?又不是你变成了哥斯拉要毁灭地球,海豚而已啊……海豚多可爱。"

夏致又想起痞痞来,真想摸摸它,抱着它蹭一蹭。

"我要真变成了海豚呢?"叶粼又问。

"那我就攒很多很多的钱,买一艘艇,跟你一起环游世界。"

夏致想着自己独自一人在海风中前行,一只海豚跟在自己身边的画面,忽然觉得很美好,笑了起来。

叶粼看着夏致的笑容出了神。

就在这个时候,叶粼的手机忽然响了,夏致踹了他一脚:"接电话了!"

叶粼不紧不慢地侧身,从床头桌上拿过手机:"洛璃,你怎么会给我打电话?"

"洛璃"这个名字,让夏致周身一震。叶粼就像知道夏致想要听洛璃说什么一样,故意凑向夏致。

电话那端传来严肃而低沉的声音:"你订了哪天的高铁票?我去接你。"

叶粼笑着说:"我要带那个男孩子一起过去,应该会订下午或者晚上的票。你放心,我不会缺席这次寒假集训的。"

"订好票告诉我。"

"没问题。"

等叶粼挂了电话,夏致拿过自己的手机一看。老天爷,他们这一觉都睡到了中午一点!

两个人走出了酒店。

第十章　加训

夏致回家收拾好行李，跟着叶粼一起上了高铁。

大概是前一晚宿醉，睡得并不安稳，叶粼一坐下来就打了个大哈欠。

夏致在一旁刷着明哥发来的痞痞的视频。

现在明哥真是越来越夸张了，把夏致的音频剪辑在一起，循环播放。

"痞痞，翻个身！"

痞痞就兴奋地蹿了过来，冲出水面，来了个转体。

"痞痞，唱个歌！"

痞痞就嗷嗷地叫唤，隐隐还能听出《小星星》的调子，简直不能更有天赋了。

"痞痞，你爱我吗？"

海豚音差点没震碎手机屏幕。

夏致皱起眉头，他可从来不会问痞痞"你爱不爱我"之类。

他发了条微信消息问明哥，明哥这才承认说弄了个软件做出来的。

夏致有点不高兴了，那句"痞痞，你爱我吗"有七八成像他的声音，痞痞怎么都辨别不出来，这多容易被拐卖啊！

看着痞痞，夏致又想起了昨晚醉酒之后的叶粼，他忍不住看向叶粼。

叶粼又睡着了，睫毛在眼睑留下浅浅的阴影。

这时候，列车员来查票了。

夏致拿了自己的身份证给列车员。他不想叫醒叶粼，于是轻轻拍了拍叶粼左边的衣服口袋，没有摸到，他又将手伸进叶粼的裤子口袋里。

叶粼的腿好像轻颤了一下，不知道是不是要醒过来。夏致不动了，他看向叶粼，发觉叶粼没有反应，于是将手收了回来，侧身弯下腰，摸向另一侧的口袋。

衣服口袋里没有，夏致终于在裤子口袋里摸到了叶粼的身份证，拿出来递给列车员。查完之后，夏致又轻手轻脚地将身份证塞回叶粼的口袋里。

动车开了没多久，就到站了。

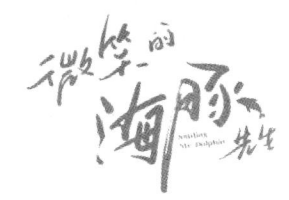

趁着列车广播还没开始，夏致在叶粼的鼻子上用力捏了一把。

叶粼的眉头果然蹙了起来，睁开眼睛的那一刹那，他就像会忽然冲起来咬夏致一口。

夏致松开手，叶粼皱了皱眉头，目光逐渐温和："到站了，走吧。"

夏致跟着叶粼，拉着行李箱出了站。

站口人潮涌动，许多人翘首以盼，等待着亲朋好友。

不需要叶粼介绍，夏致一眼就看见了洛璃。

洛璃乍一听像是女孩儿的名字，但他的肩膀很有雄性的力度感，身材很好，是天生的衣架子。洛璃没什么表情，有点冷肃。

他的五官很有立体感，和电影、电视里流行的美男子不同，有一种冷峻的气质，哪怕同样身为男性的夏致都欣赏得来。

"阿璃！"叶粼抬起手来挥了挥。

洛璃点了点头，目光带着审视的意味扫过夏致。

夏致挤过人群，越是走近洛璃，压迫感就越是明显。

在洛璃面前，夏致真有种自己是小孩儿的错觉。

"你还真亲自来接我了？"叶粼笑着说。

"不来接你，谁知道寒假集训你又神游到哪里去了？"

"神游"两个字，让叶粼自嘲地笑了一下。

洛璃开了一辆SUV（运动型多用途汽车），夏致和叶粼坐在后排。

夏致之前来Q市，不是跟着父亲来看叶粼的比赛，就是来旅游，去的都是人多的地方。

但这一次，他们去的是Q大。

看着那所百年名校的大门，夏致心头没来由地一阵紧张。

夏致看着窗外，头顶的碎发随着风轻轻飘动，叶粼靠着椅背侧脸看向他。

直到车子进了停车场，夏致还在打量着这所学校的一草一木。

因为已经放寒假了，学校里比以往更加宁静，学生不多，各种活动也没有南城大学那次热闹。

夏致下了车，主动去帮叶粼拿行李。

洛璃走过叶粼身边的时候，低声说了句："林小天他们把这个小鬼吹上了天，我倒要看看他是不是真那么厉害。"

"你去管教陈嘉润就好了，不要来祸害小男孩。"

洛璃冷哼一声，就离开了。

夏致拖着行李箱，跟在叶粼身后，说了声："洛队长对谁都那么冷淡吗？"

"相信我,他的热情你受不了。他属于看上谁,就鞭策谁的类型。"

"那他估计没看上你。"

"什么?"叶粼回过头来,眉梢一扬。

"他都不鞭策你,放任你潇洒了快一年。"夏致拉着行李箱从叶粼身边走过。

"那是因为你没看见陈嘉润有多懒,一个陈嘉润就够他忙活了。"提起陈嘉润,叶粼的微笑里带着一点儿幸灾乐祸的味道。

夏致挺喜欢叶粼现在的表情,虽然笑得很坏,却显得真实。

走着走着,夏致发现叶粼把他带到了男生宿舍。

宿管员门前的小黑板上写着:电热杯、电暖器、电水壶以及女朋友,禁止带入宿舍。

"什么时候女朋友都变成违规电器了?"夏致歪着脑袋,仔仔细细地看贴了一墙面的宿舍规定。

"所以,这栋楼里单身狗那么多。"叶粼也不着急上楼,很有耐心地等夏致看那份宿舍规定。

"我……我也住这里吗?"

"对啊,提前感受一下大学生活。"

就在这个时候,宿管老师伸出脑袋来,看见叶粼立刻就笑了:"叶粼啊!你这是还要参加你们游泳队的集训?这学生是我们这栋楼的吗,怎么好像没见过?"

夏致立刻紧张起来,女朋友都不能带进宿舍,说明这里管理很严格,这位宿管老师不会赶他走吧?

"我可以带他进去吗?"叶粼揉了一下夏致的脑袋,"老师你放心,我们不乱来,什么违规电器都没有。就是这孩子也要参加我们集训,教练要考察考察,所以就让我安排住的地方。"

"我们哪个老师不放心你啊!进去吧。"

夏致赶紧拎着行李箱,跟叶粼上了四楼。

打开房门,夏致第一眼就看见了悬挂在暖气片上方的一排……泳裤泳帽。

这是一个四人寝室,都是在上铺睡觉,下铺活动,但很明显只有两个铺位有人住。

其中一个梯子上随意地挂着运动裤、牛仔裤什么的,书桌上的电脑显示屏保模式,鼠标垫的旁边还开着一袋薯片,里面已经空了,细碎的薯片渣就落在桌面上。

仔细听,能听见浅浅的呼吸声,一起一伏的,房间里有人。

叶粼朝夏致笑了一下,走到那张床铺的下面,用手将被子微微掀开一角,就看见陈嘉润睡得很畅意的小模样,几根碎发扬在被子外面。

"听说他一千五百米赢了你?"叶鄢小声问夏致。

"一点点而已,我多吃块牛排就能赢他了。"

"哦——"叶鄢取出手机,放到陈嘉润的耳边,播放了一段音频。

"陈嘉润——你给我滚起来。"洛璃低沉有力的声音被播放了出来。

只见被子里那窝成一团的家伙猛地一僵,哗啦一下就从被子里坐了起来,有些仓皇地喊着:"洛璃来了!洛璃怎么来了?"

陈嘉润胡乱地在被子里找上衣:"我的衣服呢?我的衣服哪儿去了!"

夏致侧过眼,看见叶鄢手上拎着陈嘉润的衣服挡在身后。估计这样的戏码在这个寝室里已经发生过很多次了。

被子里翻了个遍之后,陈嘉润忽然意识到了什么,低下头来看见了夏致:"哎,你怎么会在这里?"

"我在这里有什么奇怪的吗?"夏致反问。

"搞什么啊!叶鄢,你就不能让我好好睡觉吗?"

意识到自己被整了的陈嘉润倒回被子里,一个转身,继续在梦里打游戏去了。

叶鄢笑了笑,对夏致说:"明天开始集训,为期一周,你睡那张床。"

"那里没人吗?还是已经走了?"

那是和叶鄢的床靠在一起的铺位,除了有床学校统一发的褥子和被芯之外,什么都没有。

"他有女朋友,所以到外面住了,正好便宜你。"

夏致顺着梯子爬上去,一条腿跨上去,从肩膀到腿的线条被拉伸。他忽然腰上一凉,有一双手掐在了身上。

夏致一扭,转过头就看见叶鄢站在下面看着他:"叶鄢,你干什么呢?"

"手冷,暖暖。"叶鄢的手用力向上一送,就把夏致送上去了。

坐在上铺,夏致可以看到整个寝室,这感觉还有点儿小新奇。

叶鄢从柜子里取了床单被罩,送上床,两人一个坐在床头,一个坐在床尾套被子。看着叶鄢低着头将被单压平的样子,夏致忍不住感叹了一声:"你真会照顾人。"

叶鄢抬起眼来,笑了一下。

另一边床上的陈嘉润,发出了一声笑。

夏致问:"你笑什么鬼?"

陈嘉润怎么阴阳怪气的。

"叶鄢可不会照顾人,你看他照顾过我吗?他只会照顾你。"

最后一句话,陈嘉润还故意一个字一个字地强调。

"你是幼儿园小孩儿吗,还需要叶鄢照顾?"夏致懒得理酸溜溜的陈嘉润,继续套枕头。

叶粼揉了一下夏致的脑袋，从他肩头跨过去，差点没撞到夏致的脸。

"喂！粼哥，你注意一点！"夏致不满意地看着叶粼从这儿爬到他自己的床上。

"注意什么？"叶粼问。

"还装，我踹你了啊，要不要试试？"夏致没好气地说。

"你梦里慢慢踹。赶紧睡一会儿，养精蓄锐，明天早晨集训就开始了。"

叶粼已经躺下去了，在这样安静的气氛中，夏致没多久也睡着了。

被单里除了洗衣液的清香之外，还有那么一点点让夏致觉得熟悉和温暖的味道。

这是叶粼的寝室，他错过了叶粼的中学时光，却进入了叶粼的大学生活。

晚上，叶粼带着夏致去学生食堂。

"不叫嘉润哥起来吗？"

"他游戏打太狠了，起码要再睡三个小时。"

"那我们要给他带东西吃吗？"

"不用。"叶粼勾着嘴角笑了笑，"他是有专人饲养的。"

夏致还没明白叶粼什么意思，等他跟着叶粼走到三楼，就看见洛璃一脸冷冰冰的，手里拎着饭盒走上来，饭盒上面还压着其他点心。

叶粼靠向夏致说了句："看吧，饲养员来了。"

Q大食堂的菜品比南城大学丰富多了。夏致隔着玻璃看着，每一样都想吃，他的脑袋被什么东西轻轻敲了一下，是叶粼的饭卡。

"想吃什么就自己选，选好了，把饭卡放在这个机子上刷一下。"

"很贵吧？"

"比你和小岑撸串便宜。"

"你饭卡里的钱够吗？"

"哥养得起你。"

于是夏致端着小山包一样的餐盘坐在了叶粼对面，餐盘里有糖醋排骨、黑椒牛仔骨、葱爆虾、宫保鸡丁。睡了一觉起来，夏致肚子里空荡荡的，握着勺子往嘴里一塞，腮帮都鼓鼓的。

叶粼笑了一下："喜欢吃吗？"

"嗯！"夏致点了点头，"比我们学校外面的小炒味道都要好。"

"多吃一点。等你真进了游泳队，饮食也会被管控起来，猪肉和鸡肉都不能像现在这样随便吃了。"

"啊……哦，我知道。"

平常的猪肉或者鸡肉里可能含有一些成分,会影响运动员的尿检结果。

"游泳队有小灶的,不会让你没有猪肉吃。不过我看你也是更喜欢吃牛肉。"

叶粼笑了一下,他点菜很注意,都是牛肉和鱼肉。

吃完晚饭,夏致吃得太饱了,叶粼就带他去图书馆转了一圈。

这里的藏书太丰富了,站在一排一排的书架之间,夏致觉得自己异常渺小。

他一回头,就看见叶粼站在书架的另一头,几个女同学正围着他聊天。

叶粼的表情很温和,女生们的笑容里是对叶粼毫无掩饰的好感。

夏致早就猜到叶粼在学校里肯定很受女生欢迎,他揣着口袋侧着脸,就那么看着叶粼,计算这家伙能和女生聊多久。

结果,他们还真的有越聊越来劲的趋势,从教授留的参考书明细到下学期课程时间,再到说什么要组织个系内研讨会请叶粼做会长云云。

夏致觉得不打断他们,都对不起自己耗在这里的时间。于是他走过去,一条胳膊搭上叶粼的肩膀:"不是说好了来这儿刷题的吗?"

叶粼肩膀微微僵了一下,下一秒,就摁了一下夏致的脑袋,对那几个女同学说:"不好意思啊,我要陪朋友做题了。"

还以为那几个女生会走呢,没想到她们竟然说:"他是大一的吗?怎么没见过?"

"哪个系的?要不要来我们学习小组啊?"

夏致一直都不擅长应付女同学,一时之间不知道说什么好。

叶粼笑了:"这是我在T大附中的学弟,我陪他最后冲刺一下,今年六月就该高考了。"

"哦,那我们就不打扰了。你们在图书馆里好好学!小弟弟加油啊,Q大在向你招手!"

"对对,Q大欢迎你!"

夏致没来由地在脑海里自动播放《北京欢迎你》,歌词自动替换为"Q大欢迎你"。

大概是因为下午睡得很好,现在的夏致很精神。

图书馆里不能大声说话,所以更容易专注。

夏致做着卷子,叶粼就在旁边把其他卷子上有难度的题目圈出来,让夏致先做。等到晚上十点,老师留的数学模拟卷上有难度的题目夏致已经都做完了。

他们一回到宿舍,就发现陈嘉润的狗窝被收拾得干干净净,换下来的脏袜子也都洗了,晒在暖气片上方,小书桌上干干净净的……但是电脑没了。

"哟,电脑被没收了?"叶粼笑着问。

"你故意的吧?是你把寝室钥匙给洛老大的吧?你怎么能这样?"

陈嘉润端坐在椅子上,抱着胳膊,一副"我失去了我的灵魂"的死样子。

"不是我给的，洛老大管咱们寝室里其他人借的。"

夏致不说话，安安静静去洗漱了。他怀疑陈嘉润可能会和叶邺打一架，但又觉得陈嘉润不敢单挑叶邺。为了不被卷入战局，他就先溜了。毕竟他肯定是要站叶邺的，可是站了叶邺，陈嘉润就弱势得可怜了。所以为了避免恃强凌弱的情况发生，夏致决定去洗漱。

等他回来，发现陈嘉润又爬到被子里睡觉了。

"他怎么了？"夏致问。

"明天二百米蛙泳测试，他达不到校际联赛纪录，电脑就回不来了。"

"哦，怪不得这么早就睡觉了。"

到了晚上，夏致却有点儿睡不着，一想到明天的集训，他就很兴奋很期待。

叶邺和夏致头对头睡，声音里带着淡淡的笑和鼻音，嗓音低沉："我说，你的水平哪怕放到校际联赛里都是夺冠热门选手。自由泳短程，除了我，没人是你的对手。"

"嗯。"

"我说的是校际联赛里。"

夏致愣了一下，低声说："我知道我很厉害，专业化的常规训练能让我水平提高得更快。"

"那你翻来翻去的，是为什么？"叶邺好笑地问。

"我怕我成绩提升得太快，分分钟秒杀你，你在我面前抬不起头来，做不成朋友怎么办？"夏致用很认真的语气说。

第二天，闹铃一响，夏致就爬了起来。他和叶邺已经收拾好运动包，还有换洗衣物，陈嘉润竟然还在被子里呼哧呼哧睡觉。叶邺一点没有叫他起来的意思，带着夏致就出门了。

"我们不管陈嘉润，没关系吗？"

"没关系，他从身体到心灵都热爱着洛队的鞭策。"

说完，叶邺和夏致不约而同地坏笑了一下。

Q大的游泳馆前，泳队队员们已经列队站好了。

白景文的脖子上挂着口哨和计时器，手里拿着板子，脸上一点表情都没有，旁边站着的另外两位教练也是一脸严肃。

这和夏致上体育课时嘻嘻哈哈的气氛完全不同。

白景文说了声："测试分组都已经发到微信群里了，热身之后分组准备测试！成绩下滑厉害的那个，每天晚上加训一个小时！"

夏致没有在泳队的微信群里，他不知道白景文有没有安排他的测试赛。

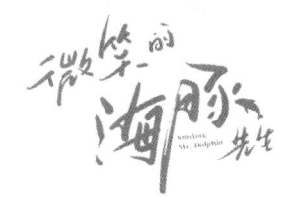

"今天除了个人项目的测试之外,还有接力赛的测试。四乘一百米的分组,我和两位教练根据你们的水平都分好了。混合泳,我想看看你们有多大胆量,对自己的水平有多少估计,所以除了A组,剩下的让你们自由组队。"

夏致心想,A组应该就是泳队里水平最高的那一组,就像参照组一样,让其他人了解水平差异吧。

"A组混合泳接力,自由泳叶鄡,蝶泳洛璃,蛙泳陈嘉润,仰泳林小天!"

夏致心想,果然是最佳阵容。

"陈嘉润呢?"白景文挑高声音问。

"睡着呢。"叶鄡淡淡地回答了一句。

其他人想笑,但是都得憋着。

然后,远远地就听见陈嘉润高喊"我来了——",他正全速跑过来,头发都飞起来了。

"迟到十分钟!晚上留下来加训一小时!"

"是!"陈嘉润迅速归队,一脸严肃,一句废话都不敢讲。

"B组,报名!"白景文又吼了一声。

这时候,外号"二熊"的赵雄举了手:"B组,自由泳夏致!蝶泳二熊……啊不对,蝶泳赵雄!"

纠正已经晚了,队友们实在忍不住笑出声来。

"蛙泳耿乐!"

"仰泳罗冕!"

就这样自由泳B组定了下来。

"二熊,你难得不二,抢到了夏致啊。"耿乐呼出一口气来,拍了拍胸口,"这样面对A组,我们不至于死得太难看了。"

"夏致,靠你了。至少,自由泳你还能跟鄡哥拼一下,蝶泳和蛙泳我们注定被碾压……"罗冕提起被碾压,竟然还一副占了便宜的样子。

赵雄、耿乐和罗冕都是上回和南城大学比赛的时候认识夏致的,比起大三大四的队友们,他们更清楚夏致的实力。

其他年长一些的队员好奇地看向夏致,虽然他们没见过夏致游泳,但是都听说了夏致赢了南城大学江毅,是白景文内定要招入游泳队的高中生。而且,白景文还和另外两位教练一起研究过夏致在南城的比赛录像,分段研究了他的技术特点。除了白景文,其他两位教练对夏致今天的表现相当期待。

另外几个混合泳小组也定了下来,白景文高喊一声"解散",所有人都背着运动包进去游泳馆了。

大家开始热身，一边热身一边聊两句。

"夏致，作业都写完了没啊？期末成绩怎么样啊？"赵雄很关心地说。

"刚进前三十。"

"下学期要努力啊！得进年级前三才成啊！"罗冕很关切地说。

"别报太热门的专业，还是很有戏的。"耿乐跟着出主意。

"干吗，人家有鄹哥教。夏致，你想学什么？"

夏致想了想，脑海中浮现出痞痞圆头圆脑的小样儿，下意识就回答："我想学跟海洋环境保护有关的。"

"会考上的。"一旁的叶鄹笑着看向夏致。

换好衣服，戴上泳帽泳镜，大家轮流下水游了几个来回。

Q大游泳馆的水质相当好，净澈浮力佳，夏致觉得自己在这里说不定能游出更好的成绩来。

第一轮就是自由泳一百米的测试，叶鄹就在第一组里，这也让夏致对他的测试成绩充满了期待。

第一组队员各就各位了，第六泳道却空着。

白景文的咆哮声响彻游泳馆："夏致——你愣在那里干什么？！"

夏致不明就里，难道他不能站在这个位置看比赛吗？

白景文继续瞪着夏致，夏致只好走到白景文的面前："白教练，请问……"

"请问什么事"还没说完，已经摆出准备姿势的叶鄹站起身来，回头说："夏致，你在第六泳道。"

"啊……"夏致赶紧站上去，做好准备。

"对不起，白教练，是我忘记告诉夏致，他不在我们微信群里。"叶鄹回答。

"洛璃——集训完了打印个训练表给他！"

"是。"洛璃回答。

夏致心想，叶鄹没可能不记得告诉他测试赛的安排，除非他故意不说。

"怎么，这样就专心不起来了？"叶鄹的声音很沉冷，和平常的温和不同。

夏致这才明白，叶鄹是故意不说的，目的就是锻炼夏致临场调整心态的能力。正规比赛里，突如其来的情况会比被临时叫上出发台要严重得多。

夏致吸了一口气，杂念很快被摒弃，他专注起来。

"嘟——"的一声，队员们齐齐起跳入水。

夏致跳入水中，几位教练的眼睛就眯了起来。队长洛璃抱着胳膊沿池岸行走，紧跟夏致，将他的泳姿尽收眼底。

夏致的泳姿标准得超乎洛璃的想象，划臂和打水充满力量，更重要的是，他的

264

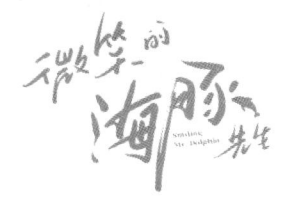

泳姿有一种和谐的韵律感,仿佛与水相融。

前面的五十米,还没有进入冲刺状态,夏致和叶粼就已经和其他队员拉出了一定距离。虽然这个距离不明显,但转身之后这个差距会让其他人难以跟随。

而夏致转身的姿态也相当流畅,完美衔接,当他的身体舒展开来,非常赏心悦目。

最后二十五米,夏致和叶粼同时起速,爆发力与速度的较量拉开了序幕。

水花飞溅,这两人拖拽着众人的视线,仿佛要将面前的池壁都撞裂开,岸上队员们的心绪被点燃。

林小天高喊起来:"夏致——加油!夏致!夏致!"

"夏致——超了叶粼!"赵雄也兴奋极了。

自从他们进泳队开始,还没见到有人赢过叶粼,夏致的出现让他们觉得,叶粼并不是不可战胜的。

洛璃的眉梢略微挑起,他很清楚,叶粼还有加速的能力。

果然,最后七八米,叶粼的打水就像是要把泳池踢裂一样,站在池边的队员们都傻眼了。

水中的夏致完全放弃了换气,强劲的打水不输叶粼。

夏致想起了水中的痞痞,他每一次和痞痞比游泳,可是绝对认真的!

两人比赛的节奏瞬间提升,洛璃本以为这样的提速会破坏夏致原本的协调感,但是他发觉,就在这最后几米,夏致呈现出来的力量与平衡感,是他从没有见过的。

而正是因为有这样的夏致,叶粼如同被点燃要将自己烧尽了一般冲向终点。

两人触壁,原本沸腾的游泳馆忽然安静了下来。大家都在等待教练播报成绩。

叶粼和夏致还在水中调整呼吸。

夏致真的很喜欢这种感觉,全力以赴,终点仿佛不再是终点,因为他知道还有另一片更广阔的天地等待着自己。

成绩出来的那一刻,队员们都惊讶极了。因为叶粼竟然超了自己的联赛纪录零点零二秒。

要知道这零点零二秒,是多少人日夜训练都无法达到的突破。

而夏致,仅比叶粼慢了零点三秒。

夏致的脸冷冷的,叶粼笑着趴在水线上,知道男孩子输得不甘心。

"一块牛排的差距而已,晚上我请你吃。"叶粼想揉夏致的脑袋。

夏致却绕过叶粼,上岸了。

一上岸,夏致就被赵雄、罗冕他们围住了。

"夏致!你就只比叶粼差那么一丢丢了!"

"混合泳的时候加油啊!干掉叶粼!"

265

叶鄰慢悠悠地上了岸，站在夏致身后，将自己泳巾的一边搭在夏致身上。

"哎哟，输了就不高兴了？"

"没不高兴，混合泳干掉你。"夏致直接把叶鄰一整条泳巾都拽走了。

洛璃来到教练身边，看了看教练纪录的成绩。

"如果夏致真的能进我们泳队就好了。这孩子，高中的时候怎么不多参加些比赛呢？"莫教练看着夏致的成绩，笑容藏都藏不住。

"是啊，游得这么好，就是申请奖学金进Q大都有可能。这要是进来了，和叶鄰就是短程自由泳的双保险。中长距离也能练一练，肯定能出成绩。"

洛璃看得出来，除了白教练，莫教练和王教练都是喜欢夏致喜欢得紧，但又担心得要命。

"教练在担心什么？"

"高中没有参加什么比赛，没有可参考的成绩来申请特长生。但是参加高考的话，就不那么稳了。"白景文眉头皱得紧紧的，叹了口气。

"成绩怎么样？"洛璃问。

"刚听小天他们说，在他们学校年级三十来名，如果真的能稳定发挥，考个211或者985是没啥问题的。但是Q大，哪怕报冷门专业也有点儿悬。"

洛璃点了点头："知道了。"

这一声知道了，让三位教练都探究地看向洛璃。

站在后面听墙脚的陈嘉润那个乐啊，他很清楚，洛璃又有了新的"鞭策"对象了。

夏致啊夏致，你就等着好好学习，天天流泪吧！

所有队员的个人测试结束了，晚上要留下来加训的，陈嘉润榜上有名，加上他又迟到，一个小时加训变两个小时。

电脑也没了，陈嘉润坐在池边抱着膝盖，蔫蔫的。

夏致从他身后走过，看见他耷拉着耳朵的样子，念及他教过自己化学，随口安慰了一句："节哀顺变啊，嘉润哥。"

陈嘉润听见夏致的声音，忽然眼睛一亮："你也节哀顺变，想到你以后过得比我惨，我就心情舒畅。"

"啊？"夏致完全不明白陈嘉润是什么意思。

自由泳接力赛并没有安排夏致参加，奇怪的是，身为Q大自由泳代表人物的叶鄰竟然也没有参赛，只是眯着眼睛笑着，陪夏致站在旁边。

"鄰哥，你怎么不参加比赛？"

"因为没安排你，所以我就不参加了。"

"为什么?"夏致还是不明白。他目前不是 Q 大的学生,教练要把更多练习的机会留给队员们,这是理所当然的。但是叶粼呢?

"你不在,我专心不起来。"叶粼回答。

夏致送还叶粼一个白眼,这话说得多不负责任啊。

"没有我,你的天还能塌了不成?"

"对啊,没有你,我的天就塌了。"

"你能好好说话吗?"

"我不是好好说话的吗?"

夏致决定不再和叶粼继续这个囫囵谈话了,没结果。

终于到了夏致万分期待的混合泳接力了。

赵雄、耿乐和罗冕把夏致叫到了一边。

"夏致,他们 A 组最后一棒是粼哥,我们也安排你压轴!"

"给 A 组一点厉害瞧瞧!"

"让他们知道长江后浪推前浪,前浪注定死在沙滩上!"

夏致心里头明白,他们这组多半是拼不过 A 组的,但还是被赵雄他们的精神所鼓舞,就算是垂死挣扎也得挣扎得漂亮啊!

A 组第一棒就是蝶泳。

夏致握紧拳头,死死地盯着洛璃。

洛璃站在出发台上,存在感强得要命。一入水,他就如同水中飞碟,水浪哗啦啦扬起来,向前甩臂的动作完全征服了夏致的眼球,荷尔蒙爆棚。

可以想象,光是洛璃在蝶泳上拉开的距离,其他小组就很难弥补了。

紧接着陈嘉润入水,他的蛙泳很优雅漂亮。从前夏致不是很喜欢蛙泳,总觉得它没有自由泳的速度,蝶泳的力量,又比不上仰泳对平衡的追求。但近距离看陈嘉润的蛙泳,他才知道原来这种泳姿也有着独特的美感。看得久了,夏致还看出了点儿性感的味道来。

陈嘉润游得很认真,这一百米的速度比之前的单向测试要好很多,但还是逃脱不了加训的命运。

夏致一侧脸,才发现和他一样排在后面的叶粼正看着他笑。

"嘉润的蛙泳好看吧?"

"好看。"夏致很诚实地点头。

"下次你也游给我看看吧。"

"不要。"夏致回答得很肯定。总觉得叶粼要他游蛙泳,肯定有什么坏心思。

仰泳算是节奏最舒缓的部分了,但笼罩着整个泳馆的紧张气氛一点都没有消散。

叶粼先夏致一步下了水，等叶粼起码游了五六米之后，夏致才跳入水中，奋起直追。

站在岸上的陈嘉润看着夏致疯狂打水追着叶粼的背影，难以置信地摇了摇脑袋："这小鬼头的体力怎么就这么好？"

"这说明夏致比你勤奋。"洛璃冷冷地回答。

陈嘉润闷着声不说话了。

为了挽回之前落后的距离，夏致搏命般地向前游，而叶粼丝毫没有等他的意思，一直遥遥领先。这种从远处追逐的感觉，不仅没有让夏致灰心，反而展现出了他某种死咬不放的韧性。

其他小组都被他们远远甩下了，就夏致不肯放弃地追逐着叶粼。

没有人知道此时的叶粼心潮澎湃，无论去到哪里夏致都拼了命要追上来的感觉，让他觉得整个泳池变得无尽宽广。叶粼是害怕孤独的，当他游得太快，其他人都进不来他的领域时，他会觉得无趣。无趣了，绷着的那股劲儿就松散了，他就再也游不快了。

但是夏致不一样，他总带着这股劲儿冲进叶粼的世界里，无时无刻不在提醒着叶粼——更快又何妨！

"这小子心态真好，落后那么多还那么拼。"王教练忍不住点头。

"是啊，这要换了其他队员，知道必然要输，拼不到他这个份儿上。"莫教练也摸了摸下巴，用胳膊肘顶了一下白景文，"老白，这孩子技术好、体力好，连心态都好，我们不能让给别人。"

"唉，这还真只能听天由命了。"白景文看着夏致水中的身影，嘴上说着"听天由命"，心里却记得南城大学的周教练说过要把夏致抢过去。

真别说，夏致现在这成绩，考上南城大学起码有六成把握。可考Q大，大概就只有两成了。叶粼啊叶粼，你说这可怎么办啊！

混合泳接力结束，A组毫无悬念地拿了第一，夏致和赵雄他们所在的B组第二。夏致游到人都快死了，也没追上叶粼。

林小天坐在夏致身边问："夏致，你说你都是一个人练游泳的，可自己练游泳哪儿游得了这么快？"

夏致拍了拍林小天的肩膀说："我是一个人，但我还有条海豚啊！你如果跟海豚比游泳，就会锻炼出不屈的内心还有速度了。"

林小天听了半天也没听明白："海豚？"

叶粼也不说话，就是笑。

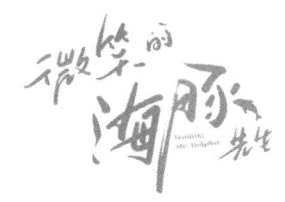

到了晚上,夏致跟着叶粼去食堂大吃了一顿。

夏致左手攥着鸡腿,右手舀着蛋炒饭,吃得特别专注。

Q大的食堂从今天开始就进入寒假歇业状态了,只开了一个窗口,给还在特训的游泳队开小灶。

"粼哥,我……"

"想吃就再去拿,想吃多少都可以。"叶粼抬了抬下巴。

等夏致又端着番茄牛腩走回来的时候,看见洛璃坐在叶粼身边。

夏致没来由地紧张了一下,放下餐盘,打了声招呼:"洛队。"

"嗯,吃吧。"洛璃向前推了一下,是一碗红烧肉。

"这是泳队特别采购的,不吃饲料,也没打乱七八糟催熟针的猪。"叶粼补充说。

"谢谢洛队。"夏致吃了一口,味道是很不错,但是被洛璃注视着,他有点儿吃不下。

"你在哪个高中?"洛璃开口问。

"T大附中。"

"嗯,别停啊,继续吃。"

"哦……"夏致有点儿后悔打了那么多饭菜来,因为洛璃一出现,他就觉得胃有点撑。

"听说你这次期末考试成绩大概年级前三十名?"

"嗯。"夏致心想,自己考多少名干洛璃什么事儿呢?

"你想进Q大游泳队吗?"

"想。"夏致毫不犹豫地回答。

"那么我告诉你,你下学期的目标应该是年级前五。从今天开始,我们会对你加训。"

"啊?"夏致不明白,目标前五,跟晚上加训有什么关系?

"叶粼还是负责他擅长的数学还有生物,我负责你的物理和语文,嘉润管你的化学和英语。"

"啊?"夏致还是没醒过神来。

叶粼笑着揉了揉夏致的脑袋:"这可是国王班底啊,你考不上Q大,就真对不起苍天大地了。"

"啊?什么国王班底……"

从这一晚开始,夏致就体会到了什么叫作"四面楚歌"。

只见学校图书馆角落的一张桌子上,夏致的左边坐着叶粼,对面是洛璃目不转睛盯着他。洛璃的旁边是生无可恋的陈嘉润:"我可以回宿舍睡觉吗?我刚加训两个小时，真的吃不消了！"

"你可以在这里睡，等夏致做完化学和英语我叫你起来。"

夏致终于明白了什么叫作"填鸭式教学"，在洛璃的注视之下，他哪怕是想走一走神都做不到，神经高度紧张，每一道题都必须精益求精。

"夏致，要不然借口上厕所，我带你去打游戏吧？"陈嘉润趁着洛璃上洗手间的空当，悄悄在夏致的耳边说。

夏致刚想要点头，叶粼也靠在他的耳边小声说："你是想痛快地死，还是想虽然痛苦但至少活着？"

夏致把模拟卷一拍："我选痛快地死！"

"哦？是吗？"洛璃冰凉的声音从夏致身后传来。

陈嘉润那个没骨气的厌货立刻把夏致的化学题还给他："我选痛苦但至少活着。"

夏致："……"

白天的集训，对夏致来说成了最美好的事情。

这一周，是夏致过得最充实的一周。

白天他尽情训练，四点半回到宿舍立刻睡觉，六点吃完饭，七点开始被三位大神盯着刷题。

睡前，夏致打开自己的朋友圈，看见岑卿浼给他的留言：你这是和学霸们一起《斗地主》还是打麻将？

夏致回答：我想痛快地死，他们非要我痛苦地活着。

岑卿浼发了几个幸灾乐祸的笑脸：你也有今天。

这一周结束的时候，整个泳队在食堂里聚餐，吃了顿火锅。

教练不允许队员们喝啤酒，饮料也都是冰镇王老吉。

赵雄依依不舍地和夏致碰了一下罐："夏致，你一定要好好学习，我不想校际联赛的时候，你不是我的队友。"

"是啊。今年九月，一定要成为我们的校友加队友，哥几个等着你！"

"Q大游泳队等着你！"

大家都是十几岁或二十岁出头的大男孩儿，拿着王老吉站起来看着夏致。

这是第一次，夏致发现自己被这么多人期待着。

小时候，夏致觉得Q大这样的地方就像是说"我想成为科学家"那样的梦想——只能在梦里想着。可现在，他不愿只在梦里想，他渴望来到这里。

夏致的眼眶热了起来，冷冰冰的表情和洛璃有几分相似，但大家忽然心有灵犀了。

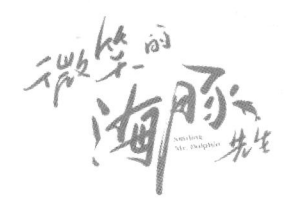

"哎哟,夏致感动了!既然感动了,就要努力呀!"

"九月的时候,哥几个一起去车站接你啊!"

夏致看着一张张豪爽的笑脸,心里真的很暖。

还好他们订了返回T市的高铁票,不然过年返乡高峰,他们只怕连站回去的位置都没有了。

车厢里熙熙攘攘,比平常要热闹许多,老人们聊天的声音与小孩子哭闹的声音融合在一起,这就是生活。

车子开动起来时,夏致看着叶邺的侧脸,小声说了句:"谢谢。"

"谢我什么?"叶邺问。

"给了我想要的生活。"

叶邺抬起手,却又放下了。他的目光很深,欲言又止,最后他说:"我也谢谢你。"

"谢我什么啊?"

"谢谢你让我不再恐惧。"

不再恐惧和其他人不一样的自己。

虽然只有一个小时的车程,夏致和叶邺还是脑袋靠着脑袋睡着了。

新年的气氛越来越浓烈,当夏致和叶邺坐上出租车的时候,能听见满街什么"好一朵迎春花啊,人人都爱他","恭喜发财"之类的歌声,并且到处能看见"福"字,喜庆得不得了。

夏致下车之后,敲了敲车窗。

"怎么了?"

"过年记得来找我。"夏致很认真地说。

"好。"叶邺点了点头。

当车子开远,叶邺回头看夏致时,才发觉夏致没有进去,而是站在原处一直目送他。

"小东西……"直到看不到夏致了,叶邺才转过身来。

刚回家放下行李,夏致就背着包要出门。

"你要去哪儿呢?"陈芳华追出来问,"这是要去找小岑呢?"

"不是,我去找一个朋友玩会儿,不然我那位朋友该跟我绝交了。"夏致笑着说。

"那我把你的行李箱给收拾了?"

"嗯,您收拾吧。"

反正泳衣泳帽都被叶邺背走了,老妈也发现不了。

陈芳华打开夏致的行李箱,把衣服放在洗衣篮里,然后看到了一大沓卷子。她拿出来随意翻了一下,发现夏致跟着叶邺出去的这段时间,寒假的模拟卷几乎都做完了，带回来的草稿纸上满满都是什么公式啊、计算啊。看着这些，陈芳华忽然感觉到了儿子的改变。

无论高考的结果是怎样的，夏致都在用一种很积极的态度过着自己的生活。

夏致来到海豚馆，那里值班的人都认识他。虽然过年期间楚博士给夏致放了假，但一听说夏致来了，明哥就一副"终于得救了"的表情迎出来。

"夏致！你可算来了！一开始我还用你的音频哄痞痞吃东西，但是这几天你一直不出现，痞痞就生气了。大概是觉得被耍弄了吧，好几天没吃东西了。"

听明哥这么一说，夏致也担心起来，赶紧换了泳衣，连热身都没来得及做，就去看痞痞了。

痞痞沉在水池中央，夏致一下水，痞痞就游到水池的另一边，用尾巴对着夏致。

夏致心想，不得了啊不得了，痞痞闹脾气了，可不好哄啊！

"痞痞——"夏致喊了一声，游过去。

痞痞马上掉头又游到别的地方去了，这感觉就好像回到了夏致第一次见到痞痞的时候。

夏致无奈地叹了一口气，没办法啊，自己这一星期在Q大快活，痞痞却没人陪着玩了。

"痞痞，来啊，抱一个，别生我的气了。"

夏致靠向痞痞，痞痞又溜走了。

夏致知道，他必须很有诚意地追着痞痞游几圈，等到真的没力气了，痞痞气就消了。

谁知道，夏致游第二圈的时候，小腿一个抽筋，立刻沉了下去。他蜷着身体，憋着气，抱着小腿等腿部肌肉舒展开。但是热身不充分加上水温低，他一直没能好起来，只能狼狈地向岸边划过去。谁知道那条腿的肌肉越来越紧，夏致差点就呛水了。

痞痞忽然游过来，先是用背将夏致顶出水面，夏致吸了一口气，抱住痞痞的背鳍，痞痞将他送到了岸边。

夏致上了岸，赶紧用浴巾将自己包起来。

"嗷——嗷——"痞痞叫了两声。

夏致朝痞痞的方向看过去，原来那里有保温杯，痞痞叫他喝热水呢。

揉了揉痞痞的脑袋，夏致喝了几口姜茶，身上暖和起来，小腿的紧张也舒缓了。

"痞痞对不起，这周没来陪你。"夏致很内疚地说。

"嗷。"痞痞沉到水下面，意思是"对不起没有用，我还在生气"。

"抱一个，不生气了好不好？"夏致低下头来，痞痞却不浮起来。

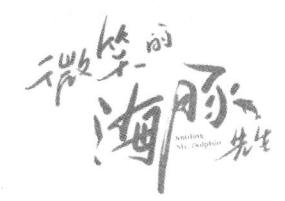

夏致又压低了一点:"真的不来抱一个?"

痞痞沉在水底下,还退远了一些,表明自己非常生气的态度。

"你不抱我,我就回家了?"

夏致伏得更低,双手扣在水池的边缘。等了两三秒,痞痞还是不过来。

"那好吧……我……"

夏致刚要直起身来,痞痞忽然蹿过来,从水中腾起,在夏致的脸上碰了一下。

夏致愣住了。

就在夏致发愣的时候,痞痞"嗷"地叫了一声,用尾巴扫了水,溅在夏致脸上。

"啊呀!"夏致抹开水,就看见痞痞在不远处昂着脑袋。

"我就想了会儿事,你就不高兴了?"

"嗷!"意思是,对,我不高兴了。

"我想到了叶粼……期末考试结束之后,我们俩去体验了那个什么特色水床。"

"嗷?"痞痞歪着脑袋,表示它对"水床"这个话题很感兴趣。

"水床很没意思,就跟睡在果冻上面一样,摇摇晃晃的。我还是喜欢我自己的床。"

"嗷……"痞痞沉水底下去了,意思是既然水床没意思,那夏致还说什么。

"但是叶粼喝醉酒了,很有意思。"夏致话音刚落,痞痞就游了过来,脑袋探出来,吻部搁在岸上,看起来就像个等着听故事的小朋友。

"他的脸红了。"夏致回想了一下,"会像你一样撒娇,还会……也就是因为他是叶粼,不然我早揍断他的骨头了。"

夏致低下头来看着痞痞,摸了摸它圆圆滑滑的脑袋:"还是你比较好。痞痞,我现在正在努力,努力去那个以后你要去的城市。"

痞痞昂着头,非常认真地看着夏致。

"你要好好吃饭,长大了去找乐乐。乐乐现在很大个了,你如果不长个,就打不过乐乐了。"

"嗷……"

"而且万一我去看你,其他海豚来欺负我怎么办?你得长大点儿,才能保护我啊。"

夏致想起了那个潜水员被一群海豚欺负得跑都跑不掉的视频。

"嗷——"

因为夏致来做了一趟思想工作,痞痞终于肯乖乖吃饭了。

听明哥说,痞痞吃了不少鱼排,肚皮都圆滚滚的,它在努力长大。

一晃眼就到了年三十,鞭炮声一阵一阵,夏致是写不了作业了。

他打开手机,点进微信,发觉岑卿浼正在学渣小群里发红包。

夏致也点了一下,发现晚了一步,红包被抢光了。

夏致：红包呢？ @曾经美。

曾经美：哥,你有没有人性啊？

夏致：什么意思？

倒数第三：你一个学霸,跟学渣抢红包,你好意思吗？

盗版姚明：发红包！发红包！ @夏致。

仗贱天下：不发红包就踢你出群 @夏致。

夏致眉梢一扬,退群了,弄得小群里一阵蒙。

曾经美：你有病啊！就算你是学渣,也不能歧视学霸 @仗贱天下。

倒数第三：一朝为学渣,终生都是学渣。我们不能因为夏致一时的学霸光环,而忘记了他曾经是个学渣！

盗版姚明：高考一天不到来,他就还有可能变回学渣,怎么能给他脱离组织的机会呢？

岑卿浼把夏致又给拉回来,夏致非常豪放地说：红包没有,要命一条！

然后就变成另外三个人给夏致发红包了。夏致笑纳之后,那三个家伙撺掇夏致把收到的红包发出来。谁知道,夏致回了句：进了我口袋的钱,还想让我吐出来,做梦呢吧！

结果转过身来,夏致就给叶邾发了个红包。

叶邾立刻就点了。

夏致忽然觉得,叶邾是不是一直都在手机前等着自己呢？

虽然这样的想法有点自恋,但是夏致立刻打了个电话过去："邾哥,干什么呢？"

"等你的红包啊。"

"晚上吃什么呢？"夏致又问。

他知道,叶邾的妈妈还在国外,但是叶邾的爸爸是什么个情况,他并不知道。

叶邾没有马上回答他,而是反问："你晚上吃什么呢？"

那一刻,夏致立刻就明白,叶邾的爸爸恐怕也不在他身边。

"吃火锅啊。我和我妈两个人吃,可没劲儿了。你来呗？我妈准备的火锅材料太养生了,都是什么小白菜、大白菜、生菜……"

"所以呢？"

"所以你来的路上,麻烦到超市买点儿肉,还有蟹棒、蟹子包、老干妈辣椒酱！啊,对了,你看看还有没有鸭肠！没有就算了,有的话来点儿？"

"大过年的,你以为超市里还有东西呢？"

"有什么就来点儿什么。"

夏致知道,让叶粼空手来吃饭,他肯定不好意思,让他多买点菜来,那就正好。而且陈芳华很喜欢叶粼,他如果来了,陈芳华肯定会给新年红包,横竖他叶粼都不亏。

"好,有什么就买什么吧。"

其实每逢过年,就夏致和陈芳华两个人吃年夜饭,也挺冷清的。所以叶粼来的时候,陈芳华是又惊又喜:"哎呀,叶粼来了!夏致你怎么不早说!我多包几个蛋饺!肉也买少了……"

"阿姨,没关系的,夏致让我多买了些羊肉卷来。"

"进来进来!夏致这孩子真是懒!使唤你去买东西,他怎么不跟着一块儿去啊!"

夏致打开门,朝着叶粼很有默契地笑了一下。

窗外的爆竹声一阵又一阵,陈芳华打开了春晚。虽然每一年大家都在吐槽晚会越来越难看,但不开着电视又觉得没那个气氛。

"阿姨,你包的蛋饺真好吃。"叶粼笑着说。

"好吃你就多吃一点。"

陈芳华没有问叶粼家里的情况,她很清楚,夏致如果邀叶粼来吃年夜饭,那么叶粼肯定是一个人过年。

"哎,我给你们两个照个相吧?一起过年,得有个留念。"

陈芳华这么一说,夏致点头说:"好啊!"他靠着叶粼,搭上叶粼的肩膀。

陈芳华端着手机说:"一、二、三……"

夏致忽然把叶粼的脑袋摁下去:"叫你没事儿摁我的头!"

没想到叶粼早就料到了,梗着脖子扛了下来,顺带还拽了夏致一下。

结果夏致一个趔趄,直接扑向叶粼,陈芳华一拍,那效果……一言难尽。

当天晚上,叶粼就把照片发了朋友圈。

结果引来一堆评论,但是夏致只能看见岑卿浼和陈嘉润的评论。

曾经美:哎哟,夏致胆儿肥了?

呆毛狐狸:这操作厉害啊!祝夏致小朋友还能看见明年的太阳!

至于泳队里其他人的点赞和评论,可想而知也充满了幸灾乐祸。

夏致本来和叶粼在沙发上陪着陈芳华看春晚,看到朋友圈后私信叶粼:删掉。

叶粼:不要。

夏致:出去打一架!

叶粼:你又打不过我。

夏致:晚上我闷死你!

叶粼:好啊,我掐死你。

夏致眉头皱起来，叶粼"掐死你"的意思，就是要掐他的腰挠痒痒。

夏致：你睡沙发！

叶粼直接对陈芳华说："阿姨，有点晚了，我回去了。"

然后他站起身来就要拿围脖，陈芳华赶紧说："还回去干什么？不在这儿睡吗？"

"我和夏致都不是瘦弱型的，怕夏致睡不好。"

"怎么会睡不好呢？床下面那部分拉出来，睡三个人都没问题！夏致，你会睡不好？"

夏致气得脑门上突突，叶粼明摆着是故意的。

"不会。"夏致闷着说。

晚上，两个人靠在床头刷手机，在各个群里抢红包。

夏致趁着叶粼抢红包的时候，忽然扑过去抢他的手机。

叶粼愣了一下，看着夏致转过身去，抱着手机找他那条朋友圈。

那"不成功便成仁"的小模样，让叶粼发笑。

他假装掐夏致的腰，男孩子在被子里扭动着想甩开他，但还是一门心思找那条朋友圈。

夏致翻到那张照片，点出"删除"，可就在那一刻，他看见了照片上叶粼的表情。

他的笑容很明亮，带着包容和温润。

夏致把手机扔还给叶粼，继续抱着自己的手机抢红包。

叶粼拿回自己的手机，本来以为那条朋友圈已经不在了，没想到夏致没有删。

Q 大游泳队的小群却沸腾了，一溜的"谢谢老板""红包万岁""我被大红包砸到心花怒放"的表情。原来，是夏致用叶粼的微信号发了一个大红包。

"你也是傻，要发就发给自己啊，发给他们，不是肉包子打狗，有去无回？"

"谁要你的红包，怪你自己没设置微信支付密码！"

但是叶粼还是发了一个红包给夏致，扯了扯他的睡衣说："这个红包还是要收的，意义非同寻常。"

夏致点开来一看，金额是"131.4"。

夏致也扔了个红包回去，叶粼好笑地点开，金额是"100.1"。

"这是什么意思？"

"百里挑一。你对我，百里挑一的好。我想来个万里挑一，但是没钱。"

说完，男孩子就窝进了被子，转过身去。

叶粼顿了一下，摸了摸他的脑袋："夏致，你真会哄人。"

"别美了，谁哄你。"夏致抱着手机开始打手游。

没过多久，他就把手机扔到了一边，眼皮子耷拉着，快要睡着了。

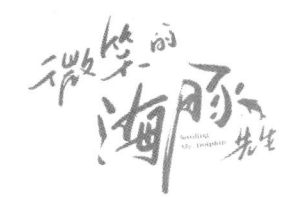

十二点一到,整座城市都要被鞭炮声淹没。

夏致的耳朵被人从后面捂住,噼里啪啦的声音仿佛被隔绝开来,听起来明明很清晰却又有点闷。夏致抬起手来向上一扣,才发觉那是叶粼的手。

"你被吵醒了?"叶粼的声音从后面传来。

夏致很想说,你傻不傻,鞭炮声是你用手就能遮住的?

可就在这一刻,夏致的心忽然柔软到不行。

小的时候,被鞭炮吓着的夏致也是这样被爸爸捂着耳朵的。

叶粼正要把手收回来,夏致却说:"吵,再捂会儿。"

叶粼笑了,就这样捂着夏致的耳朵,直到鞭炮声停下来。

夏致的寒假很充实,睡觉睡到自然醒,醒来叶粼带着他去晨跑,做基础体能训练。早上夏致刷完题,下午叶粼就偷偷带着他去游泳。

当夏致筋疲力尽地扒在岸边,和叶粼一起调整呼吸的时候,他忽然觉得……如果生活能一直这样下去,该有多好。

年一过完,夏致的学校就开学了,而Q大开学比高中要晚几天。

夏致上课之前,给叶粼发了条微信消息:我今天当升旗手,你是不是该来瞻仰一下?

叶粼看着这条微信消息忍不住笑了:遵命。

夏致作为T大附中的进步典型,在开学第一天就被要求上台讲话。

天气还很冷,说句话都冒着些白气儿。

开学典礼第一项是永远的升旗仪式。

夏致穿着校服,戴着白手套,身姿挺拔,一走出来就吸引了全校的目光。

他每走一步都带着坚定的力度,晨光落在他的鼻尖和肩头上,柔和了他没有表情的侧脸。帅得全校女生都想着,如果夏致每周都是甩旗手,她们心甘情愿早起参加晨会!

夏致最后甩旗的动作利落又潇洒,几乎能听见旗帜在风中猎猎的声响,连心绪都跟着高昂起来。

夏致相信,在某个地方,叶粼一定很认真地注视着自己。

当夏致发表演讲的时候,钟淳和何斌还相互交换目光,意思是"看他得意"。

夏致的演讲却很短:"以前我没有把高考当一回事,因为觉得考上了好的大学又如何?毕业了还不是要工作,要在社会里摸爬滚打。等我们进了社会,第十考场的也未必会比第一考场的人混得差。"

同学们很安静,大家都专注地看着夏致,因为夏致所说的就是许多学生心里所想的。

"可是当我有了想做的事和想超越的对手，我才明白，高考并不仅仅是一场关于精英和普通人的划分，它检验的是我们的态度。哪怕对刷题厌烦，哪怕对这种以排名来划分好和坏的标准不认同，我们还是要忍耐包容，要扛到最后——那么就算最后高考不尽如人意，我们之中有人从独木桥上被挤下来，掉进水里了，我们也能从容，也有能耐比那些站在独木桥上的人更先一步游上岸！"

叶粼，就趴在年级办公室前的走廊上看着夏致。

"我想说的就是这些，谢谢大家。"

当夏致放下话筒的时候，操场上响起了意想不到的热烈掌声。

夏致回到了自己的队伍里。

叶粼心想，也许这就是这个男孩子有吸引力的原因吧。

高三最后这个学期，意味着最后的冲刺。

让夏致完全没有预料到的，是他从此过上了被学霸天团围攻的日子。

周一晚上，夏致刚放学回家，陈芳华就对他说："夏致，你知不知道，今天晚上叶粼的同学要来辅导你做作业啊？"

"哈？"夏致一抬头，就看见洛璃一脸肃然地坐在沙发上。

不……不是吧？洛老大来干什么？

"我们的目标，一模要达到六百五十分以上，二模攻克六百八，三模超过七百分！"

洛璃这么一说，不仅夏致，就连陈芳华都愣在那里。

良久，陈芳华才说："好……有好的信念是……是成功必须的……"

坐在夏致身边，洛璃给了夏致一张排班表。

周一晚上洛璃、周二叶粼、周三陈嘉润、周四洛璃、周五到周日是叶粼。

"洛、洛老大，你们平常不上课吗？"夏致第一次觉得自己的气势弱了下来。

"大学不是每天都上课。我今天下午没有课。"

夏致心想，您老还是天天都上课吧。

"不要浪费时间，我九点半就要开车回去。老师今天布置了什么卷子，拿出来看看。"

夏致背负着沉重的压力，把模拟卷拿出来。

洛璃是思路非常清晰的类型，而且能把抽象的物理问题解说得很直观。

虽然一开始压力很大，但是一个晚上下来，夏致还是觉得获益良多。

可只是一天还好，两个多星期过去，夏致觉得自己被压制得想反抗。

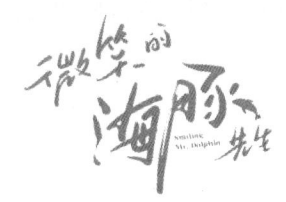

周三陈嘉润来辅导英语的时候,夏致勾着嘴角对他说:"嘉润哥,我们晚上去打个游戏吧,或者来一场手游,我们组队?"

没想到陈嘉润竟然一点都没有动摇,脸上的表情还和洛璃一模一样的严肃。

"少来!你这次一模,如果英语没有一百三,我就没好日子过了!"

夏致愣住了,这还是他认识的陈嘉润吗?

到了周四,夏致终于忍不了了。虽然知道洛璃和嘉润他们都是好意,可夏致也想喘口气。

他发了条微信消息给洛璃,说了句:我今晚不回家。

反正去哪里都好,哪怕是在大街上遛弯儿,夏致也想做一点和学习无关的事情。

所以,当他出现在海豚馆的时候,明哥很惊讶:"夏致,你怎么来了?"

"想跟痞痞聊会儿天。"

明哥看了一眼,发现夏致背着书包,明显就没有准备泳衣,是临时来的。

小孩儿多半有心事了,又不方便说给别人听吧。

"那成,你别太逗那个小魔鬼了,到时候它故意溅你一身水。"

"我知道了。"

夏致把书包扔在明哥的办公室里,然后来到水池边,轻轻唤了一声"痞痞"。

平静的水面被拖拽出水纹,痞痞浮了起来。它看着夏致,然后张开嘴露出哈哈笑的样子。

"小东西。"夏致伸长手,痞痞就去亲夏致的手心,"我不开心,刷题刷到脑子要爆了。"

痞痞还是很欢乐的样子,戳了戳夏致的手腕,又碰了碰夏致的小臂。

"我很想考上Q大,但他们轮番上阵,我的脑细胞都快被压榨干净了。"

痞痞歪着脑袋,又用嘴叼住了夏致的袖子,想要将他往池子里面拽。

"痞痞,我心烦着呢。而且,也没带泳衣就临时来看你了,下不去水。"夏致摸了摸痞痞的脑袋。

一直善解人意的痞痞,今天好像完全听不懂夏致的话,只想把他往水里面拽。

这时候,夏致书包里的手机响了。

夏致眉梢一挑,就知道肯定是洛璃打电话来问他怎么还不回家了。

"我就要杀杀洛老大的威风。你说,他不去好好管着他的Q大游泳队……再不济,还有嘉润哥做炮灰!干什么盯着我不放啊?我以前不迷恋游戏,可我现在就想打游戏。我以前也不爱看动画片,现在出了学校看见小卖部正放《机器猫》,我都觉得有意思。我看路上老人家拉糖丝、卖龙须酥,都觉得'哎呀,这真是门技术'。你知道这说明什么吗?"夏致摁了一下痞痞的脑袋。

痞痞见夏致一直不肯下来陪自己玩，发脾气了，转身尾巴一甩，溅了夏致一身水。

夏致抹了一把脸，那个每周六早上虽然调皮，但可爱又善解人意的痞痞哪儿去了？

电话又响了好几次，夏致取出手机来看了一眼，果然都是洛璃打来的。

夏致非常坚定地发了一条微信消息给洛璃：我需要静一静，别逼我。

然后夏致非常嚣张地把洛璃给拉黑了。他很清楚洛璃是为了他好，但他是个人，得喘口气。

"洛老大可真厉害，都把我逼到离家出走了。"

这一刻，夏致忽然对陈嘉润肃然起敬。能够在洛老大的"鞭策"下活这么久，他才是真正的人才啊！不对，是忍者！海纳百川，心胸开阔啊！

洛璃紧紧皱着眉头，本来想发微信消息问夏致为什么需要"静一静"，却发觉信息发不出去！他被拉黑了！洛璃忽然有不好的预感，连忙打电话给叶郯。

正在笔记本电脑前敲论文的叶郯，接到洛璃的电话很惊讶："阿璃，怎么了？"

"夏致晚上没回家，而且还把我拉黑了，说什么要'静一静'。"

叶郯愣了两秒，嘴角勾起来，忍着笑说："那你就让他静一静呗。"

"你就不担心，他会不会压力太大，或者抑郁之类的……做什么危险的事情？"

叶郯扣紧手机，低下头来，笑得直想敲桌子。

洛璃就这么安静地在电话那端等着。

叶郯好不容易平复了强烈的笑意，这才又拿起手机："你想想，他是个混合接力比赛里落后那么多米都不放弃，憋着劲儿能把你一块肉都咬下来的人……对他而言，有压力大或者抑郁这一说吗？只有他想不想做而已。"

"所以……他现在不想学习？"

"对啊，你就让他玩会儿吧，他可不是陈嘉润。嘉润怕你，但夏致是那种你打断了他的骨头，他也要用自己的骨头渣扎疼你的脾气，倔着呢。"

手机那边又沉默了，叶郯知道洛璃是个很认真的家伙。对自己的事情认真，对他看重的人也认真。有个这样的朋友能鞭策自己，能让自己更加自律，但很多时候……也会让人很郁闷。

"你的意思是……嘉润也很讨厌我？"良久，手机那边的洛璃忽然开口。

叶郯捂住自己的脸，叹了口气："嘉润不讨厌你，嘉润很享受你管着他的感觉。"

"真的？"

"真的。因为陈嘉润就是个欠管教的货。"

叶郯说完，瞥了一眼戴着耳机正打游戏打得起劲的陈嘉润。

挂了电话，叶郯想了想，又发了条微信消息给夏致：在哪儿呢？

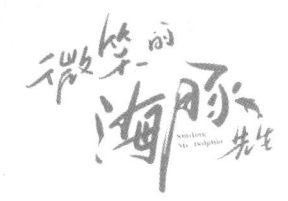

夏致回复得倒挺快：海豚馆里看海豚呢。

叶㮤笑了笑：要不去个网吧，我们组队打一晚游戏，放松一下。

夏致：我还是看海豚吧。

叶㮤：今天你看的那条海豚，肯定不会温柔善良、体贴可爱的。

夏致看着叶㮤的微信，顿了顿，忍不住回了句：你怎么知道的？

叶㮤看着手机思考了一秒，然后回答说：因为我没有睡着，没办法附身到海豚身上陪你啊。

夏致看到之后，无语地抬头看了一眼天花板，回了一句："无聊。"然后将书包甩上肩膀。

"痞痞，早点儿睡觉，小心长不高。有人约我打游戏，拜拜。"

痞痞又甩了水花上来，但是没溅着夏致。

夏致特地没去舒骏的网吧，随便找了个地方，刚坐下，就看见叶㮤发来的微信消息：我到了，你呢？

夏致心想，这家伙还挺快，看来Q大附近也是有网吧的。

他和叶㮤组了队，两个人杀进游戏，那叫一个爽。叶㮤和岑卿浼走的是一个风格，阴飕飕的，总是从各种意想不到的地方蹿出来，把对手给解决了。再不然，就是拖着对手，让夏致砍。

夏致把这段时间被紧逼着刷题和背单词古文的压力，全部都发泄了出来。

这么一玩，差不多到了晚上十点多，夏致估摸着洛璃也该回去Q大了，正要拎着书包起身，赫然惊觉洛璃就在他附近的位置坐着，好像……也在打游戏？

这……这怎么可能！

夏致正要走，对方开口了："你不玩了？"这冰冷又严肃的声音，不正是洛璃吗？

"洛璃？你怎么会在这里？"

洛璃抬起头来，回答说："陪你打游戏。"

"不是……陪我打游戏的不是叶㮤吗？"难不成是洛老大登了叶㮤的号？

"我是被你杀的那个。"

"哈？"夏致愣住了。

"你今晚让我死了十二次，解气了吗？"洛璃非常认真地问。

好像打游戏被夏致狂砍，就像游泳比赛一样认真。

夏致消化良久，终于明白过来。他被逼得太紧了，想要"造反"，于是叶㮤陪着他打游戏。而他游戏的对手，就是他的"造反对象"洛璃。

"那个跟你组队的人是谁？"

"嘉润。"

"不是吧……陈嘉润打游戏很有能耐的！"

"对，所以他是那个负责'输得不那么明显'的。"

夏致说不出话来了。他侧过脸去，又好气又好笑。

好气的是，他想打个游戏摆脱这帮学霸天团，结果还是没逃脱这帮人的五指山。

好笑的是，堂堂洛老大……纡尊降贵，还拽了陈嘉润当垫背，一起到游戏里来讨好他，让他放松。

这么一想，夏致忽然觉得很不好意思。

"对不起，是我逼你太紧了，偶尔放松一下还是应该的。"洛璃道个歉都那么板正。

"没关系，我能说一句实话吗？"

"什么实话？"

"您打游戏，实在太菜了。"夏致叹了口气。

"我和叶粼商量了一下，还是应该给你一些自己的时间。"

"理解万岁。"夏致回答。

"好，现在进行下一项。"

"下一项是什么？"夏致皱着眉头看洛璃。

"吃夜宵，相互了解，增进感情。"

洛璃走向网吧门口，夏致还站在原处。洛璃是个机器人吗？辅导作业交朋友，还讲流程？什么鬼的"下一项"啊！不过夏致忽然觉得面对洛璃，自己压力也没那么大了。

这天晚上，洛璃请夏致吃香辣蟹炒年糕的时候还挺紧张呢，僵着声音问他："这还好吃吧？"

"挺好吃的。"夏致咬着螃蟹腿，想了想又问，"你这么上赶着给我补课，是不是队里给你下了任务？"

"是的。"洛璃点了点头，"三位教练都说，要竭尽所能让你考进Q大来。"

"那你岂不是压力很大？"

"如果九月份开学，你成为我们的对手，我的压力会更大。"

说这句话的时候，洛璃是非常认真的。

"做你的对手，我压力也很大啊。"

两人夹着香辣蟹的蟹钳碰了碰，算是一"钳"泯恩仇了。

夏致才刚考完一模，发现自己竟然被拉进了Q大游泳队的群。

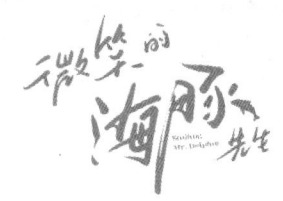

他才刚进去,白教练第一个发问了。

太白金星:考得怎么样?

王大壮(王教练):考得怎么样?

鬼见愁(莫教练):考得怎么样?

二熊:小老弟,考得怎么样?

没事儿偷着乐:考得怎么样?

……

小群被刷屏了。

夏致愣住了,老师有那么多学生,不可能把注意力放在他一个人身上,同学们自顾不暇,除了老妈和叶粼,他还真没想到,这世上会有这么多人把他考试行不行当成这么大一件事儿。

夏致想了很久,回了句:我觉得应该有六百五十分以上。

太白金星:扶额,才六百五,担忧。

王大壮(王教练):这得让我们担忧到放榜。

鬼见愁(莫教练):担忧得我头都秃了。

二熊:不是……莫教练,你不是一直地中海吗?

小群里忽然一阵沉默,貌似莫教练收拾赵雄去了。

一模考试成绩出来的时候,夏致看见了自己六百七十五分的总分,数学和理综在全年级排到了前三,语文和英语差了点,但也有一百二十多分了,总分全年级第八。

他都有点不大相信自己的分数,好像真的离Q大越来越近了。

他打了个电话告诉叶粼:"我一模考了六百七十五。"

叶粼在电话那边沉默了良久才说:"去年Q大最低录取分数线是六百七十一,你已经半条腿跨进来了。"

"嗯,我真的很想在大学继续和你做校友。"

"还要做队友。"

"叶粼,我真的很想和你一起完成自由泳接力。"

夏致很诚挚地许愿,电话那端的叶粼闭上了眼睛,将手机轻轻靠在额前。

一模之后的家长会,陈芳华和岑卿浼的妈妈焦婷一起去参加。

为了不再给学生压力,一模考试只发了每个学生的成绩单,成绩单上写了全年级多少名,全市多少名,单科多少名,让考生和家长知道自己的位置。

她们刚要进教室,就看见钟淳的爸爸钟孝在年级办公室前眉飞色舞的样子。

"好像这一次钟淳考得不错?"焦婷说。

"你又想怎样,一把年纪别胡闹了。"陈芳华无奈地说。

焦婷笑了笑:"那我更得抓紧时间胡闹了,等老掉牙了,就胡闹不起来了。"

说完,焦婷就走到年级办公室前,笑着说:"啊呀!胡老师啊!感谢您教的英语,我家卿浼这回英语考了一百二十多分呢!看得我就跟天上掉馅饼了一样!"

胡老师立刻起身,也笑着寒暄:"哪里!哪里!岑卿浼的脑子还是好使的,就是以前没花心思。这不,一花心思成绩就噌噌噌地提升。"

"这还是跟的伴儿好,卿浼天天跟夏致玩在一起。夏致这次一模都踩到Q大的录取分数线上了,我就盼着我家卿浼能和夏致一样,一飞冲天!"

"这个可是急不来的啊!夏致也是从上学期开始一步一步上来的。所幸卿浼的基础比夏致要好些,爬起来没有夏致那么费力。"

在旁边听着的钟孝眼睛都直了:"胡老师?你们刚才是说夏致……一模考得很好?"

"是啊,全市第三十九名呢。"胡老师眯着眼睛笑着说。

钟孝怔在那里,下意识说了句:"是不是搞错了?"

胡老师顿了一下,开口道:"没搞错。本来夏致上学期期末的时候,数学和理综就已经很好了。就是英语和语文比较差……可能男生就是不愿意花功夫在这两科,哪怕我们这些老师在家长会上说了许多遍好学生最忌讳的就是偏科。"

"是哦是哦,这个寒假,夏致和卿浼花了大力气在语文和英语上,将勤补拙嘛!哎,钟副主任,你家钟淳怎么样?"焦婷开口问。

"差、差不多吧……"钟孝托了一下眼镜。

"真的差不多了?"焦婷拍了一下手,"总算差不多了,我和芳华天天在孩子们面前,说要他们向钟淳学习呢!这不,还是榜样最重要了啊!"

陈芳华看着焦婷笑得那叫一个美啊,夏致揣着裤兜来到陈芳华面前,不解地问:"妈,焦阿姨在干什么呢?"

"看不出来吗?在炫耀啊。"陈芳华无奈地叹了一口气。

"这又是在医院里被钟副主任找了晦气,于是到学校来下钟副主任的面子了?"夏致凉凉地问。

"是啊。"

"你不去炫耀一下?"夏致问。

"等你高考完了,我再炫耀一个大的。"陈芳华说。

夏致感叹了一下:"果然,你们女人的报复心是一等一的。不过,我现在去炫耀一下,没关系吧?"

"你?"

"对啊。"

钟淳天天在学校里和何斌那些所谓的尖子生抱团,不是冷嘲热讽就是各种挤兑,虽然打压不了夏致的信心,但不代表苍蝇飞来飞去的不烦人啊。

夏致揣着口袋走到钟孝面前,喊了声:"钟叔,来开家长会了啊。"

"啊,是啊。夏致你这次进步特别快啊!有没有什么经验啊?"钟孝挤出笑容来。

"也没什么经验,家教比较多。"

"你这是请了几个家教啊?"钟孝愣了愣,心想要不回去也给钟淳再请一个?

"三个。"

"哪儿的?"

"都是Q大的。一个教物理,一个教数学和语文,还有一个管化学和英语,把我跟犯人一样看管了起来。我求他们放过我,他们都不肯。"夏致一脸无奈地说。

"那是人家负责啊!不过夏致,你从哪里找来的Q大学生做家教?"

钟孝盘算着离高考还有几十天,赶紧把家教请上,也给钟淳冲刺一下。

"哦,他们组了个团,非要拉我入伙,没办法。"夏致摇了摇头,就揣着口袋走了。

什么"组了个团",非要"入伙",钟孝听了半天,难不成是夏致打游戏的时候认识的?

等夏致走回来,焦婷迫不及待地说:"我跟你们讲,这一回全市排名,钟淳是第四十八,其实已经不错了,但还是比夏致差了那么一丢丢。"

夏致还真没想到,自己把正常发挥的钟淳都给比下去了,心里面自豪起来。

"不过夏致,你跟钟孝说你请了三个家教,你告诉他这些干什么?"焦婷不解地问。

"这样钟孝就会忙不迭地继续给钟淳请家教了。你当Q大学生真的很清闲?钟孝能那么快凑齐三个家教给钟淳召唤神龙?"

夏致这么一说,焦婷笑得可开心了。

"钟孝忙着找家教,就不会给二位太后找麻烦了。而且他还会巴结巴结你们,让你们给钟淳介绍家教。"夏致这么一说,连陈芳华都忍不住笑了。

"妈,你去开家长会,我想出去走走。"

"去吧,放松放松也好。"

到了这个时候,陈芳华已经很放心夏致了。

夏致去了海豚馆,他早就把泳衣泳裤藏书包里了,换好衣服之后,他一来到水池边,痞痞就乐呵呵地游过来,开始了甩尾巴游戏。

水哗啦哗啦甩了上来,夏致直接飞扑下去,抱住痞痞的背鳍,就这么落进水里。

痞痞向下沉了沉,但很快就浮了起来,带着夏致游出老远。

每当这个时候,夏致就会觉得自己像是飞起来了一样。

"痞痞,我这次一模成绩很好,只要我保持下去,就能去Q市找你了!"

痞痞带着夏致绕着池子转了好几圈,速度最快的时候,夏致扣在脑袋上的泳镜都差点飞出去。

"痞痞,来,我们比个游泳!"夏致比画了一下。

但痞痞还是带着夏致绕圈,夏致松了手,落进水里。

他才游了没两下,痞痞就过来用背顶夏致。夏致刚扒上痞痞的背鳍,痞痞就又带着夏致开始绕圈了。这小家伙就像是要把无穷无尽的精力都用来带着夏致绕圈。

夏致觉得,好像每周六早晨的痞痞,和平常的痞痞有点不同。

周六早晨的痞痞坏主意一箩筐,能听懂夏致说的话,好像心意相通一样,总知道怎么做能安慰到他。但是其他时候,如果夏致来看痞痞,痞痞也很黏人,只是就像个要人陪的小孩,并不是那么地……懂他。

"算了,不管怎样的痞痞,都是我养的崽。"夏致摸了摸痞痞的脑袋。

周末,岑卿浼来找夏致的时候,愣住了。

"你们、你们这是……四方会谈?面试?还是搓麻将?"

夏致家客厅的四方茶几前,分别坐着叶鄰、陈嘉润、洛璃,还有夏致。

就连有太后封号的陈芳华都到厨房给他们榨果汁去了。

他们一门一门地给夏致分析失分点,那专业的架势,让岑卿浼觉得他们还游什么泳啊,开补习班得了!个性化VIP定制服务,开创教育领域先河。

外面那些补习班,在他们学霸天团面前,都得纷纷倒闭。

夏致还算义气,扬了扬脑袋,示意岑卿浼坐过来一起听。

听完课,岑卿浼一边喝着果汁,一边悄悄跟夏致咬耳朵:"阿致,你看见鄰哥的表情了吗?"

"什么表情?"

"嘴角都要笑到耳朵根了。"

"我又不是十拿九稳进Q大,他笑什么?"夏致虽然嘴上这么说,心里忽然也有了点儿自豪的感觉。

这时候,客厅里的陈嘉润一边吸着果汁一边伸懒腰。

"我的神啊,跪求高考快点来吧!自从上了大学,我就再没像现在这样把高考当回事儿了!"

洛璃拿着手机没说话,陈嘉润不满意地在桌子下面踢了他一下,问:"你干什么呢!"

"向教练汇报夏致的模考情况。"

夏致站在厨房里,岑卿浼有些羡慕地说:"以前我觉得,这世上最关心你的人,就是你妈、我妈,还有我。现在忽然觉得,你被他们抢走了。"

"你还打算装到什么时候?"

"装到高考放榜啊。只要我英语不好,我爸妈就不会想着把我送出国。等到我高考考个好大学,他们就没话说了。"

"说好了做一辈子兄弟。"夏致侧过脸看向岑卿浼。

"知道,少一天,一个小时,一分钟,一秒钟,都不是一辈子。你要考Q大,兄弟我舍命陪君子。"

"不是我舍命陪你吗?"

两人相视一笑。

夏致转过头来,发觉叶邾也正微笑地看着自己。

夏致忽然想,也许这辈子都不会有人像叶邾那样,明明没有血脉相连,却又期待又包容地看着他。

经过二模、三模的洗礼,夏致的心态也越来越稳定了。

三模成绩放榜的那一天,夏致已经考到六百九十二分了,虽然不是超过七百分的成绩,但夏致本来的目标就不是什么理科状元。上得了Q大就好,多一分浪费嘛。

叶邾在数学上已经没有什么能教他的了,就一直在抓他的语文。

"叶邾,你有没有想过,万一我没考上Q大的话,你就和我做不了队友了。"

"那就做永远的对手。"叶邾很淡然地回答。

从冬天到夏天,高三明明是最痛苦、最不自由的一年,但夏致明白,这也许是他最美好的一年。

因为这一年,他见到了叶邾。

第十一章 集训

当黑板上的高考倒计时从一百天变成一天的时候,魏老师颤抖着走上了讲台。

无论大家有多么惧怕他,曾经对这个充满老学究做派的班主任多么厌烦,此刻所有人都专注地看着他。

"高考并不是……并不是你们人生的终点。"魏老师的嗓子太紧,一时之间说不出完整的话来。

"老魏,你别紧张!都最后一天了,说得不好我们也给你鼓掌!"陈硕笑着说。

"当然不是终点啦!您还要吃我们的谢师宴啊!"平常皮得要死的姚敏也开口了。

魏老师笑了笑,继续说:"虽然老师们一直逼迫你们,一直让你们刷题,一直不让你们打游戏,不让你们做喜欢做的事情,老师们只是想……如果高考是一个能让你们进入社会的时候,比其他人……哪怕比其他人的起点高一点点,生活更容易一点点的机会,那么至少我们应该尽全力抓住它。"魏老师越是说话,就颤得越厉害。

一些心软的女同学眼泪都掉了下来,就连夏致这些男生,眼睛也都红了。

"人生的路,我们只能保护你们、帮你们、陪你们到这一站了,以后……以后等你们长大了,就由你们来告诉老师,你们看见了什么、经历了什么。"

魏老师低下头来,给所有人深深鞠了一躬。

教室里响起了热烈的掌声。

于是,在六月某个阳光很好但又不是特别炎热的日子,高考来了。

它来得好像很突然,夏致读小学、读初中的时候觉得高考特遥远,就连 Q 大也只是别人说起的一所和他无关的大学。

可高考,就这么来了。

夏致身上穿的,书包里背的,被陈芳华检查了一遍又一遍。她一会儿摸摸夏致的脑袋,小声叨叨着"体温不高就好"。

"妈,你别紧张,你看焦阿姨多淡定。"夏致看向正在和岑卿浼说话的焦婷。

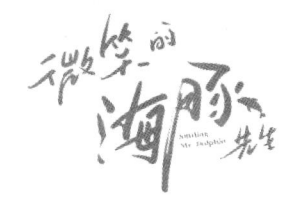

"她……她淡定个鬼！你看她水壶都拿倒了！"

"哦……是哦。"

夏致四周看了看，他知道自己在等谁，可他也知道，来送考生入考场的，都是父母。

就在夏致低下头准备进考场的时候，有人在背后轻轻拍了一下他的肩膀。

他一回头，就看见叶粼穿着Q大游泳队的队服，笑着看他。

"总算赶上了。今天早上四点多，洛璃就开车送我过来了呢。"

"洛老大呢？"

"他不敢来，怕他一脸严肃的样子会让你紧张。"

"是他紧张了吧。一方面怕盯我太紧，让我压力太大；另一方面，又怕盯我不够紧，高考的时候漏了什么。"

原本还有点紧张的夏致，在看见叶粼的那一刻，心境莫名平和从容了起来。

对于那些关心自己的人，夏致也更加理解了。

"那你就要上战场了，有什么话要对我说吗？"叶粼笑着问。

夏致揣着口袋，低下头来晃了晃，开口道："那天，我们班主任说，人生的路，他们就只能陪我们到这里的时候，挺伤感的。就好像高考完之后，很多东西我就会失去了。"

"可我不是。"叶粼开口道。

夏致抬起头来，看着叶粼温和中带着坚定的眼睛，看着他说："人生的路，我一定会陪你走很远很远。"

夏致从来不知道，语言可以有这么强大的力量。

叶粼的"一定"，让他所有的迷茫都变得微小。

"那我去了。"夏致转过身走向考场。

这一次，是叶粼目送夏致的背影。

夏致记得，刚才叶粼说会陪他走很远的时候，紧紧握着拳头。

他终于看到叶粼紧张的模样了，这次高考也算值得了不是？

高考结束的那天，夏致一走出考场就看见叶粼和陈芳华正在等着他。

叶粼正在给陈芳华开矿泉水，陈芳华摇头说自己喝不下。

"喝不下，给我啊。"夏致从叶粼手中接过水瓶，仰起头来咕嘟咕嘟灌下去。

叶粼和陈芳华都没有问夏致考得怎么样。

刚回到家，夏致就揣着口袋撞了一下叶粼："说吧，既然是洛老大送你来的，他那么较真那么轴，肯定在T市某个地方，等我的高考结果呢吧？"

叶粼笑了："他带着嘉润住在酒店里，等着今晚你的召见，大家一起估分。"

"那还等什么，请他们来啊。"

夏致跑过去搭着陈芳华的肩膀说："老妈，晚上做点好吃的，请洛璃和嘉润哥一起吃啊！我想吃红烧狮子头，还有红烧鱼！"

"好，我去买菜！"陈芳华也早就想请他们几个吃饭了。

等到陈芳华走了，夏致瘫在沙发上，叹了口气，说："你说……我妈如果知道我这么努力考大学，就是想去 Q 大游泳队，她会不会怒发冲冠？"

"不会。你有没有想过，她其实一直都知道你跟着我去游泳的事情。"叶粼坐在夏致身边，开口道。

"不是吧？我家太后知道？"

"知子莫若母。你妈妈把你爸爸奥运会的奖牌都好好收着，没事就拿出来擦一擦。她以你们父子为傲，只是不想你以你爸爸的方式离开她，所以才有恐惧。没有一个母亲，不想成就自己的儿子。"

听到叶粼这么说，夏致的心也开阔起来。

对啊，自己本来就不擅长撒谎，偷偷做的那些事，陈芳华不可能一点都看不出来。

陈嘉润一来就困困地趴在桌子上，估计晚上没睡好。洛璃的背脊也有点儿僵硬，估摸夏致不回忆清楚自己在考场上写了什么答案，他就会一直紧张下去。

当夏致把数学和理综都回忆出来的时候，洛璃的神情缓和了不少，陈嘉润也拍了拍胸口："还好我化学和英语都没教出毛病来。"

叶粼这边估计的数学也在一百四十分以上，就看夏致的语文和英语作文讨不讨喜了。

晚上他们大吃了一顿，陈嘉润的嘴巴实在是甜，哄得陈芳华说只要他来做客，狮子头管够。

几个男生帮着陈芳华把碗筷都收拾了，厨房都擦得锃亮。陈芳华不由得感慨，家里很久都没有这么热闹过了。

叶粼在夏致耳边小声说："晚上一起去市游泳馆吧。我和洛璃，还有嘉润，准备奖励一下你圆满完成了高考。"

夏致的眼睛一亮，看向叶粼："你是说……"

"对，一千五百米自由泳。我、洛璃，还有嘉润，加上你，我们四个比一场，让你游个够。"

夏致的心都要飞起来了，立刻就去跟陈芳华说："老妈，我和叶粼他们出去玩，十点之前一定……"

没想到陈芳华开口说："你们是要去游泳吧。"

夏致愣在那里,老妈竟然真的知道了?

"你跟我来一下吧。"陈芳华把夏致叫到卧室里,从抽屉里面拿出一顶黑色的泳帽,"这是你爸爸的,拿去吧。"

"妈……你……"夏致一时之间竟然不知道说什么好。

"你以为妈妈傻?如果只有一个叶粼,那是巧合。但洛璃和嘉润,他们那身形摆在我面前,我就知道他们是练游泳的了。你们几个孩子聚在一起,还能就光好好学习,还能是去网吧打游戏?怎么可能不下水?"果然,陈芳华是敏锐的。

"去吧,去吧。"陈芳华挥了挥手背,"有那么多好孩子看着你、帮着你,妈妈没什么可担心的。"

夏致接过那顶泳帽,用力拥抱了一下陈芳华。

一路上,陈嘉润还在叨叨:"咱们可以比蛙泳吗?两百米蛙泳可好?"

"一千五百米。"洛璃非常肯定地回答。

"要不要来赌一下,我们的名次?"叶粼开口道。

"估计这一次我要垫底了,毕竟这些日子没怎么下水。"夏致回答。

"有你垫底,我就放心啦!"陈嘉润很开心地说,"哥陪你找回状态啊!"

等他们到了市游泳馆,夏致才发现岑卿浼也来了。

"你那是什么表情?你之前的十八岁是我陪着你,之后也不可能没有我。我来给你们录影,粼哥说要把你们游泳的视频发给教练!"岑卿浼抬了抬手持录像机,"让你看看哥的专业水平——不抖手,画面平稳逼真,百分百好莱坞电影效果!"

夏致对岑卿浼的拍摄技术是不相信的:"你的臂力,我太清楚了。"

"那你想怎样?免费的劳动力你还不满意?"

"满意,十分满意。"

一千五百米可不是盖的,岑卿浼这个发小相当称职,带来的塑料袋里有一堆补充热量的零食。

站上出发台,和洛璃、陈嘉润、叶粼并肩的夏致,看着眼前那一片在灯光下平静无比的水面,他终于意识到,他的人生要进入另一片水域了。

他不再是困在池塘里的小鱼苗,他要进入江河湖海,要去乘风破浪了。

四个人跃入水中,一段时间没有游泳的夏致,用了前面的四五百米来调节动作,找回水感。

这片水域里面,无论是叶粼还是洛璃或者陈嘉润,他们都在向夏致昭告着"强大"的定义,而夏致奋力追逐着他们,威胁着他们。

岸上的岑卿浼举着摄像机,从前在电视上看这样的比赛,他并没有特别强烈的感觉。而此时此刻，此起彼伏的浪花，极具张力的线条，让他的心脏也跟着燃烧了起来。

最后的五十米，夏致虽然落后，但他奋力地划水，哪怕骨头被自己碾碎了都要追上去的力度感，让领先的三人感受到了极大的压力。

第一个触壁的是洛璃，接着是叶粼和陈嘉润，夏致是最后一个。

四个人之间一句话都没有说，叶粼朝着洛璃的方向比了一下大拇指。

这个结果倒是一点都不令人惊奇。

陈嘉润断断续续地开口："我……我申请……明天回泳队集训的时候……有半个小时的训练减免……"

"申请驳回。"洛璃回答。

夏致本来还在调整呼吸，听着他们的对话，忍不住笑了。

叶粼踩水过来，抬起水线，揉了揉夏致的脑袋："一千五百米被碾压的感觉怎么样啊？"

"你不也被洛璃碾压了吗？"

"怎么看，这都不是一块儿牛排的差距了。"叶粼说。

"等着啊，三个月河东，三个月河西。"

他们真的很强，这样的强大让夏致真的很期待自己能进入Q大。

因为泳队有集训，第二天一早，洛璃、陈嘉润还有叶粼就都回去了。

夏致接到了明哥的电话，痞痞要被送去Q市了。

痞痞很害怕，一直在水池里转来转去。

直到夏致来了，夏致抱着痞痞，轻轻摸着它的脑袋，让它感受自己的体温和心跳。

"痞痞不怕……那里有很多小伙伴，乐乐也在那里。会有其他的海豚和你一起游戏，一起玩耍。你会在那里接受生存训练，会回到海里。"夏致摸了摸痞痞的额头，"就像我要经历高考一样，你也将面对你的高考。"

痞痞很安静地靠着夏致，尾巴弯起来，轻轻蹭着夏致，像是在留恋，想要夏致给它更多的关注。

"痞痞，你那么顽皮，是因为你既喜欢人类对你的抚养，又挣扎着想要自由。但是自由，是需要本事的。你将要去的地方，会有很多很好的老师和前辈，你会学会怎样抓鱼，怎样和朋友们配合捕猎，你会变成一只非常厉害的海豚。"

终于，痞痞离开了夏致的怀抱，被Q市来的专门团队带走了。

夏致看着空荡荡的水池，心也跟着空旷起来。

但是夏致有一种预感，他们一定会重逢。

据说,可以查高考成绩的那天,Q 大游泳队的几位教练脸都绷得紧紧的。

陈嘉润悄悄偷了一个懒,眼尖的莫教练都没发现。

早上的训练刚结束,赵雄他们就在更衣室里开始讨论了。

"夏致怎么还没说自己考了多少分啊?不会没考好吧?"

"你瞎扯啥?人家夏致的文化课学得比你好多了!"

"最好的总是压轴的,再等等!"

忽然,陈嘉润喊了一声:"哎呀——七百零八!"

"什么七百零八?"

"我说夏致高考七百零八分!"陈嘉润喊了一声。

白景文本来还在更衣室外和莫教练、王教练聊天,听见陈嘉润喊了这么一声立刻冲了进来:"什么?你说什么?"

"我说夏致高考分数,七百零八啊!"陈嘉润乐呵呵地说。

白景文睁着大大的眼睛:"没七百二三十?"

陈嘉润无语了:"白教练,总分才七百五呢!七百二三十……那夏致不是比我们这些师父还厉害了?"

"不行不行,我要去打听打听。"白景文立刻走了。

而高考完的夏致本人觉得,事已至此,多想也无用,故而他吃得下睡得香。当 Q 大录取分数线出来的时候,夏致还在睡懒觉,还是陈芳华冲进来说:"夏致你考上了!你考上了!"

"什么?"

"你超了分数线六分呢!叶粼来电话说八九不离十了!"

"啊……哦……"夏致还在发蒙,这就……考上了?

夏致还是觉得自己活在梦里,放榜之前,他每天去惠华大酒店的游泳池游泳。水将他淹没,让他清醒,提醒他这是真实的。

放红榜的那天,夏致看见了自己的名字,年级第三。

今年的 T 大附中再次雄霸 T 市,囊括文理状元。

而理科状元,让整个 T 大附中的老师和同学们都惊得眼珠子掉下来。

夏致抬起手来,搭在岑卿浼的肩膀上,淡淡地问:"一不小心成了全省理科状元,感觉怎么样啊?"

"允许你迷恋哥,哥不只是传说。"岑卿浼叼着棒棒糖,一副"我早就料到这结果"的表情。

"看来我们要在 Q 大相见了。"

"那是当然啊。我已经设计好了一套程序,等哪天你校际联赛夺冠了,我给你全国论坛置顶播报。"岑卿浼嘬了嘬糖。

"你这说的是'程序'，还是病毒？"

"唉——总算你没拖我的后腿。"岑卿浼一副大哥大的样子，拍了拍夏致的胸口。

英语老师也是十分惊讶，被她念叨了三年的岑卿浼，高考英语一百四十五分，让人怀疑是不是多给他算了三十分。

就在这个时候，夏致接到了叶鹬的电话。看见那个名字出现在屏幕上，原本觉得自己应该戒骄戒躁，不该为暂时的成绩而自满的夏致，忽然眼睛又热又红了："喂，鹬哥……"

"嗯，你这个暑假恐怕过不好了。"

"啊？"

"我来接你了。白教练要求你必须、立刻、马上过来参加集训，把体力调整到最佳状态。"

夏致听到了电话那端高铁的声音，那一瞬，夏致发觉自己很想念叶鹬。

"好，我知道了。我回家收拾东西去。"

岑卿浼一副了然的样子："阿致，要去游泳队了？"

"嗯。"

夏致和岑卿浼一回头，就看见钟淳父子也在。

钟淳这次发挥得其实还可以，六百七十多分，上个985或者211是绰绰有余了，但是钟淳的目标一直都是Q大。

一和夏致、岑卿浼对视，钟淳就转身走了，他老爸在身后，想要说什么却说不出口。

岑卿浼八卦地说："夏致，你知道吗？钟淳……"

"别人的事儿，我不感兴趣。"夏致从来没有听八卦的瘾。

"可我就是喜欢说八卦！就在三模的时候，钟淳他老爸和医院新来的小护士黏黏糊糊的事情，被钟淳的老妈知道了！"

夏致揣着口袋继续向前走，满脑子都是叶鹬要来接他的消息。

"钟淳的老妈跑到小护士家里闹了一波大的！这事儿连医院领导都知道了，特地找了钟淳他爸过去谈话！"

"那我还挺佩服钟淳的。"夏致忽然开口说。

岑卿浼顿了顿："你佩服他什么？"

"家里出了那么大事儿，他高考还能考六百七十多分。这要搁我身上，估计得复读。"

岑卿浼低下头来想了想："也对。这样一想，钟淳还挺厉害的。"

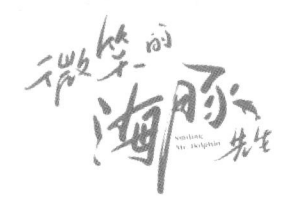

这时候,钟孝正跑过去拽钟淳,父子俩好像起了争执。

钟淳始终冷冰冰的,钟孝好说歹说都没用。

学校里许多同学和老师都看了过来。

钟孝着急了,拽着儿子的领子就忽然向后勒,钟淳的脸顿时红了。

岑卿浼虽然看不惯钟淳,但见这情景还是捏了一把冷汗:"他是想干啥?"

钟淳捂着喉咙咳嗽起来,钟孝破口大骂:"你吃的!你喝的!你补习请的老师,都是花的我的钱!你还想怎样?"

钟淳站起来,回了句:"你放心,我会去打工,我会去贷款,以后读书工作,不花你一分钱。"

"你……"钟孝气得脸都涨红了,血气上了头,眼看着就要狠狠踹钟淳一脚,却被人给拽住了胳膊。他一回头,就看见夏致一手揣着口袋,一手紧紧扣着钟孝。

钟孝气得要命:"是你……我们家的事情不用你……"

"我知道这是你家的事儿,我就是来回您当初对我妈说过的话。"夏致开口道。

那些同学和家长都围了过来。

"什么话?"

"你当初说我妈嫁了个运动员,四肢发达、头脑简单,所以孩子也就只能是这样了。"

围观的同学们完全不解,其中包括总是和钟淳抱团的物理课代表何斌。

何斌下意识地问了句:"什么运动员?"

站在一旁的穆宁说:"夏致的爸爸夏云,是游泳运动员,拿过世锦赛和奥运会的铜牌。"

何斌一听,有些惊讶地看向夏致,他从来没听夏致提起过。

就算不是冠军,那也是世界级别的运动员,这是多么骄傲的事情啊。可夏致高中三年都很低调。

"可我觉得,我妈嫁得挺好的,我虽然'也就只能是这样了',但我很满足。倒是您,钟副主任,钱还有暴力可解决不了问题。"说完,夏致就扔开了钟孝的胳膊,走出人群。

岑卿浼却没有走,一副很惊讶的样子说:"哎哟!钟副主任,看不出来啊,国家运动员在你心里是'四肢发达、头脑简单'哦!"

钟孝环顾四周,发觉所有学生和家长都用一种批判的目光看着他。

"运动员怎么了?运动员也给国家拿过荣誉啊!"

"是哦!他哪里来的自信说运动员不好了?运动员也是吃了苦才挣来的荣誉啊!"

"那个叫夏致的孩子,好像上的是Q大啊!人家家教肯定好啊!这个人哪里来的自信去说别人家的孩子？"

"喔哟，你是没在家长会上见过这个钟孝哦，一天到晚吹自己挣了多少钱，花了多少钱给孩子请家教，都是精英教育啊什么的！"

钟淳低着头，这些话他都听在耳朵里。他懒得多看一眼钟孝，直接挤进人群里离开了。

据说下午钟孝回医院坐诊的时候，正好碰上了当天看戏的学生家长带着老人来看病。那个学生家长一看见钟孝就认出来了，立刻跟导诊的护士说要换医生。

钟孝下不来面子，和那个学生家长还闹了起来。

学生家长忍不住说："你不是说运动员都是四肢发达、头脑简单，我儿子就是体育特长生保送进的重点大学！你说过的话让我心里不舒服，我换医生还不行吗？你在学校里当众要打你儿子，我觉得你可能没什么耐性，我带着老人来看病，想换个温柔耐心的医生不行吗？"

焦婷和陈芳华听见了，赶紧出来劝架，结果那个学生家长一眼就认出了焦婷。

"我早上放榜的时候见过你！他们说你儿子是全省理科状元！我找你看病！"

焦婷笑着打圆场说："钟副主任的经验还是很丰富的，不要用孩子学校里的事情来判断钟副主任的医疗技术。"

别看焦婷和钟孝叫板的时候厉害得不得了，但面对病人从来都很和气，特别是笑起来的时候还有两个梨涡，看着就像个心眼好的人。

于是，走廊里待诊的病人都来问导诊的护士，能不能换去焦婷那里看病，气得钟孝把笔都折断了。

夏致回到家，开始收拾自己的东西。

门铃响起的时候，夏致迫不及待地奔过去开门，还差点撞倒行李箱。

当他来到门口的时候，忽然觉得自己真是个傻子。

又不是第一次见叶粼，他早开门晚开门，叶粼都不可能消失不见。

可是开门那一刻，夏致忽然觉得这是一件很郑重的事情。

他终于和叶粼平等了。他们都是大学生，都是 Q 大游泳队的一员了！

门才刚打开，一个怀抱就朝着夏致而来。叶粼的胳膊紧紧地圈住他，勒得骨头都咯咯响。

这是用来划水前行的，创造校际联赛纪录的双臂，如今死死地抱着夏致。

夏致睁着大大的眼睛，这真的是叶粼。

夏致抬起胳膊，抱住叶粼，轻轻拍了拍他的后背。

鬼使神差地，夏致说了句："你那么关心我呢？"

"是啊，关心到要生要死。"叶粼的声音坦坦荡荡。

"进来吧！"夏致开口说。

"好。"叶粼放开夏致，跟着他进了卧室。

夏致说："我也不知道集训得多久，准备这些够不够。"

"我来给你看看。反正军训前还会放你回来的，到时候你还想带什么东西走，都来得及。"

"嗯。"夏致向后靠着书桌，两只手撑在桌面上，忽然起身。

"夏致，你干什么去？"叶粼抬起头来，但是夏致已经快步走出了房门。

"上厕所！"

没多久，叶粼的声音从洗手间门外传来："夏致，一条浴巾不够啊，你家还有吗？"

"夏致？"叶粼又敲了一下门。

"还有！我一会儿出来找！"夏致喊了声。

门外的叶粼手指略微收紧，眉头蹙了起来："夏致，你不舒服？"

"没有！我马上就出来了！"

"你进去快二十分钟了！"

"我在酝酿！"

夏致在洗手台前将水捧起来浇在脸上，出去时他看到叶粼跨坐在椅子上，胳膊搭在椅背上刷手机。

"出来了？肚子真没事儿？"叶粼回过头来，笑着问。

"没事儿。"夏致闷闷地坐了回来。

"集训开始，你就没时间玩了。要不要趁着这个时候，陪你玩会儿手游？"

"哦，好。"

夏致拿出手机，坐在床边，两人不约而同地将手机搁在同一个椅背上，玩了起来。

但是夏致有点心不在焉，叶粼已经救夏致好几回了。叶粼忍不住用手背撞了撞夏致的手背："小东西——你有点儿飘啊！"

"我就飘着呢，你拽我下来啊。"夏致的脸臭臭的，也用手背撞了一下叶粼的手背。

"啧……"叶粼被夏致这么一撞，角色掉了血，于是他抬起头来看了夏致一眼。

"你看我干什么？要死了！"

然后两个人一起死了。

夏致向后仰着头，呼出一口气来。

叶粼说了声："生死乃兵家常事。"

"死都死了……"夏致坐直身子，说了声，"再来！"

"好啊,再来。"

两人一直玩到陈芳华下班回家。

知道儿子要去集训,陈芳华做了一大堆菜,一直请叶粼好好照顾夏致。

叶粼让她宽心,一直跟她说去集训也能提前熟悉大学生活,而且泳队里吃住不愁。军训前还会放一周假,让夏致回来。

陈芳华的眼睛都红了,夏致这就要去外地了,以后家里就她一个人了。

"哎哟,哪里会是一个人啊。卿浼不也要去Q大了吗?到时候你和焦阿姨两个人,爱旅游就去旅游,爱做头发就做头发,想干啥干啥。别总挂念我,做点儿自己喜欢的事情。"

晚上陈芳华把叶粼和夏致送到高铁站,叶粼让陈芳华安心,说夏致训练时候的视频他都会发给陈芳华,让她看看儿子的水中英姿。

进站的时候,夏致一直回头向老妈挥手,从来不落泪的他眼眶也红了。

"我从来没离开她超过一星期。"夏致说。

"傻子,只要你心里惦记着她,就不算离开她。"

夏致这才想起,叶粼的妈妈远在海外,比起他自己已经很幸福了。

"我参加了这次集训,是不是就要比赛了?"

"校际联赛在十一月,时间很紧,教练他们需要你尽快回归最佳状态。"

"那你呢?短程自由泳之王?"夏致侧着脸,带着一点点挑衅的意味问。

叶粼却垂下眼,略带深意地回答:"只要你在最佳状态……我应该也会在最佳状态。"

"啊?"夏致心想,自己的状态和叶粼有什么关系?

"老白对你那么看重,我就怕你集训还没结束,就哭着说想回家了。"

"我才不会。"

夏致侧过脸去,看着漆黑一片的车窗,折射出叶粼的侧脸来。

车子到达Q市,今天是周末,坐高铁的人很多。

下车进入出站通道的时候,人潮涌动,夏致拉了一下自己差点被挤远的行李箱,再一抬头叶粼就到前面去了。

他本来想喊一下叶粼,但又觉得有什么可喊的,挤一下就出站了。

叶粼却回过头来,从人群的缝隙里将手伸过来。叶粼一个用力,不管他们之间有多少人,就这么直截了当地将他拽了过去。那些大叔大妈嚷嚷着挤什么挤,叶粼却压根儿没放在心上。

出站的时候,仍旧是洛璃站在那里等他们。

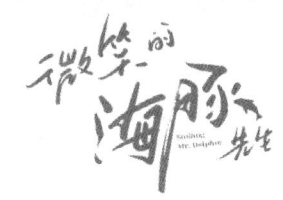

和上一次审视的目光不同,这次洛璃看见夏致的时候微微点了点头。

夏致知道,洛璃是一个很认真的家伙,虽然不怎么爱笑,也不跟人套近乎,但真的是一个靠得住的队长。

因为夏致还没正式入学,所以学校还没给分配宿舍,但叶粼对面的铺还给他留着。

一路上,Q大游泳队的微信群里不断有人问他到了没。

特别是赵雄他们几个,刷屏刷得厉害。

夏致低着头,有一种莫名的归属感。

还是那个宿舍,夏致本来都习惯了一进门就看见陈嘉润的零食袋子、臭袜子,还有到处乱挂的外套,可没想到宿舍竟然整整齐齐的。而陈嘉润规规矩矩地坐在椅子上,等待着夏致。

"嘉润哥……你整这么干净,我不适应。"

"这个,夏致你检阅完毕,方便拍照发群里吗?证明我没有对你的住宿环境造成负面影响?"陈嘉润眼巴巴地看着夏致说。

"啊……哦。"

夏致拍了照,发到群里,说了声"到宿舍了,大家放心"。

群里立刻活跃起来。

二熊:这是陈嘉润的宿舍吗?这么干净?

鬼见愁(莫教练):早跟他说了,要给新队员留下好印象,不许在寝室制造垃圾。

太白金星(白教练):看在他这么干净的份儿上,下次他如果再迟到,加训的时候减少一分钟。

陈嘉润看着微信群,呼出一口气来。

叶粼将行李箱放好,说了句:"装够了,就把你那些垃圾拿出来吧。"

这时候,陈嘉润蹲到书桌下面,端出了一个盆子,里面装着满满的袜子,还有泳裤。

"嘉润,我们都不缺伙食费,你不需要牺牲自己的袜子来养蘑菇。"叶粼说。

夏致也觉得不忍直视,直接当作没看见,脱了外套爬上床铺。

群里又开始活跃起来。

二熊:Q大游泳队的走起!出去搓个夜宵,给夏致接风!

瞬间,群里无数人响应,已经开始讨论到底是吃麻辣香锅呢,还是吃水煮鱼,又或者烧烤大排档。

然而,就在大家如火如荼讨论之际,白教练一句话就绝了他们吃夜宵的念头。

太白金星:吃什么吃!明天就是队内排位赛!后天就是四校练习赛!

鬼见愁(莫教练):谁要是拖我们Q大的后腿,直接拖出去斩了!

王大壮（王教练）：断头饭，你们多吃点！

瞬间，群里就安静了。

夏致将铺子给铺好了，一时间忘了自己坐在上铺，一起身，脑袋撞在天花板上，就听见"哐——"的一声。

陈嘉润抬起头来说了声："这貌似是每年的新生之伤啊！我们的天花板没事儿吧？"

叶粼从床头跨到夏致的铺上，看着男孩子低头摸脑袋的样子，心疼起来："没事吧？"

"没、没事儿……要不你检查检查，墙裂了没？"夏致抬起头来笑了笑。

陈嘉润仰着头凉飕飕地说："我当年狠狠地撞那么一下的时候，怎么没见你跨过来看我有没有事儿啊？"

叶粼也凉飕飕地回他："当年，你可是洛老大亲自送进来的，你刚撞完脑袋，洛老大就给你打了一份猪脑花补脑子，你还不知足？"

"别跟我提猪脑花。"陈嘉润一脸青色。当年那份猪脑花腥死人了，他在洛璃的注目之下不敢吐掉，连抿都没抿，硬生生吞下去的。

"行啊，看你明天队内排位赛发挥如何。以前老白都是给你罚加训，现在看来猪脑花也是个不错的选择。"

"滚滚滚！"陈嘉润不爽地爬上去睡觉了。

叶粼扣着夏致的后脑勺，将他压低："我看看。"

他的声音从头顶传来，听在夏致耳中，只觉得很温暖。

叶粼的手指拨开夏致头顶的发旋，指尖揉了揉："还好，没哪里肿了。看来你的脑袋是真的挺硬的。"

叶粼就要松开夏致了，夏致下意识拽住了他。

"怎么了？"

"没什么……就想问四校练习赛是哪四个？"夏致问了个问题。

叶粼笑了："你不知道是哪四校？"

夏致没说话，就那么看着叶粼。

"好吧，好吧。首先是我们Q大，然后还有去年校际联赛金牌榜第三的Q市理工大学，金牌榜第四位的南城大学，还有Q市交通大学。"

"南城大学也来？这一次我们又要和江毅对战了？"

"是啊，所以好好睡吧。而且，我想，理工大学和交通大学这一次应该也有很多厉害的新人加入。"

叶粼从床头跨了回去。

睡觉的时候，两个人是头对着头的。

夏致总是忍不住仰起头来看叶粼，但是从他的角度也只能看见叶粼的头顶和额头而已。

睡在对面的陈嘉润看着夏致的样子，忍不住乐了。

“夏致啊，你知道去年高校联赛一百米和两百米自由泳的冠军是谁吗？”陈嘉润说。

“不知道。嘉润哥，看在你很想说的分上，我可以听。”

“我没有很想说……睡觉了。”陈嘉润见夏致这么不给面子，直接翻过身去要睡觉了。

本来夏致还没放在心上，陈嘉润不说，他反而好奇了。

去年的校际联赛叶粼因为在泳池里昏厥而退赛，一百米和二百米旁落他人并不稀奇。按照陈嘉润的意思，是被同一个人夺得了，那这个人实力不俗啊。

夏致正要摸过手机来搜索一下，对面的叶粼却开口了：“是理工大学的何劲峰。”

“他？”夏致初中的时候参加全国少年游泳比赛，与何劲峰在同一个组别较量过。

那家伙很厉害，比赛的时候一直追在夏致身后。论夏致初中时代的对手，何劲峰怎么说也是头号劲敌了。

“夏致，你和他交过手呢。”原本闷在被子里的陈嘉润又转过身来搭茬了，真是一点原则都没有。

“我初一的时候，他初二，我们争夺过同一个组别的一百米冠军。”

“谁赢了？”陈嘉润来劲了，哗啦一下从铺上坐了起来。

“哦，你猜咯。”夏致拉着被子转过身去，用后脑勺对着陈嘉润。

这可把陈嘉润给哽住了。六年前的比赛，就算上网搜结果，恐怕也搜不到了。

“你赢了何劲峰。”叶粼开口道。

“你怎么知道？”夏致问，“我小了他半岁多。在那个年纪，半岁可是不小的压力。”

“但是你的技术和受到的训练，可不是普通的孩子能比得上的。”叶粼回答。

“嗯，你猜对了。我赢了何劲峰半秒，颁奖牌的时候……”

夏致的话还没说完，对面的陈嘉润就说：“他脸臭得像榴梿？”

“不啊，何劲峰心胸还挺宽广的。他是Q市的人，还叫我到Q市跟他一起过暑假，一起练习。”夏致回答。

陈嘉润摸了摸下巴：“不是吧？那怎么去年他拿了金牌，还一副吃了臭鸡蛋的表情。”

“因为粼哥退赛了啊，他觉得连个像样的对手都没有，赢得没意思吧。”

"你还很英雄惜英雄啊!"陈嘉润说。

"也没有吧。我记得那年我们比完赛,还一起去吃了爆肚和炸串,都是他请我的。他讲了蛮多训练和学校的事情,我就觉得他是个认真又仗义的人。"夏致回答。

"夏致,你也太好拐了吧?请你吃爆肚炸串,说两句话,就认真又仗义了?那我还给你补课呢,还陪你游一千五呢!在你心里我是怎样的人?"

"好吃懒做、迟到早退、能坐着绝不站着、能躺着绝不坐着、沉迷游戏不可自拔,说明缺乏自制力⋯⋯"

"可以了,可以了,我的缺点说到这里就可以了。"

夏致和陈嘉润你一句我一句地聊天的时候,叶鄹倒是一句话都没开口说过。

夏致忍不住问了句:"鄹哥,你睡了吗?"

"睡了。"叶鄹的声音闷闷的。

"这么快就睡着了?"

"你也快点睡。"

夏致还在心里想叶鄹怎么了,对面的陈嘉润补了一句:"他这是要好好睡觉调整状态,后天收拾何劲峰啊!"

"收拾何劲峰干什么?"

"因为那家伙在幼小的夏致心里留下了不可磨灭的印象啊!"陈嘉润幸灾乐祸地说。

夏致叹了口气回答:"嘉润哥,你也在我十八岁的人生里留下了难以磨灭的印象。"

"不,你还是赶紧将我磨灭了吧。"

第二天早晨,夏致和叶鄹早早就起来了,陈嘉润照例在铺子上赖床。

手机铃声和室友的呼喊叫不醒一个不想起的人,于是,夏致和叶鄹背着运动背包直接去游泳馆了。

刚到泳馆门前,夏致就被二熊和林小天他们给围住了,那架势,不知道的还以为是围殴呢!

"夏致!我们终于是队友了!哈哈哈哈!"

"来来来!让我们沾沾你的先天罡气!"

"臭小子,你这几个月好像胖了啊!"

夏致被这群汉子勾肩搭背,推来推去,眉头皱在一起,心里却很开心。

还没欢脱超过两秒,林小天和二熊他们的脑袋顶上就被白教练的记事板给敲了。

"你们几个也不知道在乐呵什么!游不过夏致,你们就别想出赛了!"

"不是还有四乘一百米接力吗?"林小天抱着脑袋说。

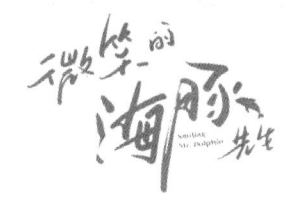

"你到底有没有出息啊!一百米、二百米你就不想争取争取!"

"这不郯哥也回来了嘛!我们重在参与!"

"重在参与?我打死你!"白景文拎着板子追着林小天跑了一圈。

夏致揣着口袋看他们,和其他人一起哈哈大笑起来。

排位赛是分组进行的,白景文让所有人在正式比赛之前下水游了几圈。

为了期末考试和论文,泳队的训练停了一周,所有队员都赶紧下水活络身手找水感。

正式排位赛开始,夏致和叶郯都参加了一百米和两百米的比赛。结果,一百米是叶郯第一,夏致在全队只排到了第四,两百米夏致也只游到了第五,前面有林小天和罗冕。

白景文抱着板子看着夏致,开口道:"高考备战让你的体力和反应力下降了很多,状态远不如上一次来Q大的时候。"

"我知道。"夏致点了点头。

"Q大游泳队是一个公平的地方,拿实力说话。你一百米的成绩不如林小天和罗冕,我必须把四校练习赛的机会给他们。你有意见吗?"白景文问。

"没有。"

"很好。在十一月校际联赛正式开始之前,你还有很多机会。"白景文摁了一下他的肩膀。

"谢谢教练!"

白景文刚走,王教练就扔了条浴巾给夏致:"小子,虽然说一百米和二百米个人赛你是轮不上了,但四乘一百米和四乘二百米,以你的实力还是会排上的。下午好好游,找找状态。"

王教练这么一说,夏致的眼睛又亮了起来:"我一定好好练习!"

夏致一转身,就发现叶郯站在他身后,一脸笑意,看他很久了。

"接力赛都能让你那么开心呢?"

"能和你一起完成接力赛,是我加入Q大游泳队的目标之一啊。"

"你这个人排位赛成绩,就一点不难过?"

"我的训练时间远不如林小天和罗冕他们,也就周末你陪我去游泳馆游那么几个小时,林小天和罗冕他们可是每天都在训练的。能进入Q大游泳队,他们两个本身在高校联赛里的水平就不低,我输给他们是正常的。如果赢了他们,我反而成怪物了。"

"你能这么想就好了,只是可惜了我。"叶郯开口道。

"你有什么好可惜的?"

"本来还想收拾收拾何劲峰,你不参加个人项目的话,我也得悠着点了。"叶粼垂下眼,让人看不出来他在想什么。

"什么意思?"夏致一把将叶粼拽到旁边,压低声音说,"你身体是不是又出问题了?之前的病,没治好吗?"

叶粼看着夏致的眼睛,良久才说:"如果我说,你不在的话我就会神游到别的地方,你相信吗?我的思想会不受控制离开我的大脑,去别的地方。"

这不是叶粼第一次说类似的话了。夏致忽然想起叶粼曾经问过的那个问题——如果他融化在水里,夏致还会不会记得他。

"我信。但是叶粼,你所谓的'神游'不就是分心了吗?你还不够专注啊。"夏致看着叶粼的眼睛说,"虽然在你心里,他们并不是足以匹敌你的对手,但你是他们的目标。在没有和你成为朋友之前,我都是一个人在泳池里想象着你就在我的前面。你在,或者不在,我都专注地想要超越你。"男孩子的眼睛澄亮中带着坚定。

叶粼的眉心微微蹙了起来。夏致和别人不一样,他一点都没有怀疑过叶粼。

当初叶粼将自己的情况说给白景文听,白景文抡起板子本来想砸他,忍了许久才说:"你如果是状态不好或者对游泳厌倦了,我可以让你放松一下。"

直到叶粼在联赛中昏厥在水里,白景文才明白叶粼没有撒谎。

叶粼和洛璃第一次在学校食堂里说起这件事的时候,洛璃淡淡地抬起头来,说了一句:"你这个不想训练的理由太牵强了,但愿嘉润不会学你。"

而叶粼在寝室里和陈嘉润十分认真地说起这件事时,陈嘉润眼睛一亮:"这是新的逃训练技巧吗?"

只有夏致,也许他并不清楚所谓的"神游"是怎样的,但他相信自己。

叶粼能从他的眼睛里看出来。

"夏致,我跟你不一样。你能想象我的存在,但是我却无法想象出水中的你。因为水里的你,真的很特别。"叶粼还是那样云淡风轻地笑着,目光却深远中带着某种期待。

"你对我也很特别。"夏致的拳头在叶粼的胸口上砸了一下,"没有你,我不会来到这里。"

一整天的排位赛结束,白教练公布了参加这次四校练习赛的名单。他的安排还算合理,只要不是成绩垫底,都给了参赛机会。

他安排了夏致参加四乘一百米和四乘二百米接力,而且都是最后一棒。

连林小天都架着夏致的脖子,不爽地说:"教练得多看重你啊,让你两项接力赛都是最后一棒!"

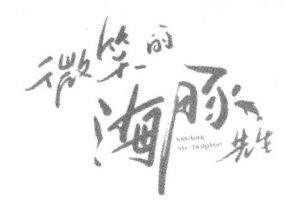

夏致扣住林小天的手腕一拧,就反身把他给压住了。

林小天立刻叫唤起来:"夏致谋害我!他想代替我的位置!"

夏致冷着脸,丝毫没有松手的意思:"对,我就谋害你了,快把你的位置交出来!"

大家打闹了一番,就都去食堂吃饭了。

夏致的餐盘里堆得像小山一样,对面坐着叶粼,旁边是洛璃。洛璃正把饭菜都打进保温桶里,留给因为迟到而加训的陈嘉润。

就在夏致消灭了第一盘,打算去打第二盘的时候,忽然有人从后面拽住了他的胳膊,力气之大让他下意识反抗,一肘子向后顶去。但是对方却灵敏地避开了。

夏致一回头就对上一双凌厉的眼睛,不由得怔住了。

"夏致——你这些年哪里去了?"对方宽大的运动外套上写着理工大学的字样。

"何劲峰?是你吗?"夏致差点拎着餐盘去抡对方的脑袋。

还好何劲峰反应快,把餐盘给挡开了。

"你还好意思说!我每年都盼着你参加比赛,你人到哪里去了?"

夏致揣着口袋打量何劲峰,就是不说话。

"看什么呢?也不回话。"何劲峰生得帅气,特别是眼睛,轮廓很深,让五官显得十分立体,眉宇间带着一丝出挑的轻狂。

正在吃饭的Q大游泳队队员们都看了过来。

而夏致就是冷着脸,不说话。

何劲峰下巴向上抬了抬:"喂,你小时候可没这么闷了吧唧的。"

"你小时候也没现在人模人样啊。"夏致回了一句。

"什么?我小时候哪里不是人模人样?"

"一脸青春痘,比月球表面还凹凸不平。你现在脸上没痘了,我都不敢认了。"夏致回答。

何劲峰冷冷地盯着夏致,两个人之间的气氛看着有些紧张,好像随时要干架。

林小天看了二熊还有耿乐他们一眼,他们几个很有默契地站起来,走向夏致。如果何劲峰要找夏致麻烦,林小天他们几个肯定不会让任何人在Q大的地盘上对夏致动手。

谁知道,下一秒两个人就抱在了一起。

"你小子悄无声息就考到Q大来了!行啊你!"

"不是明天才比赛吗?你今天晚上就过来了,是刺探敌情吗?"夏致难得地笑了,眼睛弯起来,林小天他们几个都看傻了。

"还不是听说Q大游泳队来了一个厉害的新人,连南城大学的江毅都败在他手上了,所以过来看看!"何劲峰拉着夏致在旁边餐桌坐下,一条腿架在椅子上,两

305

人热火朝天地聊了起来。

"听说江毅主项是蝶泳,让他跟我们洛老大拼去吧。"夏致没有刻意说自己赢了江毅的事情,毕竟何劲峰是去年一百米和两百米自由泳的冠军。

"那个厉害的新人是谁?你知道吗?听说是叶燊亲自招进来的!"

夏致回头看了一眼叶燊,对方正在和洛璃说着什么,都没有看他一眼。

"喂,跟我说话你还分心,找踹哦。"何劲峰抬腿,脚背在夏致的小腿上轻轻碰了碰。

夏致转过头来,错过了叶燊挑起的眉梢。叶燊撑着下巴,目光沉下来,看着夏致抬腿踹回何劲峰,两个人像幼儿园小孩一样在桌子下面踢来踢去。

"那么厉害的新人,除了我还能有谁。"夏致酷酷地回答。

何劲峰的嘴角高高扬起,抱着胳膊说:"是你还差不多!一百米和两百米自由泳见分晓!"

"那一百米和两百米,你只能和叶燊一争高下了,我只参加接力赛。"

"哈?为什么!"

"我高考冲刺了一个多月,训练量不够,成绩下滑了。"

何劲峰眉头蹙了起来:"既然这样,我去和教练要求,我也要参加接力赛!"

"你又要游一百米,又要游两百米,还要接力?输了可别说是因为体力消耗太大。"

"呵呵,你小子别狂。我等了你三年,必须一朝雪耻!"

两人坐在桌子前,足足聊了一个多小时,说着初中时参加完比赛偷偷跑去吃路边烤羊肉串,结果拉肚子的事情。

直到有人把手摁在夏致的肩膀上,夏致一抬头,对上叶燊的微笑。

"小致,我先回宿舍了,你和你朋友好好聊。"

何劲峰看向叶燊,狭路相逢的意味不能更明显了。

"我们聊到这里就行了。夏致,我回学校去了,咱俩学校挺近的,有空来找我,哥请你吃我们那里有名的羊蝎子锅。"说完,何劲峰就朝夏致勾了勾手指。

"干吗?你手指抽筋?"

"你脑袋瓜才抽筋呢!手机号码!微信!加一加!你这一失联就是三年!哥等你两年你都没复赛,差一点到T市去找你!结果被我老妈当成要离家出走,差点没把我送去心理辅导,别提多尴尬了!"

夏致笑出声来,两个人开始加微信。

何劲峰走的时候,双手揣在口袋里。他本来就高,背影也有那么一股狂傲冷酷的味道。

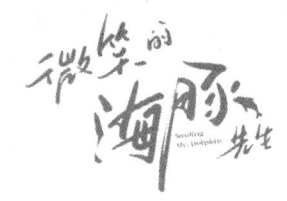

夏致转过身来，才发觉林小天、赵雄他们还坐在位置上数着花菜。

"哎……你们还没吃完？"夏致惊讶地问。

"你这小子可真没良心！我们是怕那个何劲峰跟你动手！别看他水平高，他可是理工大学游泳队里的刺儿头！"林小天一开口，赵雄和耿乐他们也跟着点头。

"刺儿头？"夏致不明白这外号怎么来的。

"这家伙去年不是拿了冠军吗？结果一个校报的记者冷嘲热讽，说是因为咱们郯哥因病退赛，他才捡漏了。反正话是说得有些难听。"

"然后呢？"

"他把别人给揍了！左边一拳，右边一拳，把人揍成了真正的熊猫眼！理工大学本来要给他处分的，后来还是教练出面调停，赔了医药费，这件事才了了。"

"他这性子，还真是没变。他就是自尊心强，人不坏的。"

"人也许是不坏，但是够嚣张啊！他看上了我们学校新闻系的妹子，结果那个妹子只是和班上同学一起去了趟游乐园，他立刻气势汹汹地找来！那个男生吓得一周都没来上课！"林小天一本正经地说。

"那男的也太没种了吧？既然和人妹子一起去了游乐园，如果喜欢人家，就该挺着胸膛跟何劲峰争一争。如果不是喜欢，只是同学，那也可以挺着胸膛澄清啊。"

"不是……夏致，你到底向着谁啊？"林小天气哄哄地问。

"我这个人护短，只要是我兄弟，我都向着。"夏致笑着回答。

他难得这么一笑，仿佛林小天成无理取闹的小孩儿了。

"那我们呢？我们算不算你兄弟？"林小天又问。

"当然是我兄弟了。"

"那我们如果和何劲峰干架了，你向着谁？"林小天又问。

赵雄、耿乐、罗冕齐刷刷看过来。

这个问题很重要，一个没回答好，夏致恐怕就要尸骨无存了。

"我当然向着你们了。"夏致想也没想就回答。

"这还差不多。"林小天紧蹙的眉心松开，赵雄他们也跟着点头。

"因为你们几个加起来也打不过他。我不帮你们，你们就成炮灰了啊。"

夏致话音刚落，林小天他们一窝冲上去。

"揍死这家伙！"

"你当自己老几啊！"

夏致一躲，忽然一下子就绕到了叶郯的身后。

林小天的拳头差点抡在叶郯下巴上。叶郯只是揣着口袋，侧过脸避开来。

"臭小子——你躲郯哥后面算怎么回事！滚出来！"

"有本事你抡粼哥脸上啊！"夏致两只手拽着叶粼的运动衣，就是躲在他后面不出来。

食堂大妈都傻眼了，和旁边打扫卫生的大姐说："这都大学生了，怎么还这么幼稚！"

叶粼被他们围攻，闪躲的时候向后退了一步，后背正好撞在夏致身上。

"好了好了！要真是干架，你们几个未必能打过夏致！到此为止啊！"叶粼声音里带着明显的笑意。

夏致抓得更紧了。

他一直将叶粼当作自己必须超越的目标，但叶粼同时也是别人的目标，比如何劲峰。

和夏致不同，何劲峰这三年一直处于训练中，他的体能和水感肯定超过夏致。

因为叶粼是他的家教，他是他平时自我练习时候的教练，他很清楚叶粼付出在他身上的时间是别人所不能比的。

可是今天碰上何劲峰的时候，他才意识到，叶粼并不是独属于他的对手。

"好了，你们几个晚上是吃太多了吗？一会儿老白看见你们这么精力充沛，让你们跟着嘉润一起加训！"叶粼说话的时候带着笑，后背轻轻颤动。

"加训就加训！让我们先揍了这臭小子！"

叶粼一只手向后护住夏致，另一只手将二熊他们推开："这里是幼儿园吗？你们是小班还是小小班啊！"

"粼哥你护短！"

"你不再是我们认识的叶粼了！"

之前他们是看不惯夏致嘚瑟自己打架厉害，现在是看不惯叶粼护着夏致不撒手。

"夏致！你是不是个爷们儿，躲粼哥后面算什么本事！"林小天怎么也没办法把夏致给揪出来，气得七窍生烟。

"躲在女人后面才不算爷们儿，躲在粼哥后面不是理所当然的吗？"夏致回答得理直气壮。

叶粼回过头来，笑得眼睛都眯成了缝："你说什么？什么理所当然？我要是被围殴你的人揍了，也理所当然了？"

"那当然！"

叶粼又笑了，从后面抓着他衣服的夏致就喜欢听他笑起来时后背轻轻颤动的声音。

保洁大姐终于看不下去了，拿着拖把来赶人："你们还走不走？走不走了？吃饱了饭还要闹腾！滚滚滚！"

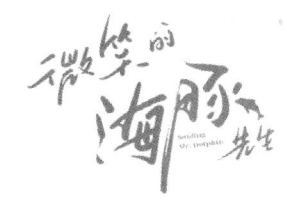

被大姐河东狮吼一顿,大家赶紧跑了,生怕大姐抡起拖把砸他们的脑袋。

为了避免在路上被林小天他们尾随痛揍,他们才刚跑出食堂大门,夏致就被叶粼一拽,挤进了树丛里。夏致刚想要说话,叶粼就捂住了夏致的嘴:"傻瓜,别出声。"

果然,林小天他们几个站在路灯下,左顾右盼。

"哎,那臭小子死哪儿去了!怎么一眨眼人就没了?"

"气死了!竟然说我们打不过何劲峰!"

"小天,不是我说,仔细想想……我们几个是打不过何劲峰啊……"

夏致被叶粼捂着嘴,一动不动,林小天他们几个嚷嚷了什么,他一句都没听进去。

直到叶粼松开手,夏致才醒过神来。

"想什么呢?"

"我在想,我和你联手,还打不过林小天他们几个?"

"傻了吧唧的。队内斗殴,你是多想挨处分啊?要给他们点颜色看看不一定得动手的。"

"不动手,你想动什么……"

就在这个时候,夏致隐隐听到了林子深处传来的窸窸窣窣的声音。

叶粼做了一个噤声的动作,两个人缓慢地转过身来,叶粼轻轻拨开树枝。

当树枝被拨开缝隙的时候,夏致愣住了——他看见何劲峰竟然在欺负一个戴着眼镜,看起来很斯文的男生。

"走了。"叶粼的手指收回来,树枝又回到了原处。

他们小心地回到主路上,夏致只是茫然地跟着叶粼的脚步走。

"你那个叫何劲峰的兄弟可以啊。他是以为学校放寒假了,学生少,没人会过来吗?"叶粼揣着口袋,走在前面。

"叶粼……你没看见吗?那个戴眼镜的是……"

"是我们学校新闻系的肖彬,在《青年体育周刊》实习,发了好几篇通讯稿,文笔不错。"

"我是说……"

"说什么?"叶粼回过头来。

"没什么,回去了!"夏致揣着口袋说。

"我刚才就一直在想一个问题,回宿舍前你得回答我。"

"什么问题?"

"如果是我,和何劲峰打起来了,你站谁?"叶粼转过身来,停下脚步。

"你跟何劲峰打起来了?要不这样,你先跟我打一架。你要是赢了我呢,我就去站何劲峰。你要是赢不了我呢,我就站你,怎么样?"

夏致心想：想套路我，没门儿！我又不是林小天！

"走吧，臭小子，回去了。"叶粼又要摁夏致的脑袋，却被夏致完美避开。

两人一前一后，走在安静的校园里。

夏致又回想起树下的那一幕："叶粼，何劲峰是不是在欺负肖彬？我觉得我不能让何劲峰做错事儿！"

叶粼转过身来，脚尖在地上踩了踩，像是在思考什么。

夏致看这家伙又是一副要说不说的样子，懒得跟他扯皮，转身就要回小树林。谁知道叶粼开口了："肖彬之前很欣赏我。"

"什么——"夏致转过头来，对上的是叶粼相当认真的目光。

"从我进学校开始，他就经常找机会给我拍照，给我写通稿。"

夏致心里忽然升腾起浓浓的不爽。

"肖彬已经习惯了在笔下和镜头里追逐那个最出色的人，他对王者有着难以想象的执着，他会在内心深处给他笔下的王者润色出完美的形象。一旦我打破了这个完美的形象，他就会另外寻觅目标了。"

夏致愣了愣："你是说去年校际联赛，你在泳池里昏过去的事情吗？"

"嗯，算是吧。"

"你退赛后，短程自由泳的冠军是何劲峰，所以他开始以何劲峰为目标了？"夏致的眉头蹙了起来。

"看看你那小样子哦，你到底是为我难过呢，还是担心那个心高气傲的何劲峰？"

"我有什么好为你难过的？我还不知道你吗？肖彬欣赏的并不是你，而是他内心深处的完美形象。没有他烦你，你在食堂里吃饭都能多吃一个鸡腿！"

叶粼笑出声来，在空旷的校园里，很悦耳。

"我是担心何劲峰，他这个人较真又冲动。如果哪天他不再'完美'了，肖彬又转换目标，我是真怕他做出什么出格的事情来。"夏致叹了口气，朝宿舍继续走。

"那夏致，你有没有想过……"

"想什么？"

"万一有一天，你赢了我，也赢了何劲峰，你会不会成为肖彬的目标？"叶粼的嘴角勾起，带着坏笑，夏致忽然愣住了。

一声轻轻的哨响掠过夏致的耳畔，是叶粼故意吹的口哨。

"你还真在想呢？有这种想法就代表你自大又狂妄。"

"呵呵，你什么意思？能不能赢何劲峰，这一次四校练习赛结束就见分晓。至于你，我能不能赢你，你心里还没点儿数吗？"夏致撞开叶粼，继续向前走。

叶粼愣了愣，看着夏致的背影，小男孩倔强又骄傲。

310

第十二章 联赛

回到宿舍，两人就看见陈嘉润趴在椅背上，已经发出轻轻的呼噜声了。

桌子上放着两个干干净净的饭盒，一看就是洛璃洗了还擦干的。

"嘉润哥怎么不上去睡？"

"他这是等我们回来要对洛璃进行申诉，结果体力不支，没等到我们就睡着了。"

"我们不用叫他起来吗？"

"这要是平时，我肯定说就这样让他睡到明天……"

"可是明天就是四校练习赛的预赛了，他这样睡颈椎和肩膀会僵硬。"夏致已经猜到叶粼下半句要说什么了。

"对，所以只能叫他起来了。"

叶粼先去洗漱了，夏致拍了拍陈嘉润的后背："陈嘉润，要睡就上去睡。"

"嗯……"陈嘉润轻轻哼了哼，脑袋歪向另一边继续睡。

夏致直起腰来，凉凉地看着陈嘉润，喊了一声："洛璃来了。"

"什么——"陈嘉润忽然一下直起背，一双惺忪睡眼顿时睁大，四下环顾，"他又来了！他又来干什么？"

"洛老大叫你去床上睡觉。"夏致扔下这一句，也洗漱去了。

"夏致！你怎么也跟叶粼学坏了！"陈嘉润气哼哼地爬上自己的床铺。

"如果要抱怨洛老大，等四校联赛结束了再抱怨吧！今晚我和叶粼都要早些安寝！"

"没义气——"陈嘉润把被子向上一拉，盖住脑袋，没两分钟就和周公会面了。

夏致洗漱完回来，还真有点担心陈嘉润会憋死自己，特地把他的被子向下扯了一点，露出鼻子来。

他和叶粼都很有默契地不再聊天，倒头就睡。

明天就是关键的一战，他们的表现必然会成为校际联赛出赛资格的重要参考。

可无论怎样告诉自己要摒弃杂念，夏致还是睡不着。

床那头的叶粼翻了个身,夏致的上铺也跟着轻微摇晃了一下。

夏致用力吸了一口气,轻手轻脚地起身,下铺时差点踩空要摔趴下来。

就在那一刻,叶粼忽然起身,一把拽住了夏致的胳膊,用力向上一提。

他的手强大而有力,半个身子从上铺伸出来,侧着腰,一双眼睛盯着夏致。

夏致踩稳了。

"小心一点。"叶粼的声音,低沉中带着一丝沙哑。

"以我的身高摔不着。"夏致稳稳地下去了。

"我不怕你摔跤,我怕你扭到哪里。"叶粼说。

夏致去了洗手间,把门关上。

他洗了手又洗了脸,回到安静的寝室里。

当他向上爬的时候,叶粼转过身来朝向他:"你上个洗手间怎么那么久?"

"没你久。"夏致想也不想就回答。

"我什么时候上洗手间比你久了?"

"去学校拍校服照的那次。"夏致没好气地回答。

"哦……那次啊……"叶粼也不知道想起了什么,居然笑了。

"睡觉。"夏致冷硬地说完,就闷闷地躺下了。

也不知道过了多久夏致才睡着,以至于第二天叶粼起来,趴在床头架上垂下眼,看着夏致睡得很沉的样子,都不忍心叫他。

叶粼轻手轻脚地下来,洗漱完就去食堂吃早饭,给夏致带了食堂特别做给游泳队的三鲜大肉包和牛奶,这才将手伸进夏致的被子里,在他身上狠狠捏了一把。

"谁啊——"夏致猛地转过身来,对上叶粼的双眼,哗啦一下就坐起来,"几点了?你怎么没叫我!"

"时间还够,你赶紧洗漱吧,把早点吃了。"

夏致利落地起身,把包子塞进嘴里,再看一眼陈嘉润,就不抱任何将他叫醒的希望了。

叶粼的时间估计得刚刚好,他们是背着运动包慢慢走到游泳馆的。

这时候,理工大学、交通大学,还有南城大学的男子游泳队都已经到齐,列队站在游泳馆前。

练习赛的消息早就放出去了,有不少学生都没回家,等着看四校练习赛。

何劲峰在理工大学的队伍里很显眼,一脸傲然,看见夏致的时候抬了抬下巴。

Q大、理工大学和交通大学的校报记者就跟在旁边拍照,《青年体育周刊》本来就有个大学生体育专栏,这会儿也派了人来,肖彬就跟在那个记者旁边帮着拍照。

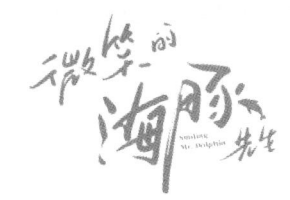

肖彬看着何劲峰的目光里充满了崇拜，仿佛何劲峰就是亚历山大大帝，即将征服世界。

一想到肖彬也曾这样看着叶鄰，夏致就冷哼了一下。

"你咋了？"旁边的林小天忍不住问。

"没什么，就是后悔自己这一两个月荒废了。"

夏致咬着牙，想着如果自己能参加个人赛就好了。可是仔细一想，他就算参加个人赛赢了何劲峰和叶鄰又如何，难不成跑到肖彬面前大摇大摆地说："别崇拜哥，哥不稀罕你！"

他的脑子又没毛病。

四校的教练相互交流了一下，白教练笑着说："我们这也不是什么大型比赛，都是兄弟之间相互交流，什么开场仪式之类的是不是能省下了？"

"那是，老白你就想着赶紧晒一晒自己新招的人，给我们下马威吧。"周教练瞥了一眼站在Q大游泳队最后一排的夏致。他还气白教练骗他夏致是大一新生的事情呢。

要知道，那场练习赛，夏致可是让城南大学好几个真的大一队员自信心受挫呢。

"哪里哪里，世界这么大，人才那么多。我可是听说了，周教练你亲自挖了个新人，比小夏厉害多了呢！"老白笑着说。

一提到这里，交通大学的陈教练脸就拉下来了："谁要南城大学财大气粗呢？奖学金是我们的两倍，还把四年的住宿费都包了，每个月还给发几百块的餐补。"

也就是说，南城大学挖来的新人，本来是交通大学看上的。

"这可不怪我，是陈教练你太清高了。你总以为你们交大的招牌够硬，一个保送名额就能哄得人家巴巴地抱你们大腿。清高是没用的，还是得有诚意啊。"

周教练脸上的得意劲儿，那是近几年都没见到过的。

夏致对那几个教练的相互显摆和相互拆台不感兴趣，倒是林小天戳了戳夏致："你知道南城大学招了谁来对付你吗？"

"对付我？至于吗？"

"沈遥。"林小天说。

夏致眯起眼睛，他当然对沈遥有印象。

初中时参加比赛，夏致在更衣室里见过沈遥。那时候他的身形还没长开，先天条件显得没有夏致和何劲峰好。

初三最后一次比赛，因为沈遥长得清秀，几个十六岁组别的选手还在更衣室里调侃他，说他应该到女子更衣室去。那天沈遥的脸都气红了，一双眼睛烧着怒火，眼看着扬起拳头就要去揍对方，但是被夏致给拦下了。

夏致把沈遥拽回到他的衣柜前，只说了句："你现在打他们，他们就会去告状，说你在更衣室斗殴，取消你的资格。你现在气吗？"

沈遥甩开夏致的手，冷着脸："不用你管闲事。"

"气的话，就憋着这股劲儿，泳池里见真章。不过……"

夏致的话说到一半，就没继续说下去了。

"不过什么？"反倒是沈遥沉不住气了，以为夏致是要贬低自己，忍不住开口问。

"不过，等我们到了高水平的比赛，他们也许只能在观众席上看我们了。"

说完，夏致锁好柜子，弹了一下泳帽就走了。

那场比赛结束，夏致拿了这个组别的冠军，何劲峰是第二，而沈遥拼了命游到了第五。

如今三年多过去，再见沈遥，夏致都认不出他来了。

据说在十六岁级别的比赛里，沈遥以零点零二秒的优势赢了何劲峰。这可真是三十年河东，三十年河西，谁都料不到日后谁是王。

沈遥的个子如今和夏致差不多了，从前清秀的五官多了几分果决和凌厉，虽然看起来还有年少时清秀的影子，但相当英挺。

夏致看了一眼端着照相机的肖彬，他就想看看肖彬是不是还欣赏着叶粼。

谁知道，肖彬对着何劲峰噼里啪啦拍了一通，那个周刊专栏记者不知道在肖彬的耳边说了什么，肖彬的表情变了，然后镜头转向沈遥，又是一阵快拍。

明明肖彬对叶粼不感兴趣了，可夏致还是没来由得一阵恼火。

教练通知给一个小时做热身和调整，原地解散，游泳队自发先绕着游泳馆跑步。

叶粼来到夏致身边，跟着他一边跑一边打趣："夏致，你很不高兴啊。"

"嗯，不高兴。我看那个肖彬不爽，成不成？"夏致反问。

"哦，你为什么看他不爽？"叶粼又问。

"他先是一脸崇拜地拍何劲峰，后来又是一脸感兴趣地拍沈遥。我跟你打赌，他身旁的那个记者肯定是跟他说了，沈遥曾经赢过何劲峰！"

夏致的眉头皱得紧紧的，咬着牙槽，仿佛要嚼碎肖彬的骨头。

叶粼看着夏致的侧脸，没有再说话。

又跑了小半圈之后，夏致觉得很不是滋味。

他追上已经跑到前面的叶粼，发现这家伙嘴角噙着笑，不知道心里又在盘算什么。

"喂，你笑什么呢？"

"我笑你……那么关心我啊。"

"喂……我关心你？肖彬拍的是何劲峰和沈遥，你怎么联想到我关心你的？"

夏致难以置信地看着叶粼，这家伙的大脑回路怎么和正常人不一样？

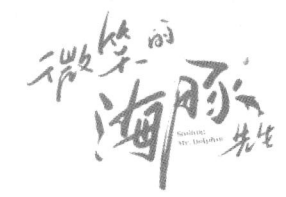

"你怪肖彬不识货啊。在你心里,何劲峰和沈遥拍马不及我,可肖彬竟然对我视而不见,所以你气。"

夏致心里咯噔一下,原本以为自己只是看不起肖彬这种谁发光发亮就崇拜谁的架势,但现在被叶潋一点,他一下子就清醒明白了。可这种清醒明白也让他被戳穿之后,感觉很没面子。

"我看,不是我怪肖彬不识货,而是叶潋你——太自恋了。"

说完,夏致就跑到前面去了。

因为这一回是四校联赛,男子更衣室肯定是不够用的,今天女队没比赛,所以女子更衣室也被征用了。两队一个更衣室,Q大和南城大学用同一个更衣室。

南城大学的江毅来到夏致身边,拍了拍他的肩膀:"行啊,小子,你还真考上Q大了。"

夏致朝江毅点头打招呼,然后说了句:"江队长今天是游蝶泳吧?"

"是啊,怎么能让洛璃一人独大呢?"

"就怕您回归蝶泳了,还是我们洛老大一人独大。"不远处的二熊贱兮兮地呛声。

"没关系,只要自由泳让你们Q大的双保险保险不了就成了。"江毅笑了笑,又压低声音说,"你知道我们周教练是怎么说服沈遥加入南城大学的吗?"

"不是高额奖学金吗?"

"不是,我们周教练提起了你,说你必然会进Q大,我们需要一个将来能盖过你的新人。沈遥立刻就同意了。"

夏致顿了顿,看向沈遥的方向。

他和沈遥真的不算熟悉,而且高中三年他都没参加比赛,那几乎是何劲峰、沈遥还有叶潋的三分天下。叶潋进入大学之后,受到关注的就是何劲峰和沈遥了啊。

关他什么事儿?

沈遥脸上没什么表情,运动外套一脱,后背的肌肉线条紧硕漂亮,和初中时天差地别。让原本赛场心态很好的夏致,也有了点儿危机意识。

第一轮比赛,就是一百米自由泳的预赛。

第一小组就是备受关注的叶潋与何劲峰的较量。

夏致披着外套和林小天他们勾肩搭背地在泳池边等着。夏致想起学渣小群,如果他们看到这个场面肯定是要押宝的。

"哎,来来来,大家押一押,是重新回归泳队的叶潋厉害,还是去年联赛一百米冠军何劲峰更胜一筹?"耿乐不怕事大地小声吆喝。

夏致没想到,学渣小群那一套竟然在这儿也发生了?

夏致想，叶粼毕竟是Q大游泳队的，林小天他们怎么可能会压何劲峰？

"我压何劲峰。"林小天抱着胳膊，一脸严肃地说。

夏致惊了，看向林小天。

"我也压何劲峰。"二熊开口道。

"我也是。"罗冕竟然也不看好叶粼。

"你呢，夏致？"

从前，夏致可没有押宝的机会，第一次押宝竟然给了叶粼。

"我当然相信粼哥。"夏致回答。

"好，每人一百块，三秒钟，有没有人反悔？"耿乐又问。

"不反悔。"

"不反悔。"

"不反悔。"

"不反悔。"夏致回答。

其他几个人嘻嘻笑了起来。

"你们笑什么？你们就认定粼哥会输给何劲峰吗？"夏致不爽地反问。

"是啊，因为粼哥从来就不是在预赛时会拼尽全力的类型。如果说小组里面没有高手，他没有参照，当然会尽力游，只是成绩起不来。"

"但如果有何劲峰这样的高手，他每次都会差那么零点几秒的……我们也不知道是为什么。"罗冕摊了摊手。

"他就不担心，万一其他小组的人成绩比他好呢？让他进不了决赛呢？"夏致无语了。

"这样的事情还没发生过。"二熊叹了口气，"也不知道是他运气好，还是他早就估摸清楚了。"

"嘟"声响起，参赛队员们入水。

夏致的心立刻绷了起来，目光死死地锁着中间两个泳道的何劲峰和叶粼，牙槽紧咬着，心想，叶粼，你好歹在预赛里拼过何劲峰啊！

像何劲峰这样的对手，必须尽早压制，在自尊心上给他打击，扰乱他的节奏。如果预赛输给了他，到了决赛，这家伙还能更上一层。

从前他们一起吃烤串的时候，何劲峰都笑称自己是"膨胀型"选手，越自信状态越好。

何劲峰划水的力度感超强，叶粼与他齐头并进，如同两头水中的凶兽，这个泳池仿佛容不下他们！

夏致看得心潮澎湃，他就不信叶粼赢不了何劲峰！

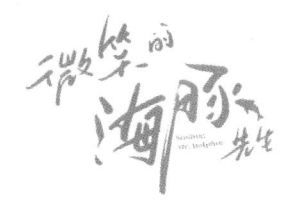

"哎哟哎哟！郯哥可以啊！"

"要真预赛能赢，我们愿意放弃一百块！"

转身之后，叶郯已经略微领先何劲峰了。夏致握紧拳头，就像是自己在比赛一样。

最后二十五米，冲刺开始。

水花四起，夏致可以想象水流的涌动，仿佛自己变成了水，被叶郯强势的手臂一次又一次地划开、掀翻。水高高扬起，又跌落回来，还未平静，又再度被带向高处。

两人开始最后的加速，这汹涌的气氛，让整个游泳馆里一阵紧张的安静。

白教练的手死死地扣着板子边缘，他很紧张。

去年的联赛里，叶郯就是在与何劲峰的较量中昏过去的。

而洛璃也一脸肃然地在泳池边跟随着叶郯行进。

最后的最后，何劲峰和叶郯强劲的踢腿简直太燃了，水流被分割一般，其他参赛选手显得十分弱势。

两人触壁的瞬间，夏致的手仍旧紧紧握着拳头没松开。

当叶郯从水里仰起头来的时候，夏致的心里一阵失落。

所有人都在猜测这场预赛谁是小组冠军，夏致却已经知道了答案。

叶郯在最后的那一秒里没有绷住，他仍然很快，但不是他最快的时候。

夏致记得和叶郯较量的感觉，那是一种连命都要拼掉的疯狂，叶郯充满要游在夏致前面的执着。可是面对何劲峰，叶郯只是在比赛而已，夏致没有感觉到那股执着。

叶郯做到了最好，却没有比最好更拼。

叶郯还在调整呼吸，夏致却想一把将他从水里拽起来，看看他骨子里的韧性哪里去了。

"这回搞不好还真的要给夏致一百块了。"林小天感叹。

"一百块呢，十碗盖浇饭啊！"二熊一脸痛心疾首。

夏致却沉着脸，对耿乐说了句："比赛完我微信转你一百块。"

"啊，你怎么知道郯哥没快过何劲峰？"林小天问。

这时候白教练公布了第一小组的成绩，何劲峰果然是第一，而叶郯排在第二。差距很微弱，可再微弱也是差距。

夏致一抬眼，就看见泳池另一边的肖彬用一脸崇拜的目光看着何劲峰，向一旁的专栏记者眉飞色舞地说着什么，一看就是在说何劲峰如何了得，叶郯不是对手之类。

"我的天，夏致，你怎么看出来叶郯输给何劲峰的？这么点差距，没有电子仪器根本判别不出来吧？"赵雄也问。

"直觉。"夏致回答。

他知道这只是预赛而已，叶郯没有赢过何劲峰也没什么大不了。以这个成绩，进入半决赛绰绰有余。

第二组就是林小天那组了,南城大学的沈遥也在其中。

沈遥正在活动胳膊和手腕,隔着泳池,夏致正好和他对视。既然是年少时候认识的人,夏致不习惯微笑,但还是朝着对方点了点头。

谁知道沈遥冷冰冰地别过脸,就跟不认识他一样。这和江毅说的什么,沈遥是因为听见周教练提起了夏致才进入南城大学的说法,有点不一样啊。

这一组,显眼的也就是沈遥和林小天了。

沈遥划水利落,节奏感鲜明,而且看他游泳有种抽刀断水的爽快。最后二十米一开始林小天还是和沈遥齐头并进,到了最后十米,沈遥的发力带着一股狠劲儿。这种凶狠虽然在初中的时候夏致就感觉过,但因为沈遥还没长开,并没有产生威胁感。

可此时此刻的沈遥,如同水中利剑,所向披靡。

他的成长完全超乎了夏致的想象,怪不得何劲峰高中的最后一场比赛会输给沈遥。

池畔边端着相机的肖彬专注地连拍沈遥,放下相机的时候一脸惊叹。

何劲峰自然注意到了肖彬的样子,脸立刻拉了下来,黑得媲美包公。

这一轮小组赛,自然是沈遥赢了。

而且目前的成绩排位,是沈遥第一,何劲峰第二,叶粼在第三位。

当一百米的最后一个小组上了出发台,沈遥的眉头皱得紧紧的,他刚绕出去,要去教练那里,肖彬就拿着录音笔走到他面前,正要开口说什么,他却直接从肖彬身侧路过了。

没想到沈遥还挺酷,看着肖彬那吃瘪的表情,夏致心头竟然有点小爽。

叶粼已经穿上运动衣,和林小天不知道在说什么。

夏致走过去,心想有什么话还是等叶粼完成了一百米自由泳决赛再说。

但是叶粼先看到了他,笑着问:"你那欲言又止的样子,是想说什么呢?"

"你小组预赛,没有绷着一口气到最后。我想确定……决赛的时候,你会真正地拼尽全力,对吧?"

林小天见夏致一脸严肃,而叶粼的笑容也逐渐收了起来,他自觉自己是多余的,默默退开了。

夏致直落落地看着叶粼,目光没有丝毫动摇。

"其实无论何劲峰也好,沈遥也好,都是非常强大的对手。你也知道那句话,长江后浪推前浪,前浪死在沙滩上,我不过是一阵又一阵冲上岸的前浪之一。"叶粼抬起手来,按在夏致肩膀上。

"你想说什么?"夏致的目光还是没有转移。

"我想说,你要习惯看着我被超越。如果看不习惯,就该在队内排位赛的时候赢过林小天。至少我有自信,除了你,我不想让别人赢我。"

叶粼的声音不紧不慢,他完全没有夏致的不甘,好像早已接受江河日下、退位让贤的结果。

"你……"夏致第一次气到想要揍他。

"夏致,我之前对你说的,是真的。"叶粼说完之后,就转身离开了。

夏致怔在那里,两三秒之后才想起,叶粼说过一旦他在游泳的时候太过专注就会神游去别的地方。夏致一直相信叶粼所说的,但也一直在想到底是怎样的神游。

他想起陈嘉润曾经说过,叶粼有某种毛病,这毛病是遗传性的,也让叶粼的妈妈觉得无法面对,最后和叶粼的父亲离婚了。

夏致用力呼出一口气,握紧拳头,在内心深处他明白,任何语言都不敌泳池里命都不要的冲刺,那才是最适合他和叶粼的沟通方式。

这时候,耿乐高喊了一句:"夏致——帮我拿一下扔在更衣室椅子上的杯子!"

"好!"

夏致进了更衣室,刚拎起耿乐的水杯转身,冷不丁就看见了披着运动衣的沈遥,还目光冰冷地看着他。沈遥的头发还没干,发丝坠着水珠,目光像是要把夏致钉死在更衣室里。

"沈遥?你也有东西落下了?"

沈遥向前一步,一把扣住夏致的肩膀,向后一推,完全没有防备的夏致跌坐回长椅上。

他刚要起身,沈遥的另一只手也摁住了他的肩膀。沈遥低下头来,目光中的压迫感是夏致从没有在他身上感受过的。

"高中三年,你死到哪里去了?"

"啊?"夏致心想,闹了半天这家伙和何劲峰一样,都对自己那三年的比赛空窗期很在意。

"我那三年拼了命地努力,就想赢你一次!"

沈遥咬着牙槽,本来轮廓漂亮的眼睛里竟然带着几分杀气。

"因为一些事,家里不让我游泳了。"夏致回答。

"家里不让你就放弃了?你把游泳当成兴趣爱好了?当初是谁跟我说,那些嘲笑我的人……最后都只能在观众席上看我?"

夏致心里咯噔一下,他真的没有想到,那句话沈遥到现在还记得。

"三年不比赛,你能有多厉害?你是打定主意要做观众了吗?"沈遥目光灼然。

夏致以为这三年，曾经和他一起比过赛的人，早就把他给忘记了。

但何劲峰，还有沈遥，都记得他。

"我不会做观众的。"夏致很认真地仰起头来，回答对方。

"不会做观众？我去教练那里翻了所有的比赛名单。你是有比赛，不过是接力赛！你在队内排位赛，连林小天都赢不过！"

"那是因为我高中没有比赛纪录，只能靠高考进Q大，那就得先把游泳放一下，好好学习……"

沈遥冷笑了一下："我本来是没有参加接力赛的，但我向教练要求参加四乘一百米接力。我要看看，当初的夏致还在不在。如果你游不出个像样的成绩，我会揍死你！"

这时候，肖彬拿着录音笔，站在更衣室门口听到了沈遥的话。

他很惊讶，沈遥好像是在和Q大那个新人放狠话。他本来以为，沈遥和何劲峰才是宿命的对手。本来他看好叶粼，但是叶粼的病导致一年没有出赛，只能是昨日的神话。

可沈遥却对这个队内排位赛还不如林小天的新队员如此在意，那家伙到底是谁？

沈遥放开夏致，走到门口就看见了肖彬。

肖彬立刻露出非常专业的笑容："沈遥同学，我想采访一下你……"

"没时间。"沈遥的脸色非常沉郁，正要撞开肖彬，却被一只大手给拦了一下。

"沈遥，你没礼貌不打紧，但把脾气发到别人身上，这可不行。"何劲峰冷冷的声音响了起来。

沈遥看都没看何劲峰一眼，迈开长腿就要走。

何劲峰却拦住了沈遥："一百米自由泳决赛，我会赢你。"

沈遥无所谓地回了句："靠嘴能赢，谁都可以是冠军了。"

"这小子从前不是这德性，吃了炸药吗？"何劲峰皱着眉头，看着沈遥的背影说。

"他好像是和Q大游泳队那个传说中很厉害的新人说了会儿话，然后人就这样了。"肖彬好奇地问，"你听说过那个夏致吗？"

"听说过啊，那可是我兄弟。初中的时候确实很厉害，人家老爸在世锦赛里拿过奖牌的。"

何劲峰这么一说，肖彬就露出了思索的表情来。

这时夏致拎着水壶走出来，正好对上了何劲峰和肖彬。

"哦，阿致，你没事儿吧？"

"我能有什么事儿？"夏致反问，他看了肖彬一眼，说了句，"倒是阿峰，你可得罩子放亮了，好识人。"

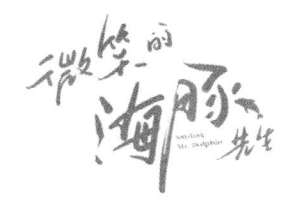

"我是看沈遥今天跟变了个人似的。他这人不爱和不熟悉的人攀谈,高中第一年的比赛他主动来问我你的事情。我高三那年比赛,这小子赛前又问了你的事情。"

"你怎么回答的?"

"我说,我和你没怎么联系了。"

"想象得到。"

"他就说我跟你称兄道弟的,总不会连你家电话号码都没有吧?我说我有,但不想给。谁知道,这小子说要是他赢了我,就要我交出你的联系方式来。"

"然后呢?你不是输给他了吗?"

"是啊,所以我给了啊,只是你家电话号码是空号。"何劲峰一脸得意地摊了摊手,"谁让你们家搬了呢?"

夏致哼了一下:"你可以啊,输了还要人。"

刚走过转角,夏致就看见叶鄸站在那里,似乎等了他挺久。

"你都听见了?"夏致凉凉地反问。

"听见了啊。原来小男孩年少的时候,也是别人心中的男神呢。"叶鄸微笑着说。

"我三年不比赛,按照你之前的说法,也是沙滩上的前浪,注定要被沈遥他们超越。"夏致看着叶鄸,但那双眼睛里并不是不甘心,而是坚定。

他很清楚自己要做什么,必须坚持什么,以及没有一个瞬间打算放弃。

叶鄸的拳头下意识地握紧了。

"可我偏不。"夏致说。

最后这句话,有点儿任性,却又很嚣张,仿佛上天摘星、下海捞月,只要他想,什么都是他的。

"叶鄸,你到底在怕什么?"夏致冷着脸问。

叶鄸的眉心蹙了起来,他没有回答夏致就转身离去了。

一百米自由泳预赛结束之后,因为是四校练习赛,参赛者没有那么多,就直接是决赛了。

叶鄸和林小天都进了决赛。

出发台上,何劲峰和沈遥的存在感尤为强烈。

池畔边,肖彬端着相机打算捕捉他们起跳入水的画面,但是那一刻他却分了心,镜头挪向了泳池边的夏致。

Q大游泳队的这名新队员,不仅被何劲峰在意,就连沈遥对他也很执着,他的水平到底怎样呢?不过就算初中的时候厉害,这世上"伤仲永"那么多,就连如今的叶鄸状态都不再鼎盛,更何况这个夏致呢?

肖彬将镜头挪回来,他告诉自己这一场一百米的决赛,冠军不是何劲峰就是沈遥。

当"嘟——"的那一声响起,全场的视线聚集出发台。夏致的心绪被高高挑起,看见了叶粼紧绷的肌肉释放力量的瞬间,还有入水时的坚毅,夏致知道,叶粼决定放手一搏。

夏致的呼吸被压在喉间,哪怕他们一个在岸上,一个在水中,夏致都能感觉到仿佛有什么拖拽着他破水而行。

叶粼的划臂呈现出的力度感让夏致心血沸腾。就是这样!这才是他认识的叶粼!

岸上的白教练紧张不已,他扣着洛璃的胳膊一路跟随。

托着相机的肖彬都惊呆了,叶粼正用一种无可匹敌的优势领先,丝毫没有保留体力的意思。

那不是一种面对灭亡而耗尽一切的挣扎,而是一种……一种向死而生的冲劲,仿佛在说——就算前方没有路,我也要冲出来!

第一个转身之后,叶粼继续领先。

原本会稍微保留体力的何劲峰以及沈遥,不得不放开手脚全力赶超叶粼,否则以这样的优势,一旦进入最后十米,叶粼肯定还有加速的余地!

"别昏过去……千万别昏过去……"白教练拽着洛璃的手都在颤抖。

他很清楚叶粼有多么希望克服自己那个致命的弱点,它就像个深渊,凝视等待着叶粼。

所以叶粼总是不断地后退,退到安全距离,这是人的本能。

可是今天,从离开出发台,白教练就感觉到了叶粼那种冰冷的决绝——他决定跳下去,哪怕最后被深渊吞没,也要看看深渊里有什么,粉身碎骨又能有多疼!

"叶粼这么拼,万一最后五米绷不住,就会一溃千里,恐怕连前三都保不住。"南城大学的周教练很担忧地说。

肖彬听到之后,眼睛眯了起来,打开摄像功能。好吧,叶粼你要燃烧自己照亮他人是好事!就靠你把何劲峰还有沈遥的速度都带起来,说不定他们两个都能刷新自己最好的成绩!

冲到最后,叶粼已经不再换气,打腿溅起的水花如同炸开了一般。

夏致心神高昂,他仿佛看见了那个嚣张得意的痞痞,水是它的领域,无人可敌。

沈遥和何劲峰拼了命地要超越叶粼,但他们能感觉到,这个叶粼就是真正的、曾经在赛场上所向披靡的叶粼。

叶粼触壁的瞬间,Q大游泳队高声欢呼起来。

只有白教练和洛璃,死死地盯着水面。

何劲峰、沈遥和林小天他们都出了水,调整着呼吸,叶粼却迟迟没有起来。

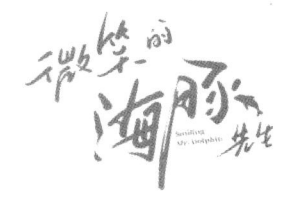

"糟糕……洛璃！你赶紧……"

这时候的夏致已经扔掉外套，哗啦一下跳进水里，拼了命地游到叶粼的泳道。

在水中，他看见叶粼闭着眼睛，像是睡着了一样。他的身体舒展开来，却逐渐下沉。

就在夏致一把抱住叶粼的那一刻，他忽然睁开眼睛，在水中咳嗽了一下。

夏致立刻将叶粼托出水面，叶粼单手抓住池壁，不断地咳嗽。

"你这呛水能把人吓死！"何劲峰当时还在调整呼吸，根本不知道旁边泳道的叶粼没浮起来。

周围一阵热烈地讨论，他们都以为叶粼是呛水了，没人料到他其实是昏过去了。

夏致什么都没说，只是靠在叶粼身边，看着他。

叶粼拍了拍夏致的肩膀，然后笑了："你担心我了对吧……你是不是以为我淹死了？"

连沈遥都看不下去了，一拳头砸水里："神经病啊！让别人担心有意思吗？"

据说沈遥和何劲峰都游出了自己最好的成绩，因为太拼了，半天没有缓过呼吸来。

夏致看着叶粼撑上了岸，一直跟在他身后。他有些摇晃，每当夏致想要去扶他的时候，他又稳稳地站住了。

他的背始终挺拔，仿佛天塌下来，也不会低下头。

夏致的眼睛发烫，这才是叶粼，他一直看着的那个叶粼。

白教练公布了成绩，全场一阵惊叹。

因为叶粼将自己的一百米成绩又提高了零点零二秒，如果这是正规比赛，那就代表着新的校际联赛纪录。

而那个荣耀的创造者，却回到了更衣室里，他将浴巾盖在头上，还在调整着呼吸。

夏致站在不远处，想要等叶粼的呼吸恢复了再和他说话。

足足五分钟过去了，叶粼扯下浴巾，看见夏致的时候笑了一下："你怎么还在这儿呢？不去看看蝶泳的预赛？"

"没有你的比赛，对我没什么吸引力。"夏致淡淡地说。

叶粼从夏致身边走过，用浴巾随意地扫了他一下："小傻子。"

就在那一刻，夏致忽然拽住了浴巾向后一扯，叶粼完全没预料到，向后一个趔趄。

夏致抬起腿踩在了更衣室的门上，挡住叶粼的路。

"粼哥，哪儿去啊？"夏致的声音向上扬起。

叶粼看着夏致这架势，不由得笑出声来。

"你……你想干什么啊？你这是想趁着我刚游完没力气，欺负我啊？"

此刻的叶粼，刚摘下泳帽，头发湿润地贴在脸上，呼吸还有一点点没平稳，这也许真的是他最好欺负的时候了。

"对啊。"夏致吐出两个字。

叶粼看着夏致那认真无比的样子，一步一步后退，朝他勾了勾手："来，你来试一试，哥看你有几分本事！"

夏致就像得了圣旨一样，二话不说就上前。才刚进入叶粼一臂之距，叶粼就扣住了夏致的手臂，一拧，哐啷一下，夏致就被压在了衣柜上。

铁皮柜发出声响来，叶粼在夏致身后说："就你？吃了熊心豹子胆了？"

夏致的胳膊被压在了身后，这让他没得借力。

他知道自己已经错失良机了，心里也不气恼，坦荡荡地说："我知道，你是真的昏过去了。"

叶粼愣了一下，松开了夏致。

"对，不过已经比从前好太多了。如果是从前，拼到最后五米，我已经完了。"叶粼回答。

"神游是怎样的感觉？"夏致转过身来问。

"神游啊……"叶粼抬起头来，仿佛正思考着怎样才能让夏致了解这种感觉，"就好像你放弃了生命，思想离开身体，骤然醒来的时候，发觉自己在另一片水域里。"

"那么这一次呢？这一次骤然醒来的时候……"

"发现你在这里。"叶粼的唇线弯起，那是一种很满足的笑容。

"你创造了新的个人成绩。"

"对，我创造了新的个人成绩，我神游的界限变得更远了。"

夏致的眼眶热了起来，就连心脏每一泵的血液都像是要撞出来。

"夏致，我不甘心，我真的超级不甘心。每一个游泳运动员都不知道自己的极限在哪里。可是当我在去年的校际联赛里昏厥的时候，我就提前知道了。"

夏致没有想到，从容如叶粼，竟然会对他说这些。

"第一次从小岑那里知道，有人把我当成他全部的青春，我就在想这个小傻瓜多不值得，他应该去追逐其他更有未来的目标，我已经没有未来了。"叶粼笑着将自己的浴巾盖在夏致脑袋上，轻轻擦着他还在滴水的头发。

夏致的拳头紧握了起来。

"可是当你在我身后追逐，不肯放弃的时候，好像我能游多快，你就能追着我到多远，我在那个大酒店的泳池里第一次忘记了自己的界限，完成了比赛。因为当你在水里的时候，你才是我的界限。"

夏致将脑袋低下来，默默地听叶粼说那些埋在心底不与人言的话。

"你把我当成目标,而我却把你当成力量。我没有你想象的强大,因为我一直依赖着你。"

夏致的眼睛睁大,他没有想到原来自己对于叶鄹竟然有着这样的意义。

夏致这才明白,之前叶鄹为什么总是说,如果夏致不能和他一起游,他就放弃之类的话。

那不是自暴自弃,也不是拿夏致开玩笑打趣,而是叶鄹从内心深处也期待着,有夏致陪着他能游到更远的地方。

"叶鄹,我想和你一起完成自由泳接力赛的梦想,一直没有变过。"

"我知道。"

"我给你依赖我的特权。"夏致很认真地说。

许多难以言喻的东西翻滚着,潜进叶鄹血液里,为他雕塑出新的骨骼来。

"你真的很欠收拾啊。"

"如果你觉得我是你的界限,那么请你明白,我只会越来越强大,越来越快。无论我和你在不在同一个泳池里面,我都比你遇见的所有对手都厉害。你如果连何劲峰,还有沈遥都赢不了,那么我这个界限,你就追不上了。"夏致很肯定地说。

"是谁队内排位赛的时候,连林小天都没赢过?"叶鄹闭上眼睛笑了,心里却认为夏致比他遇到过的所有对手都更强大。

"同样的,叶鄹,不要让除我之外的其他人赢过你,那样的话你就不再是我独一无二的目标了。"夏致扯下浴巾,执着地看着叶鄹。

第一次,叶鄹明白了什么是所谓的独立而强大。

"看来下午的二百米我也得拼命了。"叶鄹笑了,很成熟,带着夏致最喜欢的包容力,以及……没什么能将他摧毁的强韧。

这时候夏致才发觉,本来他才是那个抬腿在门口拦住叶鄹的人,怎么这会儿反而是他被叶鄹困在更衣柜前了。

"起开!"夏致不爽地推了一下叶鄹的肩膀。

"我要是二百米也赢了沈遥和何劲峰,你怎么说?"

叶鄹转过身去,从长椅上拿回自己的水壶,仰着脖子喝了几口水。

"说什么,'恭喜发财,红包拿来'?"夏致没好气地说。

"我想想,你刚才对我实在不敬。还想欺负我,你想干什么?"

"那是你说的,我可没说过。"

这时候,肖彬正在翻看自己相机里的照片。

他身边的专栏记者正在给周刊主编打电话:"你们都想不到,叶鄹在练习赛上的状态有多好！把沈遥和何劲峰都甩掉了！我们本来都觉得，沈遥和何劲峰会接棒叶粼留下的短程自由泳空缺，但叶粼还是叶粼！我觉得要提前给他一个专栏！不然等到校际联赛之后再写专栏，那就马后炮了！没意思！"

肖彬翻到了叶粼最后五米冲刺的录像，低声说了句："看来真是王者归来了。"

他咬着下唇，后悔这半年没跟着叶粼，都不知道叶粼一直在悄悄地恢复状态。

而且叶粼比之前更多了一种……一种舍我其谁的霸气。

肖彬向后翻看照片，是洛璃刚结束一百米蝶泳预赛，站在岸边和教练说话的样子。

而在照片的角落，肖彬看见林小天身边的夏致，勾着嘴角，笑容里带着一抹飞扬的风采。

那是自信的，清醒地知道自己的目标是什么的笑容。

哪怕在最不显眼的角落，也让人没办法忽略。

肖彬想起之前听Q大其他队员提起过，这个夏致是叶粼亲自带进游泳队的。为了能让他顺利考进来，Q大的洛璃带着陈嘉润还有叶粼亲自上阵辅导，对他志在必得。

"好吧，等自由泳接力赛结束，让我看看你有几分水平！"

专栏记者将手机放进口袋里，走了回来，肖彬问他："任老师，主编怎么说？"

"主编说，一百米并不代表什么，也许是叶粼忽然状态好，让我们观察下午的二百米，再做决定。"

"也有道理。"肖彬点了点头，心想如果下午叶粼还能赢了沈遥和何劲峰，那就是毋庸置疑的实力回归。

十一点食堂就开饭了。

丰富的自助餐让队员们饥肠辘辘。

刚上来一盆土豆炖牛肉，转瞬就见了底。这道菜是Q大食堂的名菜，谁来了都得抢破头。

肖彬挤不过人高马大的游泳队员们，正好看到叶粼端着两个餐盘出来，两个盘子里都是满满的土豆炖牛肉。

肖彬立刻笑着走上去，开口道："粼哥，那边实在太挤了，方便匀一点给我吗？我们专栏的任老师还没吃过这道菜呢。"

"是吗？不好意思，这是我打给队友的，我们运动员比较需要蛋白质，你先吃别的吧。"叶粼的笑容赏心悦目，成熟又有风度，让人觉得他不肯让土豆炖牛肉给记者并没有什么不妥。

肖彬看着叶粼将餐盘给了夏致，对着正在玩手机的男孩子说："赶紧吃！吃完了睡午觉，保证体力，下午还要比赛！"

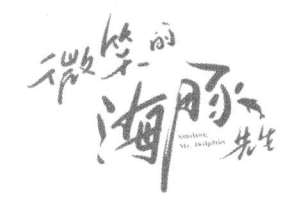

"哦哦……"夏致正在看明哥发来的微信消息,说痞痞在新家过得很好,找到了乐乐,两只海豚在保护基地里作威作福,纠集了一帮同龄的小弟,没人敢欺负它们,日子过得有滋有味。

"还有蒜蓉蒸虾,你吃多少我给你盛。"

"嗯嗯,嗯嗯。"夏致看着视频,虽然海豚几乎长得都一样,可是他就是能从那七八条长得差不多的海豚里认出痞痞来。

叶粼无奈地叹了口气:"那只海豚早就不是你养的崽了,浪着呢。"

"嗯?"夏致抬起头来,"你怎么知道?"

叶粼没回答他,而是去盛蒜蓉蒸虾了。

肖彬还站在那里,在之前跟着叶粼的那段日子里,他看得出来叶粼对谁都和颜悦色,让人讨厌不起来,但是对谁都不是真的亲近。

可他刚才那么认真地给夏致盛饭菜,就连笑容都很温暖。

这时候,有人往肖彬的餐盘里倒了一堆土豆炖牛肉。

"你给我听好,要是被我知道你有别的想法,我不会客气的。"何劲峰冷冷地开口道。

肖彬立刻笑起来,用肩膀轻轻撞了何劲峰一下。

何劲峰冷哼一声:"还有,夏致是我兄弟。"

"知道了。我就是好奇,叶粼对他那么照顾,我想要知道他有多厉害。"

"后天四乘一百米接力,不就知道了?"

回到宿舍,夏致就看见陈嘉润快速爬上铺子,掀开被子倒头就睡。

夏致站在下面好笑地说:"你可以啊,嘉润哥!今天只有你是睡到十点一百米蛙泳预赛开始才到的。这才清醒了几个小时啊,还能继续睡?"

"你等着,下午两百米蛙泳,哥大杀四方!"

夏致笑了:"是因为交大那个新人赢了你一百米蛙泳,你没面子了吧?"

刚说完,一个袜子砸下来,夏致敏捷地躲过了。

"你烦不烦!"

"不烦。"

"不烦就去烦叶粼去!"

叶粼正好走出来,听见他们的对话笑了。

他爬上自己的铺,转身对夏致拍了拍手:"来,过来烦我,我愿意。"

"滚。"夏致没理睬叶粼,爬上去也赶紧睡觉了。

两点半闹铃准时响起,叶粼二话不说起身,顺带摇晃了一下床头,说了声:"夏致起来了！"

夏致起身之后，拿起自己的枕头，直接砸到对面陈嘉润的脸上。

"陈嘉润！迟到就是放弃比赛！你小心被交大的新人笑话死！"

"妈啊——为什么下午还有比赛！为什么！"

陈嘉润竟然没有丝毫犹豫就起来了，看来他很在意败给新人。

下午第一项就是自由泳二百米的预赛。

林小天、赵雄和耿乐他们又聚作一堆，为分组预赛的结果开押。

"来一来，看一看，二百米预赛的结果，何劲峰和沈遥到底谁是第一！"

"沈遥！不会叫的狗最能咬人！你看那沈遥冷冰冰的，就是……"

夏致一脸黑线，心想这些家伙还能更损吗？

"我说二熊，你这比喻合适吗？你这是要伤害两队的友谊啊！"林小天开口道。

"我押何劲峰，他不可能一直被沈遥压制，肯定憋着一口气想要扳回一城！"

"我押我自己！"林小天拍了拍胸脯，硬着声音说。

赵雄、耿乐和罗冕像看傻子一样看着他："到底是谁给了你这种自信？"

"也没人在地上吹，你怎么就能天上飞了？"

"人要有志气！而且二百米比一百米更讲究体力的分配！我认为我有优势！"林小天一本正经地说。

夏致站在一旁只是默默听着，这几个家伙的阵势怎么和陈硕、姚敏他们几个那么像。

"你们进Q大之前，是不是学渣中的战斗机？"夏致只是小声说了一句，没想到却被另外几个人听见了。

赵雄假装不满意地推了夏致一下："你就这么看不起哥几个？"

"就是！什么鬼战斗机啊！"耿乐的表情也是极度不满。

"我们再怎么样也是学渣中的航空母舰啊！"

夏致叹了口气，果然自己走错道路了。他当初就应该拼死也要去参加比赛，拿成绩进市队、省队以后保送。看看赵雄、罗冕他们，大脑多么简单，也多么容易快乐。

"夏致，你呢！二百米预赛押谁的成绩排第一？"林小天看向夏致，目光里都是警告的意味——不选哥，哥咬死你。

"叶邾。"夏致回答。

耿乐走过来，痛心疾首地拍了拍夏致的肩膀："弟弟，你这是撞了南墙也不回头啊。都跟你说过了，邾哥每次预赛成绩都不是第一。"

"你们等着看。"夏致目不转睛地看着正在做准备的叶邾。所有的发丝都被绷进泳帽里，额头的弧度，眼窝的深度都很明显。夏致猜想叶邾这家伙，哪怕剃个光头，

肯定也是帅哥一枚。

"任老师，两百米预赛就要开始了，叶粼看起来心情很放松啊。"肖彬看向任主任。

任主任笑了笑："叶粼有个特点，就是他预赛的时候都不会发挥得特别好。也不知道是他擅长计算还是擅长估测对手的实力，他总能稳妥却不显眼地进入下一轮比赛。"

"我也采访过他，问他是不是为了保留实力到决赛。"

"叶粼怎么回答你的？"任主任很有兴趣地看向肖彬。

"他说……差不多就好。"肖彬叹了口气，至今还记得叶粼半仰着头，慵懒的样子，好像完全没有把胜负放在心上。

"他是个异类。"任主任眯着眼睛看着正站上出发台的叶粼。

"什么异类？"

"所有运动员都是以搏命的态度游到最后。但是叶粼追求的不是输赢，你留意他每次拿下冠军时的表情，从来没有欣喜若狂。"任主任笑了笑，"也不知道这世上有没有一场比赛，能让叶粼觉得赢之不易。"

比赛即将开始，这一轮预赛，除了叶粼，其他参赛选手都是新人。

沈遥站在江毅身边，江毅皱了皱眉头说："这一组的实力不怎么样，恐怕没办法将叶粼的速度带起来。一个不小心，连前八都进不了。"

"这样的分组，我倒是想看看他还怎么保存实力。"

南城的周教练走到白教练身边："你这分组不是故意的吧？让叶粼实力碾压各队新人？"

"我这是让他调整好赛场心态，哪怕对手比不上他，也得拼尽全力。"白教练义正词严地说。只有他心里知道，他是担心叶粼比完一百米之后耗费了太多精力。

如果叶粼二百米太认真的话，出现水中昏厥，那就太危险了。

第一小组全员入水，叶粼在前半段的速度和其他对手就不是一个层次的。

"一开始就这么拼？"何劲峰哼了一声。

"粼哥认真了啊……"耿乐摸了摸下巴。

"因为就算是这个小组的第一，同组对手实力不足，他没办法预测自己的排名，只能尽己所能游到最快。"夏致回答。

第一个转身之后，其他选手都在追赶叶粼。

沈遥轻哼一声："他们都被叶粼破坏了自己的节奏。叶粼能在前面一百米保留这样的速度，不代表他们也有这样的水平。"

第二个转身之后，叶邾的速度没有下降，反而逐渐增加。

白教练摁了一下表，前面一百米叶邾的速度比他平时参加正式比赛的时候还要快，白教练的眉心蹙了起来。

莫教练和王教练不动声色地走过来，和白教练小声商量起来。

"叶邾这速度，我们担心最后冲刺时他的速度起不来了。"

"其实他完全不用担心进入不了决赛，顶多就是被分配到旁边的泳道而已。"

这时候，叶邾已经进入最后五十米了，后面的人为了看清楚他不得不踮起脚，伸长了脖子。

夏致握紧拳头，目光死锁着叶邾。

众人都想要看看，最后叶邾的速度还能不能提起来。

一进入最后二十米，叶邾身后的水花飞溅而起，哗啦哗啦配合着他的划臂，力度感十足。他越来越快，整片泳池好像都要被他踢开了。

沈遥和何劲峰不约而同地沉默，盯着水中的叶邾，看着他已经不再换气，进行最后的冲刺。

这是叶邾最容易出事的时候，不只是白教练紧张到脸都白了，就连夏致也下意识走向泳池，被耿乐给拽了回来："夏致你离太近了！"

要是他不小心掉下去什么的，会打扰其他选手的比赛。

夏致的心脏紧绷起来，他从来没有这么紧张过。

也许很多运动员在冲刺的时候，脑海中是空白的。

但叶邾不是，他如果不想些什么，他的大脑就像是困不住自己的思维，向着四面八方游离，一丝一缕地从所有的缝隙里渗出，在任何一个他无法控制的地方飘荡着，寻找归属。

叶邾想起夏致，夏致说在没有人陪他游泳的时候，他就幻想着叶邾就游在他的前面。

叶邾无比怀念夏致在水中的感觉，水流因为他的臂划而掀起又回落，他的腿强劲地踏浪。叶邾告诉自己夏致就在前面，这个男孩子已经超越自己了。

他越来越远！自己就要够不到他了！

岸上一阵惊呼，因为叶邾仿佛沉入了水中。

白教练傻在了那里，洛璃拉下外套的拉链，夏致却在那一刻感觉到，有一股力量将他拽了一下，期待着他，渴望着他，邀请他进入一个世界。

是叶邾！我在这里呢，叶邾！

忽然之间，叶邾所在的泳道水花再度扬起。叶邾迅速调整了平衡，仿佛刚才发生的不过是时间忽然停顿，世界在那个瞬间裂开又迅速愈合了。

叶粼第一个到达终点,他调整着呼吸,将泳镜抬了起来,脸上没有任何表情。

叶粼抹开脸上的水,教练公布了这一组的成绩,他不但遥遥领先,而且与去年何劲峰拿下二百米自由泳冠军的成绩比,只慢了零点零七秒。

"厉害啊!如果不是刚才那个停顿,搞不好会比何劲峰更快!"

"是啊,他停的那一下是怎么了?抽筋了吗?"

"怎么可能是抽筋!要是抽筋了,还能以那样的速度冲到终点?"

为了追上叶粼的速度,其他参赛者游得命都快没了。

教练们看到他们的成绩都频频点头,比平常练习的时候好了不是一点半点。

叶粼还在调整着呼吸,他一上岸,白教练就迎上去想要问什么,但是他毫无表情地进了更衣室。

他的双手撑在衣柜上,低着头,肩膀极力克制着却仍旧在颤动。

有人来到他的身后,不需要回头他也知道那是谁。

那是他在泳池里用尽了所有想象力去描绘去追逐的人。

夏致什么都没说,只是从后面把浴巾盖在叶粼头上,学着叶粼每次替他擦头的时候那样轻轻揉动。

这大概是这个男孩子最温柔的时候了吧。

叶粼无声地笑了一下,夏致不知道叶粼最后一刻想象的是什么。

叶粼开口道:"所有人都以为我想要拿下这个小组最好的成绩……但我只想追上你而已。"

夏致愣了一下,他忽然意识到,看起来从容、只要认真起来就无往不利的叶粼,其实内心也有着动摇和脆弱的一面。

夏致将叶粼想象成自己的目标三年多,可如今,叶粼也同样想象着他。

"为什么会想要追上我呢?除了那次不限时的比赛,我没有一次游到你的前面去。"夏致来到叶粼身边,靠着铁皮衣柜,侧着脸看向叶粼。

"因为你完美。"

夏致并没有露出惊讶的表情。他知道叶粼的意思,所谓完美,就是当竭尽全力的时候不会分心不会昏厥,就是不断地进步,尚有无限可能,就是属于他的最好的时代仍未到来。

"我不完美。只是因为我和你在一起的时候比独自一人要更自信,更不容易满足……还有更任性罢了。所以啊,叶粼……你一定要以最快的速度游向终点,这样子我才能一直完美。"夏致侧着脸笑了,少年气的笑容里带着飞扬而起的自信。

"叶粼,我没有离开泳池之前,你也绝不能提前退场。"

一字一句,就像是共同进退的誓言。

"你们在磨蹭什么呢！沈遥那组的小组预赛结束了！"赵雄的声音传来。

叶粼带着笑，说："夏致，我一点都不害怕输掉比赛。你的视野会越来越高，越来越广阔。我真正害怕的，是从你的世界里被淘汰。"

"有本事的话，就继续做我的界限。我的世界有多大，看你能够游多快。"

当叶粼沉下目光看着夏致，夏致也认真起来看着他。

叶粼从没有像此刻一样，将泳池的较量当作生死之争。

他享受与水相辅相成的和谐，享受驾驭水的愉悦感。

但是夏致让他知道，泳池之中不是只有胜负和较量，泳池是他们的疆域。

"好。"夏致回答。

"喂！粼哥！夏致！你们偷偷在商量什么呢？不让我们听见！"赵雄好奇地大步走过来。

夏致推了叶粼一把，又恢复没什么表情的样子，说："当然是商量着怎么拿下二百米自由泳的第一！"

叶粼笑着跟在夏致身后。

叶粼刚走到池畔，正在拍摄水中游泳画面的肖彬，下意识地就将相机镜头转向了叶粼。

此时的叶粼，是云淡风轻的笑容。

那个被叶粼带进Q大游泳队的大一新生，好像是叫夏致的，才刚从叶粼身边走过，叶粼就忽然伸出手臂将其捞了过去。

夏致眉头皱起来，要把叶粼的胳膊甩开，叶粼却直接将下巴都搁在了夏致的肩膀上。

这在队友之间也许是再寻常不过的举动了。

但在肖彬的印象里，叶粼永远带着让人看了心情舒服的笑容，那么恰到好处，从不曾对任何人特别。可此刻的叶粼，他竟然侧着脸看着夏致，笑容之中是毫无遮掩的喜悦。

就在肖彬发呆的时候，何劲峰来到了他身边，说了句："刚刚拍到我的照片了吗？给我看一眼！"

肖彬倒抽一口气，转过身来，何劲峰的预赛怎么就结束了？

没来得及阻拦，何劲峰已经把他的相机拿过去了，结果怎么翻都没有翻到自己游泳的画面，何劲峰眯起眼睛："你怎么回事儿？刚才我那组的预赛，你一张照片都没拍？"

"我……我刚才相机没有设置好。"

何劲峰看他结结巴巴的样子，把相机摁回到他的怀里："你至于吗？我又不会

揍你。"

肖彬笑了笑，何劲峰拍了拍他的肩膀就走开了。

没过多久，二百米预赛都结束了。按照成绩来看，排在第一的是沈遥，第二是叶粼，第三才是何劲峰。

沈遥没什么表情，站在教练面前听训。

何劲峰的脸色黑得可以，他万万没想到自己预赛的成绩竟然只排了第三。

接下来是蛙泳和蝶泳二百米项目的比赛。

夏致朝站上出发台的陈嘉润抬了抬下巴，林小天他们几个约好了一起高声吼。

"Q大蛙王陈嘉润——加油加油——"

"Q大蛙王陈嘉润——士可杀不可辱！"

一秒不到的安静之后，大家忽然哈哈大笑起来。

就连夏致听到那句"士可杀不可辱"时，都忍不住咳嗽了一声。

果然，他看见出发台上的陈嘉润露出了凶悍的表情，估摸着这轮比赛之后，他就要去收拾林小天他们几个了。

"我可听说了，沈遥向教练要求，必须参加四乘一百米的接力赛。"叶粼说。

"那你也去申请一个，向太白金星强烈要求，参加接力赛。"

夏致看向沈遥的方向，没想到对方也正看着他，不知道多久了。

而且沈遥一点也没有挪开视线的意思，就这么直白地与夏致对视。

"我要是也参加接力赛了，就得换下一个队友，不得被人恨死。"

叶粼笑了笑，发觉夏致正和沈遥对视，他忽然抬起手来，捂住了夏致的眼睛。

"喂，你干什么呢？"

就在夏致掰开叶粼手的时候，叶粼的神情完全沉了下来，冰冷的目光直视沈遥。

沈遥怔住了，他从没见过叶粼这样的表情——带着毫不掩饰的敌意。

但是沈遥仍旧没有挪开视线，还是看着夏致。

叶粼松了手，转身就走。

"你上哪儿去？"

"找老白。"

"你刚刚不还说不参加接力吗？"夏致的嘴角高高扬起，心里面愈发期待接力赛的到来。

谁知道，叶粼才刚和白教练说了这事，老白立刻将板子往叶粼胸口上一拍："胡闹！"

"这怎么是胡闹了啊？我这么积极要参加比赛，您不是该奖励我大红花的吗？"

"大红花！我看你是要我给你戴小白花吧？再烧三炷香？你以为我没看出来，你今天差点……至少两次差点就厥过去了！"想起那场景，白景文又开始心律不齐了。

"这难道不是说明我的状态越来越好了吗？"

"状态好？谁给你这样的自信？"

"夏致啊。"叶鲦念到那个名字的时候，嘴角跟着勾了起来。

"你是觉得夏致能下水捞你一次，就能捞你第二次？"

"老白……我完成了一百米，接着又完成了两百米。不管是不是差点昏过去，我是不是坚持得越来越久了？"

"我觉得你太着急了。找回状态可以一步一步地来，那么心急做什么？你完成了一百米和两百米，还不够吗？"

"因为我想知道自己的极限在哪里啊。之前我离开泳池，说好听点是为了把这个动不动就神游的毛病给……调整调整，说不好听了，就是我在恐惧。"

叶鲦笑着看着白景文，他很清楚自己要干什么，以及追求的是什么。

这和那天在病房里，白景文看见的、撑着下巴懒洋洋地看着窗外的年轻人全然不同。

"我恐惧这么多双眼睛看见我最脆弱、最无助，也是最狼狈的样子，也恐惧着失控，还有不知道终点在哪里的感觉。"

白景文紧绷着的眉心终于放松下来："你从前……都不跟我说这些的。"

"对，现在我对您说这些，就是为了争取一个机会。"

"那为什么偏偏是四乘一百米接力？不是四百米、八百米，或者其他个人项目？"白景文用板子点了点叶鲦的脑袋，"别以为我不知道，你这家伙从没有半点集体荣誉感和合作精神。"

"因为，我想和夏致一起拿接力赛的冠军，所以不能错过任何练习的机会。"

"呵呵，那你想游第几棒？"白景文没好气地问。

"当然是第三棒啊。"

"为什么？"

"你不是安排夏致压轴吗？我想以夏致为终点游一回。"叶鲦转过身来，看向池畔的夏致。

"我知道了，你可以滚了。"白教练嫌弃地挥了挥手背。

叶鲦低下头来笑了一下，走回到夏致身边。

"你还真去要求参加接力了？"夏致的脸朝着叶鲦的方向侧了侧，目光还是看着正要最后冲刺的陈嘉润。

"是啊，我得让那些自以为能称王称霸的小萝卜头认清现实。"叶鲦的手指在

夏致脑袋后面拨了一下他的发旋。

"得了吧,一会儿二百米决赛,我倒要看是你称王称霸,还是沈遥和何劲峰让你认清现实。"

这时候,教练们高声吼叫着要参加二百米决赛的人准备好。

叶瀲离开夏致热身去了。

走向出发台的时候,他前面是沈遥,后面是何劲峰,还真有种在夹缝中求生的感觉。

"我很久没看见叶瀲露出这样的笑容了。"任主任托了一下镜框,"这场比赛有看头。"

"您觉得叶瀲会赢吗?"肖彬托着相机,先是给何劲峰一堆特写,然后才将镜头对向叶瀲。

"会。"

肖彬愣住了,他没想到任主任竟然会给出一个这么肯定的答案。

原本只是一场练习赛,观战的众人都以为,第一个五十米游在最前面的应该是刚招进来的新人,何劲峰这个级别的选手都会保留体力,紧跟在第一梯队里就好。

但是万万没有想到,从入水开始,叶瀲那一道扎入水中的弧线,带着令人惊艳的美感。

夏致睁大了眼睛,心血涌起,看着叶瀲游在最前面,那强大的节奏感仿佛昭告所有人,曾经那个叶瀲回来了!

夏致想起自己第一次见到叶瀲的情景,叶瀲在水中,他在岸上。

叶瀲的每一次划水都让他在心中由衷赞叹。

叶瀲的强势带动了何劲峰与沈遥,让这场两百米决赛在第一个五十米就进入了角逐生死的状态。

陈嘉润刚穿上外套走出来,头上还披着毛巾,看见水池里那一幕不由得愣住了。

"瀲哥还真是自信啊!现在就这么猛,不担心……"

陈嘉润的话还没有说完,叶瀲就完成了第一个转身,这流畅的起承转合,让叶瀲在第二个五十米仍旧占据上风。

沈遥保持着与叶瀲之间的距离,但是何劲峰明显着急了,他加快了节奏追赶叶瀲。

夏致的目光死死锁定叶瀲,从他的手掌到肩背,从肩背到腿部,身体的运动除了力量,还有一种极为和谐的美感。

而何劲峰虽然力道强劲,但夏致却觉得他躯体的和谐不如叶瀲。

"瀲哥!瀲哥!何劲峰要超瀲哥了!"陈嘉润双手拽着毛巾的边缘,十分紧张。

"何劲峰乱了,他超不了叶粼。"夏致说。

陈嘉润看向夏致冷峻的侧脸,忽然觉得这个男孩子和平时有所不同。

"你那么厉害啊,何劲峰乱没乱你都看得出来?"

"到转身的时候你就知道了。"

果然,第二个转身,叶粼的衔接仍旧流畅自然,蹬壁向前漂亮得让无数人鼓掌。但是何劲峰反而被沈遥超过了。

此时的沈遥已经不打算保留实力,而是开始追击叶粼了。

叶粼很清楚,自己正被夏致注视着。

这是一种奇妙的感受,他知道夏致敏锐的观察力会将他的缺点和瑕疵无限放大,也会永远记住他最好的部分。

他的身体就像是随着夏致的视线延伸,每一个动作都是为了告诉那个男孩——只有我才是最值得你记住的人。

冰凉的池水随着夏致的目光,变得温热,甚至发烫。对于叶粼来说,他不仅仅是在游泳,还是在夏致的视线里烙下自己的存在。

叶粼从没有像此时此刻这样,渴望永远被夏致记住。

最后一次转身之后,叶粼与沈遥之间的差距已然微乎其微。

Q大的队员们高喊起来,紧接着南城大学的人也在为沈遥加油。

双方的教练不得不喝止他们,不要打扰运动员。

最后的二十五米,叶粼和沈遥的速度陡然提升了一个档次,腿部打水就像是安装了马达,水流被强悍地拍击,连心脏也跟着震颤。

何劲峰试图超赶,却始终被沈遥压制。

这场比赛变成了叶粼与沈遥的最后搏杀。

叶粼绷得很紧,丝毫没有给沈遥超越自己的机会。

他很清楚,在这个新锐层出不尽的领域,强大往往意味着被超越。

因为没有谁能永远保持巅峰。

但是当夏致看着他的时候,他不甘心。

他可以在任何人的心中不完美,但是夏致不可以。

何劲峰也好,沈遥也好,谁也不配成为夏致的目标。

最后五米,叶粼和沈遥之间的较量已经紧张得让围观者们都屏住了呼吸。

叶粼越来越快,水流被破开一般,他就像是要把前方的一切都撞裂。

胸口因为缺氧而闷疼,肌肉的发力到了极限,仿佛要裂断。

他的思维冲入了一片苍白之中,心绪紧张到他知道再拼下去立刻就会失控!

他没来由地想起年少时,他熟睡之后思维附着在一只小海豚身上,海豚搁浅在

燥热的沙滩上,被日光炙烤,等待着死亡来临。

那时,夏致将他抱起来,送回了水里。

那是他附身在水中生物身上,无数次经历死亡后,第一次被拯救。

于是,那一整个暑假,他都期待着能神游到那只小海豚身上,和夏致在一起。

原来从很早很早开始,他就在依赖着夏致了。

叶粼甚至怀疑,他曾经无数次的辉煌,本就是因为夏致在他不知道的地方,一直看着他。

他真的不甘心就这样目送夏致去更远的地方,他没有那么广阔的胸襟。

叶粼伸长手臂,在思维游离的那一刻,他竭尽全力地抵达夏致所在的地方——没有极限的,广阔无垠的终点。

他的手稳稳地触碰到了坚实的池壁,头顶传来高声惊呼的声音。

"叶粼——叶粼——"

"自由泳之王!"

"喔——叶粼!叶粼!"

耳朵像是被一层厚厚的棉捂住了,他一直没有出水,因为他分不清楚此刻他是否还属于自己,又或者去到了别的地方。

"叶粼!你再不上来,我就要下水捞人了!"

夏致的声音响起,仿佛破除了一切抵达叶粼的脑海。他出了水面,抬起头来,摘掉泳镜,看见夏致和其他队友一起站在那里,笑着看向他。

叶粼说不出话来,他只是死死地看着夏致,一切都显得不真实。

"你完成比赛了,叶粼。"夏致开口道。

他的脸上不像林小天他们那样充满了敬佩和喜悦,而是一种热烈的渴望。

这个男孩子就像是要立刻跳进水里,和叶粼一较高下。

叶粼伸出手想要触碰夏致,但剧烈的冲刺让叶粼连呼吸都困难。

好不容易调整好了呼吸,叶粼抬起水线,和沈遥、何劲峰他们一起上岸。

端着相机的肖彬还愣在那里,他记得从镜头里看着叶粼冲刺的感觉。

那种强烈的执着,是在从前的叶粼身上不曾看见的。

就像是要打破所有世人对他的界定,变成真正的自己。

肖彬挪开了相机,看见叶粼已经被自己的同伴们所包围。

陈嘉润、林小天他们都来轮番欺压叶粼,叶粼都快趴在地上了,可他仍旧站直了。

夏致因为心情紧绷而显得冷峻的表情,终于舒展开来,他轻轻勾着嘴角想忍笑,却又忍不住。

"粼哥,你太帅气了!"陈嘉润搭在叶粼的左边,林小天在右边,两个人故意要把叶粼压到地上去。林小天大叫:"我都追不上你!自尊心受挫!"

哪怕是这样,叶粼还是突破了重重阻碍,一把抓住了夏致。

夏致反过来扣住叶粼的手臂,将他从陈嘉润等人的围攻之中拽了过去。

叶粼一个踉跄,差一点撞到夏致身上,但他还是站稳了。

他一抬头就对上了夏致的目光,身后的陈嘉润露出了坏笑,泳帽里盛满了水,就要把这个水榴弹砸在他的脑袋上。

夏致赶紧将叶粼拽了过去,陈嘉润的泳帽啪啦一声落在地上。

夏致抬起下巴,看着叶粼。

身后传来林小天他们起哄的声音。

"嘉润哥,你准头不行!"

"是夏致背叛了我们!"

"一起打!"

大家围了上来,这群人都是狼,纷纷拿了泳帽灌水,扔下来,让夏致和叶粼从头湿到脚。

夏致被挤得站不住,直接坐在地上,叶粼挡在夏致身前。

其他人虽然打闹,但还是有点分寸,只敢在他们身上扔灌了水的泳帽,更用力的事情也不敢做。

水哗啦啦从叶粼的后脑勺上落下来,他的头发湿透了,贴在脑袋上,发梢上一股一股细细的水流落下来,落在夏致的脸颊边。

夏致睁着眼睛,看着叶粼。

当叶粼皱了皱眉,将水从眼睛里挤出来,再看向夏致的时候,温润的目光不知不觉变得充满了力度。

"喂,我赢了。"叶粼的声音很轻,依然看着夏致。

"知道了!"

夏致撑起上身,听见洛璃的声音响起:"你们干什么?比赛还没结束!"

陈嘉润一阵紧张,刚要跑走,就被洛璃一把拽了过去,其他人立刻作鸟兽散去。

洛璃正要过来拉他们两个起来,夏致以为叶粼应该会起身看洛璃,但没想到叶粼丝毫不动摇地看着他。

洛璃一步一步走近:"你们两个没事吧。"

叶粼垂下眼笑了,站起身来。

"你们两个小心点,地上都是水。"洛璃开口道,"陈嘉润——林小天——你们几个给我滚过来,把地上的水拖干净!"

洛璃的吼声沉冷且充满穿透力,不仅陈嘉润耸起肩膀被震住了,就连其他队的

人都被震住，没人敢在泳池边打闹了。

叶邠和夏致站在一旁看着他们几个收拾。

夏致看了一眼叶邠，叶邠只是拉着浴巾的两端，微微笑着。

今天将会结束所有短程项目的比赛，明天就是四百米、八百米和一千五百米的角逐。

接下来进行的是仰泳比赛。

叶邠走回更衣室去穿衣服，顺带拨弄了一下夏致的发旋。

"我去换个衣服。你的也湿了，擦擦去。"

"哦，好。"夏致揣着口袋，跟在叶邠身后。

更衣室里有几个南城大学的人正在换衣服，看见叶邠进来都不约而同地站起来。

虽然不是同一所大学的，但很明显，叶邠今天的表现征服了他们。

叶邠淡然地一笑。同样是强者，他的气质与何劲峰的狂放以及沈遥的冷傲不同，温润中带着不容忽视的强大。

夏致打开更衣柜，扯出自己那条干浴巾，擦起了漏进脖子里的水。

那几个南城的队员忍不住上前，和叶邠交流起了换气还有转身的经验。

夏致安静地坐在椅子上，拉开外套，捞起了里面的白色T恤，将浴巾伸进去擦水。

叶邠很有耐心地陪着他们说话，视线却从他们之间穿过，落在夏致的身上。

夏致将白T拉了下来，转过身随意地将浴巾往衣柜里塞。

这时候外面传来一阵惊呼声，好像是交通大学一个新人拿下了一百米仰泳的第一。

夏致本来就不是爱收拾衣柜的人，浴巾塞了半天，里面的洗发水、沐浴液都要掉出来了，夏致也不管，硬是把衣柜给关上了。

他心里不爽起来。

好你个叶邠，叫了我陪你来更衣室，结果倒是和别人聊得挺热烈，自己玩儿吧！

夏致揣着口袋，转身迈开大步就走了。

叶邠笑着快步追了上来，拽住夏致的后衣领。夏致正要用胳膊肘给叶邠来一下，叶邠却用胳膊向前勒住了他的脖子，压低的声音还有些喑哑："跑哪儿去？"

"看比赛！"

夏致一抬眼，就看见沈遥手里拎着泳镜和泳帽，站在门口。他身后跟着挂着相机的肖彬，以及冷着脸盯着肖彬的何劲峰。

夏致拍了拍叶邠的胳膊，说了声："起开。"

叶邠却将脸靠过来，说了声："明天下午的接力，一起啊。"

沈遥没有表情地从他们身边走过，去衣柜前收拾东西。

肖彬也愣在那里，只要在夏致身边，就能看见和平时不一样的叶邲。

这样的叶邲，眼角眉梢都带着笑意和愉悦，目光里都带着亲昵。

就因为夏致的父亲拿过世锦赛的铜牌吗？他到底有什么过人之处？

自从去年在比赛中昏厥之后，肖彬就再没有在叶邲的眼睛里看到过战意。可无论是一百米还是两百米，叶邲冲刺的时候都带着一股狠劲儿，那种不顾一切，撞碎了自己也要去某个地方的决心。

"肖彬，你不是要采访叶邲吗？赶紧采访完！"何劲峰不耐烦地开口。

夏致又掰了掰叶邲的胳膊，叶邲纹丝不动，说了声："乖。"

夏致便不动了。

"那个，叶邲……我们大家都看出来，你现在的状态非常好。之前还有传闻说你要退出泳坛了，是什么让你的心还有状态都回归的？"

肖彬身后的何劲峰也很好奇，看向叶邲，就连在里面收拾东西的沈遥也停了下来。

"什么啊……每个人见到我都爱问这个问题，答案不是很明显的吗？"叶邲笑了，眉眼间有一种开阔，让人心静舒畅。

"啊？"肖彬看着叶邲的笑容，没明白他的意思。

"因为夏致啊。"叶邲的声音里带着理所当然的坦荡。

只听见"砰——"的一声，沈遥关了柜门，穿着运动外套走出来。外套的拉链没有拉上，他路过的时候在夏致的手背上撞了一下。

"啧……"夏致蹙了蹙眉。

"怎么了？"叶邲低下头来，看了看夏致的手背。

肖彬看着叶邲垂着眼帘的样子，一旁的何劲峰拽了一把肖彬："问完了吧？走了！"

"你可以啊，把我往火坑里推。"夏致凉飕飕地说。

"哪里是火坑了？"

"你明知道肖彬对你重燃'兴趣'，还故意当着何劲峰的面，说是因为我你状态才变好的。你不理睬肖彬，万一那个肖彬跑来找我采访，何劲峰误会肖彬把目标换成了我，你这不是要伤害我和何劲峰之间的兄弟感情？"

"这样都能伤害你们的感情，你们友谊的小船是卫生纸做的吗？"

"滚！"

夏致冷着脸向外走，叶邲却一点没有松开他的意思，还是搭着他的肩膀走回去。

番外　男神

今天的一百米自由泳，夏致输给了叶鄰。

夏致披着浴巾从浴室里出来，表情臭得可以。

隔壁间里的叶鄰还在不紧不慢地淋浴，光是听水声都能感觉到这家伙的心情不错。

"外面那个名叫夏致的小帅哥，输给我就要履行承诺哦。"

夏致抬了抬眼皮，回了句："鄰哥慢慢洗，最好把头发都洗光。"

其实也没什么，不过就是他们大学校庆即将到来，各个系都要出节目，夏致的那个系出的是拉丁舞，负责节目编排的老师特地来找夏致。毕竟就外形条件来说，夏致在他们系就是鹤立鸡群啊，这绝对能为他们的节目增加投票。

别看夏致在水里灵活得不得了，可一说跳舞，他就同手同脚脑袋疼，二话不说就给拒绝了。老师知道夏致跟叶鄰的关系好，就直接跟叶鄰提了提，希望叶鄰能帮忙说服夏致为校庆出力，也承诺了舞蹈动作绝对简单，不会占用夏致太多练习游泳的时间。

叶鄰听说之后，立刻产生了极大的兴趣——他当然想看看夏致跳拉丁舞的模样啊。

于是今天的训练，叶鄰对夏致说："小帅哥，要不要跟学长比一场？"

一看就知道叶鄰没安好心，夏致轻哼了一声："您这是脱了裤子放屁，多此一举啊。"

他俩主攻的都是自由泳，校内训练基本就是他俩的胜负，什么"要不要跟学长比一场"，难不成不比游泳，比谁脑子里盛的水更多吗？

这两人每次练习赛闹得就跟有鲨鱼在后面追一样，其他人被甩了老远。

岸边观战的人都不由得感慨：我们都是游大学生联赛的，那俩是要去称霸奥运会的。真的是一个泳池，两个世界哦！

叶鄰游出了"爆肝"的气势，先一步触壁。他大口喘着气，抹开脸上的水，对旁边泳道的夏致挑眉一笑:"阿致,等着看你的拉丁舞哦。"

夏致调整好呼吸,哗啦一下撑上了岸,用自己的泳帽盛了水,"砰——"地一下砸在叶粼头顶上,然后搓了搓自己的短发,走了。

君子一诺千金,夏致真的去参加系里的拉丁舞练习了。

因为有夏致参与,他们的训练受到了格外的关注,排舞的老师不得不把门都给锁上。夏致就穿着一身简单的白色T恤和运动裤,但是游泳练就的好身材,宽肩窄腰,肌肉线条紧绷流畅,光站在那里就吸引了众多女生的注意。

别看夏致表情酷酷的,但全系,啊不对,全校都知道夏致是面冷心软的典型。

比如,上周一在食堂里打饭,排队的时候前面的女生饭卡里刚好没钱了,正要打电话请室友过来呢,夏致直接上前刷了饭卡。

再比如,上周二一个哥们儿据说辣条吃多了,阑尾炎发作疼到死去活来,宿舍没有电梯,救护车来了还得抬着担架上去,是夏致直接把这哥们儿横抱起来送上了车。

还有上周三,有女生到图书馆附近去喂一直住在学校的流浪猫,发现小猫爬到树上下不来,她们又够不着,夏致路过的时候很爽快地把其中一个女生背起来,让她把小猫抱了下来。

总而言之,没有恋爱头脑、一心想称霸泳池的夏致同学,就在一个又一个不经意间,成为校内女生们最关注的小狼狗了。

这一回,夏致来学拉丁舞,女孩子们可高兴了,又是给他递水,又是问他有没有学过拉丁舞,他俨然成了中心。

就连夏致自己都不习惯,脸上没什么表情,心里却不明白——不是来练拉丁舞的吗?为什么她们都围着他说话不去找自己的搭档?

等到真的开始练了,夏致每时每刻都在爆炸的边缘反复横跳。

他肢体僵硬,从胳膊到脚都不像是自己的,一个小时练习下来,简直比游了两轮一千五百米还要身心俱疲。

但夏致的性格就是一件事既然做了,那怎样都要做到最好。

其他人都走了,夏致还在对着镜子练习。

反倒是叶粼无聊了起来,给夏致连发数条消息都石沉大海——

就算是千年等一回的白素贞,也该等到消息了。

不是说长得好看的男生不会被冷落吗?难不成收你的回信,我不能靠脸,得靠威胁?

你养的海豚就快饿死了,还不来陪他一起去食堂?

夏致多练了快一个小时才决定离开,拿起手机看着叶粼发的那一串信息,皱了

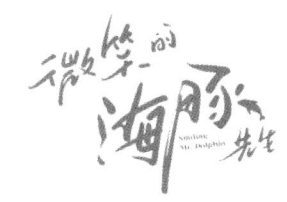

皱眉头，回了句：那边的塑料学长，人生就像卫生纸，没事请尽量少扯。

塑料……至少可回收吧，叶粼很坦然地接受了"塑料学长"这个称呼。

正在图书馆里的叶粼看了一眼手机，唇线弯了起来，回了句：食堂见。

学校里明明有好几个食堂，但他俩就是有默契，知道彼此说的是哪个食堂。

走在去食堂的路上，夏致收到了陈嘉润的消息。陈嘉润给夏致发了一条校内论坛的帖子链接，竟然有人录下了夏致学拉丁舞的视频，还发了出去，嘲笑夏致的拉丁舞媲美"植物大战僵尸"。

视频才发布两分钟，回帖就过百了。

陈嘉润：信不信发这条帖子的是个男的，嫉妒你在女同学里人气高。

但夏致对这些评价是真的一点都不在意，陈嘉润又问要不要帮他骂回去。

夏致回了句"不用"，就继续往食堂走了。

其实不用陈嘉润出马，很快就有看见帖子的其他同学声援了——

看视频的角度，楼主拍摄的时候征求人家同意了吗？

有本事跟人比自由泳啊，比拉丁舞算什么？

虽然跳得不怎样，但至少态度认真。总比楼主这样不好好练，拿着手机对着别人发酸的家伙要好太多了吧？

等夏致走到食堂，那个帖子就被校论坛管理员以"违规"删除了。

叶粼已经先一步到了食堂，把饭菜给夏致点好了。

夏致看了一下叶粼，说了声："你吃这么点够吗？"

叶粼抬起头来，回了句："晚上还是不吃那么多了。"

"也好，免得在泳池里吐出来。"夏致点了点头，在叶粼对面坐下。

叶粼摸了摸下巴，觉得有点不大对劲，问："怎么了？就因为论坛里笑你拉丁跳得像'植物大战僵尸'，你就要把我揍得在泳池里呕吐？"

"晚上八点，一百米自由泳，比一场。"夏致抬了抬下巴。

"比一场？为什么要比？"叶粼眯起了眼睛，"该不会是你不想去跳拉丁舞了吧？"

"对啊，今晚要是你输了，你去跳拉丁舞。"夏致回答。

他俩的声音不算大，但现在是饭点，食堂里人也挺多。于是夏致今晚要挑战叶粼自由泳一百米的消息，瞬间传遍了整个食堂，以实时速度登顶校论坛头条。

叶粼笑着给夏致夹了个鸡腿，语重心长地说："年轻人不要那么冲动，你赢不了我的。"

"老人家也不要那么自信。花无百日红，今晚就是你凋谢零落的日子。"

说完，夏致又把鸡腿夹回给了叶粼。

叶粼撑着筷子，好笑地说："那行吧。可你要是又输了，该怎么说？"

夏致回答："给你做一年的拉伸。"

叶粼笑出声来："你不是想要给我做拉伸，你是想要谋害我。"

"那你说你想怎样？"

"刚删掉的那条帖子拍得不怎么样。如果你又输了，我要全程给你拍纪念版拉丁舞视频的权利。"

"行，一言为定。"

夏致知道这家伙是想保留他的黑历史，以后用来取笑他，甚至压迫他答应一些不平等条约。但是夏致真心觉得拉丁舞不适合自己，一来没有兴趣；二来，他在校庆之前学会的概率不大，可能会让老师还有其他同学的努力大打折扣。夏致和训练的老师聊了一下，老师明白夏致的顾虑，说希望他帮忙找一下其他同学来代替。

其他同学？除了叶粼，还有更好的人选吗？

夏致看过叶粼在打工的地方跳探戈，这家伙有舞蹈天分，他不入地狱谁入……等等，错了，是他不上谁上？

两人像往常一样继续吃着饭，时不时聊上两句，一点都看不出来到了即将决战泳池之巅的地步。

原本晚上大家都是要去自习室或者图书馆占座，今晚却有所不同，去校游泳馆占位置成了热门选项。

就连游泳队的人，比如洛璃和陈嘉润，都差点连个前排都没轮上。

陈嘉润扯了一下洛璃的胳膊问："阿璃，要是我们真被挤到最后面了，你会背我起来看吗？"

洛璃看了陈嘉润一眼，回答："做梦。"

陈嘉润感慨道："唉，你已经不是从前那个善良的阿璃了。"

洛璃叹了口气，回答说："我是队长，今天的裁判。"

陈嘉润愣了一下："那我也能跟着你咯！"

"是啊，记录员。"洛璃笑了一下。

陈嘉润的眼睛眯了起来，像只吃了鱼的猫："我就说，像我们这样的亲友团，当然是有前排近距离观战特权的！"

叶粼和夏致的粉丝甚至还背上了长枪短炮，那架势媲美记者团，一百米从开始到结束连五十秒都不到，还不够给相机预热的，但这些人的热情让游泳馆直线升温。

叶粼和夏致已经完成了热身，穿着泳衣、戴着泳帽走了出来，来观战的同学们

只持续了三秒不到的热情呼喊就很有纪律地安静了下来。

陈嘉润靠向洛璃的耳边小声说:"咱游泳队的粉丝们,素质还挺高。"

两人并肩站上了出发台,将泳镜戴上,调整了一下位置。

他们都是身形修长,腿部线条流畅,富有力度感的类型。肩背线条紧绷利落,那是被水流塑造出来的体型,和健身房里刻意锻炼出来的肌肉不同,每一处都是破水行军的力量和速度的体现。

"嘟——"的一声响起,两人同时入水,流畅的水中行进时间非常短,但也非常美。

同学们都在遗憾,没有水下摄影机把他俩的水中身影拍下来反复回顾。

两人同时转身,都是反复练习不断改进之后的结果,在台上观众眼里简直像是复刻一样,紧接着进入冲刺阶段。

两侧水花翻滚成雪白的玉带,浪尖飞扬起伏,越是接近终点,就越像是爆破的冰山倾泻而下,整片泳池的水域都被拖拽着拍向终点。

两人的手臂推开水流,双腿踢出磅礴的气势,像是四蹄生风的白马在水中咆哮。

岸上的人都屏住了呼吸,生怕一眨眼就错过了那个终点。

叶粼和夏致触壁的时间先后无法分辨,池中余韵不减,水波一层一层荡过去。

夏致大口喘着气,将泳镜抬起来,看向站在岸上的洛璃。

洛璃半蹲着说:"看来以后比赛前都得有个类似的条件,输了的人得去跳个拉丁舞。你俩都发挥出了今年最好的水平——夏致恭喜你,可以坐看叶粼跳拉丁舞了。"

夏致用力拍了一下水面,雄赳赳气昂昂地撑上了岸,居高临下看着还在水里的叶粼说:"学长,好好跳舞——我等着你称霸校庆!"

很快,叶粼要接替夏致去跳拉丁舞的消息成了校园论坛里的新头条。

陈嘉润还跟帖说:期待叶粼骚断腿的表演。

夏致又恢复了他平静的大学生活,直到第三天晚上,他在自习室里写论文,有人在他的身边坐下。

"小学弟在认真学习呢。"

夏致皱了皱眉头,一侧脸就看见叶粼撑着下巴,一脸微笑地看着他。

"你……不用去跳拉丁舞吗?"

"我昨天去了啊,可你都不去看,我就觉得没意思了。"叶粼一脸认真地说。

夏致皮不笑肉也不笑地回答:"我很忙,要上课,要写论文,要训练,还要睡觉。"

"我知道。"叶粼点了点头,打开了自己的笔记本电脑,一副也要开始写论文的架势，"所以我换了别人去。"

"啊？你坑了谁？"夏致问。

"你猜。"叶邾的声音里带着明显的笑意。

"我不猜，你爱说不说。"夏致脸上没什么表情，心里却又有点小开心。

能和叶邾这样安安静静地一起并肩看书写论文，比跳拉丁舞更合他的心意。

"嘉润啊。我跟他比混合泳，他输了，就去跳拉丁舞了啊。"

夏致差点被自己的口水呛到："什么？你跟嘉润哥比混合泳？"

"我赢他不是理所当然吗？"

夏致叹了口气说："我感觉，明天训练的时候，洛队就要找你比蝶泳了。"

"别担心，没准儿洛队也想看嘉润跳拉丁舞呢。"叶邾眨了眨眼睛。

还真被叶邾说对了。

训练之后，陈嘉润抱着洛璃的大腿，求他和叶邾比一场，把拉丁舞还回去。但是洛璃却非常有严父风范地摸了摸陈嘉润的头顶，说："嘉润，站起来。我相信，你可以的。"

叶邾和夏致就装作啥也没看见的样子，并肩走出更衣室。

到了校庆那天，还真别说，陈嘉润的表现非常可以，赢得了全校阵阵掌声。

但是当天的最佳节目却不是拉丁舞，而是叶邾和夏致的双人街舞。

力量与节奏的双重暴击，王炸全场。

陈嘉润欲哭无泪地说："叶邾就是故意的，他早就盘算好了。如果夏致去跳拉丁，他肯定也会去跳拉丁！他就想和夏致一起跳舞！夏致不肯跳拉丁，叶邾就来找我当接盘侠！"

洛璃点了点头，说："是这样的啊，大家都知道啊。"

"我拉丁舞学了好久啊，还以为可以拿到最佳节目的那个奖品呢！结果被他俩拿走了！"

夏致倒是很大方地把自己和叶邾赢来的那对狼和狐狸的保温杯给了陈嘉润。

"你们不要吗？"陈嘉润问。

夏致回答说："嘉润哥好好保重身体，岁月如刀不得已，保温杯里泡枸杞。"

而"双男神"的帖子，在校论坛头条上待了足足一个月。

（第一册完）